グレゴリー・M・アクーニャ／著
黒木章人／訳

クレディブル・ダガー
信義の短剣
Credible Dagger

扶桑社ミステリー
1660

CREDIBLE DAGGER
by Gregory M. Acuña

クレディブル・ダガー　信義の短剣

登場人物

ジョゼフ・コスティニチ ——— セルビア系米国人で米軍戦略情報局《OSS》の工作員。コードネームは〈アラム〉。

リチャード（ディック）・ヴォイヴォダー— セルビア系でジョゼフの幼馴染み。OSS空輸担当官

セレステ（テス）・ボーマン——— ベオグラード大学のイギリス人留学生

ペネロピ・ミッチェル ——— ベオグラード大学のイギリス人留学生

トニー・ウォルシュ ——— 英国海軍大尉

サラ ——— ペネロピとウォルシュの娘

ヴィヴィアン・テイト——— 英軍特殊作戦執行部《SOE》フランス部副局長。伝説の工作員

ハワード・オドネル——— ジョゼフの上官となるOSSユーゴ部局長。階級は大佐

ウィリアム・ヒューロン——— ユーゴ潜入チームの指揮官。SOE大佐

ドラジャ・ミハイロヴィッチ ——— ユーゴ王国陸軍将校。対独抵抗組織〈チェトニック〉の指導者

ハンス・フロスベルク ——— 親衛隊上級大隊指導者（中佐）。保安局のユーゴ担当司令官。元刑事

エルネスト・ゲルヘルト ——— フロスベルクの部下

ハロルド（ハル）・マティングリー — アイゼンハウアー将軍の運転手兼専属フランス語通訳

サヴァ・クルンツァ ——— パルチザンの少佐

プロローグ

一九四七年八月のすがすがしい日曜の朝のことだった。うっすらとした白い雲が、カリフォルニア州パロアルトの丘陵地帯をふんわりと覆っていた。ジョゼフとセレステの若いコスティニチ夫妻は、スタンフォード大学のキャンパスの南側を走るジュニペーロ・セラ・ブールヴァード沿いに建つ小さな家を目指していた。住所の記された紙きれを手にしていたセレステが言った。「あった、ここよ。ジュニペーロ・セラ・ブールヴァード六二四番地。この時間ならまだ家にいるはず」

ジョゼフとセレステはサンフランシスコ湾の対岸にあるバークリーに暮らしていた。ジョゼフはカリフォルニア大学で地理学の助教を務めていた。イギリス情報機関の一員だったセレステは、終戦後に数カ月をかけ、連合国派遣軍最高司令部《SHAEF》の通訳かつ戦略事務局《OSS》の分析官だったハロルド・〝ハル〟・マティングリーの行方を追っていたが、ついに見つけたのだ。第二次世界大戦が終わるとＳＨＡＥＦはただちに解散し、最高司令官だったドワイト・Ｄ・アイゼンハウアー陸軍大将のスタッフたちは全米各地に散り散りになったように思われた。やはり大戦中はOSSに所属していたジョゼフは終戦後も連合軍への駐在官としてヨーロッパに留まり、戦争犯罪者たちの追跡に従事していた。セレステもジョゼフも必死になってマティングリーの行方をつかもうとしていた。ふたりが知っている、マティングリーの婚約者ペネロピ・ウォルシュについての極めて重要な情報を渡すために。マティングリーが知るべきことを伝えるために。

「呼び鈴を鳴らす？ それともノックのほうがいいかしら？」セレステはジョゼフに訊《き》いた。

「そのままノックしよう。最後につかんだ情報では、ハルの家には住み込みの家政婦がいるらしい。彼はまだ寝ているのかもしれない」

セレステはうなずくと、そっとノックした。少しすると、トコトコという小さな足音とキャッキャという笑い声がドアの向こう側から聞こえてきた。幼い子どもが話すフランス語も聞こえた。すぐにパタパタという大きな足音がしたかと思うと、フランス語訛《なま》りの強い片言の英語が問うてきた。「どなたさまですか？」

「わたしはセレステ・コスティニチと申します《モン・ノン・エ・セレステ・コスティニチ》。ペネロピ・ウォルシュの友人です《ジュ・スイ・ユヌ・アミ・ド・ペネロピ・ウォルシュ》。ムッシュ・マティングリーに会いに来ました《ジュ・ヴィアン・プール・ヴ・ムッシュ・マティングリー》」

相手が自分の母国語を話すことに驚いたのか、ドアの向こう側の女性は答えなかった。ドアが少しだけ開いた。小柄な体に大きなエプロンをつけた、白髪の年配の女性がふたりの訪問者に応じた。女性はフランス語に切り替えて言った。「ちゃんとした移民許可の書類ならありますけど。ご用は何ですか?」

セレステもフランス語で続けた。「いいえ、そんなことで来たわけではありません。わたしたちはムッシュ・マティングリーに会いに来ました。彼の婚約者《フィアンセ》のことで大切な話があるんです。入ってもよろしいですか?」

女性は玄関ドアを大きく開け、ふたりは家のなかに入った。「居間でお待ちください。ムッシュ・マティングリーをお呼びします。コーヒーをお持ちしましょうか? それともお茶がよろしいですか?」

「ありがとうございます。でしたら、ふたりともストレートのお茶で」セレステはそう応じ、ふたりは小さな家の居間のソファに坐《すわ》った。

女性はうなずくと台所に姿を消した。居間と台所を仕切るスウィングドアの陰に女児がいて、もの珍しげな眼でセレステたちを見ていた。年配の女性は、あのふたりは警察の人間ではなくお父さんの友人だと、女児にフランス語で言った。

セレステは少し驚いた顔をジョゼフに向けた。彼には女性と女児のやり取りが聞こえていなかった。「ハルに子どもがいるだなんて知らなかった」

「ぼくもだよ。でも戦争が終わってからもう二年半近く経《た》っている。いろんなことがあってもおかしくない。ハルはふんぎりをつけたのかもしれない。結婚して子どもをもうけたのかもしれない」

十分後、ハル・マティングリーが狭い居間に姿を見せた。長身かつ痩身《そうしん》、焦げ茶色の髪、そして細い口ひげ――セレステの眼には、一九四三年に会ったときからほとんど変わっていないように見えた。マティングリーはすでにシャワーを浴び、今日の仕事をする身支度を整えていた。コーデュロイ地の上着にブルージーンズ、足にはローファーというでたちだった。スタンフォード大学のどこにでもいる二十代前半の大学生のように見えた。マティングリーはひと眼でセレステだとわかった。ふたりが顔を合わせるのは、ロンドンで彼がペネロピに求婚《プロポーズ》した夜以来だった。「驚いたな、まさかきみがぼくの家を訪れてくるだなんて、まったく思ってもみなかったよ。また会えて嬉《うれ》しいよ、セレステ」

セレステはマティングリーを強く抱きしめた。「わたしも嬉しいわ、ハル。こちらはあの夜に話した、夫のジョゼフ・コスティニチ。一緒に同じ戦争を戦った仲ですものね。あの夜、わたしたちはロンドンでユーゴスラヴィアでの作戦について語り合った。ジョゼフとわたしが納屋で式を挙げたことは言ったわよね」

ジョゼフはソファから腰を上げ、マティングリーに挨拶《あいさつ》した。マティングリーはジョゼフに手を差し出した。「ああ、そうだったね、思い出したよ。たしか牛と豚に見守られての結婚式だったんだよね――お会いできて何よりだ」マティングリーはキッチンにいる女性にフランス語で声をかけ、自分にはコーヒーを頼むと告げると、もたれ椅子《いす》に腰を下ろした。「それで、どうしてこんな朝早くにパロアルトまでやって来たんだい？」

この質問にはジョゼフが答えた。「日曜日なのに申し訳ない。でも在宅中のきみに会えるのは、日曜日のこの時間しかないと思ったんだ。修士課程で学んでいると聞いていたから、平日は忙しいんじゃないかと」

「復員軍人援護法《GI》さまさまだよ。おまけにアイゼンハウアー将軍の口利きで大学での教職も得ているし。きみのほうはどうなんだ？」

「湾の向こう側のバークリーで助教をやってる。カリフォルニア大学はOSSの関係者をどんどん見つけて雇ってるからね。きみに眼をつけなかったとは驚きだよ」

とりとめもない近況報告をセレステはさえぎり、話を本題に持っていった。「ペネロピについてわかったことがあるから、それを伝えに来たの」

ペネロピの名前を聞かされ、マティングリーはもたれ椅子に深々と身をあずけた。

「イギリスの戦争省からはこんな説明を受けている――ペネロピは秘密国家警察《ゲシュタポ》に捕まって、アメリカ軍が彼女の救出を試みたけど、その時点でもう手遅れだった。親衛隊《SS》の手で、クロアチアのヤセノヴァッツ強制収容所に送られていた」

セレステは話を続けた。「でもそれは真相のほんの一部。ジョゼフとわたしは、あなたの愛しい婚約者のことをたくさん知っている。それをあなたに伝えなきゃならないと思ってる。聞く心づもりはある？」マティングリーは溜息《ためいき》を洩《も》らしたが、それでも首肯した。

三人にとっては、いまだに心に生々しく残っているつらい思い出だった。ジョゼフはソファに腰を戻した。そしてティーカップを小さなコーヒーテーブルに置き、マティングリーに向かって身を乗り出した。「わかった、じゃあ話そう。その失敗に終わった救出作戦の指揮を執っていたのはぼくだ。セレステとぼくは、さまざまな人たちから話を聞き、軍の記録を調べ、その場にいた人間たちの証言と戦争犯罪者の供述書を集めた。すべては八年前に始まった。その頃ぼくはピッツバーグにいて、大学に入って二年目の二十三歳だった。ぼくは、幼馴染《おさななじ》みのディック・ヴォイヴォダの紹介で全米セルビア人協会に入った。ディックはベオグラード大学で三年も機械工学を学んでいることになっていた。全米セルビア人協会はセルビア系移民の互助組織で、祖国に戻って学ぶアメリカ生まれの若者たちに奨学金を出し、大西洋を渡る費用も出していた。おまけに月二十五ドルの給付金も出してくれたから、あの頃のぼくにとってはそっちのほうが留学の本当の目的だった。ハル、これはわかってほしいんだが、二十五ドルはそんなに大した額じゃないが、一九三九年のユーゴスラヴィアではちょっとした大金だった……」

第一部

大戦初期

1　ベオグラード

一九三九年八月二十五日、大学二年生のジョゼフ・コスティニチはベオグラードのゼレズニカ駅のプラットホームに降り立った。ジョゼフはずんぐりとした体形で豊かな巻き毛の黒髪の青年で、身長は百七十センチとそんなに高くはない。プラットホームで自分より背の高い男たちに視界をさえぎられ、ジョゼフは親友のディック・ヴォイヴォダをなかなか見つけ出せずにいた。合衆国を離れ、祖国ユーゴスラヴィアで学ぶというまたとない機会をもたらしてくれたのは、ほかならぬディックだった。先に留学していたディックはほぼ毎月手紙を寄越《よこ》し、このチャンスに乗らない手はないと言い募っていた。機関車が放った蒸気が晴れると、ようやくジョゼフは長身の親友の姿を認めた。

「ジョゼフ、こっちだ！」ディックが手を振り、友人に向かって英語で声を張りあげた。

ジョゼフはスーツケースとオーヴァーコートを取り上げ、人でごった返すプラットホームをかき分けて足を進めた。ディックはジョゼフに向かって全速力で駆け寄ると、手荒く抱きしめた。「大西洋の船旅はどうだった？　おれと同じように〈マジェスティック号〉で来たんだろ？」

「残念ながら、もっと小さな客船だった。おかげでシェルブールに着くまでは船酔いに悩まされっぱなしだったよ。でも船から降りてパリ経由の列車の旅になったら、ずっと楽になったけど」

「そうかそうか。ようやくこっちに来てくれて嬉しいよ、ジョゼフ。これから寮まで車で案内してやる。そこがおまえの新しい家だ。そこでひと学期過ごしたら、そのあとはキャンパスを離れて街中のアパートメントに移ることもできる。街での暮らしなら給付金で充分まかなえる」

「キャンパス内の寮まで車で行くって？」

「おれのパッカードが駅の外に停めてある。大したことじゃないから、どうやらうっかり伝えそびれていたみたいだな。ここにいるアメリカとイギリスの学生は、大抵パッカードかロールスロイスを乗りまわしている。おっつけおまえもいろいろとわかってくるよ」

ディックの容姿はジョゼフと正反対だった。背丈は百九十五センチもあり、あごは彫像のように精悍《せいかん》かつ端正で、そして白いものがちらちらと交じった豊かな黒髪が気品のある大人びた雰囲気を醸し出していた。おまけに声は深みのあるバリトンヴォイスだ。彼はジョゼフの荷物をパッカードのトランクに入れ、助手席側のドアを開けてやった。「キャンパスに行く前に街中をドライヴして案内してやる。ここは学部課程を修了するのにうってつけだけじゃなく、実に多くの文化とさまざまな国籍の人間たちに触れることができる街でもある。これから会うことになる留学生のほとんどは合衆国とイギリスから来ているが、大学自体はヨーロッパ中から集まってきた学生たちで構成されている」

その年の九月、ベオグラードにいるアメリカ人留学生たちは気ままな大学生活を謳《おう》歌《か》していた。金に欠くことはなく不自由はほとんどないジョゼフとディックは、毎夜のようにバーやレストラン、そしてカフェに繰り出し、散財した。ふたりは酒を飲み、歌を歌い、そして生演奏に耳を傾けた。バーには若く美しい女たちが大勢いた。

ふたりの行きつけの店のひとつが、キャンパス内にある〈ブリティッシュ・アメリカン・クラブ〉だった。ジョゼフもディックも時間があればそこに入り浸《びた》っていた。プレイボーイを気取るディックが、ジョゼフにセレステ・ボーマンとペネロピ・ミッチェルを紹介したのもここだった。ふたりとも若いイギリス人留学生で、クラブでピアノを弾き、歌を歌っていた。

セレステは教員助手の、ペネロピはイギリス大使館でアルバイトをしていた。本人が何も語らないので、ペネロピが大使館でどんな仕事をしているのかは誰も知らなかった。翻訳や通訳絡みの仕事だとディックは踏んでいた。ある夜にBBCのラジオ放送を聴いていると、アナウンサーの声がどう考えてもペネロピのもののように聞こえたからだ。

ディックとジョゼフと同じく、ペネロピとセレステも親友同士だった。練習の機会に恵まれているせいで、ふたりともフランス語とセルボ・クロアチア語が堪能だった。セレステは二十歳で、長い黒髪と青い眼の美しい女性だった。少女といっていいぐらい小柄で、かなり控えめな性格だった。一方のペネロピはディックのクラスメートで、看護学も学んでいた。二十三歳の女の子らしからざる落ち着きがあり、ディックがいくら口説《くど》いても落ちることはなかった。それでも彼のことを好いてはいたが、もっぱらそれは一緒にいると実に愉《たの》しい男だからだった。ペネロピはサウスロンドンの労働者階級の家庭の娘だった。身長百六十センチとやや小柄で、ブロンドの髪を短く切りそろえ、眼ははしばみ色《ヘイゼル》。父親はイギリス人だが母親はセルビア人だった。だからイギリス人学生を対象にしたセルボ・クロアチア語学習目的の奨学金を利用できたのだ。

ブリティッシュ・アメリカン・クラブで初めて会ったとき、ジョゼフは一発でセレステにメロメロになってしまった。実際のところ、彼の眼は彼女に釘《くぎ》づけになっていた。そのときセレステは水色に黄色の花をちりばめたプリント地のワンピースを着ていた。ジョゼフはディックに言った。「こんな素敵な女の子、これまでお眼にかかったことがないよ」

ディックはこう応じた。「おやおや、だったら何とかしなきゃだな」

そこでディックは一計を案じ、ある日曜日の午後にペネロピをピクニックに誘った。もちろんジョゼフにも声をかけ、ペネロピはセレステに一緒に来てくれるよう頼んだ。ジョゼフもセレステも、互いにひと目で恋に落ちていた。その日のベオグラードのカレメグダン城址公園で、ふたりは片時もそばから離れることができなかった。

ベオグラード大学の前学期が始まると、ジョゼフは勉学に没頭した。ディックと連れ立ってのバーと大衆食堂《カファナ》巡りもやめた。イギリスとアメリカからの留学生の大勢とはちがって給付金を浪費することはなかった。むしろキャンパス内の寮で慎ましやかな節制の日々を送り、空いた時間はセレステ——その頃はもう〝テス〟と呼ぶようになっていた——と一緒に過ごした。留学生の多くはアメリカ製の派手なスポーツカーを好んだが、そんなものには眼もくれずに倹約にはげんだ。移動の足はもっぱら公共交通機関か自転車だった。

後学期が終わろうとしていた一九四〇年五月、ジョゼフはキャンパス内の寮を出て狭いアパートメントに引っ越した。その一番の理由は、夏休みになると寮が閉鎖されてしまうからだった。街中に移ったおかげで自転車や路面電車に乗る必要がなくなり、そのぶんテスと一緒に過ごせる時間がさらに多くなった。テスにぞっこんになってしまったジョゼフは、ふたりの関係のその先を考えるようになった。

ある夜のことだった。テスとペネロピが同居しているアパートメントで、ジョゼフは自分たちの将来について口にした。「故郷《くに》の両親にきみのことを話した。ぼくと生い立ちが似ている女性に出会えたことを、ふたりとも喜んでいるみたいだった。きみはどうなんだい？　ご両親にぼくらのことを話してくれた？」

「まさか、まだよ。イギリスはいろんなことが旧態依然としているの。アメリカとはわけがちがうのよ。両親はつき合う前にあなたに会いたがったはず——デートだってふたりの許しがなきゃ無理だったでしょうね。イギリスではそれがあたりまえなの。だからあなたとのことはこれっぽっちも話していない。今のところは言わぬが花を決め込むのが一番よ。どうせじきにばれることだけど」

「テス、きみに渡したいものがある」ジョゼフはそう言い、自分の実家の住所と電話番号をしたためた紙を丸め、テスに手渡した。「突然ぼくがきみのもとから去らなきゃならなくなった場合、ここなら連絡がつく。これを持っていてほしい。万が一離ればなれになったら連絡するって約束してくれ」

ヨーロッパの別の場所で起こっている恐ろしいことについてはテスも耳にしていた

が、それでもジョゼフのいきなりの話に彼女は驚いた。「何も起こりはしないわ。あれはヨーロッパの遠く離れたどこかのことじゃないの。それに、わたしはイギリスのパスポートを持ってるのよ。好きなときにここから出ていくことができる。アメリカ合衆国のパスポートを持ってるあなたも同じよ」

「それはどうかな。この市《まち》の現状を見てみろよ。張りつめた空気に満ちているじゃないか――この国は包囲されているんだ。西にはファシストのイタリアがあるし、ナチはすでにハンガリー全土とブルガリアの一部を占領している。ユダヤ系市民はもう強制退去の対象になっている。ナチの軍隊がベオグラードに侵攻してくるのも時間の問題だし、そうなったら市《まち》からの脱出経路は封鎖されるだろう。実際のところ、安全のためにこの夏をかぎりにイギリスに帰ることを考えるべきだ。次学期が始まってもここには戻らないほうがいい」

「そんなの無理よ。あと一年で卒業なのに。フランス語もセルボ・クロアチア語も、あなたとペネロピのおかげでどんどん上達しているわ。来年卒業して帰国したら、イギリスも参戦しているんだから、まずまちがいなく戦争省で働くことになるでしょうね。それだけじゃないわ。ペネロピが大使館の上の人に言われたらしいんだけど、わたしも彼女もイギリスに戻ったら〝特別業務〟をやる仕事に就くことができるんだって。それがどんな仕事なのかは知らないけど」

「それで思い出したんだけど、どうしてペネロピはイギリス大使館での仕事のことを秘密にしたがるんだろう？　実際にどんなことをやっているんだ？」

「わたしが言うべきことじゃないんだろうけど、訊かれたから教えてあげる。まあ、そのうちわかることだけど。ＢＢＣのラジオ放送をやっているって聞いてる。ワクワクするような仕事じゃないけど、給料はいいし時間の融通が利くから勉強の邪魔にはならないんだって。それに何より、大使館で作ったコネが、イギリスに戻ったときに就職に役に立つって。彼女、ずっと年上の男の人と平気で話すことができるから。まあ、あのルックスだからね」

　ジョゼフは茶を飲み干し、そしてキッチンテーブルから立った。「そろそろ帰るよ。もう遅いし、じきにペネロピも帰ってくるだろう。長い一日のあとだから、彼女もゆっくりしたいだろうし」ジョゼフはテスのアパートメントを出ていった。そしてペネロピの大使館での仕事のことを二度と訊くことはなかった。

　その年の夏、大学の後学期が始まるまで、ジョゼフとテスは互いのことしか気にかけない、ふたりだけの気ままな日々を過ごした。ヨーロッパの戦争ははるか彼方《かなた》で起こっていることのように思え、そんなもので自分たちの夢のようなひとときが断ち切られるとは信じられなかった。

　一九四〇年の夏が終わって後学期が始まる前の八月下旬、ジョゼフは専攻課程として歴史学ではなく東ヨーロッパとバルカン半島に主眼を置いた文化地理学を選ぶことにした。ベオグラード大学の地理学部は超一流で、学生たちにユーゴスラヴィアの各地に赴き、この国の宗教と言語がさまざまに異なることを体感するよう指導していた。それに乗じてジョゼフとテスは週末になるとあちこちに出かけていったが、それはふたりきりで遠出をする口実のひとつでもあった。ふたりのお気に入りの〝調査地〟はフルシュカ・ゴーラ国立公園だった。

フルシュカ・ゴーラ国立公園はベオグラード北西にあり、鉄道を使えば一時間で行けた。この地に点在するセルビア正教会の修道院を、ジョゼフとテスはレンタサイクルや徒歩で巡った。ヤザク修道院はふたりを受け容れ、施設全体を見てまわることを許してくれた。ベオグラードの南南西にある、標高が高く深い森に囲まれたラヴナ・ゴーラではハイキングとピクニックを満喫した。ユーゴスラヴィアから出るという話がふたたび話題に上ることはなかった。世界の趨勢《すうせい》が突如として一変してしまうまでは。

2 懲罰作戦

八カ月後の一九四一年四月六日の払暁《ふつぎょう》、ドイツ空軍《ルフト・ヴァッフェ》の爆撃機群がベオグラード上空に姿を現した。ヒトラーがヘルマン・ゲーリング国家元帥《げんすい》に命じた〈懲罰作戦〉[*1]が始まったのだ。早朝に立てつづけて生じた爆発に、狭いアパートメントで寝ていたジョゼフは叩《たた》き起こされた。彼は咄嗟《とっさ》に床に伏せ、頭を下げてキッチンの小窓から離れ、そのまま這《は》ってベッドの下に隠れた。そこではたと気づいた。ここはゼレズニカ駅からほんの二、三ブロックしか離れていない。駅がナチの急降下爆撃機の標的になったにちがいない。ジョゼフはパジャマのまま階段を駆け下り、ほかの住人たちと一緒に地下室に避難した。ルフト・ヴァッフェの爆撃機がそこらじゅうに爆弾を落としまくり、そのたびに轟音《ごうおん》と共に建物が揺れた。爆撃機群は二時間にわたって爆撃を続け、やがて地平線の先にある基地に向かって消えていった。

とりあえず命拾いしたみたいだ。ジョゼフは胸を撫《な》でおろした。彼のアパートメントハウスはほぼ無傷だった。が、周囲の建物は瓦礫《がれき》と化すか燃え上がっていた。ジョゼフは電話がある一階のロビーに上がった。最初にテス、次にディックにかけてみたが、わかったのは不通になっていることだけだった。爆撃の第一波で電話局も標的にされたのだろう。テスの無事はじかに確かめに行くしかない。テスとペネロピのアパートメントは西に数ブロック離れたところにあり、ふたりがまだ生きているかどうかすらわからない。ジョゼフは上階《うえ》の自分の部屋に戻り、パスポートと銀行通帳、そして手元にあるすべての現金を手に取った。それから着替え、そして第二波でここに爆弾が落とされた場合にそなえて、小さなスーツケースに必要なものを詰めた。きちんとした服装をしてスーツケースを取り上げると、ジョゼフは階段を下りて通りに出た。

ベオグラードの街角の惨状にジョゼフは愕然《がくぜん》とした。街並みは炎に包まれ、路面電車などの乗り物は粉々になり、放心状態の老若男女がふらふらと歩きまわっていた。人体の一部があたりに散らばっている。ジョゼフは恐怖に囚《とら》われた人々と瓦礫のあいだを抜け、テスのアパートメントに向かって走った。心臓はバクバクと鳴りっぱなしだった。まだ生きているんだろうか。そんな思いすら頭をよぎった。幸いなことに、彼女のアパートメントハウスは建物の体《てい》をなしていた。ジョゼフは建物内に入って階段を上がり、そして叫んだ。「テス！　テス！　大丈夫か？」

階段を上がり切ったところにテスがいて、ジョゼフは驚いた。彼女はまだショック状態にあった。ふたりは抱き合った。涙がテスの頬《ほお》を伝い落ちていった。ジョゼフが口を開いた。「この市《まち》にはもういられない。遅かれ早かれこうなるってわかっていた。時間はあまりない。あと一時間か二時間したらルフト・ヴァッフェの爆撃の第二波がはじまる。陸軍も午《ひる》には街に入ってくるだろう。今すぐここから離れなきゃ」

テスは眼から溢《あふ》れる涙を拭《ぬぐ》った。「心配してたのよ、あなたが爆撃で死んだんじゃないかって。窓から見てたけど、爆弾が駅の近くにどんどん落ちるところしか見えなかったから」

「きみとディックに電話してみたんだが、全然つながらなかった。ディックは車を持ってるから、それに乗って避難できるかもしれない」

そう言ったタイミングで、ディックのパッカードがテスのアパートメントハウスの玄関に横づけした。ディックは運転席から降りて階段を駆け上がってきた。助手席にはペネロピがいた。一発目の爆弾が落ちてきたとき、彼女は大使館での仕事から上がったばかりだった。すべてがディックの先見の明のおかげだった。やはり爆発で叩き起こされた彼は、爆撃が本格化するより早く車を出していた。各国の大使館は標的にされないだろうと踏み、ペネロピを助け出すべくアクセルを目一杯踏みつづけた。その甲斐《かい》あって彼女を拾うと、近くにあった防空壕《ぼうくうごう》に導いた。彼のほうは自分の車を大使館の敷地内に停め、そしてペネロピと一緒に地下で爆撃が終わるのを待った。

ジョゼフとテスがまだ生きていることをその眼で確認するなり、ディックはバリトンヴォイスで指示した。「ぐずぐずしている暇はない。一時間もしないうちに次の爆撃が始まる。大混乱が始まる前にベオグラードから脱出するぞ」ディックはテスの両肩を摑《つか》み、眼を覗《のぞ》き込むようにして続けた。「パスポートと現金を全部取ってくるんだ。何をしたらいいのかはペネロピがわかっている。彼女に手伝ってもらって荷造りしろ。十五分以内にここを発《た》つ！」

二十分後、ジョゼフたちはベオグラードを出て南西のシャバツを目指す路上にいた。そこでほかのイギリス人とアメリカ人の留学生たちの一団と出会った。そのなかの何人かの男子学生はドイツ軍の侵攻を予知していて、イギリス海軍がアドリア海沿岸に派遣している巡洋艦が、避難希望者を誰でもギリシアまで乗せてくれるという情報を得ていた。問題は、海岸線までの自動車での移動が難しいという点だった。武器を持った避難者たちに車を奪われるかもしれないし、道に迷うこともガス欠になることも考えられた。さらにまずいことに、ルフト・ヴァッフェの戦闘機が各都市から脱出する車両を臨機目標にして、無差別に機銃掃射をくわえるかもしれなかった。鉄路での移動が最善だと四人は判断した。今のところ鉄道はおおむね時刻表どおりに運行していたが、それでも駅がある直近の港湾都市はモンテネグロのバールで、そこまでは丸一日かかる。

午前九時、すでにシャバツ駅は北部の都市ノヴィサドから来る列車を待つ避難者たちでごった返していた。どうやらノヴィサドは第一波爆撃の標的ではなかったらしく、したがって列車も定刻どおりに出発していた。そんな幸運も、時間の経過と共に一変してしまうかもしれなかった。四人はバールまでの一等車の切符を買った。ありがたいことに駅のカフェが開いていたので、ジョゼフたちは空《あ》いているテーブルを見つけ、出発前に腹ごしらえすることにした。まだ四人とも爆撃のショックから抜け切れていなかったが、一番冷静になっている様子のペネロピが口を開いた。「電話はどこかしら。連絡しなきゃならないところがあるの」

ディックは煙草《たばこ》に火を点《つ》け、三人の頭上に煙を吐き出した。「電話線はあらかた切断されている。どこにかけても通じないよ」

「ええ、わかってる。でも必要なのは普通の回線じゃないの。鉄道の駅同士は独立した回線で結ばれていて、大抵は駅長室にその電話機が置いてある。わたしが駅長さんをたらし込んで、使わせてもらえるかどうかためしてみる」ペネロピは席を立つと駅長室に消えていった。

ディックはさらに話しつづけた。「じきにこの国はナチに占領されるだろう。そうなったら外国籍の人間の移動は難しくなる。とくにわれらがユダヤ人の友人たちは。おれたちだって、イギリス人やアメリカ人だというだけで逮捕されるかもしれない。今すぐこの国から脱出しなきゃ。生き延びるにはそれしかない」

ウェイターがやってきて、若い学生たちにトマトとヤギのチーズ入りオムレツと代用コーヒーという朝食を給仕した。ペネロピが戻ってきた。四人はガツガツと朝食を食べた。数分後、スピーカーから案内が流れてきて、バール行きの列車は定刻より早く到着し、定刻より早く発車すると告げた。四人が朝食を食べ終え、荷物を抱えたちょうどそのとき、列車が入線してきた。一等車に向かって急ぐなか、ディックが三人から遅れを取っていた。

「ディック、急いでくれ。席がなくなっちまうぞ！」ジョゼフは大声で呼びかけた。急《せ》かす言葉を意に介することなく、ディックはさらに歩みを緩め、ついには足を止めてしまった。

ホームで立ちつくすディックを見て、今度はペネロピが声をあげた。「一体全体、どうしちゃったのよ？　何をぐずぐずしてるわけ？」

「きみら三人だけで行ってくれ。おれはあとから来る列車に乗る。先に車をどうにかしなきゃならない」

ジョゼフはもどかしさもあらわに怒鳴った。「ディック、気でもちがったのか？　車なんか放っておけ！　どのみち持っていけやしないんだから！」

「ベオグラードから逃げる学生たちはもっといる。彼らを追いかけるのに必要になるかもしれない。ユダヤ人寮に友人が何人かいる。彼らこそ逃げなきゃならないんだ」

ペネロピはテスの片腕を摑み、引き寄せた。「あなたはジョゼフと一緒に先に乗って。何とかディックを説得してみる」テスとジョゼフが列車に乗り込むなか、ペネロピはホームを戻ってディックのもとに駆け寄り、蒸気機関車の音に声がかき消されないように彼の耳元に顔を寄せて言った。「本当にどうしちゃったの？　ベオグラードにはもういられないって言ったのはあなたでしょ。よく聞いて、このうどの大木。駅長室の電話は使わせてもらうことができた。大使館の交換台を通じて、ロンドンから電話をかけてもらった。イギリス海軍の巡洋艦がこっちの沿岸に向かっているのは本当よ。わたしたちを救出してギリシアに逃がしてくれるわ。そこからみんな帰国することができる」

「きみらは先に行ってくれ。おれは、ベオグラードがナチに占領される前にもっと多くの仲間たちを逃がしてやる。おれにお姫さま抱っこされて連れて行かれる前に客車に戻るんだ」

発車の汽笛が鳴った。ペネロピは列車に乗るよりほかになかった。彼女はディックに手を振り、投げキッスを送った。とんでもない勇者か、それともとんでもない大馬《おお》鹿《ば》野《か》郎ね。ペネロピは胸につぶやいた。

ペネロピは一等車に戻り、ジョゼフとテスを見つけた。三人で個室席《コンパートメント》に腰を落ち着けたところで、列車は動き出した。

「ディックは？」ジョゼフが尋ねた。

「結局乗らなかった。ベオグラードが占領される前に、もっと多くの学生たちを逃がしてやりたいんですって。ディックのことだから、どうせどこかの女のためなんでしょうけど」

ジョゼフは窓際に坐るテスに身を寄せ、発車した列車を追いかけるようにしてプラットホームを走るディックを見やった。ジョゼフは叫ぼうとしたが、声が届くはずもなかった。それでも声を張りあげて友の名を呼ぶと、ディックは別れの手を振った。ペネロピは席から身を乗り出してジョゼフに言った。「覚悟の上でやってることよ。やらせてあげましょ。よくわからないけど、これがディックの見納めになるとは思えない」

ジョゼフは座席に背をあずけ、テスは両手で顔を覆った。そんな彼女にジョゼフは腕をまわし、胸に誓った。任せておけ、テスたちはちゃんとイギリスに送り届けてやるからな。「ディックのことを気にかけてる場合じゃないぞ」ジョゼフはそう言うと眼を閉じ、頭のなかでこの先の計画を立てた。そしてテスとペネロピにフランス語で話しかけた。「この列車には、ぼくたちみたいな外国人が大勢乗っている。ここまで来ることができたこと自体がラッキーだ。これからの計画は誰にも聞かれたくないからフランス語で話をしよう。シャバツに来る途中で会ったイギリス人留学生たちの話が本当なら、何千人もの避難民がぼくらのうしろに続くことになる。それは避けたい」

ペネロピもフランス語で言った。「そのとおりよ——駅長室の電話で聞かされたことを話すわね。たしかにイギリス海軍の巡洋艦はユーゴスラヴィア沿岸に向かっている。でも、どこの沖に来るのかまでは、今のところはわからない。海岸線のどこに来るかは誰にもわからないし、北のスプリトになる可能性だってある。十二時間後にまた電話することになっている。その頃には海軍本部《アドミラルティ》も、もっと詳しい情報をつかんでいるでしょう」

ジョゼフは時刻表にさっと眼を通した。「バールまでは丸一日かかるし、攻撃されたらもっとかかるかもしれない。この列車は二百のトンネルと橋を通過することになっている。走っている列車への攻撃はルフト・ヴァッフェでも難しい。ディックはひとつだけ正しいことを言った。海岸線までの一番安全なルートは鉄路だ」

徐々に自分を取り戻しつつあるテスが口を開いた。「巡洋艦に乗るのにいくらかかるかしら？」

「巡洋艦のほうは心配ない。心配なのは巡洋艦までの海の足のほうだ。避難民たちが沖に停泊している巡洋艦までの足を必要としているって情報が知れ渡ったら、船を持っている人間の全員が全員、この機に乗じてとんでもない船賃を吹っかけてくるだろう。ふたりとも、現金はいくら持ってる?」

「ふたり合わせて二百ポンドよ」ペネロピが答えた。

「ぼくは百ドルぐらいだ。ぼくたちだけならそれで充分事足りる。それにディナールもクーナ[*2]もいくらか持ち合わせている。次に停まったところで食料を買っておこう。でも数日分だけでいい。食べものだけに無駄に使うわけにはいかない」

細く延びる鉄路に沿って列車が南に向かうなか、学生三人組は眼を閉じ、二時間か三時間ほど眠ろうとした。列車は午《ひる》にウジツェに停車した。すでにプラットホームは出発を待つ普通の乗客と避難民で混雑していた。水と石炭の補給を済ませると、列車はふたたび走りだした。列車が山を上り下りしトンネルを通過するなか、三人は停車中に買ったパンとチーズをちびちびと食べ始めた。と、いきなり列車は加速した。車《しゃ》掌《しょう》たちが慌てふためき、座席から降りて床に伏せるように乗客に大声で指示した。ジョゼフたちも身を屈めた。パンとチーズが四方八方に飛び散った。三人は列車が揺れるのを感じた。ルフト・ヴァッフェのメッサーシュミットＭｅ-１０９が、うしろの客車に機銃掃射しようとしていた。幸い、メッサーシュミットの二十ミリ口径プロペラ同軸機関砲が放つ砲弾は線路脇《わき》で炸裂《さくれつ》するばかりで客車にはほとんど当たらず、最小限の損傷しか与えることができなかった。それでも炸裂するたびに列車は揺れた。さらなる砲弾が線路脇の地面をえぐるなか、機関士は死にもの狂いでトンネルを目指した。ジョゼフが覆いかぶさるようにしてテスを抱きしめているうちにメッサーシュミットは頭上を通過し、ようやく飛び去っていった。

翌日の明け方、ユーゴスラヴィア国有鉄道の列車はモンテネグロの海沿いの町バールに到着した。乗客の大半は山間部の町や村々、もしくはモンテネグロの中心都市ポドゴリツァで下車していて、車内はほぼがら空《あ》きになっていた。緊張に満ちた一日がかりの逃避行で、ジョゼフもテスもペネロピもへとへとだった。そんな三人の耳に、ユーゴスラヴィア全土がドイツに占領されたという報《しら》せが入ってきた。王国のすべての資産が第三帝国の手に落ちてしまった。アドリア海の沿岸部までドイツ軍が押し寄せてくるまであと二日か三日はかかるかもしれないが、それは運が味方してくれたらの話だった。それだけの時間があれば沖合にいるはずの巡洋艦にたどり着くことはできるだろうが、それもまた海の足を調達できればの話だった。

ジョゼフは三人分の荷物を持ち、テスと一緒に一等車から降り、小さな駅舎に入った。駅舎内のそこかしこに貼《は》り紙があった。人員の移動は秘密国家警察《ゲシュタポ》の厳密な管理下に置かれるという親衛隊《SS》の告知だった。ペネロピは列車から降りると、何食わぬ顔でそのまま駅長室に向かった。ジョゼフとテスは狭い待合室で待っていた。テスは見るからに身を震わせていた。神経衰弱の兆候を見せ始めている彼女は英語で言った。

「こんなときに、ペネロピはどこに行っちゃったの?」

ジョゼフは脱出の段取りを思い浮かべ、冷静を保ちつつフランス語で答えた。「電話をかけに行っているんだよ」そして両腕でテスを包んだ。「街までは歩いてすぐだと思う。そこからバスかタクシーに乗って海岸沿いを北上して、隣の町か、もっと北に行って船に乗って沖に出るんだ。イギリスまではもうすぐだ。あともうちょっとだけ頑張ろう」

ジョゼフの励ましの言葉が効いて、テスはフランス語に戻して言った。「言ったと思うけど、彼女がイギリス大使館でどんな仕事をしていたのか、あまりよく知らないの。でも政府関係の人間をたくさん知っているみたいだってことはわかってる。たぶん首相官邸の人間だって知ってるんじゃないかしら。でも彼女、仕事の話はあまりしないから」

これでペネロピのどことなくこそこそとした振舞いの理由《わけ》がわかった。そう察したジョゼフは、ペネロピの度胸に感服すらおぼえた。「だったら、今頃はもう巡洋艦についての詳しい情報を訊き出しているはずだね。問題は、電話か電信がつながるかどうかだけど」

数分後、ペネロピがまた何食わぬ顔で待合室に入ってきて、フランス語で告げた。

「探しものを見つけた。先にパン屋に寄るわよ。もう店は開いているはず」

三人はそれぞれの荷物をまとめた。ジョゼフとテスはペネロピのあとについて駅を出て、街中までの短い道のりを歩いた。街の通りは丸石敷きで、テスとペネロピの履いている靴では歩きづらかった。ふたりとも、海岸沿いの移動に適した靴に履き替える必要があった。このままではすぐに足に水ぶくれができて、歩くことすら難しくなるかもしれない。

小さな町のバールは朝も早くからざわめきに満ちていた。この国がナチの手に落ちたという報せがもう広まっているものと思われた。行先までの道順が頭に叩き込まれているかのような自信に満ちた足取りで、ペネロピはジョゼフとテスの一メートル先を歩いていた。彼女は通りを右に曲がったと思うと、次の角を迷うことなく左折した。そしていつのまにか三人ともパン屋の店内にいた。カウンターの内側にいた店主の妻と思《おぼ》しき女に、ペネロピはセルボ・クロアチア語で話しかけた。「ここでパリ以外で一番おいしいクロワッサンが買えるって聞いたんですけど」

女はフランス語で答えた。「焼くのは週の初めだけだけど」

ペネロピもフランス語で応じた。「ほしいのは三つだけです」

女は少しだけ間を取って返答を考え、そしてひとつうなずくとフランス語で続けた。「ついて来て」女は奥の部屋に三人を招き入れた。なかでは、女の夫と思われる男がせっせとパン生地をこねていた。女はフランス語で男に声をかけた。「この三人がクロワッサンをご所望なんですって。まだ残ってる?」

男は生地をこねる手を止め、タオルで拭った。そして探るような眼を三人の若者の頭のてっぺんから足先まで走らせると、フランス語でこう言った。「身なりから察するに、この手の仕事にはちょっとばかし不慣れな感じだな。どうしてうちのクロワッサンがほしいんだ?」

ペネロピはフランス語のまま答えた。「わたしたちはベオグラード大学の留学生です。昨日、ベオグラード市は爆撃されました。ドイツの占領下で大学で学ぶことなんか、どう考えてもできるはずがありません。あなたなら力になってくれるかもしれないと言われました」

男もフランス語のまま答えた。「このあたりもかなりヤバい状況になっている。海岸沿いの道路はすでにイタリア軍が押さえている。ドイツ軍もじきにやってくるだろう。早ければ今日中にも」

「お金ならあります。いくらでも出しますから」

男は言った。「あんたらみたいな連中に手を貸したことがゲシュタポにばれたら、店を取り上げられたうえに皆殺しにされちまう」男はまたパン生地をこね始めた。室内に沈黙が流れた。しばらくすると、男は三人の学生たちに眼を向けることもなく口を開いた。「今朝は配達の予定が入っている。トラックは十五分後に出る。もう予定の時間から遅れているが。運転するのはおれの息子だ。名前は言う必要はないだろ。

息子があんたらを北のティヴァトまで連れていく。そこからは、コトル湾の向こう側に配達があるときに使う小舟で、さらに北のレペタニまで乗せてやる。陸《おか》より海を行ったほうが一時間早い。この仕事じゃ時間はかなり重要だ。レペタニから先は、あんたらで何とかしてくれ。おれたちにできるのはそこまでだ」

「ご親切に感謝します。いくらお支払いすればよろしいですか？」

「金は要らない。あんたらに必要なのは早い足と履き心地のいい靴だけだ。今履いているようなやつじゃだめだ。息子は店の裏で待っている。あいつとは一切話をしないでくれ。何も知らないほうがあいつの身のためだ」

「わかりました」ペネロピはそう応じた。

ペネロピと男のやり取りを、ジョゼフとテスは驚きの眼で見守っていた。こんな張りつめた空気に満ちた困難な状況を、深みがあり自信に満ちた口ぶりで切り抜けていく彼女は、まるでそうする訓練を受けているかのように見えた。大使館での仕事というのは諜報《ちょうほう》機関絡みだったんじゃないのか。ジョゼフはそう思い始めていた。こんな計画、普通の二十三歳の大学生が自分ひとりで思いつけるわけがない。ジョゼフはようやく口を開いた。「どこまで行かなきゃならないんだ？」彼はペネロピに訊いた。

「ありがたいことに、そんなに遠くまで行く必要はない。巡洋艦が投錨《とうびょう》しているのはコトル湾の沖合だから」

午前のうちにコトル湾のほとりに到着した三人は、海岸沿いの混雑する道路を歩いていた。テスもペネロピも、履き心地がよく歩きやすい靴に履き替えていた。道路を埋め尽くす自動車も乗用ヴァンもトラックも牛が曳《ひ》く荷車も、はたまた馬ですらも、海岸を目指す避難民たちを満載していた。ここの沖合で国外避難の手段が待っていることを聞きつけた人々にちがいなかった。何台かの車が路上で順番争いのレースを繰り広げ、多くの人々をパニックに陥れていた。そのなかに満席のパッカードがいた。運転していた若い男子学生は、荷物を持って歩いている若く美しいふたりの女性を道路脇に認め、二度見した。パッカードはブレーキ音をあげて急停車した。

「彼女たち、乗ってかない？」

ペネロピが答えた。「ええ、友だちふたりと一緒なら」

ペネロピは若い男がふたり坐っている前部座席に乗り込み、ジョゼフとテスはぎゅうぎゅう詰めの後部座席に身を押し込めた。数珠《じゅず》つなぎの渋滞のなか、パッカードは一時間以上をかけてコトルにたどり着いた。学生たちの一団は愕然とした。すでに大量の避難民が小さな町に殺到していた。案の定、乗る船を確保できた人間たちは、沖まで運んでもらう予約を入れていた。が、押し寄せた避難民全員を運び終えるまで数日はかかりそうに思えた。数日あればナチは海岸線を封鎖してしまうだろうし、脱出できる可能性はほぼゼロになる。イギリスとアメリカの避難者のなかには、この時点で別の脱出手段を模索している者たちもいた。

ジョゼフとテスとペネロピはこのままコトルに留まり、海に出る手段を見つけることにした。船なら何でもよかった。船を見つけては値段交渉をすること数時間、またもやペネロピのおかげで小さな漁船に乗せてもらう約束を取りつけることができた。ところが生憎《あいにく》なことに三人が海に出る順番はまだまだ先で、明日の晩まで待たなければならなかった。避難民で超満員のコトルでは、さまざまな物資があっという間に品薄になった。海路での脱出が成功する見込みは芳《かんば》しくなかった。三人は、学生たちが町のはずれにこしらえた間に合わせの野営地で一夜を過ごすことにした。町中で寝る場所を探すよりも、大勢で身を寄せ合っていたほうが安全だと誰もが感じていた。三人は焚《た》き火のそばの地面の上に丸まって寝た。

翌朝、ジョゼフは立てつづけの銃声で目がさめた。すぐさまテスとペネロピを押さえ込んで言った。「伏せたままじっとしているんだ」海辺のほうのどこか遠くで、さらに銃声が轟《とどろ》いた。

ペネロピが小声で言った。「ドイツ軍がもうやって来たか、避難民同士の内輪揉《も》めかもしれない」

ジョゼフも声を落として言った。「できるだけこの野営地に留まりつづけよう。町中のほうがもっと危険かもしれない」

「同感よ」ペネロピはそう応じた。「いずれにしろ、今夜の脱出は無理なようね」

時が経つにつれ、野営地にいた学生と避難民たちは次々と立ち去り、ほとんどいなくなった。今朝がたの銃声は取り乱した避難民たちによるものだった。ジョゼフたち三人はスーツケースの中身を詰め直したり服を洗ったりして身を忙しくしていた。もう戻ることはないのだからと、ガソリンがまだ残っている車を置き去りにした学生もいた。ジョゼフはイグニッションにキーが挿されたままのくたびれたパッカードを見つけた。三人はパッカードを避難場所にして、なかで横になって日中を過ごした。時がさらに経つと、道路の交通量はかなり少なくなった。避難民の海への脱出が始まっているものと思われた。町から出ていく車が野営地で停まり、海に出る船はもうないとジョゼフに告げた。どうやらイタリア空軍の戦闘機が、巡洋艦に近づく船に機銃掃射したらしい。巡洋艦はコトルの沖合から立ち去るしかなく、避難民を乗せた船はすべて岸に戻っていった。

「どこにも行けなくなったじゃないの！　これからどうするの？」テスがわめきたてた。

ペネロピは溜息を洩らし、そしてジョゼフに声をかけた。「話があるの。散歩につき合ってくれる？」

「テス、きみはここにいてくれ。ぼくとペネロピは外で頭をすっきりさせて、別の手を考えなきゃならない」

　ジョゼフとペネロピは、道路に沿って続いているハイキングコースを少し歩いた。まだ居残っている学生や避難民たちに話を聞かれないところまで来ると、ペネロピは口を開いた。「昨日の朝、バールにいるあいだに電話を使うことができたの。特別な番号を使って、カイロのイギリス大使館に連絡してみた。向こうからは、わたしたちが巡洋艦にたどり着けない場合にそなえて別の脱出手段を用意してあるって言われた。その別ルートはかなりの危険がともなうし、それに条件があるから、これまで内緒にしておいた。まずは三人とも巡洋艦に乗れるかどうか確かめてみたかったし」ペネロピはひとつ深呼吸し、話を続けた。「明日の午前三時、北のクロアチアにあるブラチ島の沖に、イギリス海軍の潜水艦が浮上する。わたしたちを乗せてくれる手はずになってるけど、ひとつだけ条件があるの。乗艦できるのはテスとわたしだけ。残念ながら、あなたは一緒に乗ることができない」

　ジョゼフは一歩退き、たった今聞かされたことを反芻《はんすう》した。「びっくりだな、つまりはイギリス軍による政府関係者の救出作戦ってことだね。大使館で本当はどんな仕事をしてたんだ？」

「ある組織のために働いていたの。そのおもな任務はドイツ軍の動向の監視と翻訳だけど、秘密情報部《MI6》と連携もしている。どうやらわたしはいろんなことを知りすぎているみたいだから、もしわたしが捕虜になったら、情報が詰まっているこの小さなおつむは第三帝国にとっては宝箱ってわけ。その潜水艦で避難できるのは主要な政府関係者だけ。だけど何とか説得して、テスを乗せることはできるようにした。彼女は戦争努力に必要な存在だっていうことにしたの」

「きみがＭＩ６とかかわっていることをテスは知ってるのか？」

「あなた以外には誰にも話していない。ディックにだって言ってない」ペネロピは脱出計画に話を移した。「幸い、わたしたちには車がある。午前三時までにブラチ島に着くには、今すぐここを発たなきゃ。沖に出ている船が戻ってきたら、ここから抜け出せなくなってしまう。テスには言わないほうがいいわね。あなたが一緒に潜水艦に乗れないとわかったら、きっとものすごく悲しむから。彼女に知らせるのは潜水艦に乗り込む直前にしたほうがいいわね」

「ぼくもそう思う。ほかに何か聞いてないかな？　アメリカ政府も脱出手段を用意しているとか？」

「残念だけど、それは聞いてない。自力で脱出してもらうしかない。でもアメリカのパスポートがあるから、うまくいけばブルガリアかトルコ経由で帰国できるかも」

「ブルガリア？　どうやって行けばいいんだよ？　国境まではかなりの距離があるし、そこまでのあいだに現金を使い果たしているよ。よしんばブルガリアにたどり着けたとしても、その頃にはもうドイツ軍はバルカン半島全体を掌握《しょうあく》しているだろう」

「レジスタンスが活動しているって話よ。昨日の朝、あなたもその一端を担《にな》う人に会ったでしょ。誰か力になってくれる人を見つけてみて。近くの大きな市《まち》に戻ったほうがいいわね。ボスニア・ヘルツェゴヴィナのモスタールとかサラエヴォとか。大きな市《まち》は危険だけど、そっちのほうがこの国から抜け出せるチャンスは大きくなる。ディックは、わたしたちの知らない別の脱出口をつかんでいたのかもしれない。だから彼は残ったのよ」

ジョゼフは黙り込み、自分の行く末をとくと考えた。「無事ロンドンに戻ったら、ぼくの両親に連絡してくれ。ぼくの窮境を伝えてほしい。住所はテスが知っている」

「わかった、約束する」ペネロピはジョゼフの肩に手をかけた。「本当にごめんなさい、ジョゼフ。あなたも乗せてくれって頼んだけど、重要なイギリス市民に限るってきっぱりと言われた。ここからはあなたの力が必要なの。ブラチ島には、どこから渡ったら一番いいかしら？」

大学で地理学を専攻にするつもりだったジョゼフにとって、ユーゴスラヴィアの地理はお手のものだった。「じゃあ地図を見てみよう」ペネロピはうなずいた。

ジョゼフは地図を広げた。「無難なのはマカルスカかポドゥゴラだな。どちらにも小さな漁港がある。マカルスカのほうが島に近いから、こっちがお勧めだな。町に着いたら、また船を探さなきゃならない。コトルのようになかなか見つからないってことはないと思う。あとはいくら出せば乗せてくれるかってことだけだ」

「船がどっと戻ってくる前に出発しましょう」

海沿いの幹線道路を北上する車の旅は長く、そして退屈だった。内陸部から逃れてくる避難民はまだ多くいた。そうした人々の多くは、さしものドイツ軍も古都を爆撃[*3]することはないだろうと考え、観光都市のドゥブロヴニクが一番安全だと見ていた。三人はドゥブロヴニクを通過し、海岸線をさらに北上した。パッカードはジョゼフが運転し、ペネロピはその隣に、テスはうしろに坐っていた。夜を走る車のなかで、ペネロピは脱出の手順を説明した。午後十一時頃にマカルスカの小さな漁村に着いたとき、三人とも黙りこくっていた。車はガス欠寸前だった。ジョゼフらは桟橋《さんばし》の近くでまだ開いている酒場を探した。そこで目当てのものを見つけた。金さえ出せば誰でも喜んで船に乗せてくれる漁師が何人かいた。値段交渉の末に、ジョゼフはカタクチイワシを獲る若い漁師とわたりをつけた。ひとりにつき五十ディナールとパッカードで話は決まった。「船は午前一時に出す。桟橋で落ち合おう。それまでに船の準備をしておく」若い漁師はそう言った。

約束の時間まで、三人の学生たちは桟橋の脇に停めたおんぼろパッカードのなかで時間を潰《つぶ》した。海辺の小さな町に暮らす人々がクロアチアの趨勢に固唾《かたず》をのんでいる夜に、不気味な沈黙が漂っていた。聞こえてくるのは、水辺の岩に小波が打ち寄せる音だけだった。ジョゼフはテスの手を取った。「もうすぐ出発だ。ブラチ島までは二時間もかからないはずだ。島の西側で潜水艦が浮上してくるのを待つ」

午前一時ちょうど、若い漁師は約束どおりに桟橋にやって来た。漁師はウール地のズボンにゴム長靴、そしてニットキャップという格好だった。漁師は何も言わず、ジョゼフたちについてくるよう手で指図した。三人は導かれるままに桟橋の反対側に向かった。操舵《そうだ》室のある小さな漁船が水面に浮いていた。「乗ったら甲板《かんぱん》の下に下りてくれ」

ペネロピは漁師に近づいた。ジョゼフと同じぐらいの歳で長いあごひげをたくわえ、なめし皮のような肌の手は黒く汚れていた。ペネロピは、詳しい指示が書かれた紙切れを手渡した。「合流地点の位置はここよ」

漁師はランタンを手に取り、ペネロピが位置を書き記した紙に近づけた。そして海図を広げ、合流地点までの距離を示した。「急げば三時までには着く距離だ。下にいてくれ。そっちのほうが暖かいし水もかぶらない」

ブラチ島の沖には一時間半で到着した。海が凪《な》いでいたので予定より早く着いた。島の南西に近づくと、すでに浮上していた潜水艦の輪郭が見えてきた。接近してくる漁船に向かって小さなスポットライトが照射された。完全に浮上している潜水艦に、漁船は近づいていった。甲板には黄色い救命胴衣を着た乗組員たちの姿をいくつか確認できた。乗組員たちは手を振っていた。まばゆい光を向けられるなか、漁師は漁船を潜水艦に横づけした。ふたりの乗組員が投げたロープをジョゼフは手を伸ばしてキャッチし、漁船に結びつけた。さらにふたりの乗組員が姿を現し、ステン短機関銃《ガン》の銃口を小さな漁船に向けた。漁船を潜水艦にもやうと士官が姿を見せ、メガホンを使って呼びかけた。「二名を収容するよう指示されている。ペネロピ・ミッチェルとセレステ・ボーマンだ。パスポートを用意しておいてくれ。これから確認する」

ジョゼフはテスに眼を向け、そして言った。「ここでお別れだ、テス。この潜水艦に乗ることができるのはきみとペネロピだけだ」

テスは声を張りあげた。「そんなのだめよ、あなたを置いていけない！」

「ごめん、テス。でもきみの身の安全のためには仕方のないことなんだ。あとのことはペネロピがやってくれる。きみはイギリスに戻るんだ。きっとまた会えるさ。約束する」

ペネロピがテスの肩に手をかけた。「潜水艦のことは昨日からわかっていたの。海軍本部《アドミラルティ》は、あなたとわたしを救出するためだけにこの潜水艦を送り込んだの。わたしたちが乗り込まなかった場合は漁船を沈めろっていう命令が下されている」

テスはまたわめき立てたが、ペネロピの言うとおりにするしかないことはわかっていた。「ジョゼフ、何か手はないの？」

「残念ながら、ない。さあ、潜水艦に乗り移ってくれ。大丈夫、また会えるから。手遅れになる前に行ってくれ。潜水艦が浮上できるのはほんの数分だけだ。もうすぐ潜航しなきゃならない」

ペネロピがテスの片手を摑んで潜水艦に引き上げると、ふたりは乗組員たちの手を借りて甲板のハッチに向かった。そしてジョゼフが見守るなか、艦内に消えていった。

若い漁師が声をかけた。「脱出できて本当に運がよかったな。聞いた話じゃ、アドリア海沿岸のすべての空でイタリア空軍が哨戒《しょうかい》してるらしい。この海から一隻《せき》たりとも逃がさないつもりだ」

「ああ、知ってる。昨日いたモンテネグロでも空襲の噂《うわさ》が広まっていた」

闇《やみ》の海の下に消えていく潜水艦を、ふたりは見つめていた。「行こうか、あんちゃん」漁師が言った。「夜明けまで漁を手伝ってくれ。軍か警察が桟橋を占拠して、尋問を始めていたらまずいからな。やり方は教えてやる」

夜が明けるまでのあいだ、ジョゼフは若い漁師を手伝い、アドリア海に漁網を入れては引き上げていた。日の出が近づき、漁船を陸《おか》に戻すなか、漁師が言った。「レジスタンスが活動を始めたって話だ。連中なら手を貸してくれるかもしれない。モスタールの近くの山地を目指せ。何とかして〈チェトニック〉と合流するんだ。山地は彼らが支配している。ミハイロヴィッチっていう男に助けを求めろ。言っとくが、赤い星のバッジをつけた連中には近づくんじゃないぞ」

「ありがとう。本当に助かったよ」

＊1　ヒトラーはユーゴスラヴィア王国に枢軸同盟に参加するように迫り、王国の摂政カラジョルジェビチは一九四一年三月にそれに屈した。しかし反枢軸の軍部がクーデターを起こし、同盟加入を反故《ほご》にした。激怒したヒトラーはユーゴスラヴィアに〝懲罰〟を下した。（訳者注）
＊2　当時クロアチアで使われていた通貨。セルビアとボスニア・ヘルツェゴヴィナではディナールが使われていた。第二次世界大戦後、ユーゴスラヴィアの通貨はディナールに統一された。一九九五年に独立を宣言すると、クロアチアはクーナを復活させた。二〇一三年七月のユーロ加盟にともない、クロアチアでも二〇二三年からユーロ通貨が導入されている。
＊3　皮肉なことに、ドゥブロヴニクは五十年後の一九九一年十月にナチではなくセルビア人から砲撃を受けた。

3　三人の無法者

一九四一年四月十日の朝、海からマカルスカに戻ったジョゼフは、町中を巡回するドイツ軍とイタリア軍の姿を認めた。彼らは漁師にさえ海に出ることを禁じていた。若い漁師が言ったとおり、ペネロピとテスは本当にラッキーだった。この国から海路で脱出したのは、おそらく彼女たちが最後だったのだろう。

ジョゼフはボロボロになったスーツケースを手に取り、バスターミナルに向かった。サラエヴォ行きの便があり、モスタールまでの切符を買った。内陸部に向かおうとする乗客は驚くほど少なかった。ボスニア・ヘルツェゴヴィナのモスタールには午過《ひる》ぎに到着した。苦難つづきの逃避行で疲労困憊《こんぱい》のジョゼフに、これ以上東に進む気力は残っていなかった。バスターミナルと古い橋《スタリ・モスト》からそれほど離れていないところに、彼は小さなホテルを見つけた。ロビーに足を踏み入れると、フロントデスクの傍《かたわ》らに平服姿の男がいた。「こんにちは」ジョゼフは男にあいさつした。

男は、ジョゼフの服から漂う魚と海水のにおいに鼻をひくひくさせた。「私はモスタール当局のものだ。この市《まち》で何をしている？」

「ぼくはアメリカからの留学生です。ベオグラードからアドリア海沿岸を経由して、ようやくここにたどり着いたところです。数日前、ベオグラードはドイツ軍に爆撃されました。この国から脱出する途中なんですが、その前にここでひと休みしようと思いまして」

「パスポートを拝見させてくれ」

ジョゼフは言われたとおりにした。男はパスポートの隅々まで眼を走らせると返した。「パスポートも持っていないのに外国人だと言い張る人間が何人かいたものでね。しきみがパスポートを持っていなかったら、スパイとして逮捕しなければならない。しかしながらきみはしかるべきパスポートを持っているので、ひと晩だけこの市《まち》に滞在してもよろしい。ひと晩だけだぞ。明日には出ていってもらう」

「どのみち必要なのは一夜の宿だけですから——それと洗濯です」

「ではフロントデスクのベルを鳴らせばいい。フロント係がすぐに来る」

ジョゼフはフロントデスクに足を進め、ベルを鳴らした。奥の部屋からフロント係が出てきた。

「部屋を一泊お願いします」

瘦《や》せぎすで年配のイスラム系ボスニア人のフロント係はくぐもった声で応えた。

「バスルームのある部屋は、廊下の先にひとつあるだけです。一泊十二ディナールになりますが」

「十二ディナール！　そんなに手元にはないんですが」

その言葉を耳にするなり、平服姿の男がフロントデスクに近づいてきて聞き耳を立てた。

クーナとディナールは海に出る船を確保するためにあらかた使い果たしていて、手元にある現金はドルだけだった。「ドルしか持ってないんですけど。払いはドルでも大丈夫ですか？」

フロント係が答えるより早く、詮索《せんさく》好きの男が口を開いた。「アメリカのドルで何をするつもりなんだ？」

「さっきも言ったとおり、ぼくはベオグラード大学に留学中のアメリカ人です。留学していたと言うべきですね。ディナールは持っていません。アメリカからやって来たときに持っていたドルだけです」

「外国の通貨、とくにアメリカのドルを持っているだなんて怪しいな。連行して尋問する必要がある」

フロント係が割って入り、ジョゼフをかばった。「モスタールは観光地じゃないですか。いろんな国の通貨を持った外国人なら普通にいますよ。両替ならバスターミナルでできます。歩いてすぐですから、行って戻ってくるまでせいぜい十五分ってところです」

フロント係の言い分を、詮索好きの男は思案した。男はジョゼフを見て、そして言った。「スーツケースを改めさせてもらう」

ジョゼフはスーツケースを開け、詮索好きの男に調べさせた。なかに何も隠していないことを確認すると男は言った。「十五分経っても戻ってこなかったら、ここのゲシュタポに探してもらうことになるからな。彼らは私ほどには親切じゃないぞ」

ジョゼフはうなずくと玄関ドアから飛び出していった。そして十分後にディナール紙幣を手にして、息を切らせてカウンターに戻ってきた。フロント係に十二ディナールを支払うと、部屋の鍵《かぎ》を受け取った。

「チェックアウトは午前十一時です。朝食は部屋にお持ちしましょうか?」

「お願いします。七時に持ってきてください。その時間には起きていますから」

「洗濯物があったらドアの外に出しておいてください。洗っておきます」

翌朝、ジョゼフは陽が昇ると同時に眼をさました。あまりよく眠れなかった。テスとペネロピはイギリスに戻れるだろうか。ドイツのUボートに攻撃されないだろうか。そんなことばかりを考えていた。ディックのことも気がかりだった。あいつは無事なんだろうか。そんな不安な思いをノックの音が断ち切った。「誰?」

ノックしたのはフロント係だった。「朝食と洗濯したものをお持ちしました。入ってもよろしいですか?」

ジョゼフはドアを開け、フロント係を通してやった。フロント係は朝食を載せたトレイをベッド脇の小さなテーブルに置き、洗濯した衣服をジョゼフに渡した。「コーヒーもお持ちしました。もちろんトルココーヒーですが」

ジョゼフはドアを閉じ、錠をかけた。

フロント係は言った。「昨日ロビーにいた男は〈ウスタシャ〉です。ナチ側についたクロアチアの民族組織の一員だってことです。ナチは差し当たってのあいだ、クロアチアとボスニアの占領地でのすべての警察活動をウスタシャに任せることにしました。ナチよりも情け容赦ない連中だっていう噂もあります。ここでは誰も信用しちゃいけません」

「だったら、あなたもウスタシャのひとりだってこともあり得ますよね?」

「私がウスタシャだったら、バスターミナルで両替できることを教えたりはしませんよ。ここのゲシュタポの司令部に連行させることもできたはずです」

「そうですよね、あなたの言うとおりです。昨日はありがとうございました」

「部屋に朝食をお持ちしたのは、ここならあなたと自由にお話しできるからです。わたしがここにいることを、あのウスタシャの男はまだ気づいていません。あいつはロビーに居座って、うちの客たちの行動を監視しています。昨日あなたがチェックインしたあと、従業員にあの男を尾行させたんです。ゲシュタポ司令部に直行して、あなたのことを話していました。チェックアウトの時間になったら、連中はここにやってくるでしょう。たぶん銃を持った数人で、あなたを逮捕するはずです。あなたの服に染みついていた生臭《なまぐさ》いにおいと関係があるのかもしれません。かなり怪しいにおいでしたから、あの男が見過ごすはずがありません」

ジョゼフは朝食を食べながら、これまでの経緯を話した。ベオグラードからの脱出から、船を確保してふたりの女性を逃がしたことまで全部を。説明を終えるとジョゼフは言った。「クロアチアで助けてもらった漁師から、〈チェトニック〉という組織に助けを求めろって言われたんですが。具体的には、ミハイロヴィッチという名前の人物を頼れって」

その名前を耳にするなり、フロント係はにわかに慌てふためいた。「その人のことをご存じなんですか？」

「その人を探して助けを求めろって言われただけです。そのミハイロヴィッチっていう人だったら、ぼくを国外に逃がすことができるかもしれないって」

「レジスタンスについて、ほかに何か言われませんでしたか？」

「赤い星のバッジをつけた人間には近づくんじゃないって言われました」

「学生さん、あなたにとってモスタールは危険な市《まち》です。幹線道路も鉄道も使えません。死にたくないなら、山中を抜けて逃げるのが一番です」フロント係はあごをさすりながら考え込み、ややあって話を続けた。「私にはあなたをお助けすることはできませんが、できる人間なら知っています。チェックアウトの時間まではロビーにもフロントにも来ないでください。九時半になったら厨房《ちゆうぼう》に行ってください。あなたを助けることができる人間がそこで待っています。もちろん正面玄関はウスタシャの男が見張っています。私にできるのはそこまでです。幸運をお祈りします」

ジョゼフは九時ちょっと前にスーツケースを詰め直し、洗濯してもらった服をまた着ると厨房に向かった。フロント係が言っていたとおり、あごひげをたくわえた長髪の屈強そうな男がふたり、なかで濃いコーヒーを飲みながら待っていた。ふたりとも厚手のウール地の服を着ていて、まるで聖書の一場面から抜け出てきたような男たちだった。少しすると、歳若のほうが口を開いた。ジョゼフより少しだけ年上に見える、筋肉質な腕と力強い手の持ち主の男だった。

「あんた、アメリカ人だろ?」訊かれたジョゼフはうなずいた。「おれはルドコ、チェトニックの戦闘員だ。これからあんたを案内してやる。こっちは兄貴のステファンだ。荷物はこれに詰め替えてくれ」ルドコと名乗る男は、革製のくたびれたリュックサックをジョゼフに放った。「これからの旅はそんなスーツケースじゃ無理だ。よく聞いてくれ。時間はあまりない。じきにウスタシャの男があんたを逮捕しに来る。この国から無事に脱出したいんだろ？」

ジョゼフはうなずきだけで答えた。

「ドリナ川を渡った先にあるチェトニックの拠点に連れてってやることはできる。おれたちはカイロにいる連合国軍とつながりがある。連中ならあんたを救出できるかもしれない。これから山間部を縦断する長い旅になる。ナチの占領地だけじゃなくパルチザンの縄張りも通過する。あんたには無理な旅かもしれないが、それでも国外に脱出できる見込みが一番高いルートだ」

「ミハイロヴィッチっていう人を探せって言われたんですけど、その人が助けてくれるんですか？」

ルドコがたしなめるように言った。「二度とその名前を口にするんじゃない！　おれたち三人ともとんでもなく危ないことになりかねない。敵はあちこちにうじゃうじゃいるんだ。敵はドイツ軍だけじゃない。その人の死を望む、別のレジスタンス組織もいる。これからその人のことは〈将軍〉とお呼びしろ。さあ、さっさと荷物を詰め替えろ。おれたちはちょっと出てくるが、すぐに戻る。それから出発だ」

ジョゼフは言われたとおりにした。ふたりの男が勝手口から出ていくのと入れ替わりに、フロント係が厨房に入ってきた。「私はちょっと外に出てきます。知らないほうが身のためですから。ここから出る準備ができたらロビーで待っていてください。さっきのふたりが迎えに来ます」そう伝えるとフロント係は出ていった。

あと数分で十一時になるタイミングで、ジョゼフは革のリュックサックを取り上げてロビーに行き、椅子に坐って待った。ボロボロになってしまったユーゴスラヴィアの地図を取り出して広げ、起伏の激しい山岳地帯を縦断するルートを検討してみた。と、そのとき、玄関ドアが勢いよく開いた。拳銃《けんじゅう》を構えたウスタシャの男が現れた。幸い、まだひとりだった。

「まだいたのか」

「これから市《まち》を出るところだったんですが」

「あいにくだが、司令部に連行しろとゲシュタポがうるさく言うものでね。きみにいくつか訊きたいことがあるそうだ」

ジョゼフが腰を上げてホテルから出ようとしたそのとき、ウスタシャの男の背後にチェトニックのふたりが現れた。ふたりはキツネのようにこっそり近づいてきた。ステファンが男の咽喉《のど》に短剣を突き立てた。男は、自分の身に何が起こったのかわからないまま床にくずおれ、首から血を噴き出しながら事切れた。その様子を目《ま》の当たりにし、ジョゼフは凍りついた。

ルドコが怒鳴った。「急げ、ゲシュタポが来る前にずらかるぞ！　裏に馬を連れてきてある。あんたが馬の乗り方を知っていることを願うばかりだ」ジョゼフは何も答えず、ふたりのあとを追って勝手口に向かった。待っていた三頭の馬のなかの一番小柄な馬にジョゼフはまたがり、三人はさながら無法者のように全速力《ギャロップ》でモスタールから逃げ出した。

4 ドラジャ・ミハイロヴィッチ

それからの三週間、ジョゼフはチェトニックのふたりの戦闘員と共に峻険《しゅんけん》な山間部を移動しつづけた。移動の足は馬だったりラバだったり牛曳きの荷車だったり徒歩だったりした。哨戒中のドイツ軍との遭遇を避けるために川を渡り、山を越え、谷を進んだ。道中でいくつかの村に立ち寄り、農民たちの草葺《くさぶ》き屋根の小さな家に泊めてもらい、わずかばかりの食事を分けてもらった。

ある夜、三人は銃声に叩き起こされた。ジョゼフはルドコとステファンに腕を摑まれ、床に押し倒された。咄嗟に彼はドイツ軍に見つかってしまったと覚悟したが、攻撃してきたのはパルチザンたちだとふたりに言われた。ジョゼフたちは銃撃をくぐり抜け、ドリナ川を渡ってセルビアに逃げ込んだ。そこからは中西部の都市チャチャク近郊のプランジャニに移動した。そこはもうチェトニックの支配地の奥深いところだった。極度の疲労と飢えで体重が九キロも落ち、汚れまみれのジョゼフは、ようやくミハイロヴィッチ将軍の拠点にたどり着いた。

ルドコに導かれ、ジョゼフは小屋のなかに足を踏み入れた。数人の男たちが床に坐り、煙草とプラムブランデー《スリヴォヴィッツ》を手に語り合っていた。その中心にいる男のもとにルドコは進み出た。そして男の耳元で何ごとかささやくと小屋から出ていった。質素な身なりの男たちが床に車座になって語らい合う部屋に、ジョゼフは残されてしまった。男たちのやり取りを聞き取ろうとしたが、薪《たきぎ》がパチパチとはぜる音に邪魔された。さっきルドコが歩み寄った、座の中心にいる男がようやくジョゼフに手招きした。男はユーゴスラヴィア王国軍の制服を身にまとっていた。長いあごひげをたくわえ丸眼鏡をかけた、ゲリラ兵というよりも大学教授といった風貌《ふうぼう》の男だった。男は教養を感じさせる声でジョゼフに話しかけた。「こちらに来なさい」ジョゼフは近寄った。「ここに坐って、顔をよく見せてくれないか」

ジョゼフは男に言われたとおりにし、ほかの男たちと同じように床に腰を下ろした。あごひげの男はさらに言った。「私がドラジャ・ミハイロヴィッチだ。アメリカ人学生というのはきみだな。きみが苦難を味わされたことと海路で脱出を図ったことは聞き及んでいる。この国でのきみの評判は、すでにうなぎ上りだ。それでは学生くん、名前を教えてくれないかね?」

「ジョゼフ・コスティニチと申します、将軍。父も母もノヴィサド出身のセルビア人です」ジョゼフは数週間にわたる苦難の逃避行のすべてを話した。

「はるばるアドリア海沿岸からここまでやって来たということだね。で、どのような用向きなのかな?」

「あなたなら、ぼくをこの国から逃がしてくれるかもしれないと言われました」

ミハイロヴィッチはスリヴォヴィッツが注がれたコップをジョゼフに手渡した。

「飲みなさい。長旅で疲れているはずだ」

ジョゼフはコップを受け取り、プラムブランデーをぐいっとあおった。そのまま黙ったままでいた。

ミハイロヴィッチは話を続けた。「脱出に手を貸してくれときみは言うが、その見返りに何をしてくれるのかな?」

ジョゼフはどう答えたものかと考え、しばらくして言った。「イギリス政府の仕事をしている人間を知っています。先ほどお話しした、潜水艦で脱出した女性です。彼女と連絡を取れば、将軍の大義に何らかの力添えができるかもしれません。たとえば武器や物資などの補給とか」

将軍がすでに策を練っている様子をジョゼフは見て取り、返答を待った。「ジョゼフ、見てのとおり、われわれは外部との接点が少ない。今のところはだが。しかしきみの言うとおりだ。ナチと戦うための支援物資はいくらあってもいい。吸うかね?」

将軍は煙草を差し出した。

ジョゼフはかぶりを振って断った。将軍は話を続けた。「われわれが戦っている相手は枢軸側だけではない。国内勢力との内戦状態にもある。ありていに言えば、共産主義者のヨシプ・ブロズ・チトーが率いるパルチザンとの戦いだ。パルチザンは、アメリカ人だという理由できみを殺すだろう。ドイツ軍兵士にもそうするようにあっさりとね。つまり、共産主義者たちでなくわれわれのところに来たきみは幸運だということだ」ミハイロヴィッチは煙草を長々と吸うと、さらに続けた。「にわかには信じられないかもしれないが、確実にこの国から脱出したいのならベオグラードに戻ったほうがいい。私の情報筋によれば、パスポートを持っているのならソフィアへの飛行機の定期便が一番簡単に出国できるという。ブルガリアはまだ正式には参戦していないから、今のところは何の問題もなく入国できる。ブルガリアに入ったら、トルコとの国境にあるマトチナに向かう。そこからなら簡単に国境を越えてトルコに入ることができる。ブルガリアでの移動手段はやはり鉄道が一番だ。トルコに入国したら、イスタンブール経由で合衆国に帰国することができる。問題は、ソフィアまでの定期便に乗ることがかなり難しいところだ。ひとつかふたつしかない席を、すでに何千人もの人々が待ちづけている。ライヒスマルクで切符を買って、それから何カ月とまでは言わないが、何週間も待った末にようやく国外に脱出できる。その頃には政治情況が変わって、定期便が飛ばなくなる可能性もある」

「ほかにいい手はないんですか？」

「遠まわりになるルートならあるが、ずっと移動しっぱなしになる。私の手のものが北のサヴァ川まできみを連れていく。そこから伝手《つて》を使って油槽船に乗せてやる。ドイツは、ルーマニアの石油を第三帝国内に運ぶ船なら自由に通してくれる。油槽船の乗組員になりすませば、どの町にも問題なく出入りできる。油槽船はベオグラードでドナヴ川に入って、ブルガリアのルセまで下る。ルセで船から降りたら鉄路に乗り換えてラドヴェッツまで南下して、そこからマトチナを目指しなさい。これが安全な逃走経路についての最新情報だ」

「銀行の口座にはまだいくらか残っていますし、通帳も持っています。まだ銀行が破壊されていなかったら、全額引き出してライヒスマルクに両替します」

ミハイロヴィッチはゆるゆると腰を上げようとした。部屋の全員も立ち上がり、ジョゼフもそれに倣《なら》った。将軍はまたジョゼフに声をかけた。「ついてきなさい。ふたりきりで少し歩こう」

ふたりは小屋を出て、小さな村のなかを散歩した。ミハイロヴィッチが口を開いた。

「先ほどの情報をきみに聞かせたのは、この国から脱出して無事帰国を果たしたら、合衆国政府にこう伝えてほしいからだ――われわれはナチと戦い得る強固な戦力を組織しているが、それでも通信装備と武器弾薬などの物資を必要としている。現時点でわれわれが使用できる通信手段は各国大使館への電信にかぎられていて、これは情報漏洩《ろうえい》の恐れがある。カイロとの直接交信が可能な無線機があればいいんだが」

「油槽船を使えば脱出可能だという情報が正しければ、今の話は必ず伝えます」

ベオグラードまでの油槽船の旅は平穏無事に終わった。空襲を受けたにもかかわらずベオグラードが灰燼《かいじん》に帰すこともなく、おおむね無傷だったことにジョゼフは驚いた。金を預けていた銀行も無事だったので、口座を解約して全額引き出した。大して残っていなかったが、この国から脱出してアメリカに戻れるだけの金はあった。

ベオグラードにはひと晩だけ留まった。夜は油槽船で寝た。波止場でも街中でも、出国しようとするアメリカ人留学生が尋問されることはなかった。ディックの消息をなんとかつかもうとしてみたが、何もわからなかった。アパートメントには戻っておらず、家主は最初の空襲からこのかた顔を見ていないと言った。

翌日、感謝と安堵《あんど》を胸に抱いたジョゼフを乗せた油槽船はベオグラードを発った。ドナヴ川を下る船上で、ジョゼフはずっと友人たちの行く末を案じていた。四人でベオグラードから逃げ出してから三週間あまり経つ。テスとペネロピは連合国側にたどり着いているはずだ。近くてジブラルタルといったところだろう。

それからの一週間、油槽船はブルガリアとルーマニアを目指してドナヴ川を下っていった。ジョゼフは乗組員として働いた。ベオグラードを発って二日目、船長がブルガリアのヴィディンの近くまで来たと告げた。ひとまずユーゴスラヴィアから脱出することはできた。ミハイロヴィッチの情報は正しかった。たしかに何の問題もなく国境を越えてブルガリアに入ることができた。七日目にルセに到着し、ジョゼフは下船した。ルセはまだ完全にナチに占領されているわけではなく、ジョゼフはある程度は自由に街中を歩きまわることができた。これもまたミハイロヴィッチが言ったとおりだった。ルセには週末の二日間留まり、銀行でさらに両替した。幸い、宿を取った小さなホテルではドルが使えた。月曜の早朝、ジョゼフはマトチナ行きの列車に乗った。マトチナはトルコとの国境にある、十軒ほどの小さな家があるだけの小村だった。水道も水洗トイレもない村だったが、ミハイロヴィッチの言ったとおり、安全に国境を越えてトルコに入ることができる場所はここだけだった。ジョゼフはいくばくかの金を村人たちに払い、人員が配された国境検問所の近くまで案内してもらった。

ジョゼフが国境を越える準備を整えると、村人たちは細長い荒れ地に連れていった。そこには安全な通り道が緑色の二本の帯で示されていた。村人たちは、絶対に帯のあいだを歩くように念を押した。安全なルートを教えてくれた礼として、ジョゼフは二十五ドル相当の現地通貨を渡した。そしてブルガリアからトルコにまたがる百メートル弱の無人地帯を、緑色の帯のあいだに一歩一歩足を置きつつ、じっくり時間をかけて渡っていった。十五分後、ジョゼフは道の終わりに近づいた。そこには小さなトラックが停まっていて、トルコ側のふたりの国境管理官が満面の笑みをたたえて待ち構えていた。管理官のひとりがジョゼフのパスポートを受け取って検分したうえで戻し、そして英語で言った。「トルコにようこそ！　この道をそのまま進んでくれ。その先の木立に、あんたを待っている人間がいる」

その言葉にジョゼフは驚いた。誰が待っているのか見当もつかなかったが、それでも言われたとおりに足を進めた。残りの距離を道に沿って歩き、木立の陰にたどり着いた。錆《さび》だらけのオンボロ自動車が停まっていた。なかにいる男が窓から両足を突き出し、煙草をふかしていた。どこからどう見てもディック・ヴォイヴォダだった。ジョゼフは自分の眼が信じられなかった。彼は車の屋根をパンパンと叩いた。「どうやってここまで来たんだ？　それに、ちょうどこの時間にぼくがここに来ることを、どうやって知ったんだ？」

ディックは紫煙をフッと吐き出し、そして軽い調子で答えた。「おれは情報通なんだよ。ブルガリア経由の脱出ルートのことは知っていた。だからシャバツ駅で一緒に行かなかったんだ。ベオグラードには、逃げ出さなきゃならないユダヤ系の学生がまだ百人以上残っていた。だからおれはシャバツから戻って、トルコへの脱出の段取りをつけたってわけだ。鉄路を使った者もいれば、車や飛行機に乗って逃げた学生たちもいる。大半は無事に脱出したが、せっかちな連中は途中で殺されたり強制送還されたりしたよ」

5　ウォルシュ大尉

ジョゼフがブルガリアとトルコの国境を越えたのと同じ頃、ペネロピとテスはコーンウォールの港町ファルマスで小さな貨物船から降りた。ふたりを乗せた潜水艦は地中海を横断し、ジブラルタルに入港した。ふたりはそこで下艦して、待っていたベルギー船籍の貨物船に乗ってイギリスに戻った。無事にたどり着いたとはいえ、イギリスの空はユーゴスラヴィアの空と同じぐらい危険に満ちていた。一九四〇年七月から始まったバトル・オブ・ブリテン以降、イギリスの各都市はドイツ空軍《ルフト・ヴァッフェ》の爆撃機と急降下爆撃機の脅威に常にさらされていた。とくにロンドンは、ふたりが街を出た一九三九年から一変してしまった。どこを見ても土嚢《どのう》と防空壕と配給券、そして軍人だらけの街になってしまった。テスは列車に乗り、ロンドンの北西八十キロに位置するオックスフォードにある実家にそのまま戻った。実家は小さなホテルを経営していた。ホテルは母親が切り盛りし、父親は鉄道で働いていた。

ペネロピの実家はロンドン南部のサウス・ランベスにあった。彼女は始発列車でサウサンプトンに行き、そこで乗り換えてロンドンを目指した。ヴィクトリア駅で地下鉄に乗ってストックウェル駅で降り、三ブロック歩いて実家にたどり着いたのは夜遅くのことだった。灯火管制はまだ始まっていなかった。ペネロピは呼び鈴を押し、しばらく待った。彼女は街角をじっと見つめた。カーテンが閉じられたり紙で覆われたりした窓が嫌でも眼についた。夜空には、敵機を探索するサーチライトの光が走っていた。しばらく待って、また呼び鈴を鳴らしてみた。今度は母親のアレクス・ミッチエルの声がした。

「はいはい、ちょっとお待ちください。すぐ行きますから」玄関ドアがゆっくりと開かれた。「あらやだ、あなただったのね！」アレクスは自分の娘をぎゅっと抱きしめ、セルボ・クロアチア語に切り替えて言った。「さあ入って、嬉しい驚きとはこのことね。あなたがユーゴスラヴィアから脱出したってことは戦争省から聞かされていたけど、いつ戻ってくるのかはわからなかったから」

ペネロピは英語で応じた。「元気そうで何よりだわ、母さん。わたしは無事そのものよ。家に帰ってきて本当にほっとしてる。困難続きの長旅だったから」

「わたしには想像もつかないわ。さあ、さっさと入りなさい。お茶を淹《い》れてあげるわね。お父さんもじきに下りてくるから。今夜は空襲警備員の当番なの」

ペネロピは母親と夜どおし語り合い、三人の学生仲間とのユーゴスラヴィア脱出行を説明した。そのなかのひとりを潜水艦に乗せてあげることができなかったこと、そのひとりはまだユーゴスラヴィアにいると思われることも話した。

「あなたが帰ってきて本当によかった。大学での勉強なら、戦争が終わってから修了することができるから」

「そうね母さん、わたしもそう考えてる。でも今は、温かいお風呂とホットチョコレートに勝る喜びはないわ」


一九四一年五月初旬の数日間、ペネロピはずっと母親と一緒にいた。父親は工場と空襲警備員の仕事で忙しく、ペネロピは何年かぶりに母親と密接な時間を過ごし、家事を手伝った。そんなある日の午後、呼び鈴が鳴った。「わたしが出る！」ペネロピは階段を急ぎ足で下りていった。


玄関ドアを開けると、二十代半ばの海軍士官が立っていた。背が高く痩身で、豊かな茶色の髪を制帽のなかにたくし込んでいた。「こんにちは、お嬢さん。私は戦争省のトニー・ウォルシュ大尉です。ミス・ペネロピ・ミッチェルはご在宅でしょうか？」

「わたしですが。お入りになりますか？」

「戦争省があなたに出頭と報告を求めています。それをお伝えに参りました。帰国されたばかりだということは承知しておりますが、省のロンドン本部は脱出過程の情報を求めております」

「はい、何らかの報告をしなければならないことはわかっていました。脱出の手はずを整えていただいたのは戦争省なんですから」

「急かしてしまって申し訳ありません。ですが、戦地から入ってくる最新情報は、わが国の戦争努力にとって極めて重要です」

ペネロピはベオグラードの大使館でしていた仕事を思い起こした。「そうですね。でも情報と言われても、お話しできることはあまりありませんけど。この場であなたにお伝えするというわけにはいきませんか？」

「申し訳ありませんが、それは無理です。戦争省は明朝九時ちょうどの出頭を求めています。住所はこちらです」

ウォルシュ大尉は一枚の紙を差し出した。住所と、ヒュー・シェルワースなる人物のもとに出頭せよという旨が記されていた。

「そういうことなら、明日の朝おうかがいします。それではごきげんよう、大尉」

翌朝、ペネロピはウォルシュ大尉から渡された紙にあった住所を訪ねた。意外なことにそこは官庁街《ホワイトホール》ではなく、ウェストミンスターの中心を走るキャクストン・ストリートに建つセント・アーミンズ・ホテルの三階だった。ホテルに近づくと、さまざまな軍服を着て走っている数人の男たちの姿がペネロピの眼に留まった。海軍の制服を着た男もいれば、陸軍も空軍もいた。いずれにせよ、セント・アーミンズ・ホテルはかなりにぎわっている様子だった。

「ミスター・シェルワースに会いに来たんですが」ペネロピはフロントデスクにいた係にそう告げた。

「はい、三階の三〇一号室でございます。左手のエレヴェーターをお使いください」

「ありがとうございます」

ペネロピは三〇一号室の狭い玄関間で待たされた。部屋の中央にテーブルと椅子がひとつずつ置かれた、ごく普通のスイートルームだった。さまざまな地図や図面が散らばり、煙草と葉巻の煙が立ち込めていた。と、ペネロピは知っている顔を見つけた。次の間からウォルシュ大尉が姿を見せた。

「おはようございます、ミス・ミッチェル。間もなくシェルワース卿《きょう》がお会いになられます」大尉は次の間にペネロピを招き入れた。大尉は部屋の中央に置かれた木製の椅子を示し、言った。「おかけください」

五十代後半と思しき男が、大尉とペネロピに背を向けて電話で話していた。電話線の向こう側にいる誰かとのやり取りに没頭しているといったふうだった。数分後、男は受話器を置き、振り返った。背は高く白髪で細い口ひげを生やしていて、ホテルのそこかしこにいる軍服姿の男たちとは対照的にダークスーツを着ていた。特殊《S》作戦執《O》行《E》*1部部長のヒュー・シェルワース卿はペネロピに話しかけた。

「おはよう、ミス・ミッチェル。来ていただいて感謝する」

ペネロピは椅子から腰を上げ、シェルワース卿と握手した。卿は彼女の手をしっかり握り、決然とした眼を向けた。「お会いできて光栄です、シェルワース卿。申し訳ありませんが、バルカンからの脱出についてお話しできることはあまりありません」

「おかけなさい、お嬢さん」シェルワース卿は立ったまま、誰にともなく聞かせているという感じに話した。「この面談は潜水艦での脱出についてではない。その報告なら、すでにあらかた受けている。単刀直入に話そう。ここに呼びつけたのは、きみが何らかのかたちで戦争努力に大きく役立つ存在だと、われわれは考えているからだ」

ペネロピはしばらく考え込んだ。彼女にはさっぱり見当がつかなかった。戦争省は、わたしの何を必要としているの？　シェルワース卿は先を続けた。「きみはユーゴスラヴィアのレジスタンスとの接触に成功した。さらに言えば、実にうまくやったと思う。聞けば、なかなかの度胸ぶりだったそうじゃないか」

「モンテネグロでパン屋の主人とその妻に会ったときのことですね。コトルまでたどり着けたのは、ひとえに彼の協力のおかげです」

「きみはドイツ語が堪能で、おまけにフランス語とセルボ・クロアチア語も流暢《りゅうちょう》に話すことができると聞いている。おまけにベオグラードのわが国の大使館で働いていた」

「たしかに働いていました。ですが仕事といっても、もっぱら翻訳とＢＢＣの放送業務でしたが」

「きみがかかわっていた組織はもう存在しないのだよ、ミス・ミッチェル。人員の大半は秘密情報部《MI6》に吸収された。しかし私とウォルシュ大尉は、ＭＩ６とも保安局《MI5》ともちがう、まったく異なる組織を動かしている。首相官邸直属の部署だ。実際のところ、さっきの電話の相手は首相閣下だ。その任務はドイツの活動を妨害するというかなり危険なものだが、戦争努力にとっては極めて重要だ。そしてこの戦争での勝利に欠かすことのできない任務でもある」

　ペネロピは自分の足元に眼を落とし、自分に求められていることを推し量ってみた。シェルワース卿はさらに続けた。「もしかしたら、ご両親のことを案じているのかな？」

「はい、父は昼も夜も働いているので、母は一日の大半をひとりで過ごしています。今はわたしがずっと家にいることを喜んでいます」

「そして勉学のことも案じている。看護学士課程を卒業間近だと聞き及んでいるが」

「戦争が終わったら再開するつもりです」

「それに若く魅力的で、おまけにピアノを弾くこともできる」

「そうしたわたしの側面が、戦争努力にとってそれほど重要だとは思えませんが。その……〝特殊業務〟でもないかぎり」

「なるほど、その言葉を知っていて、何を意味するのかもわかっているのだね。だったら話は早い」

ペネロピは、傍らに立つウォルシュ大尉を見上げた。そしてこの面談の意味を理解した。「でも、ちょっと考えさせてください」

「もちろんだとも。今この場で決めてくれとは言わない。後日ウォルシュ大尉が連絡するから、それまでに答えを出しておいてくれ。ここでのことは他言無用だ。ご両親にも親しい友人にも。私の名前も、この場所のことも絶対に口外してはならない。ご理解いただけたかな？」

「はい、もちろんです」

「よろしい。われわれと行動を共にする決心がついたら、〝特殊業務〟についてとだけ伝えてくれ」

「ご親切にありがとうございます、シェルワース卿」

「こちらこそご足労感謝する、ミス・ミッチェル。ウォルシュ大尉が外まで案内する」

ペネロピを連れてセント・アーミンズ・ホテルから出たウォルシュ大尉は、彼女の容姿に思わず眼を奪われた。小柄ですらりとして、ブロンドの髪は短く切りそろえ、眼は愛らしいはしばみ色《ヘイゼル》だ。歳こそまだ二十代前半だが、かなり大人びた雰囲気をたたえている。おまけにかなり色っぽいところもある。独身のウォルシュ大尉は我慢しきれずにこう言った。「昼食でも一緒にどうかな？　すぐそこの角に、静かで小さなパブがあるんだけど。料理はボリューム満点で、聞くところによるとビールも美味《うま》いらしい」

ペネロピは笑みを浮かべ、答えた。「勤務中か何かなんじゃないの？」

「誰だっていつかは腹が減るものだよ」

戦時下のロンドンで財布も胃も空っぽのペネロピは、大尉の申し出を受け容れた。ふたりは昼食を食べ、多くのことを語り合い、そして笑い合った。ふたりとも総じて愉しい午後を過ごした。

＊1　第二次世界大戦中、ウィンストン・チャーチルは敵陣の背後で破壊工作を行いレジスタンス活動を支援する、ＭＩ６とはまったく異なる諜報機関を創設した。ＳＯＥの任務はヨーロッパ全土を燃え立たせることにあった。

第二部　召集

6 入隊

ユーゴスラヴィアから脱出して一年あまりが経った一九四二年六月、ジョゼフはペンシルヴェニア州ホーニングにある実家の近所の鉄工所で働いていた。ディック・ヴォイヴォダの手を借りて、何とか合衆国に戻ることができた。ディックがどうやってユーゴスラヴィアからトルコに逃げたのかは謎《なぞ》のままだった。親友からの手紙には石油会社で仕事を得たこと、中東とつながりができたことしか書かれていなかった。合衆国は前年の十二月に第二次世界大戦に参戦していたので、帰国すればまちがいなく召集されることになる。そこでディックはその石油会社の誘いに乗り、中東を担当する部署で働くことにしたのだった。

一方のジョゼフは、イスタンブールまで行ったのちに大西洋を渡って合衆国に戻ってきた。そしてピッツバーグ大学でどうにか学位を取得した。ヨーロッパ全土が戦火に見舞われているにもかかわらず、ベオグラード大学からすべての成績表を取り寄せることができた。その結果、地理学とセルボ・クロアチア語の学士号を取得するに足る単位を取得していることがわかった。これまでの努力と勤勉が報われたのだ。その一方で、召集令状が送られてくるのは時間の問題だった。

クロアチアで別れてから一年以上が経つというのに、テスからは何の連絡もなかった。ジョゼフは郵便受けを毎日調べ、そのたびに落胆した。夜にはベッドで横になり、テスのこと、イギリスに戻った彼女の暮らし向きに思いをはせた。無事に帰国できたとしても、空襲で荒廃したロンドンでの生活は難儀なものにちがいなかった。

最愛の女性からの便りを諦《あきら》めかけていた六月半ば頃、ジョゼフは郵便受けのなかに自分宛《あ》てのボロボロになったパウダーブルーの封筒を見つけた。テスからだったが、差出人の住所に憶えはなかった。

スコットランド、エディンバラ　イギリス空軍《RAF》爆撃機軍団司令部ＷＡＡＦ第三四班副班長　セレステ・ボーマン

有頂天になったジョゼフは、どうにかこうにか封筒を開けた。手紙にはこう書かれていた。

愛するジョゼフへ

あなたがこの手紙を読んでくれることを切に願っています。読んだということは、あなたは無事に帰国できたということですから。手紙を書くのがこんなに遅くなってしまって、本当にごめんなさい。連絡先を書いてくれた紙を失《な》くしてしまったの。幸い、あなたはペネロピにも連絡先を教えてくれていたから、ようやく彼女から教えてもらうことができました。ペネロピのことはあとで詳しく説明します。ヨーロッパの戦争で、わたしたち散々な目に遭ったわね。

イギリスに戻ったわたしは、オックスフォードで両親が経営しているホテルを手伝っていました。父は鉄道の仕事で忙しくて、母は人手を必要としていたから。オックスフォードはロンドンの北西八十キロのところにあるけど、この市《まち》のはずれにもドイツ軍はずっと爆弾を落としつづけています。ロンドンは四年前とはまったくちがう市《まち》になってしまいました。ほとんど瓦礫と化していて、毎晩どこかで火の手が上がっています。死と破壊に満ち、そして勇敢な若者たちが国外でどんどん命を落としている現状に、わたしは我慢できなくなりました。ルフト・ヴァッフェの爆撃機が落とす爆弾が爆発する音を毎晩聞きながら寝ています。あの音を聞くと、ベオグラードの記憶がよみがえってきます。爆発する音がするたびにあなたのことばかり考え、無事に帰国できたかどうか思わずにはいられませんでした。それがWAAFに加わった理由のひとつなの。WAAFとは〈空軍婦人補助部隊〉の略称です。本来なら若い男性がするはずの非戦闘員の仕事を、わたしたち女性が担っています。今は通信士の訓練を受けているところです。ピアノが弾けるから通信士向きの手だって言われたの。

ペネロピはロンドンのサウス・ランベスの実家に戻りました。戻ってから何週間ぐらいかした頃に、彼女は戦争省に出頭してユーゴスラヴィア脱出についての報告をしました。そこでトニー・ウォルシュという若い海軍士官と出会いました。ふたりは恋に落ちて、三回目のデートでペネロピは結婚を申し込まれたのよ！　そんなの信じられる？　彼にとっては生涯の恋人だったのね。だからペネロピはプロポーズを受け容れて、すぐに結婚したの。もちろん式にはわたしも花嫁介添え人として参列したわ。トニーは戦争省勤務で、その伝手《つて》でペネロピは政府関係の〝特殊業務〟の仕事に就いた。それがどんな仕事なのかは、わたしには今でもわからない。イギリスに戻ったら〝特殊業務〟の仕事を得ることができるって彼女がしょっちゅう言っていたこと、憶えてるでしょ。それはさておき、ペネロピもトニーもすぐに子どもを欲しがった。戦争中で、ロンドンでの暮らしは大変だというのに。彼女はすぐに身ごもった。

不幸なことに、トニーはペネロピと生まれたばかりの赤ん坊を残して亡くなってしまいました。ある夜の空襲で、彼が避難していたファリンドン駅に爆弾が命中したの。そんななかでの唯一の朗報は、ペネロピが元気な女の子を産んだことよ。サラという名前なの。夫を亡くした悲しみは大きかったけど、それでも彼女はもちこたえて、幼い娘の世話のことだけを考えて暮らした。そして彼女なりに戦争努力を支援したくて、応急看護師部隊《FANY》に加わることにした。最後に話をしたときは、救急車を運転して担架台を運んでいるって言っていた。

以上がわたしとペネロピの近況です。無事に帰国を果たしていたら、先に記した住所に返事を寄越してください。わたしもいっぱしの大人になったから、あなたとの関係を両親に隠す必要もなくなりました。愛しいジョゼフ、あなたに逢いたくてたまらない。ずっとあなたを愛しているということだけは忘れないでください。

あなたの愛しい恋人、テスより

歓喜に打ち震えるジョゼフの頬を熱いものが伝い落ちていった。涙が溢れ出る眼を郵便物の束に向けると、自分宛ての手紙がもう一通あった。差出人は陸軍省だった。七月二十六日に所定の場所に出頭せよと記されていた。ジョゼフは陸軍に召集されたのだ。

七月になり、ジョゼフはカリフォルニア州フォート・オードにある陸軍の新兵訓練基地に出頭した。学位をふたつ持ち複数の言語に通じるジョゼフは、訓練教官のドレイク軍曹に眼をつけられた。そんなわけで小隊の通常の教練に加えて、誰もやりたがらない面倒なことこの上ない業務を押しつけられた。厨房の手伝いをやらされ、午前三時から数千人の新兵が食べるジャガイモの皮むきをし、便所掃除と床磨きもした。

ある日の午後、食堂の裏でほかのふたりの新兵たちと一緒に大鍋《なべ》とフライパンを磨いていたジョゼフは、たわわに実をつけた見事な桃の木に眼を留めた。ジョゼフは新鮮な果物に眼がなかったが、軍隊ではその大好物は無きに等しかった。ここでの〝新鮮な果物〟は缶詰のフルーツカクテルを意味した。熟した実をどんどん落としていく美しい果樹を見て、ジョゼフは辛抱たまらなくなった。彼は持ち場を離れて桃の木に近づき、何個か実をもいだ。これまで味わったことのないほど美味《おい》しい桃だった。木陰に腰を下ろして極上の桃を堪能しているジョゼフをドレイク軍曹が見とがめ、怒鳴った。「きさま、そこで一体何をしている！　食堂の奥に戻って仕事をしろ！　本物の兵士のようにな！　自分はインテリだと思い込んでるみたいだが、こっちはきさまが腰抜けのふりをしてサボろうとしてることなんかお見とおしだからな！　おっと、いいことを思いついたぞ。ついてこい」

　ジョゼフは腰を上げて木陰から出て、ドレイク軍曹のあとをついて食堂の裏に戻った。ふたりの新兵たちはまだ大鍋とフライパンをせっせと磨いていた。軍曹はふたりに向かって大声で告げた。「なかに戻って厨房の手伝いをしろ。これからコスティニチは外で作業する！」

　ふたりの新兵があたふたと厨房に戻っていくなか、ジョゼフは陽射しのなかで気をつけの姿勢のまま立っていた。軍曹はポケットから歯ブラシを取り出し、言った。

「こいつで荷物搬入口を磨け。隅から隅までだ！　体力錬成《PT》が始まる十六時までに磨き終えろ。そのあとは、おまえだけランニングの距離を三キロ追加だ」

「イエッサー。ただちに取りかかります」

「おれのことをサーと呼ぶんじゃない！　食うに困らない貴族さまじゃないんだぞ！」

　ジョゼフがバケツに石けん水を入れに行こうとしたとき、陸軍のジープが搬入口にやってきて軍曹の眼のまえで停まった。ドレイク軍曹がすぐさま気をつけの姿勢を取ってジョゼフを指し示したので、運転しているのは将校にちがいないとジョゼフは察した。将校はまたジープを動かしてジョゼフに近づくと、土埃《つちぼこり》を上げて停めた。

「きみがジョゼフ・コスティニチ二等兵か？」若い童顔の少尉が尋ねた。

ジョゼフは敬礼し、答えた。「はい、そうであります、少尉どの」

「一緒に来てくれ。ワシントンから来たさるお方が、きみと話をしたいそうだ。ところでバケツと歯ブラシを持っているが、何をしているんだ？」

「ドレイク軍曹から、これで搬入口を磨きあげるよう仰せつかりました」

「彼がそう命じたのか？」

「はい、そうであります。十六時までに完了するようにと言われましたので、そのワシントンのお方との話が長くならなければと思っております。夕方のＰＴで三キロのランニングを追加されたこともありますし」

「一日中やろうがひと晩かかろうがどうでもいいことだ。バケツと歯ブラシを寄越せ」少尉はそう言うと、気をつけのまま立っているドレイク軍曹に近づいてバケツと歯ブラシを渡した。若い少尉は自分の権限を示すことにし、命じた。「きみがここを十六時までに磨きあげろ！　この二等兵は私が借り受ける。深夜まで戻らないかもしれない。では任務に取りかかれ！」

少尉はジョゼフのもとに戻ってきた。「乗りたまえ、二等兵」ジョゼフが命じられたとおりに乗り込むと、ジープはまた土埃を上げて走り出した。食堂の横を通り過ぎながら、ジョゼフは肩越しにうしろを見た。ドレイク軍曹は四つん這いになり、自分の歯ブラシで搬入口を磨いていた。ジョゼフはポケットに手を入れ、みずみずしい桃を取り出した。そしてかぶりつき、その甘みと風味を愉しんだ。

基地の司令部に到着すると、ジョゼフは狭いオフィスに通された。なかではスーツ姿の男が待っていた。ジョゼフが入室すると、男は椅子から腰を上げて名乗った。

「私はワシントンから来た戦略事務局《OSS》のハワード・オドネルだ。きみにいくつか尋ねたいことがある。そこにかけたまえ」オドネルは短く刈り込んだ髪に角ばったあごの、中背の五十代前半の男だった。

ジョゼフは言われたとおりにし、硬い木製の椅子に尻《しり》を落ち着けようとした。ワシントンから来た男は先を続けた。「きみの記録に眼を通した。数カ国語を操り、このご時勢にユーゴスラヴィアに留学していたそうだな。実際のところ、あの国からの脱出は大変だったらしいな」

オドネルの言葉にジョゼフの心はざわついた。「ドイツ軍が侵攻してくるまで、ベオグラード大学で二年学んでいました。大学にはヨーロッパ中から来た学生が大勢いました。親しい友人たちも何カ国かの言葉を話していました。ひとつの言語を習得したら、別の言語も簡単に身につけることができます。ユーゴスラヴィアからの脱出については、幸い現地のレジスタンスの力を借りることができましたから」

「本題に入ろう、コスティニチ二等兵」そこからオドネルはセルボ・クロアチア語を使い、よどみなく話をつづけた。「われわれＯＳＳは、きみのような優秀な人材を探している。ヨーロッパで暮らした経験があり、外国語を話せる若者をだ。われわれの任務は海外に渡ることがあり、危険が伴うこともある。戦争に突入した合衆国が現在求めているのは、枢軸国に対する完全勝利にほかならない。そのためには通常戦と不正規戦の両方を駆使し、あらゆる手段を講じなければならない。こうした任務に興味があるかね？」

返事を考えるまでもない問いかけだった。ジョゼフは、オドネルがセルボ・クロアチア語で話していることにすら気づいていなかった。海外での任務だと言われた途端、すぐさまテスのことが頭に浮かんだ。これでイギリスに行けるかもしれない。「もちろんあります！」そう答えてから、オドネルがわざとセルボ・クロアチア語に切り替えて、自分の語学力を見定めようとしていたことに気づいたが、気にしなかった。

オドネルは英語に戻し、心を動かされた様子どころか何の感情も示さず話を続けた。

「言っておくが、この任務はまったく強制ではないことは理解しておいてくれ。自分には向かない、もしくは任務遂行のための訓練に耐えられそうにないと判断した場合、今この場で断ることができる。それできみの記録に瑕《きず》がつくこともない」

「了解しました。いつ出頭すればよろしいでしょうか?」

「まずは命令書を読んで、書かれている条件に同意したらサインしてくれ」オドネルは命令書を机の上に滑らせた。ジョゼフは公務機密法の遵守を宣誓する書類と、基本戦闘訓練終了後に戦略事務局《OSS》への派遣を命じる命令書を読み終え、署名した。OSSがどんな組織なのか皆目わからないにもかかわらず。オドネルは言った。「ここでの基礎訓練を終えたら、ジョージア州のフォート・ベニングにある空挺《くうてい》学校に行ってもらう。むろん短縮コースになるが。その後はワシントンなどにあるOSSの訓練所で諜報技術を学んでもらう。順調に進めば、来年の春頃には実戦配備になる。何か質問はあるかね?」

「海外での任務になるという話ですが、イギリスかユーゴスラヴィアに派遣されることもあり得ますか?」

「あるかもしれないが、きみが訓練を終えるまでは何とも言えない。その後は任務の必須要件に応じて派遣の時期と場所が決まる」

ジョゼフは胸のうちに快哉《かいさい》を上げた。ようやくイギリスに渡る手立てが見つかった。ここにきて潮目は変わりつつある。そう考えたところで、ジョゼフは自分を脱出させてくれたミハイロヴィッチと交わした約束を思い出した。「話をしてもよろしいでしょうか、ミスター・オドネル。ユーゴスラヴィアにいたとき、ぼくはドラジャ・ミハイロヴィッチというレジスタンスのリーダーと出会いました。この人物をご存じですか?」

オドネルは興味を示し、片眉《まゆ》をピクリと吊《つ》り上げた。「〈タイム〉の記事で読んだ程度だが。ヴァージニアの本部局員たちなら詳しく知っているだろう。差し当たっては新兵訓練に専念したまえ。ここで私と会ったことは他言無用だ。わかったかね?」

「大丈夫です、誰にも言いません」

「ここに呼ばれた理由を誰かに訊かれたら、訓練終了後の配属先についての面談だったと答えればいい。OSSにようこそ、ミスター・コスティニチ」オドネルは席を立ち、手を差し出した。「きみと共に戦える日を愉しみにしている」

7 特殊業務

一九四二年八月、テスはエディンバラにある空軍《RAF》爆撃機軍団司令部の通信室で無線を受信していた。飛行士候補生たちの大半はランカスター爆撃機を使って訓練していた。そうした爆撃機が北海での訓練から帰投するなか、ロンドンからの電信がテスに届いた。彼女は空軍婦人補助部隊《WAAF》内での転属申請を出していたが、まだ何の沙汰《さた》もなかった。二日後の午前十一時、ノーサンバーランド・アヴェニューのホテル・ヴィクトリア二三八号室に出頭せよ。転属についての面談がある。出頭時は平服を着用のこと。電信にはそうあった。任務についての明るい報せがようやく届いたことに、テスは大喜びした。夜行列車に乗ってペネロピの家で一泊して、翌朝に地下鉄でエンバンクメント駅まで行けばいい。ホテル・ヴィクトリアは駅から歩いてすぐだし。テスはそう考えた。

サウス・ランベスにあるペネロピの実家にテスが到着したのは翌日の夜遅くのことだったが、灯火管制はまだ始まっていなかった。玄関ドアをノックすると、階段を下りてくる足音が聞こえ、ペネロピがドアを開けた。くたびれ果てている様子だが顔は明るいテスを見て、ペネロピは言った。「あなたがうちに来るだなんてすごい。ほんとびっくり」

「急にロンドン行きを命じられたの。ようやく転属の話が来て、こっちで詳しいことを説明するからって呼びつけられた。あなたと一緒にひと晩過ごせたらなって思ったけど、いいかしら？」

「もちろん大丈夫よ。さあ、入って」

「赤ちゃんはどうなの？」

「元気そのものよ。青くて大きな眼がトニーそっくり。今は寝てるけど」

「戦争とご主人を亡くしたことで大変だったたと思うけど、赤ん坊は天からの授かりものよね」

「今度あの子が夜泣きしておっぱいを欲しがったら、その言葉を思い出すことにする。さあ、どうぞ。お互い話したいことが一杯あるわね。ところでジョゼフから便りは来てるの？」

「彼は陸軍に召集されたわ。将校じゃなくて二等兵なんだって」

ペネロピはテスのスーツケースを取り、一階の居間に彼女を招き入れると、急いでキッチンに向かって茶の準備をした。数分後、茶とビスケットを載せたトレイを手に居間に戻ってきた。「彼にはしょっちゅう手紙を書いてるの？」

「一回か二回しか書いてないけど、ジョゼフのほうは葉書とか手紙を毎週寄越してくる」

「ロンドンにはいつまでいられるの？」

「ひと晩だけ。面談が終わったら、スコットランドに一番早く着く列車でとんぼ返りよ。あなたのことも話して。応急看護師部隊《FANY》の仕事はどうなの？」

「ありきたりで退屈な仕事ばかり。トラックを運転したり、負傷兵の話し相手になったり、そんなことばっか。それでも昇進したのよ。サラを抱えているわたしを不憫《ふびん》に思ったからにちがいないけど。今はオーチャード・コートで秘書をやってる。明日の朝は地下鉄で一緒に行けるわね。仕事中にサラの面倒を見てくれる子守りの達人もいることだし。面談の前にどこかでお茶をしてもいいかもね。ところでどこで面談するの？」

「ヴィクトリア・エンバンクメントにあるホテル・ヴィクトリアよ」

「あら、だったら無理ね。オーチャード・コートはメイフェアのベイカー・ストリートにあるから。じゃあ別の機会にしましょ」

「面談でどんなことを訊かれると思う？」テスは尋ねた。

「わたしの数少ない経験からすると、まちがいなくベオグラードでのことを訊かれるでしょうね。でも忘れないでね。もし訊かれたら、あの国からどうやって脱出したかについてはあまり話しちゃだめだってことを」

「それってどういうこと？」

「わたしも多くは言えないけど、わたしがこの国の情報機関の人間と連絡を取ったとか、モンテネグロでレジスタンスのリーダーと接触したこととか、そんなことは言わないでおくにかぎるってことだけは忠告しておく」

「あらやだ、忘れるところだった。そうよね、たぶんあなたの言うとおりだわ。言わないほうが身のためよね。そもそもＷＡＡＦには関係ないことだし」

ふたりはお茶を片手に語り合い、テスがソファで眠り込んだのは午前二時のことだった。ペネロピは二階のベッドルームに上がった。眠りにつく前に、彼女は胸につぶやいた――わたしの推薦が効いたみたいね。

明くる朝の十時ちょうど、テスは地下鉄のエンバンクメント駅から上がってきて、二ブロック離れたホテル・ヴィクトリアに向かって歩いていった。ノーサンバーランド・アヴェニューは多くの人々が行き交い、混雑していた。通りのそこかしこに空襲の傷痕《きずあと》が見て取れた。消防士たちが夜通し決死の消火活動にあたったにもかかわらず、まだくすぶりつづけている建物もいくつかあった。ヴィクトリア・エンバンクメントとホワイトホールに面したすべてのビルの正面に、高さ三メートルほどの土嚢の壁が築かれていた。そこらじゅうに兵士がいて、さまざまな官庁やビルにせかせかと出入りしていた。ホテル・ヴィクトリアに着くと、玄関にいた金属製のヘルメットをかぶったドアマンがテスに声をかけた。

「おはようございます、お嬢さん。ご用件をおうかがいします」

「ここでミスター・ポッターとお会いすることになっているんですが」

「それなら二階の廊下の奥までお進みください。エレヴェーターは停止しているので階段をお使いください。こちらお持ちください」ドアマンは入館証代わりの紙切れをテスに差し出した。

二階に上がったテスは、廊下の奥に二三八号室を見つけた。開かれていたドアに近づくと、格子柄のウールスーツを着た三十代の男が、パイプを片手に彼女を出迎えた。

「ミス・ボーマンだね。待っていたよ。朝早くからご足労願って申し訳ない。私がポッターだ。さあ、入りたまえ」

テスは自分の眼を疑った。部屋はがらんどうで、机とデスクランプ、そして椅子が二脚あるだけだった。寝室用の家具はすべて運び出されていた。ドアを閉じると部屋は暗くなり、ポッターはひとつしかないデスクランプを点けた。「どうぞ、かけたまえ」ポッターはそう言い、テスに煙草を勧めた。

「結構です、吸わないもので」テスはそう応じ、腰を何とか落ち着かせようとした。

ポッターは先を続けた。「きみの配属先はスコットランドの爆撃機軍団司令部だったね。向こうの待遇はどうだね？」

「この状況下にふさわしいものです。冬は寒くて夏は暑いですが」

「ピアノが弾けるそうだな。いつから始めたんだね？」

「十一歳からです」

「モールス符号の訓練はすでに受けているね」

テスはこくりとうなずいた。

「ベオグラード大学への留学経験があり、フランス語とドイツ語、そしてセルボ・クロアチア語に通じている。合っているかね？」

「はい、そのわけを説明しますと――」

ポッターはテスをさえぎって自分の話を続けた。「そして体力があり運動能力も高い。たしかに身体能力テストの結果はかなりの高得点だ」

テスは何と答えたものかわからなくなり、たまりかねて訊き返した。「あの、ミスター・ポッター、そうしたことがわたしの任務に一体どんな関係があるんですか？」

ポッターは窓に歩み寄った。閉じられたカーテンが部屋を暗くしていた。ポッターは上着のポケットからパイプマッチを取り出し、思案顔になった。ややあって火を点けないままのパイプを口に運び、そして答えた。「こんな謎めいた質問をするのには理由がある。実は、私の名前はポッターではない。本当の名前はジェプソン、WAAFとはまったく異なる、戦争省内の組織に属する海軍大佐だ。ここからは単刀直入に話そう。きみが有する技術は戦争努力に役立つものだと、われわれは考えている。ありていに言えば、秘密作戦における無線交信にうってつけの腕前を、きみは身につけている。われわれは、困難な状況下での無線交信が可能な、高度に熟達した通信士を必要としている。極めて危険な任務だということも伝えねばなるまい。殺害されないまでも、捕虜になる可能性がある。そうなった場合は秘密国家警察《ゲシュタポ》による尋問を受けることになる——連中は恐怖のみですべての人間を屈服させる」

「ミスター・ポッター、それは具体的にどのような任務なんですか?」

「ドイツ占領地で戦っているレジスタンスたちと行動を共にし、彼らの要望と情報をこちらの司令部に伝えてもらうことになる。もちろんドイツ側はその活動を問題視するし、発信地点を特定する技術にも非常に長《た》けている。ミス・ボーマン、きみは女性だから、危険を切り抜けることができる可能性はかなり高い。その言語能力をもってすれば地元住民のなかに紛れ込むことができるし、向こうも秘密作戦を敢行する工作員が、まさか女性だろうとは思わないだろうから、探知も捕獲も回避することができる。現時点ではきみの理解の埒外《らちがい》にあることだとは思うが」

「はい、どういうことなのかさっぱりわかりません。わたしより適任の人間がいるんじゃないですか？」

「きみと同年代の女性で、同等の技量や資質などを兼ね備えた人間はいるのかもしれない。しかしきみのような人材はなかなか見つからなかった。それでも見つけることができたのは天の采配《さいはい》と推薦のおかげだ」

ポッターは椅子に腰を下ろした。「今ここで答えを出せとは言わない。時間をかけてじっくり考えてくれたまえ。われわれの活動に加わることに同意してくれた場合、きみはイギリス空軍《RAF》の将校に任ぜられる。きみの答えはどちらでもかまわない。答えてくれただけで、われわれは先に進むことができる」

テスは言われたことを考えてみた。誰かがわたしを推薦したにちがいない。ややあって彼女は尋ねた。「どうやってわたしに眼をつけたんですか？」

「申し訳ないが、その点を話せる権限は私にはない。信頼できる筋からの、かなり強い推薦があったとだけ言っておこう」

「でしたら、お言葉どおりじっくり考えたうえでお返事いたします、ミスター・ポッター。失礼しました、ジェプソン大佐でしたね」

「ぜひそうしてくれたまえ。二週間待とう。私の連絡先はここに記しておく」ジェプソン大佐は入館証代わりの紙切れにサインしてテスに返し、ドアまで見送った。

テスはホテル・ヴィクトリアから出た。かなり強い推薦があったというジェプソン大佐の言葉が頭から離れなかった。大佐の言う〝信頼できる筋〟はペネロピ・ウォルシュ以外に考えられなかった。今はベイカー・ストリートにあるオーチャード・コートで秘書の仕事をしているとペネロピが言っていたことを、テスは思い出した。ここからは遠くない。スコットランドに戻る前にもう一度会っておこう。彼女はそう考えた。テスはバスに乗り、ポートマン・スクエアで降りた。ベイカー・ストリートの反対側に、正面に土嚢が積まれ、銃を持った歩哨《ほしょう》が配されたオーチャード・コートが眼に入った。テスは通りを渡って玄関に向かった。ホテル・ヴィクトリアと同様にドアマンが立っていたが、ヘルメットはかぶっていなかった。

「ペネロピ・ウォルシュに会いに来たんですが。ここで秘書をしていると聞いたもので」

「私の知るかぎり、そのような名前の方はここにはいらっしゃいません。この先のベイカー・ストリート六四番地で問い合わせてみてください」

ベイカー・ストリートを北に上がろうとしたそのとき、テスは通りを渡る人の姿を認めた。ペネロピだった。FANYのカーキ地の制服ではなく平服姿だった。テスは行き交う車のあいだをすり抜け、急いで通りを渡った。あなたに訊きたいことがたくさんあるわ、ペネロピ。

＊＊＊

一九四二年八月のある日の午前二時、イギリス海軍の潜水艦がダルマチア（クロアチアのアドリア海沿岸部）の沖に浮上した。潜水艦には、イギリス陸軍のニキ・ポトック大尉とカナダ陸軍のペーター・パヴロッチおよびアンドレ・シマッチからなる敵地潜入チームが乗っていた。特殊作戦執行部《ＳＯＥ》に所属する三人に与えられた任務は、ブラチ島にあるチトー率いるパルチザンの拠点とＳＯＥカイロ支部を直結する、新たな通信手段の確立だった。ダルマチア出身の三人はこの土地のことを熟知していて、たやすく任務を遂行できると考えていた。パヴロッチは工作員で、シマッチは通信士だった。シマッチが担当する無線機は、ＳＯＥが秘密作戦で使用する〈マルコーニＭｋⅡ〉だった。重量十六キロの、小ぶりなスーツケースに収めることができる小型無線機だった。その夜、パルチザンたちはＢＢＣの娯楽番組で〝朝食にお茶が出ます〟という言葉を耳にした。それは海からやってくる潜入チームの受け入れ準備をしろという意味の暗号だった。

潜水艦に許された浮上時間はわずか五分だった。そのあいだにゴムボートを用意し、潜入班を乗り込ませなければならなかった。そのあとは岸までボートを漕《こ》ぎ、パルチザンに回収してもらう段取りになっていた。三人はハッチから甲板に出て、ゴムボートに降りた。ふたりの乗組員が装備の詰まった背嚢《はいのう》と無線機をボートに投げ込むと、艦内に戻っていった。ポトックとパヴロッチとシマッチがオールを漕いで離れていくなか、潜水艦は海面下に消えていった。空は晴れ、気温も暖かい美しい夜だった。かび と油のにおいに満ちた潜水艦内にいた三人に海の空気が心地よかった。陸《おか》に向かって漕いでいくと、黒い島影がくっきりと見えてきた。

「この方向の先に小さな浜辺があるはずだ。浜の真ん中に上陸する」パヴロッチが大声で言った。

岸に向かって漕いでいくにつれて、かなりまずいことになっていることがわかってきた。ブラチ島の沖から漕ぎ出したはずなのに、近づいてみると南北数キロにわたる平坦《へいたん》な土地が見えてきた。さらには、海岸沿いを移動する車両のヘッドライトが見えた。ブラチ島の上陸地点は無人地帯のはずだった。

「ちくしょう、あれが見えるか？」シマッチが吐き捨てるように言った。

「あれは島なんかじゃない。どうやら本土の海岸線のようだが」ポトックが応じた。

「おれにもそう見える。上陸地点を横にずらすか？　磯場の近くに上陸できそうな場所が見える」

パヴロッチはオールを漕ぐペースを早め、言った。「まさか天下のイギリス海軍がこんなに間抜けだったとはな。見当ちがいの地点でおれたちを降ろしやがった。どうりでドイツに負けつづけるわけだ」

岸に近づくにつれて、波はさらに荒くなっていった。打ち寄せるうねりに、小さなゴムボートは悪戦苦闘した。三人はオールを漕ぐ手をさらに早め、ようやく波打ち際までたどり着いたが、そこはどこもかしこも岩だらけだった。彼らは白く泡立っているところが一番少なそうな場所に舳先《へさき》を向け、そして祈った。ゴムボートは岩畳《いわだたみ》にぶつかり、転覆した。幸いなことに、そこは足が着くほど浅かった。三人はゴムボートと荷物を海から引き上げたところで力尽き、砂の上に倒れ込んだ。

息を整えたところでパヴロッチが言った。「浜から離れるぞ。装備を乾かせる場所を見つけて、まったくちがう地点で潜水艦から降ろされたことを無線で伝える。あそこはどうだ？」彼は斜面の上にある木立を指し示した。

シマッチが応じた。「よさそうだな。無線機は防水袋に密閉してあるから濡《ぬ》れてはいないはずだ」

シマッチは無線機を収めた防水袋と背嚢を取り上げて斜面を登り、ポトックとパヴロッチは残りの装備を持ってあとに続いた。登り切ると、そこは道路になっていた。路肩にトラックが停まっていて、男が三人いた。三人ともドイツ軍の制服ではなく平服を着ていた。イギリス軍の潜入工作員たちに選択の余地はなかった——自分たちの存在を知られてしまったからには、この民間人たちをどうにかするしかない。ずぶ濡れでまだ息が荒いポトックがセルボ・クロアチア語で話しかけた。

「こんばんは。ここの沖で船が遭難して、脱出してここにたどり着いたんだ。すまないが、町まで乗せてもらえないかな?」

ランタンを手にした男が闇のなかから進み出て応じた。「おれたちは海岸沿いをひと晩中パトロールしていたんだが、船が遭難したところなんか見てないぞ。あんたたちがゴムボートを漕いでいるところなら見たが」男はホルスターから銃を抜いた。

「その袋は何だ?」

パヴロッチはリヴォルヴァーを抜いて撃とうとしたが無駄だった。銃に手を伸ばした途端、男のひとりが放った銃弾がパヴロッチの眉間《みけん》を貫いた。彼は地面にくずおれた。

ポトックとシマッチは両手を上げ、シマッチがセルボ・クロアチア語で言った。「撃たないでくれ! おれたちは丸腰だ」

ポトックが尋ねた。「パルチザンを探しているんだ。チトーがいるところに連れていってくれないか?」

平服姿の三人は声をあげて笑い、シマッチとポトックを摑んで地面に押しつけた。ひとりがシマッチの防水袋を拾い上げ、口を開けた。「見ろよ、かなり大切そうなもんが入ってるぞ」その男は防水袋を引き裂き、なかのスーツケースを出した。そしてスーツケースを開いて通信機をさらけ出した。「とんでもないお宝だな。これで褒美《ほうび》がたんまりともらえる」

ポトックとシマッチは、ドイツ占領下のユーゴスラヴィアで捕虜になった連合軍兵士の第一号となった。残念ながら、ふたりが遭遇したのはチトー率いるパルチザンではなく、ウスタシャという、ナチに忠誠を誓うクロアチアの武装勢力だった。イギリス軍工作員たちは軍用列車でベオグラードに移送され、現地のゲシュタポ司令部でさらなる尋問を受けることになった。

第三部

敵地潜入

8 シャングリ・ラ

一九四三年の九月初旬、ジョゼフ・コスティニチはヴァージニア州にある戦略情報局《OSS》訓練所、またの名を〈ザ・ファーム〉での半年にわたる訓練課程を修了した。入所するなり、教官たちはジョゼフに備わるさまざまな才能を見抜き、訓練期間を延長して特殊作戦活動《SO》だけでなく特殊情報活動《SI》も学ばせた。落下傘降下についてもさらに技術を身につけ、秘密通信と無線技術の短期課程も受けた。鉄道の車両基地で蒸気機関車の起動と停止の手順すら学んだ。すべての課程を終えると、ジョゼフは正式にOSSの一員となり、中尉に昇進した。そして最初の任務について知らされた。ある日、軽食を取ろうと食堂に行くと、見慣れないふたりの男が近づいてきて言った。「ジョゼフ・コスティニチ中尉、われわれと一緒に来ていただけるかな?」

ジョゼフはふたりの男と一緒に、白いひとつ星が描かれたオリーヴドラブのフォードのセダンに乗り込んだ。セダンはワシントンDCから百キロほど離れた、ひっそりとした林のなかにジョゼフを連れていった。OSSの内輪では〈シャングリ・ラ〉[*1]と呼ばれている場所だった。セダンが小さな山荘の正面で停まったときには夕食時になっていた。ふたりの男に案内されて山荘に向かうと、海軍士官に出迎えられた。「〈シャングリ・ラ〉にようこそ、コスティニチ中尉。皆さんお待ちかねです。どうぞお入りください」海軍士官は玄関ドアを開け、ジョゼフをなかに入るよう手でうながした。

山荘のなかには、巨大な石造りの暖炉が居間を埋め尽くさんばかりに鎮座していた。坐り心地のよさそうな大ぶりの肘掛《ひじかけ》椅子に三人の男が腰を下ろしていた。痩身で白髪交じりの髪を短く刈り込んだ男はハワード・オドネルだった。そして懐かしい顔もあった——ディック・ヴォイヴォダだった。ジョゼフが戸口に姿を見せると、三人とも腰を上げた。まずオドネルが口を開いた。「ああ、ようやくのお出ましか、コスティニチ。待っていたぞ。こっちに来てくれ」

ジョゼフは居間を進み、三人のまえで足を止めた。スーツではなく中佐の階級章がついた軍服姿のオドネルは話を続けた。「われわれのボス、ＯＳＳ長官のウィリアム・ドノヴァン少将を紹介しよう」

ウィリアム・ドノヴァン陸軍少将は、がっしりとした体にごま塩頭を載せた六十歳の男だった。少将はフーヴァー前大統領の元側近の共和党員で、アイルランド系のカトリック教徒で、第一次世界大戦で名誉勲章を授与された英雄で、ウォール街の大物弁護士で、そして富豪だった。ローズヴェルト大統領その人に抜擢《ばってき》され、新たに創設されたアメリカのスパイ組織の長となった男でもあった。

ジョゼフはドノヴァン長官に手を差し出した。「お会いできて光栄です、長官。お名前こそこの何カ月か耳にし続けていましたが、ようやくお目にかかれました」

オドネルが話を継いだ。「ヴォイヴォダ大尉はもう知っているはずだな。大尉はOSSの空輸担当将校のひとりだ」

ジョゼフは信じられないといった表情を浮かべつつ旧友を見て、つぶやくように言った。「信じられないな。またきみか、ディック。何でここに？」

大尉の階級章がやたらと目立つ陸軍の制服を身にまとい、スコッチとグラスと煙草を手に立っているディックは言った。「おまえの顔を拝むためにわざわざ来てやったんだ。こっちに戻ってきたから、中東での石油掘りとドサまわりとはおさらばだ。少なくとも今のところは」

眼のまえに昔馴染みがいることをいまだに信じられずにいるジョゼフはさらに訊いた。「ディック、きみには本当に驚かされっぱなしだよ。最後に会ったのはトルコだったよな。ところで、ぼくはきみに助けてもらってイスタンブール経由で帰国したけど、それからきみはどうやってトルコから出たんだ？」

「ああ、そんなことは全体のなかの些細《ささい》な部分だよ、相棒」

「大尉、彼に説明してやったらどうだ」オドネル中佐が言った。

ディックはグラスをテーブルに置いた。「おまえをイスタンブールに連れていったあと、顔見知りのおっさんにばったり出くわしたんだ。中東の石油会社で働いている男だ。ベオグラード大学で機械工学を学んでいたけどナチが攻め込んできたから逃げてきたって言ったら、技師を探していたところだからうちで働かないかっておっさんは持ちかけてきた。無職だったおれは当然その誘いに乗った。結局、油田の仕事はあまりやらなかった。おれが外国語をいくつか話せるとわかったら、会社はすぐにおれを通訳にした。そのうち空輸部門の仕事もするようになった。会社の人間が合衆国と中東の行き来に使う空の便の段取りをつける仕事だった。そうこうしているうちにアメリカも参戦した。パール・ハーバーでのあのことのあとに帰国したら、今度はOSSに勧誘された。OSSはセルボ・クロアチア語やほかの言語を話せる、空輸業務の経験者を探していた。大統領直属の組織だって言われた。戦時下だからもちろん誘いに乗って、歩兵になる代わりにドノヴァン少将率いるOSSで戦うことにしたってわけだ」

フィリピン人の若い給仕が居間に入ってきた。「お話し中のところ申し訳ございませんが、ご夕食の用意が整いました」

ドノヴァン長官がようやく口を開いた。「きみらはどうか知らんが、私は腹ぺこだ。話の続きはダイニングルームでしようじゃないか。そこで今夜コスティニチ中尉を呼んだ理由もお話ししよう」

長官のその言葉をきっかけにして、四人は隣のダイニングルームに移動し、小ぶりな丸いテーブルについた。食事のあいだはスコッチのお代わりを頼む声が時折あがるだけで、それ以外は誰も何も言わなかった。ジョゼフ以外の男たちはさかんにお代わりを注文した。食事が終わり、葉巻とブランデーが振る舞われると、ドノヴァン長官が口火を切った。「ハワード、まずはバルカン半島の担当責任者であるきみが説明したまえ」

オドネル中佐はブランデーを口にし、そして言った。「コスティニチ、きみの訓練報告書とユーゴスラヴィア脱出時の報告書は読ませてもらった。きみが話すセルボ・クロアチア語を聞く機会もあった。結論を言えば、どれも実に満足のいくものだった。われわれのバルカンでの次なる作戦でも、きみなら見事に任務を遂行できるだろう」

ドノヴァン長官が話を継いだ。「われわれはユーゴスラヴィアのレジスタンス組織と共闘する拠点を築くべく、イギリス側と協働しているところだ。向こうの特殊《S》作戦《O》執行部《E》は、昨年の初めの頃から現地で活動している。すでに数チームを、おもにパルチザンの支配地域に送り込んでいる。ユーゴのレジスタンス勢力はパルチザンだけではないが、どの組織がドイツ軍に充分対抗し得る力があるのかについては、これまで収集した情報だけでは判断できない。大統領には、ドイツ軍に対して最も大きな戦果を挙げた組織に軍事と資金の両面で支援の手を差し伸べる用意がある。つまり、どの組織が戦争努力に大きく貢献しているのかわからなければ支援はできないということだ。膨大な額の税金が投入されることになるのだから、無駄に使うことなどあってはならない」

長官の話の先を、またオドネル中佐が引き継いだ。「そこできみの力が必要になるわけだ。バルカンでの秘密作戦は、あの地の〝専門家〟を自称しているイギリスが主導権を主張しているが、長官が指摘したとおり情報が錯綜《さくそう》している。われわれとしては、次回のユーゴスラヴィア潜入にきみをアメリカ側の工作員として送り込み、混乱している情報を整理して直接われわれに報告してもらいたい。きみにはSOEに先駆けて現地に入ってもらう。向こうは指揮官と通信士を送り込む。きみは工作員兼副指揮官の立場になる」

今度はディックが話を継いだ。「作戦計画はイギリス側が立てているから、詳しいことは今ここで話すことはできない。おれが言えるのは、これからロンドンのSOE本部に行って、そこで作戦の詳細についての説明があるということだけだ。ロンドンまでと、そこから現地までの空の足はおれが手配する。だから当然おれもロンドンに飛ぶし、カイロにも同行する」

長官がまた口を開いた。「ルーマニアのプロイエシュチにあるアストロ・ロマーナ製油所を爆撃したわが軍の爆撃機がユーゴスラヴィアで墜落し、幸いなことに搭乗員たちは無事脱出し、チェトニックの支配地域に降下した。ミハイロヴィッチは彼らの救出にあたっているという報告が入ってきている。SOEとパルチザンはその情報を否定し、むしろミハイロヴィッチはドイツ軍に大っぴらに力を貸していると言っている。われわれには理解し難いことだ。ユーゴスラヴィアから生還を果たした搭乗員たちは、ミハイロヴィッチおよびチェトニックの戦闘員たちの助けを得たと、全員ではないにせよ大半が報告している。チトー率いるパルチザンではなく」

「四一年にあの国から脱出する過程で、ぼくはミハイロヴィッチと会うことができました。そのときぼくは、脱出に手を貸してくれたら抵抗活動のためにできることなら何でもすると、彼に約束しました。彼が教えてくれた情報は正確で、そのおかげで無事脱出に成功しました。そんな彼が、今度はわれわれではなくドイツと手を組むだなんて理屈に合いません」

「だからこそきみに、ミハイロヴィッチの支配地域にふたたび入ってもらいたいのだよ」ドノヴァン長官は言った。「きみは彼と一度接触している。向こうはきみのことを憶えているだろう。約束を果たすと言ったから、きみのことを信頼しているのかもしれない。協力を約束したのだろう?」

「そのとおりです、長官。ぼくの報告はすでにお読みになっていますよね。ミハイロヴィッチは武器弾薬などの物資、とくに無線機が必要だと言っていました」

「チェトニックがドイツ軍に打撃を与え、現地に降下した航空兵たちの帰還を支援してくれるかぎり、われわれは向こうの望みをすべてかなえてやる心づもりでいる。そのためには、現在もわれわれの味方なのかどうかを確認しなければならないのだよ」オドネル中佐が言い添えた。

「それなら話は決まりだな」ドノヴァン長官は言った。「コスティニチ中尉、きみとヴォイヴォダ大尉にはB‐24爆撃機でロンドンに飛んでもらう。SOE本部で作戦の説明を受け次第、カイロ司令部に向かえ。そこでユーゴスラヴィア潜入の指示を与える」

夕食と面談の終了をはっきりと告げるかのように、長官は立ち上がった。残りの三人も一斉に腰を上げた。「きみたちは私の車でワシントンに戻りたまえ」ドノヴァン長官はジョゼフに手を差し出した。「武運を祈る。これから任務終了までは、オドネル中佐がきみの工作担当官となる」

ドノヴァン長官の運転手が運転する車の後部座席に、ディックとジョゼフは無言で坐っていた。ポトマック川を渡ったところで、ようやくディックが沈黙を破った。

「ワイルド・ビル（ドノヴァン長官のふたつ名）には、テスのことはひと言も話してないからな。OSSとしては、彼女のこともペネロピのこともどうでもいい。ようやく会えるチャンスがめぐってきてワクワクしてるんだろ、今まで本当によく我慢できたもんだな」

「ご配慮痛み入るよ、ディック。きみの言うとおりだ。テスのことは少し話しておこうと思ったんだが、しなくて正解だった」

「ロンドンに着いたらあまり時間はないぞ。SOEはおれたちが行くことをもう知ってるし、それにあそこの新しいボスのコリン・ガビンズを待たせるのはよくない。短い時間のあいだでやれることをやろう。何も約束できないが、友人としておまえにしてやれることといえばそれぐらいだ」

＊＊＊

親衛隊保安局《SD》[*2]のハンス・フロスベルクは、技術補佐官のエルンスト・ゲルヘルトを伴ってゲシュタポの監獄の狭い階段を下りて留置房に向かった。ふたりともスーツ姿だった。フロスベルクの階級は、国防軍の中佐に相当する親衛隊《SS》上級大隊指導者だった。長身痩躯《そうく》で茶色の髪と青い眼の、整った顔立ちの四十五歳のフロスベルクは、戦争が始まる前はハンブルク刑事警察《クリポ》の捜査官だった。一九三九年にドイツが宣戦布告すると、SSは実績のある優秀な公務員を全員兵役に就かせた。主任刑事捜査官だったフロスベルクには上級大隊指導者の地位とユーゴスラヴィアの警察権を与えた。彼は国内に駐在する何千人もの秘密国家警察《ゲシュタポ》とSS隊員の指揮を執っていた。ドイツ占領下にあるユーゴスラヴィアの治安にかかわる事柄は、フロスベルクの言葉ですべてが決まった。戦前はただの公務員で、公立学校の英語教師だったゲルヘルトはSSの制服を着る必要はなかった。しかしフロスベルクのほうは、制服を着ないほうがいい成果を上げることができると、クリポの刑事捜査官だった経験からわかっていた。事実、制服姿の彼にお目にかかることはほとんどなかった。

監獄のこの区画には政治犯のみが収容されていた。ここにフロスベルクは最も優秀な人員を配し、取り調べを行っていた。SDは第三帝国の治安をあずかるSS内の組織で、情報収集にもあたっていた。フロスベルクの第一の任務は防諜《ぼうちょう》活動で、そのおもなやり方は連合国の諜報員を捕らえて寝返らせることだった。連合国の基本戦略はドイツの戦力を可能なかぎり東方に集約させ、西部戦線にまわさないようにすることなのだとフロスベルクはわかっていた。イギリスの情報機関が多数の工作員をユーゴスラヴィアに潜入させてレジスタンス活動を支援し、ドイツの防諜戦力をさらにここに集めようとしていることもお見とおしだった。この敵の戦略の弱点もフロスベルクは見抜いていた。占領地への監視の眼を緩めることで、逆にそこにイギリスの諜報戦力を引きつけることが可能だ。そこでドイツ側は捕獲したイギリスの工作員を転向させ、鹵獲《ろかく》した無線機を使って偽の情報を流す作戦を立てた。その作戦は〈無線ゲーム《フンク・シュピール》〉

と呼ばれていた。

ウスタシャが捕らえたふたりのイギリス軍工作員は、手前のほうにある房に別々に収容されていた。房のガラスの小窓は鉄格子で覆われてはいたが、天気に応じて開け閉めができた。さらにはマットレス敷きの小さなベッドと椅子と机、そしてデスクランプもあった。そうした備品は、監獄のほかの房と比べると豪華だと言えた。この二名のイギリス軍工作員は、バルカン半島における連合軍の諜報活動に浸透するためにフロスベルクが立てた対欺瞞《ぎまん》・防諜作戦の第一段階の要素だった。フロスベルクの作戦とは、SDがフランスとベルギーで大成功を収めた、鹵獲した無線機を使った防諜作戦を再現しようとするものだった。

階段を下り切ると、フロスベルクはゲシュタポの看守に命じた。「ただちに通信士を私のオフィスに連れてこい。そいつがネズミのようなにおいがしないようにしておけ」

そしてゲルヘルトに向き直って言った。「通信士には、自分の行く末を考える時間は充分に与えた。ゲシュタポの監獄でほかの囚人たちの叫び声をさんざん聞かされたんだからな」

フロスベルクは踵《きびす》を返し、階段を戻っていった。ゲルヘルトもそのあとについた。

＊1　メリーランド州にあり、現在は〈キャンプ・デーヴィッド〉と呼ばれる大統領の保養地となっている。

＊2　ゲシュタポという言葉は、ドイツ国内では国防軍の情報部〈アプヴェーア〉と親衛隊の諜報部門である保安本部が管轄する秘密国家警察〈ゲハイメ・シュターツポリツァイ〉および保安局とを識別するために用いられていた。しかし連合軍はドイツの三つの諜報機関をまとめてゲシュタポとして扱っていた。

9　特殊作戦執行部《SOE》

アメリカ陸軍の制服姿のディックとジョゼフはＳＯＥの専用車に出迎えられ、ベイカー・ストリート六四番地にある本部のまえで降ろされた。ふたりは合衆国から空路でイギリスに到着したばかりだった。長旅でくたくただったが、午後にはＳＯＥで会議が予定されていた。階段を上がってガビンズ司令のオフィスに向かうディックは、本部内に大勢いる応急看護師部隊《FANY》の女たちがどうしても気になった。

「ここは女だらけだな。一カ所にこんなにいるところを初めてお眼にかかったよ。なあ、時間があればちょっと探りを入れて、テスかペネロピを見つけることができるかもしれないぞ。彼女たちのことを知ってて、居場所を教えてくれそうな子ぐらいはいるんじゃないかな」

「どうだろう。望み薄じゃないかな。テスから届いた最後の手紙には、今は南の沿岸部で高等訓練みたいなものを受けているって書いてあった」

「それでも訊くだけ訊いてみようじゃないか。それにカイロに向かって発つのは明日の朝だ。おまえとガビンズの打ち合わせが終わったら、そのあとはずっとふたりを探す時間に充《あ》てることができる」

ガビンズ司令のオフィスに入ると、ふたりは制帽を取った。秘書のデスクにも制服姿のFANYがいて、二台の電話機を同時に操っていた。そのFANYは顔を上げて言った。「申し訳ございません、今しばらくお待ちください」彼女は両方の電話を切り、そして言った。「失礼いたしました。予定より早くお見えになられたんですね。来られるのは一時間後とばかり思っていました。幸い、ヒューロン大佐はもういらしていて、ガビンズ准将《じゅんしょう》と話されています。コスティニチ中尉はどちらですか？」

ジョゼフが手を挙げた。「ぼくです」

「お連れさまはここでお待ちください。お入りください、中尉」

会議に出るジョゼフの帽子をディックはあずかった。「おれはここで待つよ。もしかしたらイカす女の子に食堂を案内してもらえるかもな」

ジョゼフはガビンズ司令のオフィスに足を踏み入れた。壁に掛けられたユーゴスラヴィアの大きな地図のまえに三人の男が立っていた。写真で見ていたのでガビンズはわかったが、残りのふたりは見知らぬ顔だった。三人ともスーツ姿だった。ひとりが振り返り、ジョゼフに話しかけた。

「きみがコスティニチ中尉だな。私はSOEユーゴスラヴィア局長のスティーヴンズ大佐だ。きみの任務を説明するためにカイロから飛んできた。こちらはウィリアム・ヒューロン大佐、そしてガビンズ准将は紹介するまでもないな」SOEの司令に新たに着任したコリン・ガビンズ准将は、薄くなりつつある茶色の髪に口ひげという四十代後半の男だった。

ジョゼフは手を差し出した。「みなさんにお会いできて光栄です」

「まあ坐りたまえ」スティーヴンズが言った。

ジョゼフが会議用テーブルの席につくと、三人もあとに続いた。ガビンズ准将が口を開いた。「コスティニチ中尉、われわれと作戦を共にする最初のアメリカ陸軍将校として、きみを歓迎する。OSSのドノヴァン長官と話をしたが、長官はきみのことを高く評価している。この作戦にうってつけの人材だと太鼓判を押していた」

「光栄です、准将。全力を尽くします」

「まずは、遠路はるばるカイロからやって来たスティーヴンズ大佐がユーゴスラヴィアの担当責任者だということを言っておく。スティーヴンズはカイロで作戦活動と情報の調整にあたる。ヒューロン大佐は今回の潜入チームの指揮官だ。パルチザンの支配地域ではあるが、ユーゴスラヴィアへの潜入は経験済みだ。現地の土地鑑があるから、潜入チームの大きな力となるだろう」

ウィリアム・ヒューロン大佐は長身でたくましい体つきの黒髪の三十代の男で、元土木技師だった。「よろしく頼むよ、中尉。ＯＳＳから送られてきたきみのファイルは読んだ。優秀な人間は大歓迎だ」

ガビンズ准将は話を続けた。「潜入チームに加わる予定の通信士は、現在は訓練中だ。きみは英米初の合同チームの一員としてチェトニックの支配地域に潜入し、コードネーム〈切れ味のいい短剣《クレディブル・ダガー》〉ことドラジャ・ミハイロヴィッチと接触してもらうことになる。一方のパルチザンを率いるチトーのコードネームは〈切れ味のいい剣《クレディブル・ソード》〉で、そちらとはすでに別の潜入チームが接触済みだ。きみらのチームの名称は、もちろん指揮官の名前から取った〈チーム・ヒューロン〉だ。きみらの使命は、ドラジャ・ミハイロヴィッチとチェトニックが信頼できる戦力かどうか判断することにある。チトーとミハイロヴィッチ、どちらが指揮するレジスタンス勢力が連合国の支援を受けるにふさわしいのか、われわれは見極めなければならない。煎《せん》じ詰めれば、どちらがより多くのドイツ軍兵士を殺しているのか、もしくは殺す力があるのかを知りたい。スティーヴンズ、作戦の説明をお願いできるかな？」

スティーヴンズ大佐は席から立ち、壁のユーゴスラヴィア地図に歩み寄った。「状況は混乱を極めている。チェトニックとパルチザンは、どちらも山間部を支配下に置いている。率直に言って、その両方と対抗し得る兵力をドイツ軍は有していない。連中は戦力を主要都市と町々に集中させている。したがって、きみらのチームをチェトニック支配地に降下させることはさほど難しいことではないはずだ。降下後は、きみらがわれわれの地上の眼となる。任務は妨害工作ではなく情報収集のみだ。自衛以外の戦闘行為をしてはならない。また、アメリカ側は先入観を排除した情報判断を求めている。だからこそきみを送り込んだというわけだ」

ジョゼフが質問した。「ミハイロヴィッチが拠点としているのはどこですか?」

「現時点では正確な位置情報はつかんでいない。カイロを発つまでにはわかるだろう。目下のところはセルビア山間部のロズニツァ近辺にいるのではないかとにらんでいる」スティーヴンズ大佐はそう答え、地図上のロズニツァを指し示した。

ジョゼフは立ち上がって地図に近づいた。「ちょっと見ていいですか?」

「もちろんだ」

ジョゼフは大佐が示したあたりに顔を寄せた。「ぼくが二年前にミハイロヴィッチと会ったのも、おそらくここです。彼は馬を使って、かなり広範囲にわたって頻繁《ひんぱん》に移動しています。このあたりに降下しても、いない可能性があります」

スティーヴンズが応じた。「その点については言っておくことがある。チームの潜入については三人一緒にというわけにはいかない。降着地点の状況はまったくわからないのだから、まずはきみを単独で先行させることにした。きみがミハイロヴィッチの手勢と接触して降着地点を確保したのちに、残りのふたりと装備をそこに落とす」

「つまり、ぼくの身の安全は二の次ということですか?」

ガビンズ准将が口をはさんだ。「そうじゃない、慎重を期せばこその措置だ。これは極めて危険な任務だ。三人そろってゲシュタポの手に落ちるだなんてことはあってはならない」

「最後にひとつだけ言っておく」スティーヴンズは話を続けた。「無線傍受と発信地点を特定するドイツ側の技術はかなりのものだ。潜入に成功して無線送信を開始したら、ドイツ軍は無線方向探知機を総動員して、きみらに向けるだろう。幸いなことに、きみらが活動するのは都市から離れた山間部だから、ドイツ側が三角測量を用いて位置を特定しても、そこへの到達には苦労するだろう。しかし安全を期して、通信規則の遵守を徹底し、送信時間も短時間に留める。目下のところ、チームの通信士は高等訓練課程で技術に磨きをかけているところだ。任務開始時までには文句のつけようがないほど熟達しているはずだ」

ガビンズ准将が腰を上げた。「出発前にカイロで最後の作戦説明をする。とりあえずこの会議はお開きにしよう。通りの先にフラットがあるから、今夜はそこで過ごしたまえ。詳しいことは外の部屋にいる秘書が教える。武運を祈る、コスティニチ中尉。きみからの現地報告を愉しみにしているぞ」

オフィスから出ると、食堂から戻ったばかりのディックが外で待っていた。「早かったじゃないか。階下《した》で出してるサンドウィッチもコーヒーも茶も全部素晴らしいぞ。FANYの女の子たちも言わずもがなだが」

ガビンズの秘書がディックの話をさえぎった。「今夜泊まっていただくフラットはベイカー・ストリートぞいにあります。玄関で係の者にこれを渡してください」秘書はふたりそれぞれに宿泊券を渡した。「車でお送りします。それではロンドンでの短い滞在をお愉しみください」

SOEから指定されたフラットまでの短い道のりのあいだに、ディックが言った。「食堂でFANYのかわい子ちゃんに特ダネを教えてもらった。われらが友人のペネロピがいそうな場所についてだ。どうやらSOE内で彼女を知らない人間はほとんどいないみたいだ。フランス局のヴィヴィアン・テイトっていう副局長の特別補佐官をやってるらしい」ディックは後部座席から身を乗り出して運転手に話しかけた。「おれたちが泊まるフラットとフランス局はどれぐらい離れてる?」

SOE本部に出入りする人物とのやり取りは慎重にせよと厳命されている運転手は、くぐもった小声で「遠くはありません」とだけ答え、運転を続けた。

ディックは座席に背を戻した。「まったく役に立つ運転手だよ」

「しいて言うなら眼と鼻の先です」運転手は応じた。「内輪では〈F局〉と呼ばれていますが、その本部はオーチャード・コートにあります。でもあなたのおっしゃる方をお探しなら、お役に立てるかもしれません」

ディックはすぐさま言った。「じゃあ役に立ってくれ。探せる時間は朝までしかないんだ」

「その若い女性は、今は勤務中です。実は先ほど、その方とミス・テイトを本部までお送りしたところです。多忙を極める方なので、今日はお会いできないでしょう。今日のF局はとにかく大忙しなので、オーチャード・コートには近寄らないほうがいいです」

運転手の説明にディックは納得せず、さらにしつこく尋ねた。「勤務時間後はどうなんだ？　さすがに夜には帰宅するんだろ？」

運転手は答えた。「私の立場ではお答えすることはできませんが、F局の方の多くは〈スタジオ・クラブ〉で一杯飲んでから家に帰られます。ナイツブリッジにある店です。タクシー運転手なら誰でも知ってます。私がお役に立てるのはこの程度ですが」

ジョゼフが言葉を返した。「とんでもない。ありがとう、運転手さん。大いに助かったよ」そしてチップとして一ポンド硬貨をはずんだ。ジョゼフは腕時計を見た。「今はまだ十三時半だ。ちょっと体を休めよう。その店には十八時半あたりに行ってみないか？　それぐらいの時間なら、さすがにペネロピも仕事を終えているだろう。

彼女が家に帰る前に寄ればの話だが」

「大丈夫、きっといらっしゃいますよ」運転手がそう応じた。

〈スタジオ・クラブ〉はナイツブリッジを走る幹線道路のブロンプトン・ロードから数ブロック奥まった閑静な住宅街のなかの、ハーバート・クレセントという短い通りにあった。看板も目印もなく、歩いて訪れたら通り過ぎてしまって、絶対に見つけることができなさそうな店だった。SOEの運転手が言っていたとおり、つかまえたタクシーの運転手はこの店のことを知っていて、ジョゼフとディックを店のまえで降ろしてくれた。灯火管制にそなえているのか、店の正面の窓はカーテンが閉じられていた。なかから音楽と笑い声が漏れ聞こえてくるが、一見したところ建物の一階に人がいる気配はなかった。目印らしきものといえば、黒塗りのドアに記された〈8〉という数字だけだった。ふたりは呼び鈴を鳴らし、待った。数回鳴らしたところでようやくドアが開き、イギリス軍の将校がふたり出てきた。その片方がディックとジョゼフが着ているアメリカ陸軍の制服に情報部の襟章を認め、口を開いた。「どうかしたのかな?」

ディックが答えた。「〈スタジオ・クラブ〉はここでいいのかな?」

「ここで正解だが、残念ながら〝つき添い《エスコート》〟なしではこの店には入れない」

「〝エスコート〟ってどういうことだよ?」

「客の誰かの知り合いじゃなきゃだめだってことだよ。ここは会員制のクラブだ」

ディックはイギリス人特有のもったいぶった物言いにしびれを切らし始めた。「よく聞けよ、おれたちはアメリカ陸軍の将校で、これからおたくらの国の陸軍との特別任務に派遣されるんだ。時間がないんだよ、おれたちには。明日の朝にはカイロに向かって発たなきゃならない。ここがFANYたちの溜《たま》り場だって聞いた。おれたちは友人を探している。その友人とはユーゴスラヴィアで一緒に学んだ仲だ。ペネロピ・ウォルシュって子なんだが、もしかして知らないか？」

どう見てもその名前を知っているといったふうに、イギリス軍の将校たちは互いに顔を見合わせた。「たしかに知ってる。それどころか、彼女はなかにいる。ほんのついさっき話をしたばかりだ」

「だったら頼む、店の外でディックとジョゼフが待ってるから出てきてくれって、彼女に伝えてくれないかな？」

「悪いけど、おれたちも急いでるんだ」片方の将校が言った。「今夜は別の約束があって、もう遅刻している」

「なあ兄弟、おれたちが来てるってペネロピに言ってくれるだけで一杯おごってやるからさ。なかに戻って彼女に伝えても三分とかからないはずだ。もっとも、あんたらの言うとおりに本当に彼女がここにいればの話だが」

そこまで言われてここから立ち去ったらイギリス紳士の名がすたるとでも思ったのか、ふたりの将校は回れ右をして〈スタジオ・クラブ〉のなかに戻り、ドアを閉めた。ディックとジョゼフは戸口に残された。

「いざとなったら裏口から忍び込んでもいいな」ジョゼフはそんなことを言った。と、店のなかから女の大声が聞こえてきた。「そんなことあるわけないじゃない！」そして階段をどたどたと下りてくる音がしたかと思うと、大きなドアが勢いよく開かれた。「本当だ！　ディックとジョゼフじゃないの。最初はあのふたりは冗談を言ってるって思ったけど、わたししか知らないあなたたちのファーストネームを告げたから、だったら嘘《うそ》じゃないって思ったの。さあ入って、一杯おごるから」ペネロピ・ウォルシュはそう言った。

三人の友人たちは閉店まで酒を飲み、ダンスを踊った。彼らは多くのことを語り合った——ユーゴスラヴィアのこと、戦争のこと、家族のこと、そして友人たちのことを。そろそろクラブから放り出されそうになった頃、ジョゼフが訊いた。「テスとは連絡を取ってるの？」

「もう何カ月も会ってないし話もしてない。最後に話をしたとき、陸軍に召集されたっていうあなたからの手紙が来たって言ってた。彼女、まだまだあなたにぞっこんだけど、戦争のせいでわたしとも疎遠になっちゃった。最近はイギリス空軍《RAF》でひっぱりだこよ。彼女なしじゃ爆撃機は出撃できないって感じ。手紙には、今は南部のどこかで次の任務に向けての特別な訓練を受けてるって書いてあった」

「イギリス中を探しまわってる時間もないからな、おれたちには」ディックが応じた。「明日の朝にはカイロに向かって発たなきゃならない。もう今朝にって言うべきだな」

「あなたたちがあっちで何をするのかは敢えて聞かない。とにかく無事に戻ってきて。心配しないで、あなたがはるばる合衆国から飛んできて探してたって、テスにはちゃんと言っておくから」

ペネロピとふたりは互いに頬にキスをし、その夜を終えた。三人にとってはふたたびの別れだった。

10　ＯＳＳカイロ司令部

　三人の別れから四十六時間後、ハワード・オドネル中佐はＯＳＳカイロ司令部の自分のオフィスにいた。オドネル中佐はＯＳＳバルカン局の局長だった。バルカン半島の専門家である中佐は、戦前はミシガン大学でこの地の歴史と地理の教授を務めていた。流暢なセルボ・クロアチア語を話す中佐は、連合軍内でユーゴスラヴィア関連の案件に最も通暁《つうぎょう》する情報将校だと、ローズヴェルト大統領とチャーチル首相の双方から見なされていた。そんな中佐がチェトニックの対独レジスタンス活動についての最新の報告書を読み終えたちょうどそのとき、ジョゼフ・コスティニチ中尉がオフィスに入ってきた。

「遅くなって申し訳ありません、中佐。イギリスからの長旅のあとだったもので。アルジェリアとアレキサンドリアを経由して、昨夜遅くにカイロに到着しました」

「詫《わ》びは必要ないぞ、私も今しがた来たばかりだ。それにしても無事にたどり着いて何よりだ」

オドネル中佐は煙草に火を点けた。「現地から届いたばかりの報告書を読んでいたところだ。その内容で、きみの意見が聞きたい部分がある」少佐は電信文の写しを掲げてみせた。「彼は信頼に足る人物だろうか？」

「彼とはミハイロヴィッチのことですね？」

中佐は電信文を机の上にはらりと落とし、そしておもむろにうなずいた。

「ぼくに言えるのは、四一年に彼と会ったとき、長いあいだ話をしたことだけです。彼はぼくを見定めようとしていたみたいですが、ぼくのほうも向こうを見定めようとしていました。チェトニックと行動を共にしたぼくが言えるのは、ミハイロヴィッチは侮《あなど》れない存在だということです。チェトニックの手はボスニアとクロアチアだけでなく、セルビア全土とモンテネグロの一部にまで伸びています。その二名の戦闘員に案内され、ぼくはモスタールから拠点があったロズニツァまで、かなりの距離を移動しました。ぼくの推定では、その戦力は数千人規模だと思われます。彼は、ユーゴスラヴィアからの脱出に大いに役立った情報を提供してくれました。それをぼくに教える義理はなかったにもかかわらずにです。だから手放しで信頼できる人物だと、ぼくは考えています」

「この報告には、彼はドイツ軍にもイタリア軍にも積極的に協力していることで知られているとあるが。さらには、きみが言うように彼の情報網は非常に優秀で、その手はかなり広範囲に及んでいるとのことだ。あちこちに内通者がいる。彼は枢軸同盟と少々仲がよすぎるのかもしれない」

「物資を手に入れるためなのかもしれません。たしか、チェトニックがいまだに武器弾薬も医薬品も不足しているのは、われらが友人のイギリスのせいじゃないですか」

オドネル中佐は話題を変えた。「ヒューロン大佐はできる男だ。ようやくＳＯＥは、どこぞの能無しじゃなく仕事をわかっている人間に任務を任せることにしたみたいだ。大佐はユーゴスラヴィアに潜入したことがあるが、チェトニックとは一度も接触していない。きみはミハイロヴィッチと会い、それなりの時間を共にしたことがあるから、その点ではわれわれＯＳＳはＳＯＥに一歩先んじている。きみにはミハイロヴィッチだけでなくイギリス側にも眼を光らせてほしい。きみら〈チーム・ヒューロン〉の工作担当官は、カイロにいるトビー・マクアダムズ少佐が務めることになる。少佐はＳＯＥユーゴスラヴィア局の副局長だ。きみのチームが発信するすべての情報は、まずマクアダムズ少佐にじかに上がり、そこからロンドンのＳＯＥ本部を経て、ようやく私に伝えられることになる。私個人としては、あのくそ野郎は好かん。少佐は共産主義者を公言している。私がケンブリッジ大学の特別研究員《フェロー》だった頃に会ったことがあるが、そのときあの男は青年共産主義同盟の学生会長だった。局長のスティーヴンズ大佐はロンドンとカイロを行ったり来たりしているから、カイロにあるユーゴスラヴイア局は実質的にマクアダムズが仕切っている」

オドネル中佐は煙草の箱を手に取り、ジョゼフに差し出した。ジョゼフは首を振り、自分が煙草を吸わないことを示した。中佐は箱を揺すって一本取り出して口にくわえた。しかし火は点けず、煙草をくわえたまま話を続けた。「ヒューロン大佐もしくは通信士の送信する情報に誤りや矛盾点が少しでもあると気づいたら、ただちに私に知らせてくれ。したがってきみには、こっち側の無線機を携行してもらう」

「SOEが許してくれるでしょうか？」

「お伺いを立てるつもりはない」オドネル中佐は受話器を取り上げた。「もういいぞ。持ってきてくれ」そう告げると受話器を戻した。数分後、ドアが勢いよく開けられ、歳若い二等兵がオフィスに入ってくると、小ぶりなスーツケースを中佐の机の上に置いた。

「ありがとう。もう下がっていい」二等兵は退室した。オドネル中佐はスーツケースを開けた。中身はOSSの工作員が使用するSSTR‐1短波無線送受信機だった。

「SOEの計画では、きみは降着地点の状況がまったくわからないまま、無線機も持たずに単独で降下することになる。ミハイロヴィッチの拠点にたどり着いたら、そこから傍受の危険性がある電信を使ってカイロのイギリス大使館と連絡を取り、きみが無事到着したこと、チームのふたりを降下させる地点を確保したことをSOEカイロ支局に伝えてもらう。ゲシュタポがすでにSOEの複数の潜入チームを捕らえ、鹵獲した無線機を使っていることは周知の事実だ。連中はかなり巧みな偽情報を流し、さらに多くの連合国工作員の捕獲に役立てている。きみをゲシュタポの罠《わな》にみすみす向かわせるようなことはしたくない。さらに言えば、マクアダムズの野郎が重要な情報を共産主義者どもに渡すことも許したくはない。そういうわけで、きみにはこの無線機を持っていってもらうことになる」

ジョゼフは、小さなスーツケースの中に収まった見慣れない装置をしげしげと見た。

「無線機のことはあまり詳しくはないし、送受信の技術もそんなにないんですが。訓練所《ザ・ファーム》で受けたのは短期課程だったので、断片的なことしかわかりません。学んだのは暗号文の書き方と解読法のことばかりでした」

「その点については考慮してある。この無線機の使用法とモールス符号と暗号文の基本についての特急講習を受けてもらう。無線交信に際しては、ドイツ軍《クラウト》に盗聴されている場合にそなえてすべて暗号化しなければならない。したがって、ミハイロヴィッチの拠点に到着したという通信文に必要なだけの暗号情報しかきみには渡さない。それから先はこの無線機の出番はない。通信士を含めたチーム全員がそろうからだ。無線機を含めてと言うべきかな。その後は定められた交信規則でイギリス側の無線機を使い、任務を継続する。これは予備的措置であり、いわば保険のようなものだ。この無線機を使用していいのは三つの状況下に限られる。一度しか言わないからしっかりと頭に叩き込め。そのほうがちゃんと理解できる。ひとつ目は、カイロに電信を送ったあとで現地に到着したことを伝えるためだ。ふたつ目は、きみの送信文が正しくSOEに伝わっていないと感じた場合、そして三つ目は窮地に陥った場合だ。どんなまずいことになったのか、無線で伝えろ」

「しっかりと理解しました」

「ひとつ目の条件をもう少し詳しく説明する――よく聞いておけ。カイロに電信を送ったら、その内容そっくりそのままをSSTR‐1を使って私に送信してほしい。ほかのチームメンバーの空輸にはイギリス陸軍の第八軍があたる。任務指令書の写しをSOEから取り寄せておく。そこに記された降着地点の位置情報が、きみが私に伝えた内容と食いちがっていた場合、マクアダムズが何か企んでいるということになる。きみをゲシュタポにもパルチザンの山賊どもにも渡したくはない。最後にひとつ、すべてにかかわる重要なことを伝える。降下したら夜のBBC放送を聴くんだ。作戦が中止もしくは延期になった場合、〈不思議の国のアリス〉という暗号が流される。それが英語になるかフランス語になるか、それともセルボ・クロアチア語になるかはわからないから、よく耳をすまして聴いてくれ。頭にしっかり叩き込めと言った意味が、これでわかっただろう」

　オドネル中佐は席を立った。「ユーゴスラヴィアに飛ぶのは次の満月の夜だ。ミハイロヴィッチの拠点近くに落下傘降下することになる。降着地点からは徒歩で拠点を目指せ。たぶん、かなり手前でチェトニックの戦闘員に見つかると思うが。が、その勘がはずれてパルチザンに出くわしてしまったら、連中に帯同しているイギリス秘密《MI》情報部《6》の工作員たちと接触しろ。脱出の手はずを整える。万が一ゲシュタポに遭遇した場合は——しっかり訓練を積んでいるはずだから、何をすべきかは言わずともわかるだろう」

「心得ています、中佐。正しい場所に落としてくれたら、着地から何分とかからずにチェトニックと接触するはずです」

「武運を祈る、コスティニチ中尉。任務遂行中のきみの動きは逐一監視する。これからきみはＳＯＥの指揮下に入る」

＊＊＊

　ハンス・フロスベルクは、ベオグラードのホテル・パレスにあるゲシュタポ・ユーゴスラヴィア司令部の自分のオフィスの机についていた。背後には技術補佐官のエルンスト・ゲルヘルトが通訳として控えていた。ここでもふたりともＳＳの制服を着ていなかった。フロスベルクは、パリで誂《あつら》えたお気に入りのスーツを着ていた。一方のゲルヘルトも自分好みの装いだが、上着もネクタイも無しのくだけた服装だった。日に二回の尋問がふたりの日課となっていた。捕虜は毎日朝食前の午前九時にフロスベルクのオフィスに連れてこられ、夕食前の午後九時にもまた尋問を受ける。尋問に対する返答に応じて、捕虜の朝食と夕食の中身は決められる。フロスベルクが求めていることを答えれば、褒美として普段よりもいい食事が出される。何も答えないか役に立たない情報を吐いたら、普段どおりの粗末《そまつ》なものになる。

潜水艦を使って潜入してきたふたりのイギリス軍工作員たちは、一年以上経ってもごくわずかな情報しか吐いていなかった。敵ながらあっぱれなしぶとさだった。フロスベルクは尋問のプロを自任していた。ユーゴスラヴィア司令部にいるゲシュタポやほかのSSの将校とはちがい、残酷な手法をよしとはしていなかった。自分の責務は防諜と捕虜にした工作員を転向させることであり、彼らを殺すことではない。そう考えていた。ゲシュタポに捕らえられた捕虜の大半とはちがい、フロスベルクの尋問対象たちが拷問《ごうもん》を受けることは一切なかった。

ふたりのドイツ人のまえに、アンドレ・シマッチ中尉が坐らされていた。今のところ、シマッチ中尉からは大した情報を得られずにいた。フロスベルクとゲルヘルトが一番求めている情報は、中尉のトゥルーチェックとブラフチェック[*1]だった。ゲルヘルトはシマッチの無線機を使い、カイロのSOEに向かって緊急送信を何度か送っていた――潜入チームに損耗が生じた。上陸時にペーター・パヴロッチ大尉が溺死《できし》し、無線機は水に濡れて深刻なダメージをこうむった。代替の無線機と水晶発振器を至急求む。通信内容は緊急性を強調したものにしたが、確認割符は伝えなかった。フロスベルクとゲルヘルトは、この通信文をイギリス軍の暗号解読班が〝解読不可能〟とするか、上手くいったとしても潜入チームは緊迫した状況下にあり、適切な確認割符を送信できないと判断することをわかっていた。さらにゲルヘルトは、自分とポトックは追跡を受けているので予定どおりの送信ができないという内容も送信し、ふたたび水晶発振器も要請してみた。二日後、カイロのSOEからの返信がシマッチの無線機に入ってきて、次の満月の夜に無線機と水晶発振器を投下する旨と、投下地点の正確な位置情報を告げた。さらに向こうは、前回のシマッチの送信には適切な確認割符がなかったので、今後はトゥルーチェックとブラフチェックの両方を使うよう指示してきた。約束どおり、イギリス軍は無線機と水晶発振器を投下した。これでフロスベルクとゲルヘルトは無線機とアンドレ・シマッチ中尉専用の水晶発振器を手に入れた。あとは定時連絡の時間を訊き出し、鹵獲した無線機で送信するだけだった。

フロスベルクは煙草に火を点け、真上に向けて煙を吐き出すと、流暢で発音も完璧《かんぺき》な英語で問いかけた。「今日のご機嫌はいかがかな、シマッチ中尉?」

シマッチはふたりのドイツ人に眼を向けず、何も答えなかった。フロスベルクは続けた。「中尉、抵抗しても何の意味もないんだがね。実際のところ、きみのせいでさらに多くのお仲間が危険にさらされることになる。すでにわれわれはきみの無線機を使ってSOEと交信し、後続の潜入チームの降下を要請した。降下は次の満月の夜で、降着地点の位置もわかっている。われわれの手のなかにまんまと降りてくるわけだ。お仲間たちの捕獲はSSの腕利き部隊にあたらせる。私が命令を下し次第、派遣される。そのSSたちも配下のゲシュタポたちも、私やこのゲルヘルトのような尋問のプロではない。殺しのプロだ。ただただ愉しみたいだけに殺す。中尉、確認割符を教えてくれ。教えてくれたら捕獲はゲルヘルトにやらせる。きみのお仲間たちに危害はくわえない」

それでもシマッチはふたりのほうを向こうとはしなかった。フロスベルクは煙草を灰皿でもみ消した。「中尉、われわれはとっくにすべてを知っている。きみがどこでどんな訓練を受けたのかも、どうやって潜入したのかもわかっている。カナダのどこの町で育ち、どの学校にかよっていたのかも。ベイカー・ストリートにもカイロにも、われわれの手のものがいるものでね。どうして潜水艦が予定とはちがう地点できみたちを降ろしたと思う？」

その言葉はシマッチには信じられないものだった。とくにSOEのカイロ支部内にスパイがいるというところが。その事実をナチの尋問官が明らかにしたのは、これがはじめてだった。それなら潜水艦が見当ちがいの場所に浮上して、潜入作戦が大失敗に終わった理由の説明がつく。こいつの言っていることは本当なのかもしれない。シマッチの胸にそんな思いが芽生えた。それでも彼は口をつぐみつづけた。

尋問のプロフェッショナルに徹しつづけるフロスベルクは、シマッチにわかるように英語でゲルヘルトに言った。「エルンスト、そろそろ朝食の時間じゃないか。私はまだ食べてないが、きみはどうだ？」

「言われてみれば私もまだです。階下《した》に電話して、何か持ってこさせましょうか？」

「そいつは実にいい考えだ。結局、午前中一杯かかってしまったからな。何しろ、われらがシマッチ中尉がまったく口を開いてくれないものだから」

ゲルヘルトは机の上の電話の受話器を取り上げ、厨房にかけた。ドイツ語で彼は言った。「朝食をふたり分頼む。コーヒーと茶、それといつものやつを全部頼む。ありがとう。すぐに持ってきてくれ」

フロスベルクは机に置かれた煙草ケースからまた一本取り出し、それで机をトントンと叩いた。「イギリスの煙草だよ——カイロにいるこっちの手のものの手配で、前回の降下物資のなかに入れてあったものだ」

シマッチは相変わらず何もない空間を見つめつづけていた。「なあ中尉、こうしてみてはどうだろうか？　確認割符のことなどかまわずに無線で呼びかけてみるとか？　何でも伝えてみるがいい」

ようやくシマッチは口を開いた。「どうしてあんたのために無線を使わなきゃならない？　どうせおれたちに対して使うくせに」

「どうやらいいところを突いているにちがいない。何週かぶりにようやくしゃべってくれたのだから」そのときオフィスのドアがノックされた。「ああ、ちょうどよかった。ここらでひと息入れようじゃないか」

「だったらおれは留置房に戻ってもいいか？」シマッチは言った。

「だめに決まっているじゃないか。わたしたちが食べ終えるまで待っててくれ」

ゲルヘルトはドアを開け、年配のセルビア人女性の給仕係を入れてやった。「机に置いてくれ」彼にセルボ・クロアチア語で言われ、給仕係はトレイをフロスベルクの眼のまえに置いた。コーヒーのかぐわしい香りと、スクランブルエッグとベーコンの香ばしいにおいが部屋に漂い出した。フロスベルクはポットからコーヒーを注いだ。そして本物の砂糖が入っている小さな壺《つぼ》に手を伸ばした。「一個と二個、どっちにする、エルンスト？」

「朝のコーヒーは飛び切り甘いやつが好みです。三つでいいですか、ハンス」

「三つだな」フロスベルクはそう言うと、やけに大きな褐色の角砂糖をゲルヘルトのカップに入れ、コーヒーを注いだ。自分のコーヒーにもふたつ落とした。「クリームは入れていいかな?」

「お願いします。でもほんの少しだけ、飴色《あめいろ》になる程度でいいです」

部屋に漂う本物のコーヒーの香りにシマッチは反応し、椅子の上で身じろぎした。彼はイギリスを出てから一度も本物のコーヒーを口にしていなかった。カイロで出された、やたらと甘ったるくてドロドロした黒い液体がコーヒーだとすれば別の話だが。

フロスベルクは銀の蓋《ふた》を取り、スクランブルエッグとベーコンとソーセージをゲルヘルトと一緒に存分に食べた。その様子を、シマッチは口をあんぐりと開けて見つめつづけた。少なくとも六人分もあろうかという分量の朝食を、フロスベルクもゲルヘルトも黙々と口に運びつづけた。声を発するのはお代わりを求めるときだけだった。二人前のスクランブルエッグとベーコンを食べ終え、コーヒーを二杯飲み終えたところで、フロスベルクはようやく口を開いた。「シマッチ中尉、ここでは食事が残ったら犬にくれてやる決まりになっている。腹を空かせたユーゴスラヴィア国民に残り物が出されるようなことがあってはならないからな」

シマッチは苦悶《くもん》の涙を流した。「今送信したって無駄だ」

「何だって?」ゲルヘルトが訊いた。

「今送信したって無駄だって言ったんだ。カイロ支局の通信士が出勤してくるのは、現地時間の十五時だ。それまでは誰も無線機のまえにはいない」

「エルンスト、やっぱりいいところを突いているみたいだ。少しぐらいなら食べさせてやってもいいんじゃないか？　考えてみたら、犬どもには昨夜極上のビーフステーキを食べさせてやったから、空腹であるわけがない。いや、やっぱりもう下げてもらおう」

「待ってくれ！　下げないでくれ！　おれが送信してやる。だからちょっとでいいから食わせてくれ」

フロスベルクは皿を手に取り、朝食をどっさりと盛ってやった。

＊＊＊

カイロ郊外にある飛行場に人影は少なかった。フライトラインに隣接する小さな会議室はがらんとしていて静かだった。爆撃機の搭乗員たちは夕食を終え、ユーゴスラヴィアへの夜間飛行にそなえて仮眠を取っていた。ジョゼフ・コスティニチ中尉とその護衛を務めるディック・ヴォイヴォダ大尉は最終確認をしていた。「おまえはイギリス軍の軍事作戦に同行する潜入工作員なんだから、偽装工作も変装も必要ない。おまえのコードネームは〈アラム〉だ。制服は好きなのを着ていけ」

「着慣れた制服にして、歩兵の襟章[*2]をつけることにした」

「それでいいと思う。次に装備を渡しておく。ラマとこいつだ」ディックはセミオートマティック拳銃と九ミリ口径の小型短機関銃をジョゼフに手渡した。「これは潜入活動にあたるOSS工作員が好んで使うUD‐M42短機関銃だ。マーリンって呼ばれている。十発入りの弾倉《マガジン》が二本、背中合わせにくっつけてあって、合わせて二十発撃てる。ラマはコルトM1911のスペイン製コピーだが、四五口径じゃなく九ミリ弾を使う。つまり、どっちの銃も同じ弾丸《たま》が使えるということだ。マーリンはマガジンの交換にあたふたすることはないし、トンプソンより二キロ以上軽い」ディックはポケットから煙草を取り出し、金色のジッポで火を点けると、ライターをジョゼフに渡した。「ドノヴァン長官からのプレゼントで、二十四金の金無垢《きんむく》だ。煙草は吸わなくてもこいつは必要だろう」

ふたりともしばらく無言のままでいた。煙草を吸い終えると、ディックは話を続けた。「無線機と装備は、おまえとは別に先に落としておく。無線機が重要なことは説明するまでもないな。大切に扱えよ。もし投下したときにぶっ壊れたら、すぐに電信で〝冬服を求む〟とだけ伝えろ。替えの無線機とおまえ専用の水晶発振器を手配する」

ジョゼフはシルク地の小さな地図を広げ、ディックに見せた。「降着地点はもう決めてある。ここの小さな野原だ。ここなら先に落とした装備と無線機を見つけるまで身を隠しておくには充分だ。それまでのあいだにチェトニックの戦闘員がやってきて、探すのを手伝ってくれればいいんだけど」

「ジョゼフ、降下は任務のなかで一番危険なところだ。そもそも降着地点がどんな状況なのかまったくわからない。パルチザンにもウスタシャにもSSにもゲシュタポにも出くわす可能性はあるが、おまえのこれまでの経験を考えて、その危険を甘受することにした。でも念のためにこれを持っていけ」ディックは小粒な白い錠剤がひと粒入った袋を差し出した。「〈Lピル〉だ。絶望的な状態に陥るか、ゲシュタポから人間の我慢の限度を超える拷問を受けそうになったら、これを飲め」

ジョゼフは手のひらを見せて制した。「大丈夫だ、ディック。こんなものは必要ない。捕まることはまずないと思ってるし、万が一そうなっても、連中に何をされようが少なくとも四十八時間は耐えてみせるよ。それを越えたら何でもかんでも話すしかないけどね」

「まあ好きにしろ。おれだったら験担《げんかつ》ぎに持ってくけどな」ジョゼフが思っていた以上に落ち着きを見せているので、ディックはもっぱら自分を安心させるために話題を変えた。「ついでに言っとくが、オドネル中佐はOSSどころか国務省の誰よりもユーゴスラヴィアとあの国の情勢を把握している。中佐はおまえの送信と報告につぶさに眼を配る。状況次第ではおまえを作戦から引き上げさせて、イギリス人だけで続行させることも可能だ」

「もう一度言うけど、そんな事態にはならないと思う。ミハイロヴィッチは立派な人物だ。信用するに足る男だとぼくは思ってる。そのことをチャーチルにわからせてやるのがぼくの仕事だ」ジョゼフは手を差し出した。「戦争が終わったらまた会おう」

＊＊＊

SS上級大隊指導者ハンス・フロスベルクの主任技術補佐官エルンスト・ゲルヘルトは、ホテル・パレスの狭いオフィスでマルコーニMkⅡのヘッドフォンをはずした。アンドレ・シマッチ中尉の〝打電の癖《フィスト》*3〟の再現に見事成功し、これでイギリス情報部との送受信が可能になった。親衛隊保安局《SD》はこの無線機を介して、ユーゴスラヴィアにおけるイギリス軍の秘密作戦のひとつにまんまと入り込んだ。ゲルヘルトがイギリスの特殊作戦執行部《SOE》からの暗号文をちょうど解読し終えたとき、フロスベルクが入ってきた。

「また妹の結婚相手の名前を訊いてきたのか?」

「いえ、まったくちがう内容です。シマッチのコードネーム〈ビーコン〉を用いた暗号文です。ちょうど今、解読が終わったところです。内容はこのとおりです」ゲルへルトは解読文の最後の言葉を鉛筆で記しながらそう言い、メモをフロスベルクに渡した。

ビーコンへ
アラムと合流せよ
降着地点は下記のとおり
クルパニの西北西五キロ
降下時間は明日〇四〇〇

「どうやらイギリス軍は、シマッチたちが今でも作戦行動中だと思い込んでいるみたいだな。これが偽装工作だってことはないか？」

「具体的なコードネームと地名と位置情報を伝えてきたのは、これが初めてです。迷っている場合ではないかと。対処が必要です」

「ではシャバツのSSに、明朝四時に敵の降下の可能性ありと伝えておこう。クルパニに一番近いのはあそこの駐屯地《ちゆうとんち》だ。工作員なり新たな潜入チームが降りてくるタイミングで、彼らが待ち構えておくようにしておく」

＊1　確認割符の存在をドイツ軍に知られた連合軍は、二重の身元確認システムを導入した。工作員からの通信文に〈ブラフチェック〉があり〈トゥルーチェック〉が省略されていた場合、その工作員は敵に捕まったか強要されて送信したことを意味した。

＊2　現場で活動するOSS工作員はできるだけ制服を着ないようにしていた。着る場合は全員が同じ階級の襟章と、アメリカ軍かイギリス軍の空挺記章をつけていた。ユーゴスラヴィアに降下した工作員は右襟に階級章を、左襟に戦闘歩兵記章をつけていた。

＊3　どの通信士にも電鍵《でんけん》の打ち方に独特の癖がある。この癖は〈フィスト〉と呼ばれた。言ってみれば通信士の〝指紋〟のようなものだ。しかし熟練の通信士は、ほかの通信士のフィストを真似《まね》ることができた。

11 セルビア降下

秘密作戦用に黒塗りにされたアメリカ陸軍航空軍のB‐24リベレーター爆撃機は高度二万四千フィートで飛行していた。ジョゼフ・コスティニチ中尉は、これもまた秘密作戦仕様の迷彩柄のジャンプスーツで身を包んでいた。この機の〝乗客〟はジョゼフだけだった。ジャンプスーツの下には陸軍の標準仕様のカーキ色の制服と、親友で空輸担当官のディック・ヴォイヴォダからの餞別《せんべつ》の茶色い革製のフライトジャケットを着ていた。ジャケットにはOSSの潜入工作員に不可欠な装備〈ブラッド・チット〉が追加されていた。このブラッド・チットはシルク地の裏地に縫いつけたアメリカ国旗に、これを着ている人間がアメリカ陸軍の軍人だという旨をセルビア語のキリル・アルファベットとセルボ・クロアチア語のラテン・アルファベットの両方で記したものだった。このジャケット着用している人間の生還に手を貸せば報奨金が得られるとも書かれていた。ジョゼフは手袋をはめた両手でマーリン短機関銃をしっかりと握っていた。カイロからの飛行は、これまでのところ順調だった。降下長がジョゼフの耳に顔を寄せ、複数の敵戦闘機が接近中なので迎撃準備に入ると大声で告げた。

このタイプのB‐24は機体上部にしか旋回銃塔がなく、下部の銃塔は取り外され、そこに〝男子便所《ジョー・ホール》〟と呼ばれる落下傘降下用のハッチが据えられている。計算が正しければ、あと四十五分で降着地点に到達する。回避行動を取って機体を飛行ルートから逸《そ》らせてしまったら、航法士は元に戻すルートを算出できなくなるかもしれない。そうなると任務は中止だ。下方から敵機に攻撃される事態にそなえて、ジョゼフは床の鉄板が張ってある部分に移動した。機内に恐怖が満ちるなか、B‐24は針路と高度を維持したまま飛びつづけた。数分後、操縦室《コックピット》から航空機関士が下りてきて、親指を立ててみせた。航空機関士はジョゼフに手招きした。「中尉、機長と航法士が今すぐ話したいと言っています」童顔の若い二等曹長がそう告げた。ジョゼフは安全ベルトをはずし、言われたとおりコックピットに上がった。

暗いコックピット内の持ち場で、航法士は航空図とにらめっこしながらの計算に余念がなかった。仄《ほの》かな明かりに照らされたテーブルにジョゼフが近づくと、航法士は言った。「正面から二機のメッサーシュミットが飛来しましたが、どうしたわけかそのまま通り過ぎていきました。こっちを目視していたのかも、それともほかの何かを追尾していたのかもわかりません。いずれにせよ、降着地点までの飛行ルートを今のところ維持していますよ、中尉」

　ジョゼフはジャンプスーツのなかに手を差し入れ、降着地点の位置を示したシルク地の小さな地図を取り出した。その位置は、クルパニの西北西五キロというSOEに伝えておいた情報とはまったくちがうものだった。確実に何ごともなく降着するには、降着地点はジョゼフとOSSしかわからないようにしなければならない。ジョゼフとオドネル中佐はそう判断し、オセチナの北三キロの地点に降着することにしたのだった。SOEに伝えておいた位置からは東に二十五キロ近く離れているが、こっちのほうがミハイロヴィッチの拠点に近いと思えた。ジョゼフは航法士に身を寄せ、大声で言った。「絶対にここで落としてください」そして地図に記した位置を指で示した。「絶対にここでなきゃだめなんです！　ここに確実に到達できないのであれば、任務を中止してカイロに戻らざるを得ません。降着地点の状況はまったくわかりませんが、それでもドイツ軍のど真ん中に落ちるという事態は避けたい」

「絶対にここにお届けしますよ、中尉」航法士はそう応じ、ジョゼフの肩をポンと叩いた。「こっちの降着地点に近づいたら、降下長がお知らせします」ジョゼフはうなずき、地図を航法士にあずけたままコックピットから出ていった。地図もコンパスももう必要ない。全部頭のなかに入っている。降着したらジャンプスーツを脱ぎ、無線機を回収し、東のチェトニックの支配地域を目指すだけだ。ジョゼフは胸につぶやいた。

降着地点周辺の最高標高は海抜五千三百フィートだった。B‐24は六千フィートまで高度を落とし、対地高度を八百フィート程度にした。ジョゼフはリベレーターの腹部にある〝ジョー・ホール〟から空に身を躍らせ、先に落とした装備を入れた容器と無線機のあとを追った。パラシュートは自動的に開いた。白い傘体が空気をはらんで花開き、落下速度を落とさせた。九月中旬の満月が大地を照らしているおかげで降着地点は難なく目視でき、ゆっくりと落ちていく容器の行方を追うこともできた。揺れつづける爆撃機にひと晩中乗った果てに待っていたのは、静寂に包まれた穏やかな落下傘降下というのも皮肉な話だった。ジョゼフは狭い野原を見つけ、その方向にパラシュートを向けた。両足は地面に激しくぶつかったが、ジョゼフは右肩から倒れ込んで衝撃を吸収するという見事な着地を決めた。そしてハーネスをはずし、パラシュートを切り離した。肩にマーリン短機関銃を吊るし、パラシュートをまとめると、降着地点の周囲にあるポプラの木立に向かった。ジョゼフは息を整え、敵が接近してくる音がしないか耳をすました。何も聞こえないことを確認するとジャンプスーツを脱ぎ、小さなシャベルでざっくりとした穴を掘り、ジャンプスーツとパラシュートを埋めた。埋め終えると装備を入れた容器を探した。

容器は五十メートルと離れていないところにあるオークの木にぶら下がっていた。かすかに吹く風にパラシュートはなびき、容器はどこかに飛ばされそうになっていた。

急がないと無線機も装備も失われてしまいそうだった。木の根元に駆け寄ると、容器は地上三メートルのところにぶら下がっていた。

「くそ《プロクレーティ》」ジョゼフはセルボ・クロアチア語で毒づいた。木に登らないと回収できそうになかった。ジョゼフは小ぶりな背嚢を降ろしてマーリンを地面に置き、木登りに取りかかろうとした。そのとき、セルボ・クロアチア語が聞こえた。「動くな。動くと頭を吹っ飛ばすぞ！　木から降りて両手を上げろ！」

ジョゼフはゆっくりと地面に降り、両手を上げた。見まわしても誰も見えず、セルボ・クロアチア語で呼びかけた。「ぼくはアメリカ陸軍だ。将軍に会いに来た」

物陰から男がひとり姿を現し、ジョゼフに眼を向けながら近づいてきた。二十歳手前と思しき若い男で、ドイツ軍の短機関銃を構えていた。「おまえは飛行機乗りか？」男が訊いてきた。

「ちがう、ミハイロヴィッチ将軍に会うという特別任務でやってきた。将軍はぼくが来るのを待っているはずだ。渡したいものがあるから、手を下ろしていいかな？」

若い男は、ジョゼフの着ているものがアメリカ陸軍の制服だと気づいたが、それでも眼のまえの男が味方だと確信できずにいた。「こっちに背中を向けろ。両手を縛る」

ジョゼフは言われたとおりにした。若い男は短いロープで彼の両手首を縛り、命じた。「ついて来い」

「ぼくが持ってきた物資は要らないのか?」ジョゼフがそう言うと、若者は頭上のパラシュートにぶら下がり、風に乗って飛ばされそうになっている容器に眼を留めた。

「地面に坐ってじっとしてろ。おれが取ってくる」

若い男はサルさながらの鮮やかさですするすると木に登り、パラシュートのコードを切って容器を下に落とした。長いあごひげをたくわえ、ボルトアクション式の小銃を手にしたふたりの男が木陰から出てきた。チェトニックの証《あかし》であるユーゴスラヴィア王国軍の略帽をかぶった男が地面に腰を下ろしているジョゼフに気づき、足を止めた。そして信じられないといったふうに頭を掻《か》いた。

「ジョゼフ、あんたか?」男はそう言った。

男の声を聞くなり、ジョゼフはそれが誰なのかすぐにわかった。二年ほど前に、ボスニア・ヘルツェゴヴィナから自分を連れて逃がしてくれたふたり組の片方の声だった。

「ルドコ! そうだ、ぼくだ、ジョゼフ・コスティニチだ。約束したとおりに戻ってきたんだ。部下たちを呼んで、この物資を将軍のところに運んでくれないか」

ルドコは口笛を二回鳴らした。と、チェトニックの一団が物陰からわらわらと出てきた。百人を超えようかという戦闘員が、木陰や藪《やぶ》に巧妙に身を隠していた。ジョゼフには眼のまえの様子がにわかには信じられなかった。五メートル程度の距離のところにずっといたのに、彼らの存在にまったく気づいていなかった。充分に訓練を積んだ、規律正しいゲリラ戦部隊の手本と言える動きだった。

ジョゼフはルドコに尋ねた。「何人いるんだ？」

「さあな。このあいだ数えたときは、百人以上で夜間哨戒をしていたけど。来いよ、ジョゼフ。馬がある」

満月の空のもと、ルドコたちはゆっくりと時間をかけてミハイロヴィッチの拠点まで戻っていった。ドイツ軍の哨戒部隊の存在に気づき、何度か足を止めざるを得なかった。この地域ではチェトニックのほうが数的に優勢だったが、村々への報復を恐れて交戦を避けていた。拠点にたどり着いたときには夜が明けていた。近づいてくる人影に数人の男が小銃を構えたが、見慣れた面々の疲れ果てた顔を確認すると銃を下げた。

ルドコはジョゼフに声をかけた。「将軍の宿舎に行くからついてこい」

ジョゼフはうなずいた。ミハイロヴィッチの宿舎にいる男たちは眼をさましたばかりだった。そのなかのひとりが汚れひとつないアメリカ軍の制服を着たジョゼフに気づき、慌ててミハイロヴィッチに声をかけた。

「将軍、来客です。どうやら連合軍の将校が到着したみたいです」

ジョゼフがミハイロヴィッチの拠点に入った頃、クルパニの西北西五キロにある、SOEに伝えていた本来の降着地点にはSSの派遣隊が待ち構えていた。この場所の位置情報は、ハンス・フロスベルク上級大隊指揮者が率いるユーゴスラヴィア防諜班からもたらされたものだった。派遣隊は午前四時から待ちつづけていた。その時間に連合国の軍用機から工作員が降下してくると聞かされていた。クルパニの空にパラシュートや航空機の姿を認めたものはひとりもいなかった。それでも何キロも先から大型機の音が聞こえてきたが、その機が何かを投下したかどうかまではわかるはずもなかった。音はすれど機影は見えなかった。派遣隊は半装軌車《ハーフトラック》に乗り込み、駐屯地に戻っていった。ゲシュタポには空振りに終わったと報告するしかなかった。

狭い宿舎にジョゼフが入ると、ドラジャ・ミハイロヴィッチは顔を洗っているところだった。トレードマークの丸眼鏡をかけるなり、眼のまえにいるのがジョゼフだとわかり、彼に向かって手招きした。

「これはこれは、驚いたな。ということは、ユーゴスラヴィアから無事脱出できたということだね。危ない目には遭わなかったかい？」

「いいえ、将軍。何もかも将軍が言っていたとおりでした。それでもトルコにたどり着くまで一週間以上かかりましたが。この国から生還できたら将軍の大義に力添えすると、ぼくは約束しました。ご恩に報いるために戻ってきました」

ミハイロヴィッチは顔をタオルで拭《ふ》いた。「アメリカ軍の工作員が危険を顧みずに落下傘降下して潜入チームの受け入れを整えるという話は、カイロからの電信で知っている。無難に降着できそうな場所はあらかたドイツ軍の支配地域にあるから、われわれは最悪の事態を危惧《きぐ》していた」

「ぼくは無難な場所は選びませんでした。最後の最後で降着地点を変更したんです」

ミハイロヴィッチは破顔一笑した。「実に賢明な判断だよ、ジョゼフ。そのまま降下していたら、今ここにきみはいないだろう。聞いたところによると、ゲシュタポは全力を挙げて降着地点を見張っているらしい。一緒に来なさい、朝食にしよう」

朝食を取りながら、ジョゼフはオドネル中佐が立てた潜入チームの受け入れ計画を説明した。まずはカイロのイギリス軍特殊作戦執行部支局《SOE》にミハイロヴィッチとの接触に成功したことを電信で報告したのちに、無線でも中佐に伝える。電信を受け取ったSOEは、残りのチームメンバーを降下させる位置と時間を伝えてくる。

「降下するのはイギリス陸軍の大佐と通信士です。潜入チームの任務はあくまで見聞きしたことの報告であって、自衛以外の戦闘行為をしてはならないと厳命されています。イギリス側が報告を開始したら、SOEは任務内容を変更して、さらに多くのことを加えることになります。一日一日着実にやっていくしかありません」

ミハイロヴィッチが口を開いた。「連合国にはもっと多くの支援を期待していたのだが」

「合衆国は支援を約束しています。それをしっかりと裏づける証拠をお見せしましょう。ぼくの装備が入った容器を持ってきてもらえますか?」

ミハイロヴィッチがあご先で指示すると、ふたりの男が外に出ていった。二分か三分すると、ふたりは金属製の容器を運んできて、ジョゼフたちの眼のまえの床に置いた。

ジョゼフは席を立って容器の蓋を開け、SSTR-1短波無線機を取り出した。

「たしか、これをご所望でしたよね。一度だけ送信したら、この無線機は暗号表をつけて差し上げます」今度は密閉容器のひとつを開き、なかに収められているものをミハイロヴィッチに見せた。

中身はアメリカ製の煙草といくばくかの現金で、その大半はライヒスマルクだった。

「アメリカ軍戦略情報局《OSS》カイロ司令部の友人からの挨拶の品です」別の密封容器にはコーヒーと食料と医薬品が入っていた。「あいにく、今回の降下で持ってくることができたのはこれだけです。でも作戦が予定どおりに進めば、より多くの食料や医薬品、そして武器弾薬の支援を受けることになります。でも最初に、ぼくがここに到着したことを連絡させてください」

＊＊＊

オドネル中佐が現場から日々届く報告書に眼を通していると、歳若い伍長《ごちょう》が勢い込んでオフィスに入ってきた。

「お邪魔して申し訳ありません。今しがた入電がありました。中佐宛ての極秘電です」

「ありがとう、伍長。続報が入り次第ただちに知らせてくれ」伍長は退室した。

極秘電に記されていたのは、たった一行の暗号だった。オドネルはその意味を解読せずともすでにわかっていた――任務に発つ前に、コスティニチ中尉にこの暗号を伝えたのは自分なのだから。極秘電は、中尉がチェトニックの拠点に無事たどり着いたことを知らせるものだった。解読した暗号もシンプルなものだった――〝リンゴはみずみずしい〟。オドネル中佐はポケットからジッポを取り出すと極秘電に火を着け、灰皿に落とした。そして受話器を取り上げるとヴォイヴォダ大尉を呼び出した。

「ただちに私のオフィスに来たまえ」

「中佐、何か問題でも？」

「きみがＳＯＥユーゴスラヴィア局の人間なら問題だがね」

＊＊＊

ベオグラードのホテル・パレスにいるハンス・フロスベルクは、さらに二名のイギリス軍工作員を手中に収めた。無線交信を傍受して発信地点を特定し、SSの部隊を派遣して捕らえさせた。占領下のフランスやベルギーに潜入した工作員たちとはちがい、この国に忍び込んだ敵たちは都市ではなく人里離れた場所で交信を行っていた。高性能の無線方向探知機は車両に積んで街角を走りまわって無線信号を探ることはできるが、山中では役に立たない。したがって、敵の交信時に遠隔地の上空を哨戒する、無線方向探知機を積んだ航空機に頼らざるを得なかった。敵の通信士が交信を開始すると、全航空機は探知機のアンテナで発信地点を特定し、あとは戦闘機に機銃掃射を要請すればよかった。簡単なことだった。危険が迫っていることを察知した敵工作員は、さらに山奥に逃げるしかなかった。それからはSDの特別部隊が送り込まれ、工作員たちを狩り出す。工作員は装備を捨てて身軽にしなければ逃げることもままならなくなる。そしてとうとう投降せざるを得なくなる。このふたりのイギリス軍工作員は、そんな過程を経て捕虜になった。フロスベルクは工作員だけでなく、その無線機と暗号表の奪取に成功した。

ふたりのイギリス軍工作員は囚人移送用の列車でベオグラードに連行された。その車両はＳＳが強制収容所への移送に使っているものと酷似しているが、〝乗客〟が人間扱いされるところはちがった。実際のところ、窓を開けて新鮮な空気を味わうことができた。

12 ミス・テイトとハル・マティングリー

午前六時、ペネロピはオーチャード・コートのSOEフランス局《F》に出勤した。早出《はやで》したのは、現場から朝一番に届く報告書を分析したかったからだった。オフィスの給湯室でコーヒーを淹れようとすると、すでに明かりが点いていて、電熱板の上では濃いコーヒーが入ったポットから湯気が立ち昇っていた。と、廊下から軽やかな足音が聞こえてきた。誰の足音なのかすぐにわかった。これまでペネロピは、男女問わず人間を怖いと思ったことがなかった。しかしそれはF局の上司であるヴィヴィアン・テイト副局長に会うまでのことだった。実際のところ、ペネロピが副局長のもとで働いている理由のひとつは、部下がどんどん辞めていくところにあった。若い女性部下たちは、ミス・テイトのもとではほとんど長続きしないのだ。かなり厳しい上司だと思われていた。ペネロピだけはそう感じていなかったが。

煙草と空《から》のマグカップを手に、ヴィヴィアン・テイトが給湯室に入ってきた。F局内では〝ミス・テイト〟と呼ぶことが義務づけられている副局長は、黒髪を短く整え眼は青く、並みはずれた頭脳と確固たる鉄の意志を持った三十代前半の女性だった。二十三歳という若さでイギリスの情報機関にスカウトされたミス・テイトは、SOEで唯一の正真正銘のスパイだった。戦前にはMI6の諜報員として第三帝国に二度も潜入し、危険な任務を遂行した。噂ではドイツ側に捕らえられたが、尋問と拷問を受けるより早く、連中の鼻先で大胆な逃亡をまんまと成功させたという。入浴させてくれと求めて、全裸で洗面所の窓から屋根に出て、そのままベルリンの街角に消えていったのだ。

一九三九年に戦争が勃発《ぼっぱつ》すると、並々ならぬ知力と胆力、そして数カ国語を操る語学力を武器にして、SOE内の出世の階段を駆け上がっていった。ハイヒールとシルクストッキング[*1]——これがミス・テイトの制服だった。そして丈が普通より五センチ短いスカートを穿《は》き、すらりとした両脚を見せびらかしていた。身長は百六十センチ少々しかないが、短めの丈のスカートとハイヒールのおかげでそれより高く見えた。そんなミス・テイトに、若い女性部下たちは有無を言わせぬ空気を感じていた。さらに言えば、実際に彼女は冷酷な人間でもあった。笑うどころか笑みを浮かべることすらめったになかった。とにかく仕事一徹の女だった。

「あなたがもう来ていてよかったわ、ペネロピ」ミス・テイトはやっと口を開いた。「徹夜で会議だったの。残念ながら、現場から悪い知らせが届いた。ノートを持ってついてきなさい」悪い知らせが届いたことを、ペネロピはすでに察していた。ミス・テイトが仕事で徹夜などあり得ない。たしかに午前中の遅くに出勤することで有名で、その代わりに夜遅くまでオフィスにいて、日付を越えて退出することもままあった。それでも徹夜というのは前代未聞だった。

「わかりました、ミス・テイト。すぐに行きます。それ、お注ぎしましょうか?」ペネロピはそう応じ、ミス・テイトの空《から》のマグカップに手を伸ばした。

「ブラックにして。これは局長のなの。向こうじゃ、かなりヒートアップしていると思うから。だからわたしが抜けて、少し冷却時間を作ったってわけ」そう言うとミス・テイトは回れ右をし、廊下を戻っていった。

ペネロピが会議室に入ると、SOE司令のコリン・ガビンズ准将とF局のジャック・マカリスター局長、そしてヴィヴィアン・テイト副局長が、壁に掛けられたフランスの地図を見ながら喧々諤々《けんけんがくがく》と話し合っていた。三人の脇に暗号局長のヘンリー・パークスもいて、まったく信じられないといったふうにかぶりを振っていた。パークスが独り言のように言った。「最悪の事態を想定し、ネットワーク全体に敵の手が浸透していることを認めなければならない。それしか手はない」

ガビンズ司令がこくりとうなずいた。「そうだな。ここで残存戦力の回収を試みても意味はない。ネットワークを一から構築し直す必要がある」

パークスの意見に反対しているのはマカリスター局長だけのようだった。「報告にあるように、彼は負傷している可能性がある」

「馬鹿なことを言うな」パークスは声を荒らげた。「向こうがわれわれの無線を使って情報攪乱《かくらん》をしているのは明白だ！」

マグカップを手にして立っているペネロピの存在に、ようやくガビンズ司令が気づいた。「ああ、来たのか。まったくひどい事態だ。かけたまえ。ミス・テイトがフランスでの現時点の作戦状況を説明する」

ミス・テイトはドイツ占領下のフランスで生じたばかりの甚大な被害について語った。「〈科学者とロバ〉ネットワークの工作員数名が捕まり、そのなかのひとりが通信士でした。今後は、現地からの送信はすべて敵によるものと考えなければなりません。加えてバルカンの状況も芳しくない。ユーゴスラヴィア局からも潜入工作員が捕虜になったという報告が上がってきていますが、向こうの通信士は山間部に隠れているので、われわれよりも多少はましな状況ではあります。しかしこっちは全ネットワークの構築をゼロからやり直さなければならなりません」

ペネロピは思わず口を開いた。「わたしを送り込んではいかがでしょう。お忘れですか、わたしは通信士の訓練を受けています」

「そういうわけにはいかない。きみはうちの虎の子なんだぞ」ガビンズ司令が応じた。

「解読不能の暗号の解読にはきみの力が必要だ。実際にきみは、ドイツがわれわれの無線機を奪って使用する可能性を指摘していた」

「司令のおっしゃるとおりです」ミス・テイトが口をはさんだ。「通信士は、訓練を終了した者を代替要員として送り込むしかありません」

　大惨事についての会議が終わったのちに、ヴィヴィアン・テイトはペネロピに向かって言った。「今朝のことはこれで話は終わり。作戦は是が非でも予定どおりに続けなければならない。ところで今夜、サヴォイ・ホテルでド・ゴール将軍と〝ゲロ《ビューク》局〟[*2]たちのためのレセプションパーティーが催されます。とにかくいろんな人間が列席するから、何かまずい事態になっていることを微塵《みじん》も感じさせてはならないの。あなたには、わたしの同伴者として来てもらいたい。わたしと一緒に、誰かが迂闊《うかつ》なことを漏らさないか眼を光らせてほしい。シャンパンが大盤振る舞いされるから、誰が何を言うかわかったものじゃないわ。アイゼンハウアー将軍をはじめとして、連合国派遣軍最高司令部《SHAEF》の将官や将校も何名か出席予定です。あまりフォーマルすぎない、上品なものを着てきて。そういうドレスの一着ぐらいは持っているでしょ？」

「はい、ミス・テイト。おあつらえ向きのものがあります」

「よかった、それでは十八時にあなたの家に車で迎えに行きます。それからホテルに一緒に向かいましょう」

戦時下のロンドンには珍しく、サヴォイ・ホテルは豪華に飾りつけられていた。レセプションパーティーの会場となっている大舞踏室《グランド・ボールルーム》は三色《トリコロール》のテーブルクロスとリネンで華やかに彩られていた。バンドがいかにもフランス的な音楽を演奏している会場は、傲岸不遜《ごうがんふそん》な空気を漂わせる人々と紫煙に満ちていた。ヴィヴィアン・テイトは丈の長い黒のイヴニングドレスを着ていた。一方のペネロピは肩紐《ひも》が細い灰色のシンプルなドレスだった。会場はイギリス軍とフランス軍とアメリカ軍の将校だらけだった。本当にド・ゴール将軍に謁見《えっけん》するために参上した者もいれば、ほかに行くあてがないので仕方なく来ている者もいた。アメリカ軍の若い下級将校たちは、飲み放題のシャンパンでとっくにできあがっていた。ペネロピはミス・テイトのハンドバッグを持って傍らに立ち、さまざまなやり取りにしっかり聞き耳を立てるという今宵の任務を実行していた。ディナーが終わり、賛辞の言葉が述べられると、レセプションパーティーはダンスパーティーに早変わりした。数少ない女性参列者は連合軍将校たちの急襲に遭い、ダンスフロアに連れ去られた。どうやら今夜ホテルに集った多くの若者たちの話題の的になっていたペネロピは、その先陣を切らされた。誰かと踊っていると、別の誰かが割り込んで彼女をかっさらっていく、その繰り返しだった。演奏される曲は留まることを知らず、さすがにペネロピも疲れてきた。カナダ軍将校と踊っていたところにイギリス軍将校が割って入ってきたタイミングで彼女は言った。「もうダンスはお腹《なか》一杯だわ。将校さんがた、ここで失礼してもよろしいでしょうか？」どう見ても飲みすぎで呂律《ろれつ》がまわらなくなったアメリカ軍将校がさらに横入りしてくると、彼女はたまりかねてこう言い放った。「本当にもうダンスはたくさんなんです。わたしの上官が眼を光らせているんですよ」

「そのくそ野郎はどこだ？　おれが説教してやる」アメリカ軍将校はそうわめいた。

「野郎じゃなくて女なんですけど。彼女はものすごく弁が立つし、もちろん血も涙もない女でもあるのよ」この時点でペネロピはくたくたに疲れ果てていた。一日中働きづめで、しかもまだ勤務中なのだから。「お願いですから、これで失礼させていただきます。ちょっと新鮮な空気が吸いたいんです！」そうきっぱりと言うと急ぎ足でダンスホールから抜け、ボールルームから出ていこうとした。

ペネロピはドアに足を向けたが、その前にミス・テイトの眼に留まって声をかけられた。「どうしたの、大丈夫？」

「大丈夫どころじゃありませんよ。ちょっと外に出て煙草を吸ってきます。すぐに戻りますから」

ペネロピは人でごった返すロビーを足早に抜けて玄関ドアから出た。表の通りの両側には、各軍の車がずらりと並んで停まっていた。車内で上官を待っている運転手もいれば、歩道で煙草を吸ったり寄り集まって立ち話をしたりしている者たちもいた。

ここはだめ。軍人たちの相手はもううんざり。ひと晩のうちに、あんなに大勢のうぬぼれ屋と間抜けに出くわすだなんて。そんなことを胸につぶやきながら通りをさらに進むと、無人の車が数台だけ停まっているあたりに出た。ここなら大丈夫そうだ。煙草を出して火を点けようとしたそのとき、雨が降り出した。すぐにバケツをひっくり返したような本降りになったが、ペネロピは傘を持っていなかった。「もうっ！　煙草も落ち着いて吸えないってわけ？」彼女は声もあらわに毒づいた。

そのとき、暗がりから声が聞こえた。「傘ならありますよ、お嬢さん。これを使いなさい」

あら、いい声じゃないの。この人も煙草を吸いに出てきたのかしら。ペネロピはそんなことを思った。

その声の主はさらに言った。「よかったら、車のなかで雨宿りしませんか」

長身かつ痩身の人影が暗がりから出てきた。アメリカ陸軍の制服を着た、やたらと大きな緑色の傘を差した人影だった。「大丈夫、噛《か》みついたりはしませんよ」

土砂降りでずぶ濡れになりつつあるペネロピは、男の誘いに乗った。「ありがとう、それではお言葉に甘えます」彼女はそう応じるとフォードのセダンに近づき、若い兵士と向き合った。豊かな黒髪と細い口ひげの、なかなかのいい男だった。

男は手を差し出し、頭を下げた。「ハロルド・マティングリーです。アイゼンハウアー将軍の運転手と従卒と便利屋を臨時に仰せつかっています」

ペネロピは、このハンサムな青年のことを判じかねた。人あたりはよさそうだが、若い女に声をかけることに慣れていないかのように、恥ずかしそうな顔をしていた。

「それで、入れてくださるの？」ペネロピはしびれを切らしたかのように言った。

マティングリーはペネロピの手を取って助手席に坐らせると、運転席側にまわって自分も坐った。彼女が腰を落ち着けると、マティングリーは濡れていない煙草とライターを差し出した。「ペネロピ・ウォルシュです」ようやくペネロピは自己紹介した。

「お会いできて光栄です」

「あなたもパーティーに？　せわしない夜ですね」ペネロピに緑色の小さなタオルを渡しながらマティングリーは言った。

「そうですね。シャンパンの栓だけじゃなくエゴも癇癪《かんしゃく》も弾《はじ》けっぱなしって感じですよね。もう我慢も限界です。ところで、アイゼンハウアー将軍の運転手だって言いましたよね？　なかで将軍をお見かけしなかったんですが。どちらにいらっしゃるんですか？」

「いえ、将軍ご自身はいらしていません。副官が参列しています。こういう場では安全措置を多少厳重にする必要があるもので」

「なるほど、わかります」

「ところでお嬢さん、余計なことかもしれませんが、かなりめかし込んでいますね。あなたのような美しい女の子が、あんなところで一体何を？」マティングリーはサヴォイ・ホテルを指差しながらそう尋ね、そしてネクタイを緩めた。

「そうね、軍人だらけのなかで場ちがいな感じかもしれないけど、あなたが考えているような用で来ているわけじゃないってことははっきり言っておきます。上司と一緒なの。わたしの上司は今夜の注目の的のひとりよ。わたしはそのつき添いってところ。つまりハンドバッグを持ってあげたり、上司が会う要人が言ったことを心に留めておいたりとか」

「なるほど、きみの上司も女性なんだね。しかもただの女性じゃない。この手の催し物に来る女性と言えば、上級将校の妻かイギリス政府のさる部署の人間と相場は決まってるからね」

ペネロピは興味津々《しんしん》の眼差しをマティングリーに向け、そして言った。「あなたって結構目ざとい運転手兼従卒なのね」

「実際のところ、それが仕事だからね、お嬢さん。目ざとくなかったら情報部員はやっていけないから。いろんな生き方をしている、ありとあらゆる人種を見てるからね、ぼくは。そのなかにはどこか別の国から来ている人間もいれば、ロンドン以外のイギリスのどこかから来ている人間もいる。でも若くて美しいきみはそうじゃない。まちがいなくイギリス人で、口調や話し方から察するに、生まれも育ちもロンドンだ。海外旅行もしくは海外滞在の経験があるってこともわかる」

この見知らぬ青年に、ペネロピはすっかり呆気《あっけ》にとられてしまった。夫を失って以来、こんなに頭の切れる人間に会ったことがなかった。もしかしたらトニー以上かもしれない。しかもおおよその実年齢よりもかなり大人びて見える。「降参ね、たしかにわたしはFANYで働いている。FANYのことは知ってる?」

マティングリーはぷっと吹き出し、そのまま笑いはじめた。なにがそんなにおかしいのかわからないまま、ペネロピもつられて笑った。ややあってマティングリーは答えた。「応急看護師部隊のことだろ。やっぱりきみはただものじゃないんだね。[*3]きみがFANYだっていう話はホテルにいる連中なら信じるかもしれないけど、ぼくの眼には、きみが救急車を運転したりおまるを交換しているような人間には見えない。大丈夫、これでも口は堅いんだ。きみの仕事のこともう訊かない」

「なんともお優しいこと、ハロルド」

「ハルって呼んでくれるとうれしいんだけど」

「わたしのことをお嬢さんと言うのを止めてくれたらね。わたしのことはペネロピって呼んで」ふたりはまた吹き出し、そしてどっと笑った。ペネロピが気づくと、ふたりともフランス語で話していて、しかもどこで英語から切り替わったのかわからなかった。「引っかけたわね！　フランス語がぺらぺらじゃないの」ペネロピは英語でそう言い、マティングリーの肩を小突いた。

「フランス人の家政婦に習ったんだ。父が若くして亡くなったから、母は女手ひとつでぼくを育てなきゃならなかった。むろん手が足りなかったから、ソフィアというフランス人女性を雇って家事を手伝ってもらっていた」

「合衆国のどこ出身なの、ハル？」

「カリフォルニアのパロアルトっていう小さな町だ。聞いたことがあるかい？」

「残念ながらないわ」

「サンフランシスコの南にある大学の町だよ。きみさえよければ、また会いたいな。週末は休みなんだ。きみにロンドンを案内してもらえたら嬉しいんだけど。こっちに来てまだふた月か三月ぐらいの新参者だからさ」

ペネロピは吸い終えた煙草を灰皿でもみ消しながら、マティングリーの頼みに考えを巡らせた。娘のサラのことが頭に浮かんだ。自分に子どもがいることを知ったら、この素敵な青年はどう思うだろうか？　ペネロピはハンドバッグを開けて万年筆を取り出した。「いいわよ、紙か何かない？」

マティングリーは上着のポケットのなかをごそごそと探し、メモ帳を取り出した。

「はい、これでいいかな？」

ペネロピはひったくるようにメモ帳を手に取ると、自宅の電話番号をさらさらと書いた。「わたしに連絡したいなら夜の八時過ぎにして。その時間なら大抵は家にいるし、夜だといろいろと落ち着けるから」そしてメモ帳をマティングリーに返した。「まずは電話して。それからいろいろ予定を立てましょ。雨も小降りになってきたことだし、そろそろ戻るわね」

マティングリーはさっと車から降りて大きな傘を開くと、助手席側にまわってドアを開けてやった。「絶対に今週のうちに電話する。ホテルまで送るよ」

マティングリーがかざす傘の下で、ふたりは無言で歩いた。ペネロピは口にこそ出さなかったが、本当は出会ったばかりの若い男の友人にまた会うことが愉しみでならなかった。

「それじゃあね、ハル」サヴォイ・ホテルの玄関に着くとペネロピは言った。そして投げキッスを送った。

＊1　第二次世界大戦中、ストッキングの入手は困難だった。運よく見つかったとしても、大抵は配給券ではなく現金で買わなければならなかった。

＊2　SOEには、フランス局とは別にシャルル・ド・ゴール率いる自由フランス政府が管轄するRF局があった。RF局はベイカー・ストリートではなくデューク・ストリートにあった

ため、オーチャード・コートにあったF局の人間はRF局のことを〈ゲロ局《ピューク》〉と呼ぶことがあった。

＊3　SOEの女性工作員はFANYを装っていた。FANYなら戦時下のイギリス国内を怪しまれずに自由に移動できたからだ。同じ理由でWAAFも偽装に使われた。

13 〈チーム・ヒューロン〉の合流

チェトニックの拠点で、ミハイロヴィッチと幹部たち、そしてジョゼフは地面に腰を下ろし、地図を調べていた。地図には降着地点のいくつかの候補地が丸く記されていた。

「ここはどうですか?」そのひとつを指で示し、ジョゼフが尋ねた。

ミハイロヴィッチはジョゼフが持ってきた煙草をひと吹かしして答えた。「ここからさほど遠くはない。木立や藪だらけだから監視は簡単だ。見張りは複数箇所に配することができる。ここにつながる道はルドコに押さえさせればいい。それに何より、このあたりでドイツ軍の哨戒部隊を見たことは一度もない」

ジョゼフはその地点の位置情報をノートに書き留めた。「降着地点の確保にどれぐらい時間がかかりますか?」

「明日には済ませておく」

「潜入チームの残りのメンバーは落下傘降下の準備を整え、ぼくからの連絡を待っていちます」ジョゼフは曜日と日付が表示される腕時計に眼をやった。「降下は三日後の午前三時にします」

翌日の朝、ジョゼフはカイロに電信を送った。それからSSTR-1短波無線機を調整して使うところをミハイロヴィッチに見せた。ふたりの部下が命じられ、クランクを回して蓄電池に充電した。とはいえ、やることは簡単だった。通信文はすでに暗号化されていて、あとは送信するだけでよかった。無線機を使っていたのは三分足らずで、送信を終えるとすぐに電源を切った。

その日の午前中、イギリスとアメリカの合同潜入チームの重要性に鑑《かんが》みて、チーム・ヒューロンはチェトニックとは帯同できないという判断がなされた。その代わりにミハイロヴィッチの拠点からほど近いところにある村に滞在することにした。ミハイロヴィッチはしょっちゅう移動するので、チーム・ヒューロンも安全面を考慮して将軍の移動に応じて別の村に移ることになる。ジョゼフは納屋の二階に寝袋を広げて横になり、テスのことを考えた。ひとりきりになると、何かにつけテスが頭のなかに浮かんできて、いつになったら会えるのだろうかと思いを巡らせていた。

残りのメンバーが降下する前夜、ジョゼフはBBCの娯楽番組に耳を傾けた。土壇《どたん》場《ば》で作戦が変更されるかもしれない。番組が終わり、安堵の溜《た》め息を漏らした。セルボ・クロアチア語での放送だったが、〈不思議の国のアリス〉という言葉は最後まで出てこなかった。つまり作戦はすべて予定どおりに敢行されるということだ。ヒューロン大佐と通信士は落下傘降下してくる。ジョゼフとミハイロヴィッチの手の者たちは降着地点を確保し、ふたりを回収する準備を整える。ジョゼフは夜間作戦用の服を詰めた背嚢を担ぎ、ルドコが用意してくれた馬にまたがった。

午前二時、ジョゼフは降着地点近くの暗がりに身を隠し、待った。アメリカ陸軍のカーキ色の夏用制服からオリーヴドラブのものに着替え、黒いニットキャップをかぶった。何もかもが順調に進んでいて、逆に怖いぐらいだった。見たところ、降着地点の警備に三百名ほどが配されている様子だった。降着地点につながる道は、ルドコが百五十人以上を率いて護っている。降着地点の近くには百人が、高台には五十人ついていた。何よりありがたいことに、今夜は誰もドイツ軍哨戒部隊を目撃していなかった。頭上には雲ひとつない夜空が広がっていた。ジョゼフは腕時計に眼を落とした。あと一時間で秘密作戦仕様の黒塗りのB-24リベレーターが飛来する。降着地点の安全が確保できていれば高輝度の携行電灯《フラッシュライト》*1を三回点灯させ、受け入れ準備が完了していることをB-24に知らせる。その合図を確認できたら、B-24は赤い光を三回灯す。ジョゼフが頭のなかで手順を繰り返していると、周辺の高台で銃声が轟き、心の準備は中断された。彼は振り返り、チェトニックの戦闘員のひとりに言った。「あれは何だ？　このあたりにはドイツ軍の哨戒部隊はいないはずじゃないのか」

ジョゼフと同じ年ぐらいの若い戦闘員が答えた。「ここらへんは何晩も偵察してきたけど、ドイツ軍はいないよ。あれはパルチザンかもしれない！　ここにいてくれ。何が起こってるのか確かめてくる」戦闘員が鳥のさえずりのような口笛を鳴らすと、さらにふたりの戦闘員が出てきて、三人一緒に闇のなかに消えていった。

銃声は夜を切り裂きつづけていた。この事態をジョゼフは信じられずにいた。ここまでは全部順調すぎるほどだったというのに。あと五十五分でB‐24はここの上空に達する。降着地点の安全を確保できなければ、降下は中止せざるを得ない。とはいえ、ジョゼフにはマーリン短機関銃を手にしたまま待つことしかできなかった。

B‐24の機内は暗く、そして寒かった。二名の降下員が夜眼を利かせることができるように、機内灯は何時間も前からすべて落とされていた。ヒューロン大佐と通信士は、落下傘降下の最終確認に余念がなかった。ふたりともオリーヴグリーンのジャンプスーツで身を包み、頭部保護用の軽量ヘルメットをかぶっていた。互いの顔は暗すぎてほとんど見えなかったが、ヒューロン大佐は若い通信士のかすかに震える両手に不安と緊張を見て取った。B‐24の下部旋回銃塔は取り外され、降下用のハッチになっている。降下長が身を寄せてきて、大佐の耳元で大声で告げた。「あと二十分で降着地点上空です――位置についてください」そして大佐の背中をポンと叩いた。ヒューロン大佐は歳若い通信士に眼を向け、親指を立てて見せると、ハッチを開けた。

「もうすぐ降下する――覚悟を決めろ！」大佐は声を張りあげた。

銃声がさらに激しく鳴り響くなか、遠くの悲鳴がジョゼフの耳に届いた。あと十分のうちにどうにかできなければ降下は中止するしかない。そのとき、藪をかき分ける音が聞こえ、ジョゼフは眼を向けた。ふたりのチェトニックの戦闘員が戻ってきて、銃撃戦の様子を報告した。「思ったとおりだった。パルチザンの哨戒部隊がおれたちの仲間に出くわして、撃ってきた。こっちも応じるしかなかった。こっちの人数はむこうの十倍だから、圧倒的に有利だ。大丈夫、あと二分か三分で片がつく」

遠方から、単独で接近するB‐24の聞きまちがえようのない音が聞こえてきた。ジョゼフは腕時計を見た。もう時間はない――そう胸につぶやいた。今すぐ決めなければ。散発的な銃声が聞こえてくるが、それでも遠くなっている。B‐24の搭乗員たちが地上の銃火を見つけて、勝手に降下を中止しなければいいんだが。ここは一か八かやるしかない。今を逃せば二度目はない。ジョゼフは高輝度フラッシュライトを取り出し、B‐24に合図を送った。

B‐24の航法士は先ほどから降着地点に眼を向け、受け容れ部隊からの合図を探していた。と、不意に木々のなかに白い閃光《せんこう》が見えた。銃火かもしれないと思ったそのとき、続けて二回光った。まちがいない、降着地点を確保したという合図だ。航法士は赤いランプを三回点灯させ、合図を確認したことを地上に知らせた。白い光が灯《とも》りつづけた。これで降下の準備は整った。

ジョゼフはフラッシュライトを空に向けながらチェトニックの戦闘員に命じた。

「降着地点の護りをかためてくれ。ぼくはふたりが無事に着地するまでここで待機する。パルチザンがほかにもいて、こっちが動くのを待っているのかもしれない」

ジョゼフが空を見上げるなか、B‐24は高度を下げ、ふたつの物体を落とし、さらにふたつ落とした。四つの傘体が開き、地上へと降りていき、そして着地した。ふたつの人影がパラシュートのハーネスをはずし、片方がもう片方を手伝っている様子が確認できた。ふたりはパラシュートを回収した。降下は無事成功した模様だった。ジョゼフが片手を上げて合図すると、木陰から三人の戦闘員が姿を見せ、降下員たちに手を貸して装備を入れた容器を運んだ。ジョゼフはすっと立ち上がり、マーリンを構えつつ降下員たちに駆け寄った。

近づいてくるジョゼフに向かって、降下員のひとりが言った。「ヒューロンだ。こっちは空軍通信士のボーマンだ」

ふたりのイギリス軍工作員がヘルメットを脱ぎ、顔がはっきりと見えた。若い通信士の眼を見るなり、ジョゼフは腰を抜かすほど驚いた。長いあいだ離れ離れで、ほとんど忘れかけていた恋人の顔がそこにあった。ふたりはようやく再会を果たしたのだ。

「テス……なのか？」

「まったく、こっちこそ同じことを訊きたいところよ！　たしかに最後の便りには海外に派遣されるって書いてあったけど」

「きみらは知り合いなのか？」ヒューロン大佐がふたりに訊いた。

テスが答えた。「知り合いどころの話じゃありません。結婚したも同然の仲です。以前お話しした恋人とはこの彼のことですが、まさかＯＳＳの工作員になっていただなんて」

遠くで銃声が轟き、ジョゼフの胸の高まりは一気にしぼんだ。全員が地面に伏せ、数発の銃弾が頭の上をかすめていった。

ヒューロン大佐が怒鳴った。「一体どうなっているんだ？　降着地点に敵は存在しないものとばかり思っていたが」

「いないのはドイツ軍の哨戒部隊だけです。降下直前にパルチザンが攻撃してきたんです。今撃ってきているのはその生き残りにちがいありません。チェトニックが対処します。ここは三百人以上で護りをかためていますから」

木立のあいだからさらに銃弾が飛んできた。パルチザンから銃撃を受け、ジョゼフたちは開けた場所で身動きが取れなくなってしまった。ジョゼフはマーリンを手にゆっくりと匍匐《ほふく》前進して応射しようとしたが、撃つことはできなかった。一緒にいたチェトニックの戦闘員たちは反撃したが、わずかしか持っていなかった銃弾をすぐに撃ち尽くしてしまった。と、ジョゼフは背後に立てつづけの射撃音を聞いた。ヒューロン大佐とテスがステン短機関銃《ガン》を撃ち、パルチザンたちは身を隠した。ジョゼフは敵が攻撃してきた方向にマーリンを撃った。すると、さらなる射撃音が周囲から聞こえてきた。降着地点を護っていたチェトニックたちは、生き残っていたパルチザンの最後のひとりを仕留めた。降着地点の安全は最後の最後にようやく確保された。

＊＊＊

「忘れたの？　あなたは未亡人なのよ。サラの身にもなってみなさい。家のなかにしょっちゅう若い男がいるようになったら、あの子はどう思うかしらね」

「やめてよ母さん、わたしはもう子どもじゃないのよ。だいいち、一生喪に服しつづけるだなんて無理な話だし。それに何人も入れ替わり立ち替わりやって来るわけじゃないから。来るのはひとりだけ」

「その若いアメリカ〝さん〟とは知りあったばかりで、どんな人なのかよくわからないんでしょ。どうせこの国に駐屯してる五十万人のお仲間たちと同じなんでしょうけど」

「彼はちがうのよ。頭が切れてユーモアもあって流暢なフランス語を話すし、それに何よりものすごくハンサムなの。また会いましょうって彼に言っちゃったし。わたしが言うのもなんだけど、彼だってものすごくその気になってる。若い男性をがっかりさせるのは気が引けるわ」

「それで、今夜はどこに出かけるつもり？　外出禁止令は十一時からですからね」

「はいはい母さん、夜間外出禁止令のことは充分存じ上げていますから。もうそろそろ彼から電話がかかってくる。わたしに電話するなら八時過ぎにしてって言ってあるから」

八時を何秒か過ぎたとき、電話が鳴った。ペネロピは跳び上がるようにして席から立つと電話機に向かった。「もしもし、ペネロピですけど」

「なるほど、ぼくはちゃんとした電話番号を教えてもらってたってことだな。でたらめだった場合にそなえて、期待し過ぎないようにしてたんだけどね」

「たしかにわたしに電話するなら八時過ぎがいいって言ったけど。あなたって本当に抜け目がないのね。だってまだ八時になったばかりじゃないの」

「言っただろ、今週はずっと電話したくてうずうずしてたんだ。ちなみに、きみのほうは今週はどうだったんだ？」

「相も変わらず大忙しだった。悪いけど、仕事のことは電話ではあまり話せないの」

「大丈夫、ぼくも同じことを考えていたから。今夜、一緒に夕食でもどう？　豪華なディナーとまでは言わないけど、美味しい料理とビールとかどうかな」

「それならいい店を知ってる。近所の小さなパブよ。こっちに来るまでどれぐらいかかりそう？」

「そりゃ君がどこに住んでいるかによるよ、お嬢さん。そんなに遠くなければ車で行く」

ペネロピが家の住所と道順を教えるとマティングリーは言った。「一時間以内に行けると思う。それでいいかな？」

「大丈夫よ。出かける支度をして待ってる」

一時間後、マティングリーはペネロピの家にやって来た。運転してきた連合軍将校用のフォードの大型セダンを玄関先に横づけすると、踏み段を上った。彼がノックをするより早く、ペネロピはドアを開けた。マティングリーは伍長の階級章がついたアメリカ陸軍の制服を着ていた。

「ぱりっとした装いじゃないの。ちょっとだけ家に寄ってかない？」

マティングリーは制帽を脱ぎ、狭い玄関間に足を踏み入れた。ペネロピの母親は初対面の若者を出迎えた。

「ハロルド、紹介するわ。母のアレクスよ」

「お会いできて光栄です、お母さん。ぼくのことはハルと呼んでください。お嬢さんには最大限の敬意をもって接すると約束します。夜間外出禁止令が始まる前に家にお戻しします」

「残念ながら父は空襲警備員の当番で今夜はいないけど、あなたに会ってもらいたい人がほかにいるの」

ペネロピはマティングリーの手を引いて階段を上がり、寝室に連れていった。彼女は寝室のドアをそっと開けた。なかでは彼女の幼い娘がすやすやと眠っていた。「娘のサラよ」

「本当に可愛らしい娘さんだね。何歳なんだい?」

「この夏で一歳になったところ。父親は空襲で亡くなったの。娘の顔を見ることはなかった。海軍士官だったの。そう、わたしは未亡人よ」

「それはお気の毒に。でもきみと娘さんを得て、きっと幸せな人生だったにちがいない」

「娘がいることをあなたに話す必要はなかったけど、わたしのことを知ってもらうには先に全部打ち明けておくほうが一番だって思ったの。そうすれば、わたしたちの立ち位置がはっきりするから」

＊1　通常のフラッシュライトは銃火とまちがえられやすく、同士撃ちになることもままあった。現在では緑色のフラッシュライトが使われている。

14　暗号と暗号解読者

降下した日の午前中、地元住民たちによるささやかな歓迎会が催された。ヒューロン大佐とテスとジョゼフはミハイロヴィッチ将軍を囲むようにして立っていた。三人の連合軍将校は花輪を贈られた。生身のテスと一緒にいることを、いまだにジョゼフは信じられずにいた。離ればなれになってから二年半近く経っていたが、そのときからテスはずっと魅力的になっていた。若い女子大学生は美しい女性として花開いていた。容姿は洗練され、出会った頃の素朴な学生とは大ちがいだった。応急看護師部隊《FANY》特有の短く切りそろえた髪と黒い眼、抜いたうえで整えた眉毛。実にイギリス人女性らしい見た目だった。空軍婦人補助部隊《WAAF》の訓練中に、ほかの女の子たちから化粧の仕方を教えてもらったのだとテスは言っていた。

歓迎会に集った農民とチェトニックの戦闘員たちに向かって、ミハイロヴィッチは言葉を述べた。「イギリスとアメリカからなる連合国が、われわれの大義への援軍をようやく送ってくれた。この三人の援軍をしっかりと護るのだ。彼らが望むことは何でもしてやってくれ。その見返りとして支援を受けることができる」

続いてヒューロン大佐が流暢なセルボ・クロアチア語で感謝の言葉を返した。「セルビアのみなさん、私はイギリス首相ウィンストン・チャーチル直々に命を受け、この国にやって来ました。首相からは、みなさんの強い面と弱い面の両方の情報を集めてほしいと言われています。みなさんには質が高く強力な戦力があること、そしてその力をナチによる占領と虐政を終わらせることのみに行使していることを、われわれはわかっています。みなさんのお力添えがあれば、われわれはナチを打ち負かし、みなさんの国に平和と繁栄を取り戻してみせます」大佐はジョゼフとテスのほうを向いて話を続けた。「この二名の将校は、私と共に活動することになります。このふたりの顔をしっかり憶えていてください。そしてふたりの身を護ってください」

音楽とスリヴォヴィッツに満ちた歓迎会が終わると、チーム・ヒューロンはミハイロヴィッチの野営地の外に立てたテントという間に合わせの司令部に再集合した。三人は小さなテーブルとストーヴを囲み、やかんで湯を沸かしながら今後の作戦を練った。最初の任務は、チームが潜入に成功した旨をテスがカイロに伝えることだった。送信する時間はこの日の十六時に決められていた。ジョゼフは、パルチザンが落下傘降下の時間と場所を正確に把握していたことがどうしても気になった。偶然にしてはあまりにも出来すぎだった。カイロのＳＯＥユーゴスラヴィア局のマクアダムズ少佐は共産主義者だというオドネル中佐の言葉が脳裏をよぎった。敵はナチだけではない。パルチザンと共産主義者たちも相手にしなければならないということか。

ジョゼフは新たな上官に具申した。「ドイツ軍だけでなくパルチザンにも用心しなければなりません。昨夜の降下についての情報をカイロに伝えたのは、その七十二時間程度ほど前のことです。パルチザンに情報を流すには充分な時間です。昨夜の攻撃がたまたまではないとしたら、今のところふたつの可能性が考えられます。ひとつ目は、チェトニック内にいるパルチザンの同調者が漏らした。ふたつ目は、カイロの何者かが意図的にパルチザンに伝えた」

ヒューロン大佐は無精ひげが生えた頰を掻きながら考え、そして答えた。「きみは電信でカイロに伝えた。つまり電話会社に傍受された可能性も考えられる」

その電信そっくりそのままの内容をSSTR‐1無線機でオドネル中佐に伝えていたことは、ジョゼフは言わずにおいた。

ヒューロン大佐は続けた。「しかし今は無線機がある。パルチザンの待ち伏せ攻撃については、ひとまず偶然だったということにしておこう。重要なのは無事降着できたという事実だ。これからは当初の計画どおりに作戦を進める」

「了解しました。であれば送信はチェトニックたちから離れた、さらに山奥の安全な場所でするべきかと思います。そこを拠点として送信を続けることも可能です。交信が終了したら山を下り、ミハイロヴィッチの近くに戻ります。この手でいけばチェトニックから離れて独自の行動を取ることも、ドイツ軍の無線方向探知機の眼から逃れることも可能です」

「たしかにきみの言うとおりだ」ヒューロン大佐はそう応じた。「もう目星はつけてあるのか？」

ジョゼフはテーブルに地図を広げた。「ミハイロヴィッチは頻繁に移動していますが、おおむね同じ地域に留まっています」彼は地図のある場所を指で丸く囲んだ。「シャバツのすぐ北の山中がいいと思われます」

チーム・ヒューロンは作戦拠点探しにその日を費やした。三人は無線機と蓄電池、そしてペダル式発電機を担いで山中を巡った。斜面にうってつけの場所が見つかった。そこは大木と岩に護られた窪地《くぼち》で、しかも斜面を登ってくる人間を見つけることができる位置にあった。満足のいく場所だとわかると、ヒューロン大佐とジョゼフはそれぞれの通信文の暗号化に取りかかった。テスはマルコーニＭｋⅡ無線機にアンテナと蓄電池を接続し、送信の準備をして待機した。十六時ちょうどになり、テスはコードネーム〈ポスト・セレステ〉としての最初の送信を開始した。ジョゼフはペダル式発電機を回した。

ＳＯＥカイロ支局では、通信士がテスからの最初の送信を受信した。彼女の〝フィスト〟も確認割符も承認された。通信文にはこうあった――チーム・ヒューロンは配置完了。〈クレディブル・ダガー〉との接触に成功。相当な戦力を確認。武器弾薬と爆薬、および医薬品の支援を求められている。指示および予定表を待つ。

ベオグラードのホテル・パレスにいるフロスベルクSS上級大隊指導者は、前夜にチェトニックがパルチザンの待ち伏せ攻撃に遭ったという報告を受けた。双方に数名の損耗が生じた。それに先立って、連合軍の秘密部隊が潜入する可能性ありという報告も上がっていた。しかしフロスベルクは敵の潜入が成功したのかどうかも、誰の支援を受けているのかも判断がつきかねていた。隣にはゲルヘルトが坐り、ヘッドフォンをはめて無線交信の監視にあたっていた。ユーゴスラヴィア各地で、あらかじめ十六時ちょうどにするように決められていた無線交信が飛び交っていた。そのなかのボスニアとセルビアの無線局の何カ所かを、ゲルヘルトは注視していた。さらにそのなかの一カ所が彼の耳を惹《ひ》いた。初めて耳にするモールス符号のフィストだった。つまり、これまではいなかった通信士によるものだ。滑らかで正確な打電だ。ゲルヘルトは録音装置のスウィッチを入れた。

「ヘル・フロスベルク、新たな通信士が現れました。初めて聞くフィストです。大抵のモールス符号の打電はばらつきがあるものです。しかしこの送信は滑らかです」フロスベルクが自分の耳で確認しようとヘッドフォンをはめたそのとき、謎のモールス符号は途絶えた。送信時間は三分にも満たなかった。Ju87急降下爆撃機《シュトゥーカ》に搭載した無線方向探知機では、そんな短時間で発信方向を探知できない。

「これまでの通信士による送信と、どこがどうちがった？」

「優しいタッチの打電で、しかもよどみがありません。かなりの技術を有する通信士です。こいつの探知には手こずるでしょうね」

「発信地の大まかな場所はわかるか？」

「あえて言えば、昨夜パルチザンがチェトニックに待ち伏せ攻撃をくわえた地点にかなり近いと思われます」

「ミハイロヴィッチの支配地域のど真ん中だということか」フロスベルクは受話器を取り上げ、シャバツのSS司令部に電話をかけた。

電話に出たのは若い将校だった。「秘密国家警察《ゲハイメ・シュターツポリツァイ》シャバツ司令部だ」

「親衛隊保安局《SD》ベオグラード司令部のフロスベルク上級大隊指導者だ。きみは今夜の当直担当か？」

「はい、そうであります。何かお手伝いすることがあるのでしょうか？」

「ロズニツァの近くにあるツェ山付近を発信地とする無線送信を探知した。現地に部隊を派遣してもらいたい。命令書は追って電信で送る」

ヒューロン大佐とジョゼフはその日の通信拠点を確保し、陽が暮れると山を下った。三人は、その週の初めにジョゼフが手配しておいた農家と納屋を宿泊地にしていた。そこが当座の作戦基地だった。テスは農家の狭い洗面所で体を洗っていた。彼女は家の持ち主のチェトニックの年配女性と親しくなり、湯を沸かしてもらっていた。そのあいだを見計らい、ヒューロン大佐は納屋でジョゼフとふたりきりで話をした。

「きみたちの私的事情がわれわれの任務の支障にならないものと信じている。きみにとってボーマンが大切な存在だということはわかったが、われわれはここで重大な任務に従事しているという点は忘れてはならない。きみらがそんな仲だとわかっていたら、彼女をこの作戦に参加させることに同意しなかった」

「わかりました、大佐。そうならないように約束します。ただ、彼女を潜水艦に乗せて別れてから二年半近く経っていたもので」一九四一年の四月にドイツに占領されたユーゴスラヴィアから脱出した経緯を、ジョゼフはかいつまんで説明した。

「なるほど、ボーマンがユーゴスラヴィア派遣を強く望んだ理由はそれか。ベイカー・ストリートからは、彼女がこの作戦に志願したと聞かされている。おまけに、パルチザンの支配地域には行きたくないとはっきり言ったそうだ。もうわかっただろうが、ボーマンはイギリスで一番腕の立つ通信士だ。そんな彼女をユーゴスラヴィア局に転属させるのはひと苦労だったよ。フランス局もあらゆる手を尽くして彼女を手に入れようとしたが、向こうの状況は極めて危険になっている。そこで彼女の技術はフランスやベルギーではなく、ここのほうがうまく生かせると判断した」

「今夜寝る前に、彼女とふたりきりで話をしてもよろしいでしょうか？　お互い、積もる話がまだまだあるんです」

「もちろんよろしい。それではおやすみ。明日の朝食の席でまた会おう。今日は目一杯動きまわったからな」

ジョゼフは小径《こみち》を歩き、テスに割り当てられた農家に向かった。そろそろ入浴が終わってもいい頃合いだった。セルビアの田舎の夜は実に素晴らしかった。雲ひとつなく、大地を照らさんばかりの星明かりが降り注いでいた。周辺の農家はどれも似たり寄ったりだった。壁はおおむね石造りで、水漆喰《しっくい》かペンキで白く塗られている。屋根は赤い瓦《かわら》か、さもなくば風雨にさらされて変色した板葺きだった。内部の右奥にはレンガもしくは石造りのかまどが鎮座し、暖とパンを提供している。四方の壁とストーヴの周囲には木製の細いベンチがしつらえてある。左奥には祭壇があり、普通は聖母マリアのイコンが飾られている。玄関ドアの左手には半個室があり、大抵はそこが夫婦の寝室になっている。その夜、テスが泊まっている家では年配の女性が寝室をひとりで使っていた。彼女の夫は、ドイツ軍から食料と物資を強奪するチェトニックの奇襲部隊の一員だった。ジョゼフがノックすると年配の女性は玄関ドアを開けた。ジョゼフはユーゴスラヴィア王国軍の略帽を脱ぎ、話しかけた。「彼女と話をしたいのですが。入ってもよろしいでしょうか？」

チェトニックの女はジョゼフにもはっきりとわからないことをぶつぶつと言い、腕を上げて予備の寝室を指し示した。この家の主《あるじ》の妻に失礼のないよう、ジョゼフはそろりそろりと足を進めた。そしてがっしりとした木製のドアをノックした。「テス、入ってもいいかな？　ふたりきりで話がしたいんだ」

寝室のドアがそろそろと開いた。戸口には、丈の長いウール製のガウンを身にまとったテスが立っていた。薄い生地の下は裸だということをジョゼフは見て取った。乳首が浮き上がり、両脚のあいだの焦げ茶色の茂みが薄明かりのなかでもくっきりと見えた。スポンジバスを浴びたばかりで、茶色の短髪はまだ濡れていた。ジョゼフを見るなり、テスはすぐさま喜色満面で抱きついた。

「それだけ？」ジョゼフは抱擁《ほうよう》にそう応じた。するとテスは背伸びをし、彼の唇にそっと口づけした。

「やっと会えたわね。本当に上品ぶっちゃってごめんなさい。でも今は前線に出ているんだから、平静を保っておかなきゃね」

「大佐からの許可をもらってここに来たんだ。ユーゴスラヴィアから脱出したときのことを話した。大佐は本当に驚いてたよ」

「ビューリ[*1]での訓練中は、あのときのことは話さずにいたの。訊かれなかったから、こっちから進んで話すこともないかなって」

「テス、あのときぼくはきみを行かせてしまった。きみを潜水艦に乗せざるを得なくなったときは胸が引き裂かれそうだった。もう二度ときみをひとりきりにさせない。この任務がどんな事態に陥っても、最後まで一緒にいよう」

「この任務は八週間の予定よ。そのあいだに、チェトニックへの最善の支援方法を考えつけるだけの情報を収集することになってる。その点についてはあなたに決定権はないかもしれない。あなたはＯＳＳの人間だっていうことを忘れないでね。大佐とわたしは、いつ撤収命令が出されてもおかしくない。ところで、ヒューロン大佐抜きでわたしと話したいことがあるんじゃないの？」

「訓練期間中に教わった、ドイツの防諜活動について話してくれないかな？」

「何を話してほしいのか具体的に言ってくれない？」

「きみの送信をゲシュタポが傍受している可能性はどれぐらいあるんだろう？」

テスは暗号と確認割符についてざっと説明し、送信内容が敵に筒抜けになっている危険性は今のところはないと言い切った。こんなに早い段階でドイツ軍が暗号を解読できたとは思えない。フィストのコピーは、送信内容を録音したものを何度も再生しなければできない。コピーできても、次に待ち構えるのは暗号の解読だ。解読にはひと月以上かかるだろうし、それも別の潜入チームの通信士を捕らえなければ無理。テスはそんなことをジョゼフに教えた。

「もうひとつ訊きたいことがある」ジョゼフは言った。「カイロに送信した場合、同時に同じ内容をOSSにも伝えることはできる？」

「いいえ、同じマルコーニMkⅡじゃないと無理よ。OSSの無線機も同じ仕組みで、そっちの通信士も同じように訓練されているって聞いてるけど。どうしてそんなことを訊くの？」

「大したことじゃない。ちょっと引っかかることがあっただけだ」

ジョゼフは制服のボタンをはずしていき、ブーツを脱いだ。テスは言った。「藁《わら》マットはシラミだらけよ。体を洗ったばかりのわたしが一緒に寝ると思ってるなら、あなたどうかしてるわ」

＊＊＊

ペネロピはポートマン・スクエアからベイカー・ストリートに向かってつかつかと歩いていた。FANYから支給されたゴム引き《マッキントッシュ》レインコートのまえが開かないよう、手でしっかりと押さえていた。嵐《あらし》がロンドンを襲い、激しい風と雨が街角を打ちつけていた。吹きすさぶ風に向かって歩く彼女の顔はびしょ濡れになっていた。会議が終わり、オーチャード・コートから出てきたばかりだった。会議では、ベルギー課の工作員たちがゲシュタポに一網打尽にされたことが報告された。敵は複数のネットワークに潜入し、こちら側の全員を逮捕した。ＳＯＥはベルギー・オランダ局《N》の一からの作り直しを余儀《よぎ》なくされることになった——つまり新たな工作員を潜入させなければならないということだ。フランス局《F》のヴィヴィアン・テイト副局長は、ペネロピにＮ局への異動があり得ると告げた。これまではペネロピをＦ局の記録員として守りつづけてきたが、今後はそれも保証できなくなってしまった。Ｎ局は、捕らえられた工作員と通信士の穴を埋める人員を探しているところだった。

　現場に送られることになったら、どうやって父と母に打ち明けたらいい？　ペネロピはそんなことを考えていた。さらに言えば、ハルにはどう伝えればいいの？　この二週間のあいだに、ふたりは切っても切れない仲になっていた。ハルは毎日の勤務終了後に都心まで足を運んでいた。ふたりはペネロピの家やハイド・パークやケンジントン・ガーデンズや〈スタジオ・クラブ〉、そしてその周辺で逢瀬《おうせ》を重ねた。今夜はパディントン駅で落ち合うことになっていて、テスは地下鉄のベイカー・ストリート駅でサークル線に乗った。ハルは午後五時に駅に着く。ふたりは互いの仕事のことには決して触れなかった。ふたりとも秘密性の高い仕事に携わっていることを理解していて、日中はどちらも仕事の話をすることはなかった。それよりもお互いのことを考え、仕事のことよりも互いのことをもっとよく知りたがった。それでも今夜はそういうわけにはいかなそうだった。自分がまったく突然にいなくなる可能性があること、そうなった場合にサラをどうするのかをハルと話し合わなければならない。

午後五時ちょうど着の便は十五分遅れでパディントン駅に到着した。列車が入線し、機関車が放つ蒸気が晴れると、ペネロピは乗客のなかでもひときわ目立つマティングリーを見つけた。百九十センチを超える長身の彼は、むっつり顔の乗客たちと比べると巨人に見えた。ペネロピが手を振ると、マティングリーは人混みのなかの彼女をすぐさま見つけた。

「愛しのお嬢さん、ご機嫌はいかがかな？　今夜のきみは格別に美しいよ」マティングリーはそう言い、たくましい両手でペネロピの細い腰を抱き寄せ、彼女の唇に愛情を込めて口づけした。永遠とも思える一瞬ののち、ふたりは身を離した。

「散々な一日だったけど、もう気分はよくなってる。今夜はどこに行きたい？」ペネロピはそう尋ねた。

「きみの家に行って、朝までずっときみを見つめていたい。それだけで充分だ」

「ナイスアイディアね。わたしも今夜は人が多いところはいいかなって思ってたところよ。食事なら家で作ってあげてもいいし。でも忘れないでね、家には母さんとサラがいるから」

「ああ、だからこそきみの家に行きたいんだよ」

「もしかして、サラのことを気に入っちゃったとか？」

「どうやらそうみたいだ。愛くるしい子だからね。あの子を見るたびにきみのことが頭に浮かぶほどだよ」

「サラのことはあとでいいから。さあ、さっさと行きましょ」

ペネロピとアレクスは共に台所に立ち、夕食を作った。マティングリーは居間でサラと一緒にお馬さんごっこをしていた。「彼、サラのことを本当に気に入っちゃったみたいね」アレクスが言った。

「そうね、ぞっこんになっちゃったわ。あの年の男にしては珍しいけど。ハルの父親は突然の心臓発作で若くして亡くなったの。ひとりっ子の彼は母親とフランス人の家政婦の手で育てられたんだって」

夕食を終えると、アレクスはサラを連れて二階の寝室に上がった。もう十時を過ぎていた。じきに夜間外出禁止令が始まる。ペネロピとマティングリーは一階の居間にいるしかなかった。ふたりは茶を飲んだ。マティングリーは椅子に坐り、ペネロピは床に腰を下ろして両膝《ひざ》を抱えていた。

「夕食、ごちそうさまでした。とても美味しかった。お母さんは料理上手なんだね」

「最近は肉を手に入れるのはちょっと難しくなったみたい。でもわたしは配給券を使うことができたから、このあいだ省の購買部で買っておいたの」

「職場に食料品店があるのは便利だね。食堂で出される料理の食材しか売ってないところはちょっとあれだけど」

「ハル、ちょっと仕事の話をしてもいい?」

「もちろんだとも。さあ話して」

「もう、真面目な話なんだからちゃんと聞いて。これまでお互いの仕事のことはあまり話してこなかったけど、あなたに言っておかなきゃならない大切な話があるの」

マティングリーは椅子に坐ったまま背筋を伸ばし、ティーカップをテーブルに置いた。ペネロピは先を続けた。「わたしが戦争省で本当はどんな仕事をしてるのか、たぶん母さんも知らないと思う。どこから話せばいいかわからないから、単刀直入に言うわね。でもお願い、今から言うことは誰にも、それに母さんにも言わないで」

「わかったよ、ペネロピ。約束する。口にチャックしておく。で、どんな話なんだ?」

「応急看護師部隊《FANY》のことよ。あなたも少しぐらいは知ってるみたいだけど」

「ああ。続けてくれ」

「じゃ、はっきり言うわね。本当は特殊作戦執行部で働いているの。SOEの名前で知られている組織でね」

「SOEなら聞いたことがある。ぼく自身、ベイカー・ストリートに何度か足を運んだことがある」

「だったら、あそこでどんなことが行われているのかわかってるわよね?」マティングリーは顔を曇らせ、うなずいた。

「わたしは通り沿いのオーチャード・コートにあるSOEのフランス局《F》で働いている。この局はナチ占領下のフランスに工作員を潜入させる役割を担っている。で、わたしの役職は公式にはF局の記録係。〈F記〉って略されてるけど。でも実際は、F局のナンバー・ツーの特別補佐官。そのナンバー・ツーの人物は女性で、かなりの実力者なの。わたしたちが初めて会ったときに話した女上司はその人のことよ」

「ああ、そのことは憶えてる」

「彼女の名前はヴィヴィアン・テイト。その名前自体が国家機密で、もちろん本名でもない。ここだけの話、ミス・テイトはF局の実質的なボスなの。それは置いといて、わたしはミス・テイトに命じられてありとあらゆる仕事をこなしているし、細かいところは話したくないけど、そうした仕事のなかには国防にかかわる極秘任務もある」

マティングリーは両手を伸ばすとペネロピを抱え上げ、自分の両腿《もも》の上に坐らせた。

「つまり、きみは諜報員ということだな。そう言われても何とも思わないけど。本当に話したいことがほかにもあるんだろ？」

「わたしの仕事のひとつが、現地の工作員から送られてきた解読困難な暗号文の解読なの。大抵はいくつか意味がわかる程度だけど。フランス語がわかるから、ベルギーからの暗号文も読んでる。今日、ミス・テイトから、ベルギー・オランダ局《N》の工作員がゲシュタポに根こそぎ捕まったって言われた。SOEは一刻も早く代わりの工作員を送り込むことになる。その白羽の矢がわたしに立ったって言われた。N局に異動になって現場に派遣されるって。つまり、わたしは通信士としての訓練をもう受けてるから、必要だと判断されたらフランスとベルギーの国境近くの敵地に送り込まれるってこと」

ペネロピの話にマティングリーは愕然とした。何よりも、彼女がかなりの国家機密を打ち明けたことに大いに驚いた。「参ったな、これ以上の不意打ちはないよ」

「今こんなことを話してるのは、〈F記〉という安全な立場にいつまでいられるのか、正直言ってわからないからよ。必要だと判断されたら、わたしはほとんど予告なしに送り込まれて、あなたと連絡が取れなくなる。そうなったら、きっとあなたは自分を捨てて別の男に走ったんだって思うでしょうね。わたしがそんなことするはずがないってことを、あなたにわかってほしかったの」

「きみが派遣される見込みはどれぐらいあるんだろう？」

「本当にわからない。だからこそ打ち明けてるの。ひょっとしたら明日かもしれない。わたしはF局に必要不可欠な人材だから、できるかぎり局に留めるようにするってミス・テイトは言ってた。でも彼女の力にも限りがあるし」テスの両の頰を涙が伝い落ちていった。

マティングリーは手の甲で涙を拭ってやり、そっとキスをして言った。「ぼくはきみに夢中なんだ。そんなきみがいなくなると思うと、心が圧し潰されて元どおりになりそうにない」

「話したいことはまだあるの。わたしの身に何かあったり、向こうから戻ってこなかったりしたら、あなたにサラのことをお願いしたいの。いいかしら？」

「きみのお母さんと一緒じゃだめなのか？」

「母さんはもう年だし、わたしに万が一のことがあったら、サラの面倒なんか見るどころじゃなくなるかもしれない。それにね、戦況がこっちに不利になったら、あの子をアメリカに連れて行ってほしい」

「ああ、きみのたっての頼みだ、もちろんそうするよ。でもきみが言うようなことは何も起こらないよ。だいいちきみはまだここにいるし、派遣命令も出ていないじゃないか」

ペネロピはマティングリーの唇に愛情たっぷりに口づけした。マティングリーは彼女の口のなかに舌を挿し入れた。ふたりは互いの体をまさぐり合い、そしてマティングリーはブラウスの下に手を滑らせた。ペネロピは声を漏らした。「大声を上げちゃうようなことはしないでね。今日は安全日だから」

その夜、居間の床の上で、初めてふたりは愛し合った。マティングリーはペネロピのなかですべてを炸裂させた。事を終えると、ペネロピは裸のまま身を起こして台所に行き、茶を淹れた。戻ってくると、また床に坐った。

「裸のきみをずっと見ていたい。知ってるかい？　男ってものは、どんな状況下であっても愛する女性の裸を見るのが好きなんだぜ」

「ふたりして朝まで裸のままってわけにはいかないわ。そのうち母さんかサラが階下《した》に下りてくるし」

ペネロピはワンピースを着て、煙草に火を点けた。そしてユーゴスラヴィアからの脱出行の一切合財《いっさいがっさい》をマティングリーに話した。話し終えると、夜間外出禁止令が解ける朝の六時になっていた。あと二時間も経たないうちに、ペネロピはベイカー・ストリートに戻らなければならなかった。

＊＊＊＊

まだ暗い五時前、ドアを叩く音でジョゼフとテスは眼をさました。ふたりはシラミだらけの藁マットではなく、土間に敷いた寝袋と軍用毛布の上で裸で寝ていた。ふたりの名前を呼ぶ声が聞こえた。ジョゼフとテスはあたふたと服を着て、玄関ドアを開けた。夜明け前の薄明かりのなか、チェトニックの戦闘員が息を切らせて立っていた。「将軍が移動されます。あなたたちにも一緒に来てほしいとのことです。昨夜、またパルチザンの待ち伏せ攻撃に遭い、数名が死亡しました。そのうちのひとりはこの家の主人です。今すぐ来てください」

ヒューロン大佐とジョゼフとテスは、ミハイロヴィッチの拠点で小さな焚き火のまわりに腰を下ろした。すでに将軍は移転用の馬を用意していた。将軍は懸念《けねん》の色を帯びた声で言った。「武器にも弾薬にも事欠く状態だ。このままではドイツ軍どころかパルチザンすら打ち負かすことはできない。昨夜も機関銃か短機関銃があれば、ものの数分で片づけることができたはずだ。しかし悲しいかな、こちらにはボルトアクション式の小銃しかなく、弾丸《たま》にしてもひとり当たり一発か二発しかないありさまだ。パルチザンは機関銃も手榴弾《しゅりゅうだん》も迫撃砲も持っている。これからシャバツの近くまで移動する。そこを拠点にして、ドイツ軍の補給部隊に奇襲攻撃を仕掛ける。目標は連中の武器弾薬の奪取だ。やるなら今のこのタイミングしかない。昨夜われわれがパルチザンに攻撃されたことを、ドイツ軍はわかっているはずだ。今攻撃すれば、連中はパルチザンの仕業だと思い込む。そして奴らの拠点に反撃するだろう」

ヒューロン大佐が言った。「支援要請はしているのですが、今のところカイロからは何の返事もありません。今夜また送信を試みますが、今回はより緊張感のある内容を報告することにします」

ジョゼフが割って入った。「支援要請には何かしらの〝おまけ〟が必要です。奇襲攻撃にはぼくも帯同します。しかしあくまで観戦武官としてであって戦闘には加わりません。そうすれば、支援要請と一緒に実戦の様子を報告することができます。何か大きな攻撃目標はありませんか、将軍？」

「手持ちのTNT爆薬はごくわずかだから、橋や鉄道の爆破は無理だ。狙《ねら》えるとすればシャバツの燃料貯蔵庫ぐらいだな。あそこを吹き飛ばせば二次爆発を起こせる。プラスティック爆弾の補給を受けるまでは、できるのはせいぜいそれぐらいだ」

「では標的は燃料貯蔵庫にしましょう」ヒューロン大佐が応じた。

その夜、チェトニックはシャバツの燃料貯蔵庫を奇襲した。標的は全壊したが、それはもっぱらジョゼフが持ってきた物資のなかにあったプラスティック爆弾のおかげだった。敵に制圧されたり捕虜にされたりした場合に無線機を爆破処理するための爆薬だった。奇襲部隊は全員無傷のまま拠点に戻ってきた。馬上の混成部隊を見て、誰よりも喜んだのはテスだった。ジョゼフとヒューロン大佐はただちにテーブルにつき、SOEカイロ支局への暗号通信文の作成にとりかかった。

＊＊＊

SOEカイロ支局が受信したチーム・ヒューロンの暗号通信文は解読され、ただちにユーゴスラヴィア局副局長のトビー・マクアダムズ少佐に手渡された。マクアダムズは身長百六十五センチで、そんなに背の高い男ではなかった。軍規に反して屋内でも常にイギリス空軍《RAF》の制帽をかぶっているのは背を高く見せるためだった。三十代前半にして早くも髪が薄く、顔のわりには大きすぎる丸眼鏡をかけた、情報将校というよりも会計士といった風情《ふぜい》の男だった。マクアダムズは受け取った通信文を機密文書用のフォルダーに収め、自分のオフィスに戻っていった。オフィスに入るとドアに錠をかけ、デスクについた。そして煙草を取り出して火を点けつつフォルダーを開いた。〈ポスト・セレステ〉から送信されたチーム・ヒューロンの通信文にはこうあった。

カイロ支局へ
アラムの実見報告

昨夜、シャバツの燃料貯蔵庫を襲撃、撃滅せり
食料、弾薬、機関銃、プラスティック爆弾の補給を求む
さらなる襲撃は可能なるも、補給なくば不可能なり
補給予定の連絡を乞《こ》う
ポスト・セレステ

マクアダムズは通信文を手に取り、灰皿の上に掲げた。そしてライターで通信文の片端に火を点けた。通信文は燃え上がった。続いてマクアダムズは抽斗《ひきだし》を開け、燃やした通信文のものに似た半切の紙を一枚取り出した。そしてタイプライターにセットし、打ち始めた。

カイロ支局へ
アラムからの極秘報告
燃料貯蔵庫への襲撃は失敗せり
アラムによれば、さらなる攻撃の予定はないとのこと
ドイツ軍の報復を恐れている模様
短剣《ダガー》の切れ味は悪い

次回の通信でさらなる情報を伝える
ポスト・セレステ

マクアダムズはタイプし終えた半切の紙を機密文書用の封筒に入れると、今度はヒューロン大佐への返信文を打ち始めた。

ヒューロンへ
プラスティック爆弾は送れず
物資と武器は次回の投下時に送る
次回の定時連絡時に投下地点を伝えよ
カイロ支局

その頃、ベオグラードのホテル・パレスにあるゲシュタポ司令部では、ゲルヘルトとフロスベルクが前夜の無線通信の解読にいそしんでいた。ゲルヘルトはヘッドフォンから聞こえるモールス符号に意識を集中させていた。このフィストは聞きまちがえようがない。絶対にあの通信士だ。その位置を三角測量で特定することは困難だろう。ゲルヘルトは録音装置のスウィッチを入れた。何度も聞かなければ解読できない。

＊＊＊

それからの数週間は同じことの繰り返しだった。チーム・ヒューロンは毎日カイロに通信文を送っていたが、その返信には決まってさらなる支援物資を送る、とあった。それでも彼ら自身とチェトニックが多大な危険を顧みずに物資を受け取る段取りをつけても、投下された容器に入っているものといえばクラッカーを中心にした食料とサイズが小さい靴、小さめのコート、そして少量の弾薬ばかりで、爆薬はなかった。不満がかなりの勢いで積み重なっていった。ヒューロン大佐とジョゼフはチェトニックのドイツ軍に対する奇襲攻撃に同行しつづけていた。彼らはチャチャク郊外にある別の燃料貯蔵庫を攻撃し、サヴァ川沿いにある補給拠点も叩いた。ゲリラ戦にかけてはチェトニックは実に頼もしく、さらなる支援に値する――そんな通信文を、ふたりはカイロに何度も送った。ところがそうした努力も徒労に帰しているように思えた。ヒューロン大佐の苛立《いらだ》ちはいや増すばかりだった。ミハイロヴィッチにしても我慢の限界だった。ドイツ軍はチェトニックの村々に徹底的に報復をくわえ、村全体を叩き潰すこともしばしばだった。連合軍のさらなる支援がなければ、将軍には手の打ちようがなかった。

　その間、チーム・ヒューロンはあらんかぎりを尽くしてチェトニックを支援していた。防御態勢を強化し、山間部を毎日のように移動して作戦拠点を次々と移した。チーム・ヒューロンは将軍の拠点の近くに毎回テントを張った。そして来る日も来る日もチェトニックのゲリラ活動を見守った。無線機を立ち上げて送信してはすぐさま撤収し、ドイツ軍の探知の眼を逃れた。テスの通信技術はめきめきと向上していった。これまでのところ、電波方向探知機を搭載した急降下爆撃機《シュトゥーカ》の追跡の手からは逃れつづけていた。ゲシュタポは、連合軍の工作員たちが毎日十六時に無線送信していることをつかんでいた。ドイツ軍は毎日シュトゥーカを送り込んだ。チーム・ヒューロンに近いところに爆弾を落とすこともあった。ドイツ側が彼らの正確な位置までは特定できずにいることはありありと見て取れた。それでも状況はかなり厳しいものになりつつあった。

　一九四三年十月中旬、ヒューロン大佐は最後の通信文をカイロに送った──チェトニックへの支援が何もなされなければ、われわれの任務は本当に終わってしまう。それしか手はなかった。チェトニックが信頼し得る戦力かどうかの判断は、今やロンドンと連合軍司令部にゆだねられた。さらに悪いことに、連合軍の航空兵がチェトニックの支配地域で拘束されているという報告もロンドンに入ってくるようになった。実際のところチーム・ヒューロンは、撃墜されてこの地に降下した航空兵たちをアドリア海経由で逃がす任務に手を貸していた。

ヒューロン大佐とジョゼフとテスは農家でテーブルを囲み、次の手を検討していた。ここまでは敵との本格的な戦闘はうまく免れてきた。チーム・ヒューロンはもっぱら観察に努めていたが、パルチザンから直接攻撃を受けたことも何度かあり、幸いなことに無事にその場から脱出できていた。前夜もパルチザンに攻撃されたばかりだった。真夜中に機関銃の銃声が轟き、ジョゼフらは飛び起きた。チェトニックのふたりの戦闘員がやってきて、すぐさま逃げるよう告げた。三人は荷物と無線機をまとめ、ほうほうの体で農家の裏口から出て、数キロほど走って逃げた。チェトニック側の数名ほどが命を落とした。そうしたパルチザンからの攻撃はチーム・ヒューロンに衝撃を与えた――向こうが使っている武器は連合国が支給したものだったのだ。倒した二名のパルチザン戦闘員の手から、ジョゼフはステンガンとアメリカ製のM-1カービンを取り上げた。

「私には理解できん。どうして連合軍はわれわれの報告に耳を貸さないのだ」ヒューロン大佐は言った。「ミハイロヴィッチとチェトニックについてのかなり肯定的な通信文と報告書を何度も送ったはずだ。実際に彼らは頼りになる戦力だ。しかし悲しいかな、連合軍からの支援を欠くばかりにまともに戦うこともできずにいる。まちがいない、カイロで何かおかしなことが起こっているんだ。われわれの報告や通信文が向こうに届いてないか、もしくは何らかの理由で然るべき部署に渡っていないかだ」

「大佐、ぼくに考えがあります。ひょっとしたら、こういうことなんじゃないでしょうか」ジョゼフが言った。

ヒューロン大佐はうなずいた。「いいだろう、聞かせてくれ」

「今回の任務に出発する前に、OSSカイロ司令部のオドネル中佐から、SOE内に共産主義者が潜り込んでいると聞かされました。中佐は、共産主義者たちがわれわれを裏切る可能性があることを詳しく説明してくれました。とくに、SOEユーゴスラヴィア局副局長のトビー・マクアダムズ少佐がソ連と内通している可能性を強調していました。実際、オドネル中佐は戦前にケンブリッジ大学に在籍していて、そのとき少佐は青年共産主義同盟の学生会長だったそうです。そんな人間がSOEユーゴスラヴィア局のナンバー・ツーなんです。今回の作戦が失敗するとすれば、その原因はぼくたちの通信文が直接SOEに送信されているところにあると思われます。こうしてみてはどうでしょうか。何らかの手を講じて、SOEではなくOSSに通信文を送るんです。そしてそっくり同じ内容をSOEにも送信します。言ってみれば、SOE内部に裏切り者がいないか確かめてみるということです。そうすれば何とか立て直せるかもしれません。ぼくたちの通信文の内容をOSSが先に知ることになるんですから、マクアダムズ少佐もぼくたちの報告をしっかり聞き入れて、こっちが要求する物資を送らざるを得なくなります。別の言い方をすれば、ぼくたちの報告を改竄《かいざん》することができなくなるということです」

「それを決める権限はわれわれにはないし、そもそも技術的に不可能だ」

「不可能を可能にできたら、先に進める許可をいただけますか？」

「何が言いたい？」

「降下する前に、オドネル中佐からＳＳＴＲ‐１無線機を渡されました。カイロに電信で連絡できなくなった場合にそなえてのことです。投下時にマルコーニＭkⅡを回収できなかったり破損したり、もしくはぼくが窮地に陥った場合の予備という意味合いもあります。単純な話、ぼくが無線送信すること自体が、作戦に不具合が生じたことを中佐に警告するものです。大佐と通信士の降着地点をＯＳＳにちゃんと伝えたところで用済みになったので、ＳＳＴＲ‐１は指示どおりにミハイロヴィッチに渡しました」

「つまり、将軍はアメリカ軍の無線機をずっと持っていたということか？」

「ええ、そういうことになります。でもそれが一番安全です。将軍と一緒に移動しているんですから。将軍が行くところに無線機ありっていう感じに」

「だったら私は間抜けだな。どうしてもっと早く言ってくれなかったんだ？」

「その時点ではまだＳＯＥの作戦ではなかったからです。そうするように指示されたのは降下前のことでしたから」

「ミハイロヴィッチから無線機を取り戻すのは難しいか？」

「とにかく頼んでみるしかないですね。撃墜された連合軍機から脱出した航空兵たちの救助への支援をＯＳＳに特別要請すれば、ほぼ確実にチェトニックへの支援も受けることができると思います」

「ボーマン、アメリカ軍の無線機は扱えるか」ヒューロン大佐は訊いた。

「ＳＳＴＲ‐１は二カ所同時に送信できる無線機だと聞いています。アメリカ軍も同じ暗号を使っていますから、送信には何も問題はないはずです。ですが、向こうはわたしの確認割符を知らないので、ドイツ軍が無線機を奪って送信していると疑うかもしれません」

ジョゼフが言葉をはさんだ。「ぼくの確認割符を使えばいいだけの話だよ。ぼくがＳＳＴＲ‐１を持っていることはわかっているんだから。ＯＳＳはきみのフィストを判読して、ぼくの確認割符を確認する」

「なるほどわかった、しかしひとつ問題がある」ヒューロン大佐は言った。「ＯＳＳを通じてさらなる支援要請をしたことがＳＯＥに知られたら、イギリス側は投下を許可しないかもしれない」

「それは想定済みです。大佐、空輸はアメリカ軍が仕切っているんですよ。ＳＳＴＲ

-1を使って送信すれば、カイロのOSSは独自の判断で輸送機を飛ばします。まずまちがいありません」

「なるほど。では次の定時連絡でやってみよう」

ジョゼフとヒューロン大佐は馬に乗ってミハイロヴィッチの野営地に向かい、この計画について将軍と話し合った。たしかに無線機は〈クレディブル・ダガー〉の手元にあった。自分の大義に役立つのならと、ミハイロヴィッチはこころよく無線機を返してくれた。

テスは三人のチェトニックの護衛たちと一緒に自分たちの野営地に残っていた。チーム・ヒューロンが敵に襲われた場合、テスと無線機だけはドイツ軍の手に渡らないようにするための追加の安全策だった。

ミハイロヴィッチの野営地では緊迫感がさらに高まっていた。ルーマニアのプロイエシュチにある製油所への爆撃から帰投中に撃墜されたアメリカ軍爆撃機の航空兵が、さらに二名連れてこられていた。ふたりとも脚と足首にひどい怪我《けが》を負っていて、移動できない状態だった。安全な場所に連れて行くこと自体が難しいように思われた。ふたりがチェトニックの支配地域で身の安全が確保されていることをカイロのOSSに伝えれば、深刻度はさらに増す。OSSとしては、ふたりを回収すべく救援機を着陸させることとすら考えるかもしれない。ジョゼフは撃墜されたB-24爆撃機の航法士でオハイオ州トレド出身のオリヴァー・トーマス中尉に、身元確認をさせてくれと訊いてみた。トーマス中尉は了承したが、馬に乗ってチーム・ヒューロンの野営地に行けるような状態ではなかった。

ミハイロヴィッチが言った。「ゲシュタポは秘密無線送信の傍受に防諜戦力を集中させているという情報が入ってきている。三角測量で発信地を特定する技術に、連中は磨きをかけてきている。パルチザンの無線交信はすでに傍受されていると見てまちがいない。われわれとしては、ここから送信するという危険は冒せない。きみらには探知が難しい、もっと安全な場所に行ってもらう必要がある。移動の手はずは整えてやる。無線機を用意しておくから、そのあいだに野営地に戻って通信内容を作っておいてくれ。こっちの新たな野営地が決まったら、追って連絡する。それまでは、ふたりの航空兵たちにはわれわれと一緒にいてもらおう」

＊＊＊

カイロは陽が沈んだばかりだった。日中は灼《や》けつくほど高かった気温もようやく下がり始めたが、それもほんの数度程度だった。ハワード・オドネル中佐とディック・ヴォイヴォダ大尉は、連合軍駐屯地内にある食堂に車ではなく徒歩で向かっていた。

砂まみれの通りの脇にぽつぽつと生えている程度のヤシの木の木陰は、灼熱《しゃくねつ》の陽射しにはほとんど無力だった。無人の道を歩きながら、ふたりは率直に語り合った。

「大佐、〈アラム〉と彼のネットワークについて教えてください」

「イギリス側から言われたことしか私もわからない。〈アラム〉が現地での活動を開始してひと月以上経つが、今のところチェトニックは目ぼしい活動をしていないという報告しか上がっていないそうだ。軟目標なら何度か攻撃しているが、どれも重要な施設ではない」

「支援物資の投下はどうなんですか?」

「現状では必要最低限のものに留まっている。私自身は彼からの報告書に眼を通したことはない。週に一回、三九九部隊[*2]から大まかな説明を受けているだけだ」

オドネル中佐は煙草を取り出した。そして考えを整理したうえで言った。「OSSと直接連絡ができない状態でコスティニチ中尉を現地に潜入させるというマクアダムズ少佐の意見に、私は賛成するべきではなかった。万が一彼が死んだとしても、私にはわからないだろう。ミハイロヴィッチにしても期待はずれだ。もっと積極的に仕掛けるものと思っていたんだが」

「第九航空軍には、自機が撃墜されてミハイロヴィッチの縄張りに降下した航空兵が大勢いるらしいですよ。落下傘がいくつか開いて、無事降着したっていう目撃報告もあります。それはどうなんですかね？」

「初耳だな。私はパルチザン支配地域で救出された連合軍航空兵の報告しか読んでいない。今のところ、わが軍の航空兵たちがチェトニックに助けられたという話は出ていない」

ディックは別の方向から探りを入れた。「おれがしていいのは建前としては空輸案件の話だけで、本当はこんな話はしちゃいけないんですけど、ジョゼフはおれの親友なんです。ミハイロヴィッチに助けてもらえなかったら、あいつはナチに侵略されたユーゴスラヴィアから脱出できなかったでしょう。おれが言いたいのは、ドイツ軍が潜入チームを捕らえて、彼らの無線機を使って偽の報告を送っているとは考えられないかってことです」

「私もその可能性は考えてみたことがあるが、イギリス側の通信士が送ってくる確認割符は、今のところすべて正しいものだ。たしかにきみの言うとおりだ。私もどこかがおかしいと思っている。明日、ＳＯＥとの会議がある。その場でできるかぎりのことをしてみる。それはそうと、強い酒でも飲まないか？」

＊＊＊

ヒューロン大佐とジョゼフはSSTR‐1無線機を携えてチームの野営地に戻った。馬に乗ったふたりをテスが出迎えた。チェトニックの戦闘員たちの手を借りて荷を降ろすと、三人はすぐさまSSTR‐1を小屋のなかに持ちこんで設定を開始した。ジョゼフはしっかり充電した蓄電池と無線機を接続した。それでも彼はペダル式発電機を回し、蓄電池をフル充電のままにしておくことにした。雑音の少ないクリアな送信には安定した電力供給が必要不可欠だからだ。

「十六時の定時連絡まであまり時間がない。無線機の設定を急ごう。無線機の扱いについては、ぼくは必要最低限のことしか教わってない。やったのは確認割符と潜入成功の暗号文の送信だけだったし。最初の送信で、まずぼくの確認割符を使って接続を確立させて、それからテスが通信文を打ってくれ」

テスはSSTR‐1をためつすがめつし、ダイヤルや制御装置やメーターなどを確認した。「かなりシンプルな構造の無線機ね。これなら何の問題もなく使えるはず」ダイヤルを回したりスウィッチをいじったりしながらテスは言った。「水晶発振器がもう挿してある。これはあなたの？」

「OSSカイロ司令部の周波数はもうセットしてある」

「よし、もう仕組みはわかった。カイロに送信したら、次はこの周波数セレクターを使えばいい」テスはそう言い、ダイヤルのひとつを指し示した。「これでSOEカイロ支局の周波数に合わせて、水晶発振器をわたしのものに挿し換える。それだけで向こうはこっちの通信を受信できるようになる」

「すごいじゃないか」ヒューロン大佐が言った。「思っていたより簡単なんだな」

テスは話を続けた。「心配なことがひとつあります。今使っているイギリス製のマルコーニMkⅡとはまったくちがうから、送信したらドイツ軍にあっさりと拾われてしまいます。ですから、通信文は短くしなければなりません。大事を取るなら、送信時間は二分以内にしたほうがいいです。それを超えたら、ゲシュタポの通信士はわたしのフィストを把握するでしょう」

ヒューロン大佐はメモ帳を手に取った。「わかった、ではさっそく通信文の暗号化に取りかかろう。早く仕上げれば、そのぶんきみの打電の練習の時間が長く取れる。打電にかかる時間を見ながら、通信文の長さを調節しよう」

大佐とジョゼフはふたりがかりで通信文の作成にとりかかった。チーム・ヒューロンの苦境をオドネル中佐に知らせることを念頭に置きながら、簡潔かつ具体的なものにした。通信文が仕上がると、ジョゼフは詩を用いた暗号技術で暗号化した。その作業を何度か繰り返して通信文の長さを調節し、ようやくテスが二分以内で打電可能なものが仕上がった。

ミシガンへ
ダガーの切れ味はいい
事実に反する報告が上がっている
要請した物資は届かず
こちらの航空兵数名を無事に脱出させたい
物資と武器弾薬と医薬品をダガーに送れ
英側には内密に
次回の定時連絡時に返答せよ
アラム
ポスト・セレステ

SSTR-1での打電を終えると、次にテスはマルコーニMkⅡを使ってSOEカイロ支局に送信した。

さらなる物資とプラスティック爆弾を乞う
次の任務の指示を待つ
クレディブル・ダガーの戦力は強大

その日の十六時、ベオグラードのゲシュタポ司令部では親衛隊保安局《SD》の無線傍受班がさまざまな定時連絡の交信を監視していた。と、これまで聞いたこともない特徴の送信波が入ってきた。エルンスト・ゲルヘルトははっとし、すぐさま録音装置のスウィッチを入れた。フィストそのものには耳馴染みがあったが、周波数帯がいつもと異なった。イギリス軍ではなく、アメリカ軍が使っている周波数帯だった。なかなか尻《しっ》尾《ぽ》をつかめない通信士にちがいない。そう確信したゲルヘルトはただちに空軍《ルフト・ヴァッフェ》に連絡し、周辺を哨戒しているシュトゥーカに探知にあたるよう命じた。が、しかし時すでに遅しだった。謎の通信士は打電を終えた。と、ほとんど間髪《かんはつ》容《い》れずに新たな送信が始まった。ゲルヘルトは驚いた。ついさっき聞いていたものに似た暗号送信だが、今度はイギリス軍の周波数帯だった。フィストもさっきのものと同じだとわかった。つまり通信士も同じだということだ。打電は三十秒も待たずに止まり、送信はまた途絶えた。ふたつの信号をたどることなど不可能だった。ゲルヘルトは机に拳《こぶし》を叩きつけ、ひとり言のように怒鳴った。「またやられた。あとちょっとだったのに。あと二十秒あれば、あいつを捕捉《ほそく》できたのに！」

ゲルヘルトはヘッドフォンをはずし、苛立ちもあらわに床に投げつけた。そして煙草を深々と吸い、煙を鼻と口から思い切り吐き出した。こいつは並みの通信士じゃない。何か別の手を打たなければ。ゲルヘルトは胸につぶやいた。そしてヘッドフォンをまたはめて、録音した打電を再生した。まちがいない、ずっと追いかけているのになかなか捕まらない、あの通信士のフィストだ。しかもふたつの異なる無線機を使っている。軽やかな打電だ。そう、まるで楽器を奏でているような……その瞬間、ゲルヘルトははたと思い当たった。そうだ！　まちがいない、この通信士は女だ！　女のようなタッチのフィストなんか、誰も真似できない。それもただの女じゃない。小柄でかわいらしくて、かなり頭が切れて、楽器を演奏する女にちがいない。

ゲルヘルトは受話器を取り上げ、内線でフロスベルクにかけた。「お話ししたいことがあります。五分でそちらに向かいます。一時間ほどお時間をください。かなり大きな手がかりを得たかもしれません」

ゲルヘルトは書き起こした暗号文をフロスベルクの机の上に置いた。「連中は二基の異なる無線機を使っています。そうでないと説明がつきません。録音した打電を何度も聴き返しました。あの通信士のフィストは、わたしの頭のなかに刻み込んでありま す。眠っていても聴き分けることができるほどに。そしてあの通信士は十中八九、女です」

「敵がイギリス軍とアメリカ軍の両方の無線機を使っているのだとしたら、チェトニックの支配地域で両軍による共同作戦が展開されているということになる」

「私もそう見ています。この潜入部隊を捕獲できれば、米英両軍の無線交信を捕捉することが可能になります。これは、われわれが待ち望んでいた大戦果になるかもしれません」

「敵の次回の定時連絡は明日の十六時だ。緊急送信をしたのであれば返信を待っているはずだ。電波方向探知機を搭載した航空機を全機投入して、向こうの送信を待つ。緊迫した事態になっているのなら、カイロとのやり取りがあるかもしれない。そうれば、交信時間はいつもの二分より長くなるだろう。しばらくのあいだはこのまま泳がせよう。パルチザン支配地域に配備した機も呼び寄せるから、探知の精度は上がるはずだ」

＊＊＊

同日十七時三十分、現場からの定時連絡の送信を監視していたOSSカイロ司令部の通信士が緊急送信を捉《とら》えた。イギリス軍の三九九部隊に派遣中のコスティニチ中尉の無線機から発せられたものだった。その通信士は指示書に眼を通し、コスティニチ中尉からの通信文はバルカン局局長のハワード・オドネル中佐、コードネーム〈ミシガン〉宛ての極秘電で、至急中佐に回送せよと記されていることに気づいた。若い兵卒は暗号文が打刻された紙を電信印刷機《テレタイプ》から引きちぎると軍曹に渡した。軍曹はOSS司令部に電話をかけ、オドネル中佐を呼び出した。幸いなことにまだオフィスにいた中佐に直接つながった。

「オドネルだ」

「中佐、通信局のノックス軍曹であります。中佐宛ての緊急極秘電が入りました。どのぐらいでこちらに来られますか?」

「今すぐ行く」

通信局はOSS司令部から数ブロック離れたところにあった。オドネル中佐は車も運転手も待たなかった。五十歳の中佐は、十月のカイロの西陽も暑さもものともせず徒歩を選んだ。汗だくになってたどり着いた中佐は、コスティニチ中尉からの通信文を読んで愕然とした。中佐とヴォイヴォダ大尉が疑っていたとおりだった。通信文のやり取りに手ちがいがあったのだ。中尉は、要請した物資をSOEから一度も受け取っていないと報告している。〝英側には内密に〟とあるので、中尉はマクアダムズ少佐がこの〝手ちがい〟に一枚嚙んでいると見ている。ヴォイヴォダ大尉から聞かされたとおり搭乗機が撃墜されて現地に降下した航空兵はやはりいて、緊急性が高まっていた。

「軍曹、重要な要件で連絡を取らなければならない。電話はどこだ？」

若い軍曹は電話機を指し示した。中佐は大尉のオフィスに電話をかけたが、誰も出なかった。今日はもう帰宅してしまったのだろうか。続いて中佐はOSS司令部に連絡し、当直の将校にこう命じた。「人を使ってヴォイヴォダ大尉を見つけてくれ。たぶん将校クラブにいるはずだ。見つけたら、大至急私のオフィスに出頭しろと伝えろ。将校クラブにいなかったらカイロ中を探してもかまわん、とにかく今夜のうちに見つけろ！」

＊＊＊

同日の日没後、チーム・ヒューロンはさらに南東のコツェリェヴァの近くまで移動し、そこを新たな拠点にした。そこは護りに適した地形で、さらに言えば物資の投下に適した場所もそこかしこにあった。三人は農家に泊めてもらったが、もうこのやり方もすっかり身に馴染んでいた。いつものごとく、ヒューロン大佐とジョゼフは納屋を、テスは母屋《おもや》を使わせてもらった。牛が曳く荷車に乗せられて移動してきたふたりの航空兵も納屋に泊まった。四人はランタンを灯《あか》りにし、搾乳《さくにゅう》用の椅子をテーブル代わりにした。大佐が航空兵たちに話しかけた。「明日の十六時に送信する通信文を、今夜のうちに用意しておかなければならない。ここで一番肝心なのは、できるだけ少ない文字数にすることだ。カイロの連合軍には、きみらはわれわれの保護下で身の安全を確保してあると伝えてある。向こうは、きみらの身元確認をさらに求めてくるかもしれない」

ジョゼフが言葉をはさんだ。「つまり、カイロはあなたたちの名前と階級と所属以上の情報を知りたがるかもしれない、ということです。なので送信中は無線機のそばにいてください」ジョゼフはノートと鉛筆を取り出した。「あなたたちしか知り得ない情報を言ってみてください」

航法士のトーマス中尉が言った。「おれたちの機のコールサインは〈バンジョー9〉だった」

「いや、それだと簡単すぎます。無線を傍受していたら、ドイツ軍でもその程度のことはわかります。ほかに何かありませんか？」

「おれはトリポリの第四五九爆撃機中隊の所属だ。乗っていたB‐24は補充機だったから、中隊共通のノーズアートはまだ描かれてなかったが、ほかの機はどれもサメの口のノーズアートだった」

ジョゼフはその情報をノートに書き留め、また訊いた。「トリポリでは、あなたの機の搭乗員のテントには名前がつけられていましたか？」

「ああ、もちろんだ。〈ラット・フラット〉って呼んでいた」

「今のところは、これだけで大丈夫でしょう」ちょうどそのとき、テスが納屋に入ってきた。航空兵たちはさっと土間に伏せた。テスは入浴したばかりで、白いコットン地のワンピースを着ていた。彼女が入ってくると、かび臭い納屋にバラとチェリーの甘い香りが満ちた。持ってきたトレイにはヤギの肉とチーズ、刻んだ麦藁を混ぜた黒パン[*3]、そしてワインが載っていた。

「ふたりとも起き上がるんだ」ヒューロン大佐が言った。「彼女はイギリス空軍将校で、われわれの通信士でもあるセレステ・ボーマンだ。無事に帰還したいなら、彼女に然るべき敬意を払ったほうがいいぞ」

ふたりは土間から身を起こし、ズボンについた土を払った。トーマス中尉が言った。

「申し訳ありませんでした。まさか通信士が女性だとは思っていなかったもので」

テスはにわか作りの小さなテーブルにトレイを置いた。「みんなの夕食よ。少ない食料で何とか作ってもらったけど、それでもここの人たちが普段食べてるものよりましだと思う」

ふたりのアメリカ軍航空兵が夕食を取っているあいだに、ジョゼフとテスは通信文の作成を進め、航空兵たちの情報も織り交ぜつつ暗号化していった。それが終わると、テスは電鍵を使って打電の練習をした。ジョゼフとヒューロン大佐は打電にかかる時間を計った。そうやって通信文が仕上がった。

現在地はコツェリエヴァの十五キロ南西
航空兵たちはサメの口の飛行中隊所属
兵舎はラット・フラット
救出と物資投下の位置はN44・06・312・2E20・09・21・2
受信可能状態にしておく
アラム
ポスト・セレステ

同日二十二時、カイロのオドネル中佐とディック・ヴォイヴォダは、チーム・ヒューロンの位置を記した地図と航空写真を凝視していた。狭苦しいオフィスには、互いの顔がなんとか見えるというほど紫煙がたちこめていた。ディックは十九時に中佐のメッセージを受け取り、それからふたりはずっと作業を進めていた。

オドネル中佐が言った。「SOEのチームにこちら側の人間を組み入れたおもな理由はここにある。ドノヴァン長官は、ミハイロヴィッチが信頼するに足る人物だとする確証を求めている。コスティニチは実にうまくやった。われわれの無線機を使って送信してきたのだから。次の定時連絡は極めて重要なものとなる。コスティニチが敵の手に落ちて、奪われた無線機を使われていないことを確認しなければならない。明日の連絡時に、送信してきたのが本当に彼なのかどうか確かめたい。だからきみには、明日の定時連絡時に一緒にいてもらう」

「了解しました。でしたら、送信が終了しても無線機の電源を落とさないようにしてもらわないとだめですね」

「そう、そのとおりだ。交信時間が長くなるというリスクは覚悟の上だ。彼らが受信している場合、ドイツ軍はその位置を追うことはできない。位置を特定できるのは、向こうが送信しているあいだだけだ。明日の交信で問題がなければ、電話を介してコスティニチとじかに話をしたい。きみはあの国に明るい。どうやれば一番いい？」

ディックは地図と航空写真をじっと見た。「ジョゼフがこのあたりで活動しているのなら、コツェリエヴァに行くように指示しましょう。あの町には駅と小さなホテルがあります。電話を使うなら、あそこが最適です」地図上のコツェリエヴァを指し示し、ディックは言った。「それはつまり安全な山中から下りてくるということになりますが、あいつならやるべきことはわかっています」

「わかった、きみの提案どおりにしよう。明日の定時連絡時にやるべきことは三つある。ひとつ目は、相手が本当にコスティニチかどうかの確認。ふたつ目は物資の投下の段取りづけ。そして三つ目は、私に電話するよう彼に指示することだ」

一九四三年十月十四日の十六時直前、チーム・ヒューロンの三人とアメリカ陸軍航空軍のふたりの航空兵は無線送信の準備を整えた。彼らがいる農家の外では、ルドコ隊長とその兄のステファンが護りを固めていた。村の周辺には三百名のチェトニックの戦闘員が配備され、ドイツ軍を警戒していた。馬も用意され、ドイツ軍が航空攻撃を仕掛けてきたらすぐさま逃げることができるようにしてあった。ジョゼフはペダル式発電機のペダルに足を合わせた。SSTR‐1無線機はいつでも送信できる状態にあった。ヒューロン大佐は腕時計を手に持ち、送信開始時間までのカウントダウンにとりかかった。十六時正刻になると大佐はうなずき、時間計測を開始した。テスはジョゼフの確認割符を打電した。そして暗号化した通信文を打った。通信文は二分以内に打ち終えた。大佐は時計を確認した。

「一分五十二秒。最短記録だな。これだけ短ければドイツ軍も追跡できないはずだ」

テスは無線機のボリュームダイヤルを回して音量を上げ、全員が受信音を聴けるようにした。数分後、それまで無言だったSSTR‐1は息を吹き返した。電波に乗って〝トン〟と〝ツー〟のふたつの音がよどみなく入ってきて、ヒューロン大佐とテスはその羅列を書き留めていった。ジョゼフも発電機のペダルを回しながら書き記していった。三人は互いが書いた内容を照合した。全員一致した。大佐がうなずきで指示すると、テスは暗号電の解読に取りかかった。解読を終えると、内容を記したメモを大佐に渡した。大佐は何度か読み返し、そして言った。「OSSは了解したと言っている。それとジョゼフ、きみにひとつ訊きたいことがあると言っている。〝あの夜、〈シャングリ・ラ〉に誰がいた？〟だそうだ」

ジョゼフにはにわかには信じられないことだった。向こうからの返信ではっきりわかったのは、自分たちの緊急電が受け入れられたということだけではなかった。あの夜に〈シャングリ・ラ〉に一緒にいた人物たちのうちのふたりが、どうやらカイロの同じ部屋にいるみたいだった。

「その答えを知っている人間はこの世に四人しかいません。そのなかのふたりは、今カイロにいます。答えはハワード・オドネル中佐、ディック・ヴォイヴォダ大尉、そしてウィリアム・F・ドノヴァンOSS長官です」

「ボーマン、答えを暗号化して送信の準備をしろ」ヒューロン大佐はそう命じると外に出て、チェトニックの護衛のひとりに訊いた。「様子はどうだ？」

「静かなもんですよ、大佐。飛行機の音ひとつしません」

大佐がなかに戻ると、テスは暗号化を終え、送信の準備に取りかかっていた。チームは先ほどと同じ手順を繰り返した。今回もテスはあっという間に打ち終えた。カイロもあっと言う間に返信を寄越してきた。三人はまた打電内容を記録し、そして解読した。そして三人して跳び上がらんばかりに喜んだ。明日の夜、指定された地点で物資を受け取るべし。通信文は最後に、ジョゼフに四十八時間以内にカイロに電話連絡せよと命じていた。

チーム・ヒューロンの拠点から五十キロほど離れたヴァリエヴォの郊外で、エルンスト・ゲルヘルトは電波方向探知機を積んだ車両のなかにいた。捉えどころのない通信士の位置特定の一助とするべく、上官のフロスベルクがフランスから取り寄せた改造車両だった。ヴァリエヴォはこのあたりで一番大きな町だった。探知機で敵の位置を特定できた場合に親衛隊《SS》の部隊にただちに指示を出せるように、送信地点と疑わしき場所に近いところまで移動してきたのだ。今日の夕方も、ゲルヘルトは逃げ足の早い通信士が発した信号を即座に捕捉した。ところが向こうの女も即座に送信を終えた。その少しあとに、どこかから送信されてきた信号を捉えたかと思うと、すぐにこのあたりから発信された信号を感知した。この発信時間はほんの数秒だったが、ゲルヘルトはそれを待ち構えていた。探知機のアンテナを向け直した方向は〝当たり〟だった。女通信士が発する信号は強く、そして打電は精確だった。ようやく尻尾をつかんだぞ。周辺空域を哨戒中のシュトゥーカの力を得て、敵のいる方向を特定できたのだ。あの女は、チェトニックが護りをがっちり固めている場所から送信している。さらに言えば、ゲルヘルトは連合軍の無線交信を〝読み取る〟腕にさらに磨きをかけていた。実際のところ、一部の暗号の解読にも成功していた。電波に乗って飛び交っていた特定の信号を録音し、その意味するところを解き明かしたのだ。それは〈セレステ〉という言葉で、カイロとの交信で何度も出てきた。おそらくコードネームなのだろうが、確たるところまではわからなかった。それでもひとつだけ確実にわかっていることがあった――あの方向の山は、明日の朝にはＳＳが包囲する。ゲルヘルトはすぐさまフロスベルクに連絡し、自らの大発見を伝えた。

「では、明朝の爆撃を要請しよう」フロスベルクはそう応じた。「送信して何時間も経ってから攻撃されるとは、連合軍の潜入部隊も夢にも思っていないだろう。連中の意表を突いて、できれば一網打尽にしてやる」

明けて十月十五日の早朝、チーム・ヒューロンは飛行機の音で叩き起こされた。上空はメッサーシュミットＭｅ-１０９戦闘機と急降下爆撃機《シュトゥーカ》だらけだった。ドイツ軍機は村全体を機銃掃射していた。女と子どもたちが散り散りに逃げまわっていた。農家も納屋も礼拝堂も、そして家畜たちも粉々に吹き飛ばされた。ヒューロン大佐とルドコが農家から飛び出していった。シュトゥーカが轟音をあげるなか、ふたりの背後からジョゼフが叫んだ。「ぼくはテスを連れて行きます。彼女はどこだ？」

ルドコが息を切らし、あえぐように答えた。「もう山腹を登っているところだ。無線機も一緒だ。ステファンが一緒にいる。馬も部下たちも待機済みだ」

ヒューロン大佐は四方八方から攻撃されていることを確認し、ジョゼフに言った。「彼女のあとを追え。私は航空兵たちと一緒にここに留まり、物資を受け取る準備を進める。今夜投下される物資を失えば、ミハイロヴィッチからの支援も失われてしまう。OSSの上官に連絡しろ。どうしてそんなに電話にこだわるのか確認するんだ。三日後に将軍の拠点で落ち合おう。私なら大丈夫だ」

ジョゼフは手を差し出した。「ご武運をお祈りします、大佐。ラヴナ・ゴーラでまたお会いしましょう」そして山腹に向かって一目散に駆けていった。飛行機の音がするたびに身を隠した。一機のシュトゥーカがある家に爆弾を投下した。ジョゼフは溝に飛び込んだ。家は木っ端《こっぱ》微塵になった。ジョゼフは避難する村人たちのあとにつき、時折木々や岩の陰に身を隠しつつ山腹を登っていった。鬱蒼《うっそう》とした森林に入ったところでステファンの口笛が聞こえた。鞍《くら》を着けた数頭の馬を連れたステファンが、岩場の上から手招きをしていた。栗毛《くりげ》の馬の鞍上《あんじょう》にテスがいた。幸いなことに無事に農家から逃れていた。着ているものといえばオリーヴドラブの軍服のシャツとウール地のズボンだけだった。

息を切らせながらジョゼフは言った。「山のもっと奥に逃げよう。大佐は村に残って物資を受け取ることになった。大丈夫か?」

「空襲なら前に一緒に味わったじゃないの。大丈夫、そのうちよくなるわ《ドブレ・ベシエ》[*4]。今回は待たなかったわよ。とっとと馬に乗りなさいよ、お馬鹿さん」

ステファンとジョゼフとテス、そして三人のチェトニック戦闘員は無事に高台にたどり着いた。そこからはドイツ軍の攻撃の様子を見ることができた。ドイツ軍機は小さな村に機銃掃射の波状攻撃を続けていた。女と子どもたちは逃げまどっていた。馬と家畜たちがばらばらになって吹き飛ばされた。眼下で繰り広げられる惨劇を凝視しながら、ジョゼフはつらつらと考えた。まちがいない、昨日の送信が原因だ。凄腕《すごうで》通信士のテスは手早く送信したが、ドイツ軍は何らかの手を講じてこっちの位置を特定したんだ。たぶん何日もぼくたちを追いつづけていたんだろう。あの攻撃を大佐がくぐり抜けることができたら奇跡だ。とりあえず先に進むしかない。電話を見つけてカイロに連絡しなければ。ぼくとじかに話したいだなんて、どう考えてもオドネル中佐が伝えたいことは急を要することみたいだ。もしかしたら中佐は、ヒューロン大佐を含めたイギリス軍全体を信用していないのかもしれない。それともマクアダムズ少佐が無線を傍受しているから、任務を危うくするようなことはしたくないと考えているのかも。いずれにせよ、電話を見つけることが先決だ。

ジョゼフは馬から降りた。「ここらでひと休みしよう。木が多いから、ここなら哨戒機に見つからないと思う。もし飛んできても、当てずっぽうに弾丸《たま》をばら撒《ま》くだけだ」

ステファンが言った。「この先にはこっちの兵が多くいるところがある。彼らと合流すればいい。手を貸してくれるかもしれない。山腹はとっくに敵の哨戒部隊に囲まれている。もっと上がった場所に小さな村がある。そこにかくまってもらって、そのあいだに計画を練ろう」

ジョゼフたちはひと息入れるとまた馬にまたがり、山をさらに登っていった。ドイツ軍の哨戒機がさらに姿を見せ、登るペースは遅くなった。そうした哨戒機はもっぱら攻撃から逃れた村人たちの捜索に眼を注いでいる様子だった。山中の小さな集落に無事たどり着いたのは十四時頃のことだった。ステファンは一軒の農家を訪ね、一夜の宿を頼んだ。農家に暮らす夫婦は受け容れてくれたが、昨日パルチザンが村に来たと言った。チェトニックをかくまっていることを連中に知られたら手ひどい報復を受けるかもしれない。夫がそう言った。ステファンは、自分たちは連合軍の兵士をふたり連れていて、その身を護るようミハイロヴィッチ将軍から命じられていると告げた。そのふたりが殺されたり捕らわれたりしたら、それをやったのがドイツ軍だろうがパルチザンだろうが、結局同じ目に遭うぞ。将軍は、あんたたちにも同じぐらい責任があると見なすだろう。彼はそう脅した。

テスは馬から降りて夫婦に歩み寄り、セルボ・クロアチア語で丁重に話しかけた。「危害をくわえるつもりはありません。ひと晩泊めていただきたいだけです。水も食料も持っています。寝るのは納屋でかまいません。大丈夫、誰にも知られないようにしますから」夫婦は納得してくれた。

納屋に入ると、ステファンは部下のひとりに警備を命じ、残りのメンバーで今後の計画を立てた。ジョゼフは地図を広げ、あれこれ考えた。「ここから一番近い電話のある町は、たぶんコツェリエヴァだ。でもあの町は今日中にドイツ軍に包囲されるだろう。駅やホテルに向かったら、まちがいなく尋問を受けるはずだ。何かほかにいい手はないかな？」ジョゼフはステファンに尋ねた。

「電話線に直結することはできるが、それにはドイツ軍の通信部隊を攻撃して必要な機材を奪わなきゃならない」

「もっと多くの戦力がなければ危険すぎるし、とはいえ山中をめぐってこっちの兵たちをかき集める時間もないからね」

納屋の外で足音がした。戦闘員のひとりが小銃を構えてドアに向かった。女の大声が聞こえた。「入れてもらえますか？　お渡ししたいものがあります」

ジョゼフがうなずくと、ステファンは罠だった場合にそなえてゆっくりとドアを開けた。女は納屋に入ってきた。働き者の証のたくましい手をした黒髪の中年女だった。

女はテスのそばまで来た。「あなたは若くて大層お美しい。あなたのお役に立ちそうなものがあったので、持ってきました」そう言うと、束ねた服を差し出した。「娘が着ていたものです。娘は今年の夏にパルチザンに殺されました」

テスは服を手に取り、言った。「お悔やみ申し上げます。ご親切にありがとうございます」

束ねてあった服はどれも見事なものだった。農民の普段着ではなく、おそらくベオグラードで買ってきたと思われる、かなりおしゃれな服だった。服を見るなり、ジョゼフはあることを思いついた。

「今夜はここに泊まらない。たぶんドイツ軍は、ぼくらを捕捉するために夜明けと同時にさらに多くの航空機を送り込んでくるだろう。地上戦力もぼくらのあとを追ってくるはずだ。だから夜に移動しなきゃならない。夜のうちに山を下れば、明日の朝のまだ暗いうちに町に入ることができる。テスとぼくは平服に着替える。そうすれば町のホテルにチェックインできる。徹夜で旅をしてきたから泊まりたいって言えばいいんだ。そんなに早い時間からドイツ軍が出動することはないだろうから、哨戒部隊に止められて旅行許可証を調べられることもない。チェックインしたら、そこから電話をかけることができる。町が動き出す時間まで部屋にいて、それから町から脱出する」

＊1　イギリス南部ハンプシャー州のビューリにある〈ビューリ荘園《マナー》〉で、イギリス軍工作員は前線に出る前に最終訓練を受けていた。現在は国立自動車博物館になっている。

＊2　戦時中のどこかの時点で、ＳＯＥユーゴスラヴィア局は三九九部隊と名称を変えた。

＊3　麦藁を細かく砕いて少ない小麦粉に混ぜてかさ増ししたパン。同じ大戦中の代用食でも、チコリコーヒーのほうがずっと美味しかった。

＊4　チェトニックたちがよく使っていた言葉。

15　コツェリェヴァ

　翌朝の四時、ジョゼフとテスは闇に包まれたコツェリェヴァの街角を歩いていた。案の定、通りはがらんとしていた。ドイツ軍部隊は町のはずれに駐屯していた。テスは農家の中年女からもらった服を着ていた。ジョゼフはアメリカ陸軍のカーキ色の制服を青いメリヤス地のコートで隠していた。駅から二ブロック離れたところにホテルがあった。ふたりは玄関ドアをノックした。何分かのちに、年配の男のものと思しきかすかな声が聞こえた。「はいはい、ちょっと待ってください」そしてドアが内側から開錠される音がして、男の声が問いかけてきた。「こんな早くに、何のご用ですか？」

　テスが切り出した。「ベオグラードからひと晩かけてたどり着いたところで、もうくたくたなんです。ひと休みしてシャワーでも浴びたいんですが、部屋はありますか？」

　ドアが少しだけ開き、ガウンとナイトキャップ姿の年嵩《としかさ》の男がランタンを手に姿を見せた。「あんたたちもわかってるでしょうが、こんな時間に外を出歩いちゃまずいよ。夜間外出禁止令は六時までだ」

「ええ、わかってます。だから部屋をお願いしてるんです。夫とわたしのふたりだけですから。お願いです、入れてもらえますか？」

「わかりました、ちょっと待ってくださいよ」男はそう応じるとドアを大きく開き、ふたりをなかに招き入れた。

石造りの二階建ての小体《こてい》なホテルだった。一階はホテルの主《あるじ》の住居になっていて、客室は二階にあった。「悪いけど満室なんだよ。ドイツ軍が数日前にやって来てね。うちは親衛隊の将校さんたちの貸し切りになってる。下っ端たちは町の外に野営しているけど」

「わたしたちが少しのあいだだけいられる場所ならあるんでしょ。休憩したいだけで、一泊するつもりはないの。次の列車で町を出るつもりだから」

「次の列車が来るのは数日後かもしれないよ。このあたりはもう時刻表なんてものはないから。町から出るなら徒歩がいい。それはそうと、どうやってここに来たんだね？　今言ったように――」

ホテルの主がさらに訊いてくるより早くジョゼフが割って入った。「金ならあります」そう言うとディナール紙幣の束を取り出した。

「悪いけど、ドイツに占領されてからこのかたライヒスマルクしか使えないよ。納屋でいいなら部屋はあるけど、ふたりで十マルクだ」

「十マルク！　藁マットのベッドにしては法外な値段ですね」ジョゼフはそう応じた。テスがバッグから十マルク分の紙幣を取り出した。「つかぬことを訊きますけど、電話はありますか？　ベオグラードにかけなきゃならないの」

「それならあと十マルク。うちの電話は親衛隊の将校がずっと使ってて、そのくせ一ペニヒたりとも払やしない。だからどうにかして埋め合わせしなきゃならないもんでね」

「なるほどね。いいわ、それぐらいなら」テスはそう言い、札を数えてさらに十マルク渡した。「これでいいでしょ。じゃあ部屋に案内してくれますか？　夫もわたしも一睡もしてないの」

「ああ、もちろん。こっちだよ」

三人はホテルの裏に出て、重厚な木製ドアのある石造りの小さな納屋に向かった。

「雄牛がいるから気をつけて。知らない人間を怖がるんだ」

納屋のなかにはたしかに雄牛がいて、その横にがっしりとした車輪の小さな荷車があった。奥の二階には麦藁がたんまりと置いてあった。

「ここなら大丈夫そうだ。電話はいつ使えます？」

「フロントデスクの奥にあるよ。客たちはまだぐっすりと寝入っている。連中は早起きなんかしないし、おまけに昨夜は酒をしこたま飲んでた。かけるなら今がいい」

ジョゼフは担いでいたバッグを下ろした。「わかりました。荷ほどきをするから、ちょっと待ってください。あとでフロントに行きます」

ホテルの主は言った。「厨房の横の勝手口から入ってくれ」ジョゼフがうなずいてみせると、主はせかせかと戻っていった。

テスは不安げな声で言った。「だめよ、犠牲をひとりも出さずにやり切れるとは思えない。SSが起きてきて、電話を使ってるわたしたちを見て尋問しようとしたらどうするの？ 向こうが電話を盗聴してるとしたら？」

「電話は手短にしないとね。ドイツ軍の通信部隊が盗聴した情報をまとめてゲシュタポに通報するまで、少し時間がかかるかもしれない。危険は承知してるけど、それでもやらなきゃならない」

ジョゼフはマーリン短機関銃を小さなダッフルバッグに入れた。「ステンガンをくれ」テスはバッグのなかから消音器《サイレンサー》つきのステンガンを取り出し、ジョゼフに渡した。

「ぼくが電話してるあいだ、こいつを持って警戒していてくれ」テスはうなずいた。

「くれぐれも慎重にね」

「ぼくのことを夫だって言ってくれたとき、何だかうれしかったよ」ジョゼフはそう言い、テスの頬にそっと触れた。「きみの期待を裏切ったことなんか一度もないだろ？　酔っ払いの間抜けどもが目をさます頃には、ぼくらはここを引き払ってるよ」

ジョゼフとテスは一緒にホテルの勝手口に向かった。すぐに逃げなければならない場合にそなえて、荷物は全部持ってきた。テスが勝手口をそっと開けると、ホテルの主がやかんを火にかけていた。厨房には主しかいなかった。主は人差し指を立てて口に当ててみせると、なかに入るよう手招きした。

「将校さんたちはまだ寝てる。物音ひとつ聞こえないよ。上階《うえ》で何かあったらすぐに聞こえるし、連中が目をさまして階下《した》に下りてくるようなことがあったら、その前に何かしらの音がするからわかるよ」

ホテルの主は厨房に電話機を持ってきた。ありがたいことに、ついている電話線は長かった。ジョゼフはダッフルバッグからマーリンを取り出し、テスはステンガンを構えた。ジョゼフは小声で主に告げた。「よく聞いてください。あなたに危害を及ぼすつもりはありません。ぼくたちはこの国で活動している連合軍の工作員です。カイロの友軍に連絡する必要があるんです。国際電話がかけられるようにしてください」

テスがステンガンの銃口を厨房の入り口に向けるなか、ホテルの主は言われたとおりにした。数分後、国際電話の交換手が電話に出て、ＯＳＳカイロ司令部にすぐにつなげてくれた。

ジョゼフは目一杯声をひそめて英語で告げた。「オドネル中佐を大至急呼び出してくれ！」

それから十分待たされた。永遠とも思える十分間だった。テスはホテルの主と厨房の入り口にしっかりと銃口を向けつづけていた。

「あんたたちも私も殺されちまうよ」主は言った。「電話はドイツ軍が盗聴してるんだ。あいつらだってそんなに馬鹿じゃない」

「練りに練った作戦を遂行中なんです。だから電話が終わったらすぐに出ていきます」

「私の言うことなんか、あいつらは信じないよ」

「わかってます、だからあなたも一緒に来てもらいます。身の安全は約束しますから」

カイロの交換台はようやくオドネル中佐につなげた。中佐はすぐに電話に出た。ジョゼフはほっとし、任務のここまでの経緯をセルボ・クロアチア語で詳しく説明した――ミハイロヴィッチの兵力とその人数、そしてドイツ軍の燃料貯蔵庫と補給拠点を叩いたこと。ボスニアとモンテネグロとマケドニアにいるチェトニックの部隊、そしてこの三州にいたユーゴスラヴィア王国軍はすべてミハイロヴィッチのもとに集まり、チェトニックのゲリラ戦力は一万を超えること。そうしたことを、ジョゼフは事細かに報告した。オドネル中佐は驚きの色を見せなかった。これまでのＳＯＥ経由の報告にある以上の力がチェトニックにはあり、もっと積極的に活動しているはずだと中佐は考えていた。その予想はジョゼフからの現地報告で確かなものになった。中佐はジョゼフに、定時連絡には今後もＳＯＥのマルコーニＭｋⅡ無線機を使いつづけるよう指示した。その一方で、ミハイロヴィッチへの物資投下を含めたすべての後方支援の要請には、今後はＳＳＴＲ‐１を使うように命じた。

オドネル中佐は電話越しに指示を続けた。「チェトニックの活動についての報告にもＭｋⅡではなくＳＳＴＲ‐１を使え。私がドノヴァン長官にすべてお伝えする。マクアダムズはパルチザンに有利になるように報告を改竄するにちがいない」

「中佐、ほかに指示はありませんか？」

「この任務はイギリス側が主導権を握っている。きみが私に報告したことを知ったら、マクアダムズは激怒して、きみが作戦行動規則に反しているとロンドンに言いつけるだろう。ＳＯＥはヒューロン大佐と通信士を撤収させて、きみの召還も求めてくるかもしれない。そんな事態になった場合、私はきみを別のところに送り込むつもりだ。やはり現場には信頼できる工作員が必要だ。しかし現時点では、そんな人材はきみしかいない」

「ぼくからもお伝えすることがもうひとつあります。このホテルの主は危険を顧みずに電話を使わせてくれました。このまま置き去りにすれば命はありません。それにぼくは主に身の安全を約束しました」

「ブラッド・チットを見せて、可能ならそこから脱出させろ。合衆国政府があらゆる手を尽くして護ってやる」

ジョゼフは電話を切った。もう五時半になっていた。上階《うえ》のSS将校たちが眼をさましつつあり、歩いている音が聞こえてきた。「すぐに身のまわりの必要なものを取ってきて、ぼくらと一緒に逃げましょう。言ったでしょ、あなたの身の安全は約束します」

「私は行けない。このホテルは私の命だ。ここを捨ててどこかに行けるはずがない。妻はナチに、息子たちはパルチザンに殺された」

「わかりました、あなたがそう望むのであれば。説得している時間はありませんし。じゃあ、ここに坐ってください」

主が言われたとおりに椅子に坐ると、ジョゼフはロープで縛りあげ、口のなかに布切れを突っ込んだ。そしてマーリンの台尻《だいじり》で側頭部を打ちつけた。それから食器棚にあった紅茶の缶にマルク紙幣を何枚か詰め込んだ。「この戦争を生き抜いてください。あなたのことは絶対に忘れません」

「じゃあ、もうここから逃げる？」テスは勝手口を開けたままそう尋ねた。任務は完了した。

朝の六時、ステファンと三人のチェトニック戦闘員たちは、コツェリェヴァを見わたす高台の頂上の鬱蒼とした木立に身を潜めていた。一日がまさに始まろうとしていた。ステファンたちは双眼鏡で町の通りを監視していた。いざというときに援護できるよう、小銃の射程内に彼らは隠れていた。どの通りにも人影はほとんど認められなかった。ドイツ軍将兵を泊めているホテルに農産物を配達する、牛曳きの荷車が何台かいた。ステファンは、さりげなく手をつないで町を出る方向に歩いていくジョゼフとテスの姿をはっきり確認した。二台か三台のドイツ軍のバイクとサイドカーが通りを巡回しているが、どれもふたりに眼を留めて減速する様子は見られなかった。作戦は予定どおりに進んでいた。事前の作戦確認では、電話を見つけてカイロとの連絡に成功したら、ジョゼフとテスは手をつないで町を出ることになっていた。あとはこのまま町から出て、高台の中腹の安全な場所に向かうだけだった。

ジョゼフたちは、一定の速度で通りを走る車の存在に気づいていなかった。朝のこの時間帯に走っている商用車のなかのひとつにしか見えなかった。しかしその車内では、親衛隊保安局《SD》の無線通信の専門家のエルンスト・ゲルヘルトとＳＤの二名の通信士が連合軍の交信を監視していた。ゲルヘルトは敵の通信士の位置をより精確に特定するべくコツェリエヴァに電波方向探知機を持ち込むことにし、まだ夜も明けきらないうちにヴァリエヴォを発っていた。早朝の通りを行き交う町の住民たちに、ゲルヘルトはあまり注意を払っていなかった。が、せかせかとした足取りの、一見してどういうことのないセルビア人の若い男女だけは気になった。

「徐行してくれ」ゲルヘルトは運転手にそう告げ、若い男女に眼を向けつづけた。「どこかおかしい」

運転手を務めている、東部戦線に派遣されないことを喜んでいるSSの若い伍長が言った。「どうしたんですか、ヘル・ゲルヘルト?」

「あのふたりのことだ。何か引っかかるところがある。はっきりとは言えないが、それでもどこかがおかしい」

伍長は車を減速させ、通りの反対側を歩いているセルビア人の若い男女を見つめた。「どこもおかしくはないように見えますけどね。町に配達に来た、このあたりの農民でしょう。でも男が履いているブーツは上物みたいですけどね」

「それだ！　あれはアメリカ陸軍の官給品のブーツだ！　どこかおかしいと思っていたのは男のほうだ。引き返せ！」

伍長は急ハンドルを切って車をUターンさせ、狭い路地の方向に鼻先を向けた。路地は狭すぎて、この車では通り抜けることはできなかった。通り抜けられたとしても同じことだった。路地の先に若い男女の姿はなかった。

ジョゼフはテスを抱いて建物の隅に体を押しつけ、向かってくる車から身を隠した。

「あの車は、まずまちがいなく引き返してきた。道を歩いているぼくらのどこかがおかしいって思ったにちがいない」

「今は町中で身をさらしているのよ。ここに一日中いるわけにはいかない。でもここから動いたらあの車の男たちに見つかって、まちがいなく追いかけてくるわ」

「しゃがんで、もっとよく見てくれ。ぼくが見張るから。どうなってるのか教えてくれ」

テスは路面に両膝をつき、おそるおそる頭を突き出して角の先を見たが、すぐに安全な建物の陰に引っ込めた。「見つかってないと思うけど、平服姿の男がふたりいた。助手席の男と、それより年下のほうが運転席にいる。距離は六メートルぐらい。乗ってる車の屋根には、よく見たらへんちくりんな装置みたいなものがあった。車内のふたりは、これからどうするのか話し合ってるみたい」

「電波方向探知機を積んだゲシュタポの改造車両だ。護衛がついていないのは、無線交信を探知していることを察知されたくないからだ。車内の後ろにはまだふたりか三人乗っていて、送信地点を三角測量で探っているのかもしれない。武器を持っているだろう。追ってこないのは、路地が狭すぎて入ってこられないからだ。援護がないから、こっちから攻撃されることを恐れているのはまちがいない」

ジョゼフはバッグからマーリン短機関銃を取り出し、山の方向に眼をやった。「ここで逃げたら、少なくとも百メートルは姿をさらしてしまう」

テスは上着のボタンをはずし、イギリス軍の破片手榴弾を取り出した。「これ、使えるかな?」

「こんなもの、どこで手に入れたんだ?」

「アルジェから発つ前にヒューロン大佐から渡されたの。これが必要な事態になるかもしれないからって」

「向こうが車から出てきたら万事休すだ。ぼくに考えがある。手榴弾をくれ」

テスは手榴弾を渡すとステンガンを取り出し、かなり慣れた手つきでサイレンサーを回してはずした。ジョゼフは手榴弾の安全ピンを抜いた。

「路面を転がして車の下に入れてみる。爆発したらステンガンで車を撃ってくれ」

テスは眼を閉じ、言った。「何だってやるわよ。もう腹をくくるわ」

「ほかに手があればいいんだけど、残念ながらこうするしかないみたいだ。弾丸《たま》切れになるまで撃ちまくったら、ステファンたちが待っている丘まで一気に走るぞ」

テスはこくりとうなずいた。

「大丈夫、覚悟はできてる。こんなことになった場合の訓練なら受けてるから、やるべきことはわかってる」

「いい子だ」ジョゼフは角の向こう側の路面に手榴弾を放って転がした。車内の男たちは見ていなかった。手榴弾は車の下の左側で爆発し、ガソリンに引火した。男たちは苦悶の悲鳴をあげた。ジョゼフとテスは路地から飛び出して射撃を開始した。が、車には防弾装備が施してあるらしく、九ミリ口径の短機関銃ではほとんど歯が立たなかった。弾倉《マガジン》が空《から》になると、ふたりは路地を曲がって丘に向かって駆け出した。急斜面を登っている最中にジョゼフは振り返ってみた。助手席から男が出てきた。男はジョゼフと眼を合わせたが、すぐに路面に倒れ込んで転がった。その瞬間、車は爆発して炎に包まれた。

ステファンたちは、町から脱出するふたりの工作員を丘の上から見守っていた。部下たちが敵の車に向かって撃とうとしたが、ステファンは大声で制した。「撃つんじゃない！　こっちの位置がばれて援軍を呼ばれちまう。ふたりはこのまま登ってきて身を隠せばいい。その方が無事に脱出できる見込みが高くなる」

16 N局

朝の六時少し過ぎ、ペネロピはベイカー・ストリート駅から地上に上がった。雨が降っていて、通りの往来は少なかった。マッキントッシュを着ていても、冷たく湿った空気が感じられた。ペネロピは襟を立ててじとつく空気を防ぎ、二ブロック歩いたところの横断歩道で足を止めた。緑色のフォードの大型セダンが彼女のすぐ脇で停車した。スモークガラスで車内は見えなかった。セダンのドアが勢いよく開いた。ヴィヴィアン・テイトの聞きまちがえようのない声が聞こえた。「乗りなさい」

上司が険のある声で発した命令にペネロピは従った。「はい、ミス・テイト」彼女が乗り込むと、セダンは急発進した。

車内は暖かく湿気もなく、そして煙たかった。ミス・テイトは煙草をくわえていた。ペネロピは身震いした。冷たい雨に打たれたからなのか、それとも横にミス・テイトがいるからなのかは本人にもわからなかった。

「これからわたしと一緒に飛行場に行ってもらいます。昨夜、ベルギー・オランダ《N》局ベルギー課の課長が現地から脱出しました。課長を乗せたロッキード・ハドソンは未明にテンプスフォード飛行場に着陸しました。向こうで報告を聞くことになります。わたしたちが来るのを全員待っています。生還できて本当によかった」

「ミス・テイト、被害の状況は？」ペネロピはネットワークが浸透を受けている現状について尋ねた。

「惨憺《さんたん》たるものよ――ゲシュタポはすべてのネットワークに浸透している。どのネットワークも、何らかのかたちでやられている。課長の報告を聞けばもっと詳しくわかるでしょう。ベイカー・ストリートは万策尽きつつある。次の満月の夜に、あなたが潜入することになるかもしれない」

特殊作戦執行部《SOE》のふたりの女性を乗せた車は、ベッドフォードシャーにある秘密滑走路を目指して走りつづけた。ペネロピは呆然《ぼうぜん》としたまま何も言えずにいた。震えが止まらなかった。まったくの沈黙に包まれた車内で、ミス・テイトは車窓を横切る田園風景を見ながら、さまざまな事柄に考えをめぐらせていた――捕らえられたF局工作員の無線機がゲシュタポに使われている可能性があることを最初に指摘したのはペネロピだった。それでもマカリスター局長は耳を貸そうとはせず、工作員を送り込みつづけてきた。

セダンはサンディーの郊外、テンプスフォード飛行場から数キロ離れたところにある壮麗なカントリーハウスに到着した。十八世紀に建てられた豪邸は道路から奥まったところにあり、周囲を取り囲む木立で隠されていた。緑色の大型セダンは砂利《じゃり》敷きの私道でブレーキを軋《きし》ませて停まった。ミス・テイトは運転手を待たなかった。新たな煙草をくわえ、自分でドアを開けて降りた。「このあいだのようなことはしないで。何を言うにしても、わたしがいいというまで口を開かないこと。わかった？」

「はい、かしこまりました、ミス・テイト」

ここを何度も訪れていることがひと目でわかる、ずかずかとした足取りで、ミス・テイトはカントリーハウスに向かった。そのあとをペネロピはついていった。なかに入るなり、長いバーカウンターを備えた広々としたラウンジが嫌でも眼に入った。バーカウンターの横には、テーブルがいくつか置かれたダイニングルームがあった。ダイニングルームにはコマンド部隊と特殊部隊の将校や空軍《RAF》のパイロットといったさまざまな兵種の軍人たちが大勢集い、さまざまなことに取り組んでいた。ミス・テイトとペネロピが入ってくると、紫煙に満ちたダイニングルームに緊張が走った。ふたりの姿を認めるなり、RAFの将校がミス・テイトに歩み寄ってきて言った。「みなさんが会議室でお待ちです。特殊任務飛行隊《ムーン・スコードロン》は午前中の発着を中止していますから、機の爆音で会議が邪魔されることはありません。こちらへどうぞ、ミス・テイト」将校はふたりを隣の部屋に案内し、なかにいる面々に引き渡すとドアを閉じた。

会議室に置かれたオーク材の大きなテーブルには、SOE司令のコリン・ガビンズ准将がついていた。その向かい側には、グレーのスラックスにレザージャケット、そしてベレー帽という、やけに大陸的な雰囲気の男が坐っていた。ミス・テイトとペネロピが入ってくるなり、ふたりの男は席から立った。

「ミス・テイト、待ちかねていたぞ。ロンドンからのドライヴはどうだった？」准将は尋ねた。

「静かなものだった、とでも言っておきましょう。考えなければならないことがありすぎて」

「もちろんそうだろう。さあ、ふたりとも席に着きたまえ。こちらはピーター・ニューマンだ。ピーターはハドソン機に乗ってベルギーから飛んできたばかりだ。被害の全容を把握するために呼び寄せた。遺憾《いかん》ながら、まずいことになっている」

ニューマンは長身痩軀で黒髪と白い肌の三十代半ばの男だった。

「ピーター、こちらのふたりはF局のミス・テイトと補佐官のミス・ウォルシュだ。ミス・テイトはF局を実質的に仕切っていて、状況をわかっている。さっそく本題に入ろう。きみの報告を交えながら作戦を立案していく」

ニューマンは煙草を消し、テーブルに置かれていた地図を広げた。地図の上辺を灰皿で、下辺はクリームがたっぷりと入った、まだ湯気の立つコーヒーが入った大ぶりなマグカップで押さえた。ガビンズに手でうながされ、ミス・テイトとペネロピはそれぞれ示された椅子に坐った。ニューマンが会議の口火を切った。

「完敗です。ごっそりとやられました。こことここの無線機を奪われました」ニューマンはそう言い、ベルギーの沿岸部とフランスとの国境付近を指し示した。「こっちの無線機が敵の手に渡ったことで、残りのグループも赤子の手をひねるようにあっさりと追い詰められました。何しろ敵は、無線で偽の情報を伝えればいいのですから。ゲシュタポは半年も前にこちらの暗号を解読していたことがわかりました。それでも連中は、しばらくのあいだは傍受しかしていませんでした。襲いかかるタイミングを待っていただけなんです」

ニューマンは椅子に深々と腰を下ろし、新たな煙草を取り出した。「正直に申し上げます。〝反攻〟の前にネットワークを再構築する時間はまだあると、私は考えています。反攻作戦が開始された場合、北側面の防御が必要不可欠です。N局の唯一の生き残りは国境を越えてリールに移動しました。今はアジトに身を隠して私の指示を待っています。新たな無線機が現場に配置されるまでは、ベルギーの活動はフランス北部で展開している〈曲芸師《ジャグラー》〉ネットワークが調整にあたります。腕が確かな通信士と新たな暗号セットがあれば、レジスタンス活動を再度立ち上げて組織化することができるはずです。とはいえ迅速《じんそく》に手を打つ必要があります。N局は新たなチームを必要としていますが、何週間も待っている余裕はありません。残された要素のなかから集めて、そこから再出発するしかありません。だからこそあなたの力が必要なんです、ミス・テイト」

ミス・テイトはうなずいた。そしてペネロピに顔を向け、その眼を見つめた。今やペネロピは会議の焦点となっていた。「ミス・ウォルシュは通信士の訓練を受けていますし、暗号についても心得があります。彼女の表向きの肩書はF局の記録係ですが、実際は解読困難な暗号を解読するスペシャリストです。彼女がいなくなれば、F局も影響を受けることになります」

「むろんその点についても考慮しているよ、ミス・テイト。派遣するのは満月の一周期、つまりせいぜい四週間というところだ。解読が難しい暗号なら、暗号局長のヘンリー・パークスに任せればいいだけだ」ガビンズはそう言い添えた。

ニューマンも自分の懸念を口にした。「あなたが不安視するのもごもっともな話です、ミス・テイト。ですが通信士には私と一緒に秘密裏に着陸し、リールで調整にあたってもらうだけです。確たる足場を築いたら、次の満月の夜に帰還してもらいます。そこまでで大丈夫ですから。それだけの時間があれば、N局は補充の工作員を送り込むことができます」

ガビンズは大きく咳払《せきばら》いし、次は自分が話すことを示した。「ミス・ウォルシュ、事態の深刻さはきみにもわかるはずだ。N局はきみの技術と知識を必要としている」

ペネロピに話すきっかけを与えるべく、ミス・テイトは口を開いた。「あなたが決めなさい、ペネロピ。あなたにその気がないなら現場には行かせないつもりです」

ペネロピは堂々と背筋を伸ばし、答えた。「はい、もちろん行かせていただきます。出撃はいつですか？」

「これで決まりというわけだな」ガビンズはそう応じた。「N局が詳細を詰め次第、きみを含めたチーム全体は次の満月の夜に飛んでもらう。潜入飛行にはタングミア飛行場のライサンダー機を使う。ありがとう、ミス・テイト、ミス・ウォルシュ。大いに感謝する」

ベッドフォードシャーでの詳細な報告会議が終わると、ミス・テイトとペネロピは緑色の大型セダンでロンドンに戻った。ベイカー・ストリートに到着すると、ミス・テイトはオーチャード・コートのオフィスで話をしましょうとペネロピに告げた。オフィスに行くと、ミス・テイトは派遣準備について説明した。

「ペネロピ、あなたは今夜から正式にN局の所属になります。先ほどの会議でもありましたが、事態の深刻さと反攻作戦の重要性についてはいまさら説明する必要もないでしょう。あなたはSOEの訓練課程をすべて修了済みです。したがって明朝、ハンプシャーのビューリ荘園《マナー》に向かってもらいます。そこで最新技術の訓練とフランス潜入任務の指示を受けることになります」ミス・テイトは月齢が記された大ぶりな卓上カレンダーを机から取り上げた。「今週のうちに現地に潜入することになると思います。指揮権はN局にあるので、いつにするのかは当然向こうが決めることですが。緊急カードに新たにつけ加えておきたいことはありますか？」

「ありません、ミス・テイト。今のままで大丈夫です。わたしに万が一のことがあったら、娘のサラはアメリカ軍のミスター・マティングリーに預かってもらうことにしました。彼は信頼できる人です。そのことも全部カードに書いておきました」ペネロピは一旦話を切り、そして言い添えた。「でもミスター・ニューマンがおっしゃっていたとおり、万が一のことなんか起こりません。満月の夜に戻ってきます」

「よくわかりました。あなたの緊急カードはベイカー・ストリートに送っておきます。帰還するまでは、あなたにかかわることは向こうが管理します。わたしの話はこれで終わり。明朝までは自由にしていいわ。ご家族とゆっくり過ごしなさい。わたしは行きませんが、出発時はもちろんN局の人間が見送りにつき添います。出発前にここに立ち寄りたいなら、いつでも好きに来ればいいわ」

「お心遣いありがとうございます。でも大丈夫です。帰還したらまたお会いしましょう。〝無事を祈る《メルド》*1〟も結構です」ペネロピはそう言うと荷物をまとめ、オーチャード・コートから去っていった。

＊＊＊

ハロルド・マティングリーはペネロピの家に何度も電話をかけ、彼女がどこにいるのか尋ねたが、そのたびにミセス・ミッチェルは母親の自分もわからないと答えた。

「おとついのことだけど、あの子は仕事を早引けしてきて、荷造りを始めて、それっきりなの」

マティングリーは一張羅《いっちょうら》の上着とシルク地のネクタイでめかし込み、軍の車を拝借して出かけた。ペネロピが本当に海外派遣になったのかどうか確かめなければならない。一時間半後、マティングリーはナイツブリッジにいた。ハロッズ百貨店の近くの路肩に車を停め、一ブロック半歩いて〈スタジオ・クラブ〉に向かった。これまで何度か訪れたことがある店だが、行くときは必ずペネロピと一緒だった。特殊任務部隊の関係者限定のクラブだった。ドアマンが入店する人間を厳しく見定める店でもあった。ペネロピに連れられてたびたび訪れていたからドアマンは自分のことを憶えているだろうと、マティングリーは淡い期待を抱いていた。彼は玄関の踏み台を上がり、黒いドアをノックした。ドアマンがドアを開け、戸口に立ちはだかった。

「ミス・ウォルシュと待ち合わせしているんだ。今夜はここに来るって言われたもので」

「悪いね、おにいさん。ここは会員制なんだよ」

「ぼくのことは知ってるだろ。この店には何度も来たことがあるんだから。先週も来たばかりだ。憶えてるだろ?」

「言ったとおり、悪いがここには会員じゃないと入れない。あんたのような若いアメリカ兵の溜り場ならごまんとあるじゃないか。それじゃ、ごきげんよう」ドアマンはそう告げ、ドアを閉じた。

小雨が落ちてきて、徐々に本降りになっていった。それでもマティングリーはポーチに佇《たたず》んでいた。店に背を向けて車に戻ろうとしたそのとき、ドアが開いて若い将校が出てきた。「立ち聞きするつもりはなかったんだが、でもペネロピ・ウォルシュを探しているんだろ?」

マティングリーはくるりと振り返った。「ああ、彼女はぼくの恋人なんだ。この二日間、ずっと捜しまわっている。今夜はここに来るんじゃないかと思ってたんだが」

大尉の階級章がついたイギリス陸軍の制服を着た若い男は言った。「そこの角を曲がって一ブロック半行ったところにパブがある。大層な店じゃないが、とにかくビールだけは飲める。そこで十五分待っててくれ」そしてマティングリーに背を向け、店のなかに戻っていった。

マティングリーはそうするよりほかになかった。雨は止み間なく降りつづいていて、おまけにいつもの大きな緑色の傘を持っていなかった。どのみちどこかで雨宿りをしなければならなかった。マティングリーは言われたとおり近所のパブに足早に向かった。角を右に曲がるとパブの明かりが見えた。店に入り、マティングリーはバーカウンターに腰を落ち着けた。最初のビールを注文したタイミングで、先ほどの大尉が傘を畳みながら店に入ってきた。

大尉は無言でマティングリーの隣に坐り、バーテンダーにビールを頼んだ。出されたビールをふた口か三口飲んだところでマティングリーに向き直り、ようやく口を開いた。「席を移そう」そしてパブの奥のテーブル席を指差した。ふたりはスツールから腰を上げ、テーブル席の椅子に坐った。大尉は誰にも聞かれないように小声で話した。

「きみが〈スタジオ・クラブ〉でミス・ウォルシュと一緒にいるところを見かけたことがある。実際には数回ってところだが。彼女は美人だからな。あの店の常連の大半は、きみの代わりになれるなら何だってするよ。彼女がぞっこんだってことは、きみを見る眼つきでわかったよ。話は変わるが、おれは特殊空挺部隊《SAS》落下傘連隊の人間だ。名前は言う必要はないだろう。実際、知らないほうがいいかもしれない。立場上、詳しいことを話すわけにはいかないが、ミス・ウォルシュはしばらくのあいだは〈スタジオ・クラブ〉に来ない。彼女は極めて重要な任務を遂行中だ。こんなことを話すのは、きみが彼女を捜しにまたあの店にやってきて悶着《もんちゃく》を起こしてほしくないからだ。それ以上の意味はない。仕事柄、おれたちはいろんな点で人目を惹くことをあまり好まないし、これもそのひとつだ」

マティングリーはビールを一気に飲み干した。「わかった――もうナイツブリッジには近寄らない。ご親切に教えてくれてありがとう」そして席を立ち、店から出ようとした。

大尉は声をかけた。「もうひとつだけ言っておく。彼女はきみのことを一途《いちず》に愛している。そのことはわかってもらいたい」マティングリーは何も言葉を返さなかった。帽子をかぶり、店から出ていった。

＊1　フランス語の〈メルド（ちくしょう）〉は〝幸運を祈る〟という意味の挨拶でF局で使われていた。現在のフランスでも、同じ親愛の情を示す言葉として広く使われている。

17 報復

ヴァリエヴァの郊外にある野戦病院は、数張りのテントと軍医および看護兵たちで成り立っていた。このあたりのドイツ軍は、ここしばらくのあいだ本格的な戦闘を経験していなかった。担ぎ込まれる負傷兵の大半は、チェトニックかパルチザンに小銃で撃たれた程度だった。が、昨日コツェリエヴァの町中でチェトニックが敢行したゲリラ攻撃では、無線方向探知車の後部で作業していた通信兵二名と運転手が死亡した。三人とも焼死だった。しかし助手席にいた男は体のあちこちにⅡ度の熱傷と軽い脳震盪《のうしんとう》だけで済み、入院することもなかった。

ゲルヘルトは野戦用簡易ベッドに坐らされていた。火傷《やけど》を負った左の腕と手には包帯が巻かれていた。痛みはあるが、それでも完治する火傷だった。幸いなことに右手は無事で、無線傍受には何の差し支えもなかった。ゲシュタポ司令部からわざわざやって来たフロスベルク親衛隊上級大隊指導者はゲルヘルトの横に腰を下ろした。野戦テントのなかにいるのは親衛隊保安局《SD》所属のふたりだけだった。

「襲撃者について教えてくれ」フロスベルクは言った。

「よくいるゲリラどもですよ。狭い路地を盾にして攻撃してきた臆病者《おくびようもの》です。ふたりいましたが、どちらの顔もよく見えませんでした。二十代前半ぐらいの男女でした。女のほうは小柄で、男は背が低くてレスリングの選手のようにがっしりとした体つきで黒髪でした。そいつはチェトニックにありがちな格好をしていましたが、ひとつだけちがうところがありました」

「ちがうところ？」

「ブーツです――運転手が気づいたんですが、言われるまで気づきませんでした。男のほうはアメリカ軍で支給されるような、かなり上物の編み上げブーツを履いていたんです。チェトニックの下っ端戦闘員にしては過ぎた代物《しろもの》です」

「つまり、われわれが追跡している謎の工作員だということなのか？」

「ええ、その可能性がかなり高いです。私の見立てでは九十五パーセントまちがいないと思われます」

「ようやくこの防諜戦にけりをつけるときがきたな。ベルギーとフランスのＳＤは華々しい戦果を出しているというのに、ここまでの体たらくに焦りを感じていたところだ。そろそろ本気を出そう。定石どおりにやっていたら、この厄介な敵を捕らえることはできない。何しろ相手はスパイなのだから、手段にこだわっている場合じゃない。そう思わないか？」

ゲルヘルトはうなずいた。「で、何か考えがおありなんですか？」

「国防軍情報部《アプヴェーア》がパルチザンの高級将校を拘束している。そいつは有益な情報を吐いていないが、それはただ単にそいつが実際は間抜けな小物にすぎないからだ。おまけにアプヴェーアにしても能無しぞろいだ。そいつの身柄をこっちに移し、逃がしてやる。もちろん、見返りとしてこっちのスパイになってもらう。あのおつむの弱いイギリス軍将校たちにやったみたいにすればいい。アプヴェーアは損をするが、われわれは得をする」

「そのパルチザンは何という名前なんですか？」

「サヴァ・クルンツァというスロヴェニアのパルチザン第四方面軍の少佐で、筋金入りの共産主義者として知られる男だ」

＊＊＊

チェトニックに厳重に護られつつ、ジョゼフたちはラヴナ・ゴーラの拠点への帰還を果たした。幸いなことに、ヒューロン大佐もドイツ軍の攻撃を無事にくぐり抜けていた。大佐にとっては苦難つづきの一日半だった。何度もパルチザンに待ち伏せされ、ドイツ軍もしつこく攻撃してきた。ドイツ軍の報復攻撃から間一髪で逃れたと思ったら、今度は連合軍の自動小銃を持ったパルチザンが待ち構えていたこともあった。チェトニック側は二名が捕らえられた。ヒューロン大佐は護衛と一緒に難を逃れたが、その場から逃げる前に、年端《としは》もいかないふたりのチェトニック戦闘員が無残に殺されるところを目撃した。ふたりは地面にうつ伏せにされていた。パルチザン戦闘員のひとりがアメリカ製の四五口径の自動拳銃を抜き、ふたりを至近距離から、弾倉《マガジン》が空《から》になるまで撃った。その惨劇を、大佐は愕然と見つめつづけた。三人の工作員たちはミハイロヴィッチの野営地で合流し、最初の〝まともな〟投下物資の受け取り準備を話し合った。

ヒューロン大佐が言った。「投下地点は確保済みだ。防御しやすい場所を選んでおいた。そこを中心に敷かれた防御線のなかに入れば、ドイツ軍だろうがパルチザンだろうがズタズタにされる。チェトニックは撃墜されたB‐17の残骸《ざんがい》から五〇口径の機関銃を回収して、攻撃に使えるようにしたんだ」大佐はイギリス産の煙草を口にくわえた。「きみたちのほうの首尾はどうだったんだ？」

ジョゼフは一切合財を報告し、手榴弾を使ってドイツ軍の電波方向探知車から逃れたことも話した。

「電波方向探知車が派遣されているとは知らなかった。ゲシュタポがそんなものをバルカン半島で使っていることを、ベイカー・ストリートもつかんでいない。その車両の存在はわかっているが、今のところバルカン以外の主要都市でしか確認されていない。どうやら敵は無線傍受技術にさらに磨きをかけているみたいだな」

「気になることがもうひとつあります」ジョゼフはそう告げた。「その車両の装甲は、見た目以上にずっと強化されていました。幸い手榴弾があったので、装甲が薄い車体下部を吹っ飛ばすことができましたが。車体の横で爆発していたら、大した損害は与えられなかったでしょう。テスとぼくがステンガンとマーリンで撃っても、まるで歯が立ちませんでした。ほぼ全弾跳ね返されたみたいです。四五口径のトンプソン短機関銃か、さらに言えばブローニング自動小銃《BAR》でもあれば何とかなったかもしれません」

「次の物資投下で要請してみよう。きみのOSSの仲間たちなら何の苦もなく調達できるはずだからな」

報告が終わると、ジョゼフとヒューロン大佐は無線送信の準備を整えた。その日の定時連絡で、ジョゼフのSSTR-1無線機を使ってOSSカイロ支局に全面的な支援を要請し、ヒューロン大佐が目撃した、連合軍が支給した武器を使ったパルチザンによる非道な行為も詳細に伝えた。カイロからの返信には、支援物資を満載したB-17を差し向けるとあった。ミハイロヴィッチには要請された物資に加えて三丁のトンプソンとBAR一丁が供与されることになった。

OSSとの交信を終えると、テスは無線機をマルコーニMkⅡに切り替え、先ほどとそっくり同じことをSOEカイロ支局に伝えた。が、物資を投下する時間はOSSの三時間後にしておいた。テスは丸々三十分待ち、周波数を変えて送信した。そうすれば、ゲシュタポの無線傍受担当は三角測量の設定をやり直さなければならない。SOEからは、指定された時間と場所に物資を投下するという返信が即座に入ってきた。

＊＊＊

翌朝の八時、トビー・マクアダムズ少佐はチーム・ヒューロンからの通信文を受け取った。いつものごとく、さらなる武器弾薬と爆薬を求める内容だった。少佐はペンを手に取り、通信文の脇に何ごとか記した。物資の投下は承認してやるつもりだ。もっともその中身は必要最小限の食料だけで、チーム・ヒューロンが要求している武器弾薬も爆薬も入れるつもりはない。その代わり、パルチザンにはさらなる支援物資を送る。要求された物資の手配を終えると、マクアダムズはオフィスに錠をかけて階段を下り、通りに出た。そしてタクシーを拾ってカイロの街中に向かった。

エジプトを縦断するナイル川はカイロにさしかかったところでふた手に分かれ、ゲズィーラと呼ばれる中洲を作っている。中洲の西岸にある係留地には、裕福な観光客が貸し切りにするハウスボートがずらりと並んでいた。どれも似たり寄ったりの船のなかで、マクアダムズは自分がどこに行けばいいのかちゃんとわかっていた。フリッツのボートなら何度か訪ねたことがあった。何年か前に出会ったソヴィエト連邦の若い外交官の本当の名前は誰も知らない。マクアダムズもフリッツという名前しか知らなかった。見た目はソ連の外交官というよりも、むしろイギリスかアメリカの二十代後半の若者だった。流暢に話す英語にしてもかすかなアメリカ訛りがあった。

マクアダムズはフリッツの船の踏み板まで来たが、英語を話す使用人に止められた。

「まだ早いので、ご主人さまはまだお目覚めではありません。でもお乗りになっても結構です。コーヒーをお持ちします」

「だったら起こせ。時間がないんだ。すぐにオフィスに戻らなきゃならない」

「ではなかに入っておかけになってください。あなたが来られたことを伝えてきます」

使用人に案内され、マクアダムズは贅沢《ぜいたく》なしつらえの船内に入り、キッチンの椅子に腰を下ろした。キッチンには淹れている最中のコーヒーの香りが漂っていた。

「わかったよ。じゃあ一杯いただこう。もちろんクリームと砂糖たっぷりで」

使用人は甘ったるくしたコーヒーをマクアダムズの眼のまえに置いた。「ご主人さまを起こしてきます。昨夜は午前様でしたから」使用人はそう言うとキッチンから出ていった。

マクアダムズはコーヒーに口をつけ、小さな窓から外を見た。水路沿いにはハウスボートが何艘《そう》か並んでいた。その多くがようやく目を覚ましたばかりだった。どうやらこの係留地では、毎晩明け方までパーティーが開かれていたみたいだった。マクアダムズがコーヒーを飲み終える前に、フリッツがキッチンに入ってきた。どう見てもシャワーを浴びた様子で、シルクシャツと白いズボンに着替えていた。ハンサムで筋肉質な男だった。フリッツはソ連の秘密警察である内務人民委員部《NKVD》[*1]カイロ支局のナンバー・ツーで、そしてマクアダムズの管理官《ハンドラー》だった。

「どうしてまたこんな時間に訪ねてきたんだい？　陽の高いうちは会わないことにしていたはずだけど」

「この猿芝居をいつまでやらせるつもりなんだ？　ヒューロンはもっと物資を寄越せと言いつづけている。もうこれ以上ごまかしは効かない」

フリッツはだしぬけに大笑いし、椅子に座ってコーヒーポットを手に取り、自分のカップにコーヒーを注いだ。「すべてはきみ次第だよ、同志」

「何がそんなにおかしいんだ。それに何が言いたい？」

フリッツは興奮冷めやらずといった感じにクックと笑いつづけ、そして言った。

「通信課の連中と徹夜だったものでね。実際のところ、つい今しがたベッドに入ったところなんだ」フリッツはコーヒーカップを置き、マクアダムズに身を寄せた。「またしてもきみは裏をかかれた。われわれの通信班はアメリカ側の無線交信を傍受した。チェトニックの支配地域に潜入しているきみらSOEのチームは別の無線機を使い、直接アメリカ側にさらなる物資投下を要請した」

＊＊＊

じきに午前三時になろうとしていた。ジョゼフとヒューロン大佐は地面に発炎筒を並べ、投下物資の受け取り準備を進めた。準備を終えたタイミングで、一機の航空機の音が聞こえた。投下地点にいる全員が身をひそめ、待った。視力のいいヒューロン大佐はB‐17の機影を目視しようとした。地上攻撃をくわえようとしているドイツ空軍のユンカースJu88軽爆撃機だということも充分あり得る。航空機音はさらに大きくなり、大佐は双眼鏡を使って四発の大きな機影を確認した。B‐17は高度千フィートまで降下していた。そして上空から白い灯りを点滅させ、モールス符号のB《ブラヴォー》を送ってきた。

「あれだ、まちがいない」大佐は大声でジョゼフに告げた。

ジョゼフは携帯信号灯を手に取って点滅させ、モールス符号のW《ウイスキー》を送信した。B-17は旋回を開始し、そして物資が入った容器を投下した。大きなパラシュートが七つと小さめのものが三つ開いた。投下を終えると、B-17は進路を反転させ、上昇していった。チェトニックへの空中投下支援としては過去最大の規模だった。ポプラと柳の陰から大勢の戦闘員が現れ、容器を回収した。そしてヒューロン大佐に細かく指示されたとおり、ただちにミハイロヴィッチのもとに運んだ。投下物資を確保すると、彼らは二機目の到着を待った。

ジョゼフは携行電灯を取り出し、メモを確認した。「イギリス機の確認用モールス符号はA《アルファ》で、こっちはX《エックスレイ》を返すことになっています。イギリス機はカイロからの直送便です。意図的にやらないかぎり、互いの確認用符号をまちがえることはないはずです」

「こっちが返信するのは、向こうが指示どおりの符号を送ってきてからだ」ヒューロン大佐はそう命じた。

二時間後、イギリス空軍のハリファックス爆撃機が飛来し、上空を旋回した。が、送ってきたモールス符号はAではなかった。それでもチーム・ヒューロンは驚かなかった。信号灯で返信せずにいると、ハリファックスは数分後に旋回をやめ、飛び去っていった。帰投したら、搭乗員たちはモールス符号を確認できなかったので投下は中止したと説明することになるだろう。

ヒューロンは発炎筒を消した。「ミハイロヴィッチのところに戻って、合衆国政府《サムおじさん》の贈り物を見てみよう」

ミハイロヴィッチの拠点に戻り、今ではもうすっかりおなじみになってしまった小屋にヒューロン大佐とジョゼフが入ると、将軍とテスは未開封の容器のまえで支援物資のリストを確認していた。テスは黒いウール地の丈の短いコートと焦げ茶色のコーデュロイパンツとシャツという、夜間秘密活動用の服装に着替えていた。

「すべてが正確迅速に進みました」大佐はそう将軍に報告した。「みなさん見事な仕事ぶりでしたよ。ただ残念ながら、予想していたとおりにイギリス側からの物資は届きませんでした。イギリス機はまちがった確認用符号を指示されていました。それでは容器の中身を確認しましょう」

ミハイロヴィッチが手で合図すると、控えていた部下たちはすぐさま容器を開けていった。要求したとおりの物資がすべてそろっていた。ジョゼフが要請したトンプソン短機関銃三丁およびBAR一丁とその弾薬も入っていた。どれもチェトニック全軍が喉《のど》から手が出るほど欲しがっていたものばかりで、なかでも十五万ディナール分の紙幣は大いに助かる支援だった。

ジョセフは札束をミハイロヴィッチに手渡した。ヒューロン大佐が言った。「これは将軍のご尽力に対する、連合軍からのささやかな感謝の印です。もっと多くの物資を、もっと早く得られなかったことが残念でなりませんが」

ジョゼフは自分の名前が記された荷物を手に取った。荷物には暗号文で記された小さなメモも添えられていた。親友のディック・ヴォイヴォダからのメッセージだった。ジョゼフは解読してみた。

おまえを元気づけることができればと思って、この荷物を用意した。お望みの品は全部そろえてある。今後の物資投下にそなえて、輸送機を誘導する携帯型航法装置と〈ジョーン・エレノア・システム〉も同梱した。使用説明書もつけておいた。次回以降のOSSの投下時に使ってくれ。

ディックより

ジョゼフは荷物を開けて二基の装置を取り出し、使用説明書を読んでいった。テスが寄ってきて、装置を詳しく見た。「これはSOEで〈Sフォン〉って呼ばれている装置よ。指向性超短波無線機で、これで航空機と地上が話すことができるの。空と陸の両方が使い方をわかっていれば、ものすごく役に立つわ。周波数の帯域はかなり狭いから、ゲシュタポには探知されないって話よ。秘密通信では、これからはこのやり方が主流になるかもしれない」

「ぼくもそう思う。そうなるときみはお役御免だね」

＊＊＊

マクアダムズは激怒していた。ヒューロン大佐の所業に憤然としたまま、少佐はSOEカイロ支局に戻ってきた。大佐の指示なのは明白だった。SOEカイロ支局へのすべての無線連絡は、アメリカ側ではなくイギリス側がすることになっている。これはSOEではなくチャーチル首相自らが下した指示だ。この命令違反はただちにロンドンに報告しなければならない。ヒューロンを現場から呼び戻さなければ。こっちからそう主張しよう。ひとつ気がかりなのは、この情報をどうやって入手したのかロンドンに問い質《ただ》されることだ。だが逃げ道ならもう用意してある。通りの向かい側にあるOSSに乗り込んで、オドネル中佐に文句を言ってなすりつければいい。向こうは否定するだろうが、空輸の命令書がなければそれもできまい。少佐は受話器を取り上げた。「OSSバルカン局につないでくれ。大至急だ！」

＊1　第二次世界大戦当時のソ連の国家保安局で、のちにKGBと改名された。

18　チーム交代

一九四三年の十月が終わろうとしていた。イタリアは九月に無条件降伏していた。イタリア軍の兵士たちは、ローマを目指して半島を北上する連合軍に次々と投降していった。バルカン半島にいたイタリア軍も全面降伏した。現地のドイツ軍にとっては大きすぎる痛手だった。ロシア戦線には、一兵たりとも支援にまわす余裕はなかった。ほかの占領地域から援軍を送るまで死守せよ。ユーゴスラヴィアに展開する全軍に対し、ヒトラーはそう命じた。フロスベルクと部下たちは、親衛隊《SS》ユーゴスラヴィア司令部と共にベオグラードからフルシュカ・ゴーラのヤザク修道院に移った。パルチザンもチェトニックもまだこの山地に手を伸ばしていないので、司令部の移転地としては適切な選択だった。

親衛隊保安局《SD》防諜課は僧院の北西棟を新たな拠点とした。北西棟は、それ自体が要《よう》塞《さい》のような構造になっていた。フロスベルクは机につき、ゲルヘルトはその後ろに控えていた。パルチザンのクルンツァ少佐は机の正面に置かれた椅子に坐り、ふたりと向かい合っていた。一週間前、フロスベルクは裏から手をまわしてクルンツァを脱走させた。地元各紙に情報を流し、パルチザンの幹部がホテル・パレスのかのゲシュタポの監獄から脱出したと書かせるほどの念の入れようだった。クルンツァは英雄として自分の部隊に凱旋《がいせん》した。彼はドイツ軍の防諜活動に関する情報をチトーらに伝える一方で、その逆にチトーが画策する秘密活動の情報をフロスベルクに流すようになった。さらにフロスベルクはクルンツァを介して、カイロにいるソ連の連絡員から重要な情報を引き出すこともできるようになった。とくにソ連のユーゴスラヴィア内での活動についての情報は大いに役立った。たしかに戦況はかなり厳しいものになったが、それでもフロスベルクはSOEとOSSのバルカン半島における活動に関する最高機密かつ最も打撃的な情報の一部を手中に収めた。クルンツァがゲシュタポに寝返ったのではないかと疑う者は、パルチザン上層部にはひとりもいなかった。

「少佐、今のところきみは言われたとおりにしっかりとやっている。が、きみを逃がしてパルチザンに戻らせたのは、その見返りに有益かつ確かな裏づけのある情報をわれわれに流すためだということを忘れないでくれ。それができなければこの取り決めは無効になる。わかったかね？」フロスベルクはそう言った。

クルンツァはモンテネグロ出身で、中背で浅黒い肌と黒い髪の二十代後半の男だった。クルンツァはうなずいた。「ああ、ちゃんとわかってる」

「きみの手綱《たづな》はわれわれがしっかりと握っている。絶えず監視されていると考えてくれ。きみ自身はもちろん、家族についてもその一挙手一投足を把握している。それでは昨日の続きをしようじゃないか。カイロからの最新情報を話してくれ」

ふたりのドイツ人が返答を待つなか、クルンツァはたらたらと汗を流し始めた。

「イギリス軍は、チェトニックの支配地域に潜入させた工作員に怒り心頭だ」

「その工作員とはウィリアム・ヒューロン大佐のことだな?」

「ああ、もちろんそうだ。連中は大佐をロンドンに呼び戻して、代わりの人間をウィーンから送り込むつもりだ」

フロスベルクはゲルヘルトに向き直り、片眉を吊り上げてみせた。「もうひとりの工作員と通信士についてはどうだ?」

「カイロの人間たちも、まだ名前をつかんでいない。連中はコードネームを使ってる。わかってるのは男と女だということだけだ。男のコードネームは〈アラム〉で、女のほうは〈セレステ〉だ」

ゲルヘルトが口を開いた。「人員の交代はいつ行われるんだ?」

「わからない。わかってるのは、ヒューロンの首はもうすげ替えられたのかもしれないということだけだ」

「なるほど、わかった」フロスベルクは言った。「それでは、残りのふたりの交代が、いつ、どんな手順で行われるのかつかんでくれ。ベオグラードには車で送らせる。あそこには共産主義者がうじゃうじゃいる。四日後の夜にここでまた会おう。それだけ時間があれば、カイロから必要な情報を聞き出せるはずだ」

フロスベルクは席を立つとドアに向かい、そして開けた。「私服の部下たちにベオグラードまで送らせよう」

クルンツァは立ち上がり、オフィスからそそくさと出ていった。クルンツァが廊下の先に姿を消すと、フロスベルクはドアを閉じ、ゲルヘルトに言った。「言っただろ、しかるべきタイミングで〝いい警官〟を演じたら絶対にうまくいくと。では技術班の最新情報を教えてくれ」

「さきほどのクルンツァの話で、傍受班が得た情報を裏づけることができました。チェトニック支配地域で活動する連合軍の暗号を解読できたみたいです。それもこれも、われわれが追いつづけてきた謎の〝ピアニスト〟のおかげです。あの女の無線交信は、受信も送信もすべて読むことができます。われわれ技術班がすでにつかんでいた情報は、クルンツァの話で正しいことがわかりました。あの通信士はまちがいなく女で、ヒューロンと一緒に本国に召還されます。残念ながら、あの女を捕まえる時間はほとんどありませんが、迅速に動けばわずかながらも見込みはあります。〈ポスト・セレステ〉からの定時連絡はあと十五分で始まります」

定時連絡の時間になり、テスは無線機の電源を入れた。いつものごとく、チーム・ヒューロンはふた部屋しかない小さな農家を使っていた。アンテナ線は奥の部屋の窓から出していた。長い通信文だった。ペダルを回して発電するジョゼフの隣に坐り、テスは送られてくる暗号文を書き記していった。しばらくするとマルコーニMkⅡ無線機は沈黙した。SOEカイロ支局は送信を終えた。

「ちょっと時間がかかるわよ。あなたたちは何か別のことでもやっていれば？」

「大佐なら敵補給部隊への攻撃に同行している。戻ってくるのは二時間後だ」

テスはヘッドフォンをはずし、アンテナ線を巻き取っていった。そしてメモ帳のページを引きちぎり、解読に取りかかった。「じゃあ手伝ってもらえるわね。暗号を調べて読み上げるから、その内容を書いて」

テスが解読し読み上げる通信文を聞いたジョゼフは、自分の耳が信じられなかった。SOEカイロ支局は四つの事柄を伝えてきた。ひとつ目は、OSSとの連絡をすべて断つことだった。別の無線機を使ってOSSと連絡を取っていることがばれていたのだ。ふたつ目は、最高司令官――つまりチャーチル首相の命により、ウィリアム・ヒューロン大佐を可能な手段を講じて速やかにロンドンに召還し、通信士もその後すぐに呼び戻すとあった。三つ目は、ジョゼフとテスはウィーンから派遣される代替要員の受け入れ準備を整えよとあった。最後は、SOEカイロ支局は閉鎖して全業務をイタリアのブリンディジに移転させ、今後の無線交信は全部そこで行うとあった。テスは解読した暗号文の最後の部分を書き記し、ジョゼフに渡した。

クレディブル・ダガーに関する情報は入手した
感謝する
貴官らの力が大いに役立った
カイロ支局

「カイロ支局はぼくたちに任務停止を命じたんだよ、テス。よりによってチェトニックが過去最大量の補給を受けて、過去最大の戦果を挙げている最中に。こんなことをするだなんて信じられない」

「OSSへの定時連絡は二時間後よ。ちょうど大佐が戻ってくる時間だわ。このニュースをきっと喜ぶにちがいないわ」

ジョゼフには何もかもが信じられなかった。まさしくイタリアが降伏した今、ミハイロヴィッチ率いるチェトニックは連合軍の勝利に大きく貢献するはずだ。ジョゼフはそう確信していた。

「いいかいテス、支援物資のなかにあった大金を受け取ったとき、ミハイロヴィッチは何をしたと思う？　幹部たちを全員集めて、チェトニックに協力してくれた家に金を配るように命じたんだ。自分たちを助けたせいで被害をこうむった人たちに償いをしたいと言ってね。将軍自身は一ディナールたりとも懐に入れなかった」

「本当に無私の人なのね」

「十五万ディナールを手に入れたら、チトーならどうすると思う？　全部独り占めにして、フヴァル島（ダルマチアのリゾート地）に別荘を建てるだろうね」

二時間後にヒューロン大佐が戻ってくると、三人は農家の母屋でSSTR‐1無線機を囲んだ。そしてOSSカイロ司令部から届いたばかりの通信文を読んだ。SOEが伝えてきた内容は本当だった。イタリアでの勝利により、連合軍はヨーロッパ本土で戦時活動を指揮する足場を得たのだ。チーム・ヒューロンが直接OSSと無線交信を行った事実を、ベイカー・ストリートはかなり怒っていることもわかった。ヒューロン大佐がただちに召還されることも本当だった。大佐は撤退するイタリア軍と一緒に沿岸部に向かい、そこで別のイギリス軍部隊と合流して海路で出国する。テスとジョゼフは現場に留まり、交代要員の到着を待って交代することになる。交代要員との接触はSOEが調整にあたる。通信文にはそうあった。さらにOSSは、Sフォンを使ったジョゼフとの交信を求めていた。交信予定時間は二日後の午前三時。ジョゼフは友軍との音声交信が待ち遠しかった。

19　接触

一九四三年の十一月第一週、ユーゴスラヴィアの季節は変わりつつあった。気温はどんどん落ちていき、冬が足早に迫ってきていた。ヒューロン大佐はじきに秘密ルートを使ってこの国から去っていく。拠点にしている農家のなかで、ジョゼフとテスは大佐と一緒にかまどを囲んで坐っていた。ほんの束の間、大佐は自分の部下たちのことを考えた。

「今回の任務の目標は達成した。それはつまり、ドラジャ・ミハイロヴィッチとその戦力であるチェトニックの信頼性について判断できたということだ。が、残念ながらわれわれは、さまざまな思惑が交錯した内部闘争に巻き込まれてしまった。セルビアの人々とチェトニックの戦士たちがわれわれの戦争努力に貢献したという事実が、いずれ歴史に刻まれることを願うばかりだ」

「大佐、ご自分のことはどうなんですか？　ＳＯＥからどんな処遇を受けることになるんですか？」ジョゼフは尋ねた。

「きみのボスのドノヴァン長官は作戦行動中の工作員にある程度の裁量権を与えているが、SOEはそうじゃない。たぶん現場からはずされ、ベイカー・ストリートで取るに足らない仕事をさせられるだろう。ブリンディジに移った支局は、きみらふたりにはここに残って後釜《あとがま》と交代する準備をしろと命じている。それが終わったら、おそらくふたりとも別の部隊に転属になる」

翌日、ヒューロン大佐は自分自身と残りのふたりに対する正式な追加指令を受け取った。ジョゼフが予想していたとおり、大佐は南のドブロヴニクに向かい、海路で脱出することになった。テスとジョゼフは新たな指揮官および通信士と接触することになる。このふたりのコードネームは〈ヘンリー〉と〈トーマス〉だった。ふたりの交代要員をミハイロヴィッチの拠点まで案内したあとは、大佐と同じルートでユーゴスラヴィアから出る。〈ヘンリー〉と〈トーマス〉とは、四日後にスレムスカ・ミトロヴィツァの駅の軽食堂で接触する。ふたりを乗せた列車は十八時三十分に到着する。接触したら、ジョゼフたちは〝ホテルが必要ですか?〟、交代要員たちは〝はい、でもひと晩だけ〟という合い言葉を交わし、互いの身元を確認する。〈ヘンリー〉と〈トーマス〉の人相風体《ふうてい》についての情報はなく、ふたり一緒にウィーンからやって来るとしかなかった。

ヒューロン大佐はジョゼフに言った。「これからイタリアに無事たどり着くまで、きみらは自力でやっていくしかない。接触地点については事前に確認しておくように。必要なら、チェトニックの手を好きなだけ借りるんだ」

「何とかやってみせます。大丈夫、うまくやりますから」ジョゼフはそう応じた。「先に帰り支度をしておきますよ」

＊＊＊＊

ヤザク修道院にいるフロスベルクとゲルヘルトは、自分たちの防諜活動を検証していた。この時点では、ドイツ軍は努力の末にバルカン半島を含めたヨーロッパの大半で連合軍の暗号をすべて解読していて、その事実に敵の情報部はまだ気づいていなかった。時間はかかったものの、ゲルヘルトと無線傍受班はようやく〈ポスト・セレステ〉のフィストを再現してSOEカイロ支局に送信し、怪しまれずに返信を受けることに成功していた。最新の交信では、ヒューロン大佐の交代要員が通信士と共にウィーンから派遣されるとあった。ゲシュタポとしては、ウィーンからやって来る列車の乗客のなかで、ほんの少しでも連合軍の工作員のように見える人間を片っ端から尋問するだけでよかった。そのうち交代要員を捕らえることができるだろう。イギリスは親衛隊保安局《SD》の力を見くびっていた。そうした敵工作員の特定は、フロスベルクと防課課の部下たちにとってはお手のものだった。さらにフロスベルクらは、敵の合流地点も特定していた。つまり、そこに自分たちの人間を連合軍の工作員に仕立てて送り込めばいいだけだった。つまり二重スパイとして、セルビアに展開する敵の諜報ネットワークに潜入させるということだ。フロスベルクはユーゴスラヴィアの地図を机に広げ、ゲルヘルトを指差していった。

「イギリス軍工作員たちは、列車内でゲシュタポに逮捕させたら私のもとに連れてこさせる。洗いざらい吐かせてから、こっちのスパイを送り込もう。うってつけの人間ならもう選んである。ユーゴスラヴィアに潜入しているイギリス軍のチームは、何が起こっているのかわからないうちに一網打尽にされる。ベルギーとフランスに潜り込んだ仲間たちと同じ目に遭うことになるわけだ」

「列車の運行はどうします？」

「簡単なことだ——ウィーンからやって来る工作員たちが乗る列車は遅延することになるが、スレムスカ・ミトロヴィツァ駅には定刻に到着すると電信で伝えておく。交代要員を待つ工作員たちは時刻表どおりに駅に来て待たされることになり、そのあいだにたっぷり時間をかけて、ふたりの動きを監視する。連中としてはウィーンからの列車を待つしかないから、そのうち尻尾を出すだろう。そして列車が到着したら、ふたりはイギリス軍の交代要員ではなくわれわれが用意した替え玉と接触することになる」

「私に考えがあるのですが、よろしいでしょうか、ヘル・フロスベルク？」ゲルヘルトは言った。「ウィーンからの工作員を列車内で捕らえるのではなく、むしろそのままスレムスカ・ミトロヴィツァに行かせて、任務を無事遂行できたと思い込ませてみてはどうでしょうか。そうすれば連合軍の脇はもっと甘くなります。ベルギーのＳＤはこの手を使ってうまくやりました。泳がせることで、北フランスとベルギーで活動していた工作員を全員逮捕したのです」

フロスベルクは煙草をくわえ、火を点けた。そしてあからさまな思案顔になった。

「きみがつかんだ情報が正しければ、ヒューロン大佐のチームは交代要員についてはコードネームしか知らないから、そのふたりがどんな人間なのかはわかっていないということになる」

「懸念すべき点が唯一あるとすれば、それはチームの工作員のひとりが、こっちに潜入する以前に交代要員のどちらかの本当の名前を知っているかもしれないというところです。ですが、その可能性は極めて低いと思われます。実名を知っていればコードネームを使う必要はないはずですから」

「いい案だ、気に入ったぞ、ヘル・ゲルヘルト。戦争が終わったら敏腕捜査官になれるぞ。この手なら、実際に尋問しなくてもさらに多くの情報を得ることができる。きみの言うとおり、敵を泳がせよう」

アドリア海沿岸に向かうヒューロン大佐の身の安全はチェトニックががっちり護ってくれているので、ジョゼフとテスはミハイロヴィッチの拠点に残って自分たちの交代計画の立案に専念することができた。自分たちの作戦拠点として使っている納屋のテーブルに、ふたりはユーゴスラヴィアの全国地図を広げた。ジョゼフは線路と道路、そして電話線と電信線をペンでなぞって強調し、スレムスカ・ミトロヴィツァに印をつけた。「ここはどうも気に入らない。交代要員との接触の段取りをこっちに任せてもらえたら、ぼくなら別の市《まち》を選ぶところだ。もっと安全なところをね。スレムスカ・ミトロヴィツァには敵が罠を仕掛けそうな場所が結構ある。まずもって、交代要員が駅から出てくるまでぼくらが身を隠しておく場所が少ない。待っているあいだはずっと身をさらすことになる」

テスは町の地図を見た。「時刻表を見たけど、ふたりを乗せた列車は十八時三十分に駅に到着する。その時間ならもう暗くなってるわ。通りの向かい側にあるカフェで夕食を取っているふりをして、ふたりが駅から出てきたら、こっちもカフェを出ればいい」

「いい手だけど、カフェからだと敵が待ち伏せていそうな場所の監視がおろそかになってしまう」

「だったらピクニックはどう？　駅の向かい側の広場にブランケットを広げて、そこで夕食を愉しみながら待つの」

ジョゼフは無精ひげが生えたあごを撫でながら考えた。「たしかに、ここならゲシユタポが待ち構えているかどうか眼を配ることができる」

ジョゼフがスレムスカ・ミトロヴィツァの地図をじっくり見ていると、ミハイロヴィッチが数人の幹部を連れて納屋に入ってきた。将軍たちはベオグラードにいるナチ内の高い地位にある内通者との密会から戻ってきたばかりだった。「ジョゼフ、今すぐ話さねばならないことがある。ここのところの情報活動で大きな発見があった」

ミハイロヴィッチはそう言い、土間に腰を下ろした。幹部たちもそれに倣った。将軍は軍服の上着の内ポケットに手を差し入れ、書類の束を取り出し、土間に広げた。幹部のひとりが書類にランタンを近づけ、読みやすくした。

「ドイツ軍のユーゴスラヴィアでの情報活動について重大な事実を入手した。たぶんアメリカ軍もイギリス軍もつかんでいない情報だ。それをきみに教えるのは、これで命を落とさずに済むかもしれないからだ。目下のところ、第三帝国では親衛隊保安局《SD》と国防軍情報部《アプヴェーア》というふたつの情報機関が反目し合い、内部抗争を繰り広げている。SDを統括しているのはベルリンの親衛隊国家保安本部で、一方のアプヴェーアは海軍のカナリス提督が掌握している。帝国の防諜活動の指揮権をめぐって、このふたつが争っているんだ。現時点ではベルギーとオランダとフランスで大成功を収めたSDが優位に立っていて、アプヴェーアはユーゴスラヴィアで失地挽回《ばんかい》を狙っている」

「軍事的というよりも政治的な争いみたいですね。それがぼくたちの人員交代にどう影響してくるんですか？」

ミハイロヴィッチは話を続けた。「スレムスカ・ミトロヴィツァには両組織の手の者がうじゃうじゃいる。どちらもきみらを狙っているが、互いに同じ標的を追っていることを知らないということもあり得る。サヴァ川沿いにあり、ベオグラードと鉄道で直結するスレムスカ・ミトロヴィツァは軍事面で重要な都市だ。わたしたちの支援がなければ、あの市《まち》での活動は困難だろう。ステファンたちの部隊では、訓練も実戦の経験も充分に積んだSSには歯が立たない。市《まち》の出入りにはしっかりとした〝足〟が必要だ。周辺のシンパのひとりが提供してくれる小型トラックを使えばいい。大した足ではないし、ゲシュタポの車両に比べたら速度も遅いが、それでも馬より安全かつ迅速に市《まち》に出入りできる。きみらの接触を支援し、背後に眼を配る人員も追加で手配する」

「わかりました。ではどこで小型トラックを使えばいいですか？」

「出入りは可能なかぎり目立たないようにしなければならない。つまり夜間の外出が禁止されている時間帯に、夜闇に乗じて移動することになる。家畜を運ぶトラックになりすませばいい。もっとも、こっちにあるのは羊か山羊《やぎ》だが。早朝の陽が昇らないうちに市《まち》に入って、二十二時過ぎに空《から》の牛乳缶を積んで郊外に戻る。牛乳の配達業者なら、ドイツ軍も外出禁止の時間帯の移動を許可するはずだ。交代要員との接触の前後に身を隠す家はある。住所はここだ」ミハイロヴィッチは小さなメモ用紙をジョゼフに渡した。「住所と合い言葉を頭に叩き込んでおいてくれ。ここは飛び切りの隠れ家のひとつだ。敵に知られるわけにはいかない。あとはきみたちふたりのしかるべき身分証を用意するだけだ。もちろんウィーンからやって来る工作員たちのほうの身分証は用意できないから、工作員たちは安全な郊外に出るまでトラックに身を隠すしかない」

「交代要員と接触するまでのあいだに、夜間外出可能な身分証を用意できるんですか？」

「なに、大したことじゃない。明日の朝には渡せる。きみがやると言ってくれれば、すぐに取りかかる」

「ではお願いします。追加の支援人員については将軍にお任せします。ぼくとしては、将軍の活動から人手を割くことは気が引けますが」

ジョゼフはミハイロヴィッチの情報収集ネットワークに感服することしきりだった。

オドネル中佐が言っていたことは正しかった――将軍のネットワークは膨大だ。

＊＊＊

一九四三年の秋の時点で、ドイツ軍はバルカン半島に展開する連合軍秘密部隊の暗号無線交信を、すべてではないにせよそのほとんどの傍受と解読に成功していた。さらにドイツ軍は、居場所を特定した敵工作員をその場で捕らえるよりも泳がせたほうが、より多くの情報を得られることに気づいた。この戦術にはふたつの利点があった。ひとつ目は工作員を捕らえて拷問して吐かせるよりも、そのまま尾行したほうが敵の任務について多くのことがわかるという点だった。ふたつ目は、捕らえずに泳がせておけば、敵も身の安全が確保されていると思い込んで気が緩むというところだった。これがこの時点でのユーゴスラヴィアにおけるドイツ軍の防諜活動の指針だった。

ヒューロン大佐と通信士の後任として派遣されたふたりの工作員は、最初こそ厳重な安全対策を取っていた。ふたりはオーストリアのグラーツで別々に列車に乗り、別々の個室席《コンパートメント》に坐った。列車が停車するたびにゲシュタポが乗り込んできたが、ふたりは冷静さを保ち、尋問されても作り話で切り抜けた。が、ふたりは気づいていなかった。実はグラーツで乗車した直後に、ゲシュタポはふたりがイギリス軍工作員だと気づいていたのだ――話したセルボ・クロアチア語がお粗末だったからだ。敵工作員を発見したという報せは、ユーゴスラヴィアＳＤ本部のフロスベルクに直接上げられた。フロスベルクはふたりの工作員を捕らえず、そのまま列車で旅をさせるよう指示した。ふたりはザグレブで何の問題もなくザグレブ・ベオグラード鉄道に乗り換え、ドイツ占領下のユーゴスラヴィアの奥へと南下していった。

　鉄路の旅が終わりに近づいたところで、ふたりの工作員は気を緩めて安全対策をかなぐり捨ててしまい、席を同じコンパートメントにした。さらにふたりは、荷物をコンパートメントに置いたまま食堂車に出かけてしまった。荷物のなかには常に携行すべき無線機[*1]もあった。フロスベルクの部下は、この機に乗じてコンパートメントに忍び込み、無線機の水晶発振器と無線暗号表をすり替えた。さらには〈アラム〉との接触の手順を詳細に記した、暗号文ではなく平文で書かれた指示書も見つけた。イギリス軍工作員の詳細な写真を、ふたりに気づかれることなく撮影することにすら成功した。さすがにここまでくると、フロスベルクもベイカー・ストリートの連中は低能ぞろいかと考えるようになった。あまりにも上出来で罠のようにも思えたが、それでもＳＤとしては敵の脇の甘さに目一杯つけ込むことにした。イギリス軍潜入チームの交代要員たちをそのまま目的地まで行かせ、〈アラム〉と通信士に接触させることにした。これでＳＤは合計四人の敵工作員と、西ヨーロッパでの連合軍の反攻作戦についての情報という究極の手柄を得ることになる。

＊＊＊＊

ミハイロヴィッチが立てた作戦に、ジョゼフは一抹の不安を感じていた。そこで独自の安全策を加えることにした――ステファンとその部下たちの戦闘服を脱がせて、シャワーを浴びさせひげを剃《そ》らせ、一般人の服を着せた。そして鉄道作業員に変装して接触の予定時間よりかなり前に市《まち》に入り、駅舎を囲む建物の屋上にあらかじめ陣取るよう指示した。そこから小銃でジョゼフとテスを援護することになる。罠だと感じたり、ふたりが捕らえられたりしたら攻撃させることにした。さらにジョゼフは二丁のトンプソン短機関銃の木製の銃床を切り落とし、ピクニック用のバスケットのなかに隠せるようにした。八十発入りのドラム式弾倉《マガジン》を装着したトンプソンは、万が一の場合に追加の火力になる。二丁のトンプソンとドラム式マガジンはテスにとっては手に余る荷物だったが、その苦労のおかげで火力が増すと考えればどうということはなかった。駅にゲシュタポがいるとしたら、軽武装で待ち構えているはずだとジョゼフは踏んでいた。さらにジョゼフは、今夜初めて使うSフォンでの交信を心待ちにしていた。これで心のなかにわだかまっているさまざまな疑問が解けるだろう。

Ｓフォン[*2]を使った交信の手順は簡単なものだった。最初に、携行型のビーコン発信機を使って、航空機の航法士が物資投下地点や降着地点の正確な位置を把握できるようにする。物資投下も降着も予定されていないので、この夜の場合は通信地点になる。アメリカ陸軍のＢ‐24リベレーターが単独で飛来し、ビーコンの発信地点に向かって飛んでくる。そして発信地点の上空に到達すると、機内の誰かがＳフォンを使ってジョゼフに音声で呼びかける。ジョゼフもＳフォンを介して直接応答する。機内側は基本的なことを質問して、応答してきたのがジョゼフだと確認する。

ビーコン発信機はテスが持っていた。十一月の満月の夜空には雲がかすかにかかっていたが、今夜の任務に支障はなかった。ジョゼフは、秘密通信が必要な場合に音量が調整できるようにヘッドフォンが接続されているところ以外は大型トランシーヴァーそっくりのＳフォンを抱えていた。到着予定時間になると、接近するＢ‐24の軽快な音が聞こえてきた。ジョゼフは身元確認の準備を始めた。

「こちらバジャー2‐4、〈アラム〉どうぞ」そう呼びかける音声がヘッドフォンから聞こえてきた。

ジョゼフはテスに身を寄せて言った。「向こうが呼びかけてきている。感度はかなり良好だ。まるで普通の電話で話してるみたいだ」

ビーコン発信機をしっかり抱えながらテスは言った。「普通に話せばいいだけだから。早口はだめ。送信音声が歪《ひず》んじゃうかもしれない」

ジョゼフはわかったとうなずくと、Sフォンに向かって話しかけた。「こちらアラム、はっきりと聞こえる」

「ジョゼフ、おれだ、ディックだ」

ジョゼフは交信の相手が親友だと信じられなかった。とにかく罠かどうか確かめるしかない。「ディック、今夜飛んできたのがきみでよかった。ところで、ぼくがユーゴスラヴィアから脱出したとき、きみはどこで待っていた？」

「馬鹿なこと言うなよ、トルコじゃないか。おまえの声がわからないとでも思ってるのか？　交信時間はほんの数分しかないから、よく聞けよ。ヒューロン大佐の後任と通信士はそっちに向かっているところだ。ふたりの名前はジョナサン・コクランとヒュー・モントゴメリーだ。SOEからはコードネームしか教えてもらってないんだろ？　だから本当の名前を伝えることにした。罠かもしれないと感じて、接触したふたりの名前がコクランとモントゴメリーじゃなかったらすぐに逃げろ。わかったか？」

「了解した。伝えたいことはそれだけか？」

「接触後にミハイロヴィッチの拠点に戻ったら、ヒューロン大佐と同じルートで脱出しろ。海岸には哨戒魚雷艇《PTボート》が迎えに行く。連絡する必要が生じた場合にそなえて、S

ＳＴＲ‐１無線機はミハイロヴィッチに渡しておけ。伝えたいことはそれだけだ、相棒。本国で会おう。通信終了」

Ｂ‐24はただちに百八十度回頭し、飛んできた方向に戻っていった。ジョゼフはヘッドフォンをはずし、接続線をＳフォン本体に巻きつけた。

「すぐに終わったわね。何かわかった？」

「交信した相手は、われらが懐かしのディック・ヴォイヴォダだった。彼をメッセンジャーにつかうだなんて、ＯＳＳもなかなかやるもんだな。ヒューロン大佐の後任と通信士の名前がわかった。ジョナサン・コクランとヒュー・モントゴメリーという名前に心当たりがあるかい？」

「ええ、ジョナサン・コクラン少佐なら知ってる。スコットランドで受けた破壊工作の訓練で一緒だった。ドイツ語とハンガリー語はかなり堪能だけど、わたしの知るかぎりではセルボ・クロアチア語はそれほどじゃないと思う。彼がヒューロン大佐の後釜なの？」

「どうやらそうみたいだ。コクラン少佐の見た目はどうなんだ？」

「細かいところまでは憶えてない。わたしは女で相手は少佐だから、あまり接触することはなかったのよ。背は低くてずんぐりとした体形で、黒髪をうしろに撫でつけていた。歳は三十代後半ってところかしら。こう言うのもなんだけど、あまりもてそうなタイプじゃないわね」

「それだけわかれば大丈夫だろう。これで相手がコクラン少佐かゲシュタポの替え玉か見分けがつく。まさか、SOEにもうひとりジョナサン・コクランという名前の人物がいるってことはないよね？」

「その可能性はかなり低いんじゃないかしら」

「少し離れたところから見てもコクラン少佐だってわかると思うかい？」

「大丈夫。言ったでしょ、ちびでずんぐりだって」

＊＊＊

ジョゼフがSフォンを使ってディックと交信していた頃、N局のペネロピ・ウォルシュとピーター・ニューマンを乗せたライサンダー機がウェスト・サセックスのタングミア飛行場から離陸し、イギリス海峡に機首を向けた。空軍基地の正門の向かい側にあるこぢんまりとした家で、ふたりは秘密飛行の準備を整えていた。その家は生け垣で半ば隠され、ツタに覆われていた。ボリュームのある夕食を取り、二階の寝室で軽く仮眠すると、ふたりの工作員は窓がスモークガラスのダークグリーンのフォードに乗せられて滑走路に向かった。家を出てライサンダー機が離陸するまで、ベイカー・ストリートの人間がひとりつき添っていた。

ライサンダーは高翼固定脚の単発機で、ひとつしかない操縦席のすぐうしろの木製の硬い座席に、ペネロピとニューマンは向かい合わせに坐った。座席の下にはふたりの荷物と無線機が収まっていた。ライサンダーは離陸すると高度八千フィートまで上昇し、シェルブールを目指した。フランス上空に入ると、護りが堅固なカーンとル・アーブルを避けてさらに南下した。〈大西洋の壁（イギリス本土からの連合軍の反攻にそなえて、ドイツ軍がヨーロッパ西部の海岸線に構築した防衛線）〉を突破すると進路を北東に変え、パリの北側を目指した。ライサンダーは高度を二千フィートに落とし、月明かりだけを頼りに飛びつづけた。そして午前三時に飛行場上空に到着した。飛行士が機内通話機で呼びかけてきた。「受け容れ班からの信号灯を待ちます。正しい送信がない場合は、残念ながら引き返します。数分のうちにはわかるはずです」

旋回飛行を十分ほど続けたのちに、ライサンダーはコンピエーニュ郊外のエストレ＝サン＝ドニの北北西二キロにある野原に着陸した。そこにはフランス側の受け容れ班が待ち構えていた。これが、ベルギーのレジスタンス網を再構築するというペネロピの二週間の任務の最初の夜の出来事だった。これからさまざまに従事することになる秘密作戦の最初の一歩でもあった。しかしＳＯＥのほかの通信士とはちがい、ペネロピはパリをはじめとした主要都市に潜入することはなかった。農村地域に留まり、さまざまな場所に移動して無線交信し、比較的安全な夜間外出禁止令の時間帯に車で移動することもしばしばだった。

＊1　ＳＯＥの通信士は、潜入中はどこに行くにも無線機を携行するよう指示されていた。

＊2　地上で携行する送受信機は〈ジョーン〉、航空機に搭載するほうは〈エレノア〉と呼ばれていた。名前が長すぎるので、もっぱらＳフォンと呼ばれるようになった。

20 アプヴェーア対SD

〈ポスト・セレステ〉から無線送信が発せられた。フロスベルクらはすでに電波方向探知機を発信地点に向けていた。ゲルヘルトはもう〈ポスト・セレステ〉の交信を完全に把握していて、その内容をすべて録音することが可能だった。セレステと呼ばれる女通信士は相変わらず見事な腕前で、ほんの二分か三分ほどで送信を終えた。残念ながら、電波方向探知機は相手の送信電波しか探知できないので、受信電波が飛んできた正確な方向まではわからなかった。それでも敵司令部からの送信を録音し、ゲシユタポ指令部に戻って解読することは可能だった。その夜もうまくいった。ゲルヘルトの部下たちはカイロからの暗号通信文の解読にあたっていた。今回の送信は大きな意味があるものだった。イギリスの特殊作戦執行部《SOE》カイロ支局はイタリアのブリンディジに拠点を移すことを伝え、そして何より、スレムスカ・ミトロヴィツァでヒューロン大佐のチームの交代要員と接触する日時と場所を確認してきたのだ。敵の潜入チームに対する罠は準備万端整っていた。ある一点を除いて――国防軍情報部《アプヴェーア》も、イギリス軍工作員がスレムスカ・ミトロヴィッァで交代するという情報を独自につかんでいたが、そのことをSDは知らなかった。交代時に敵工作員を捕らえるべく、アプヴェーアは腕利きの部員をふたり送り込んでいた。フロスベルクの防諜活動は危機に瀕《ひん》していた。数カ月ではないにせよ、それでも数週間にわたる努力が水の泡になろうとしていた。

ミハイロヴィッチが手配してくれたトラックは、ステファンと二名のチェトニック戦闘員、そしてジョゼフとテスを乗せ、明け方にスレムスカ・ミトロヴィッァのはずれにたどり着いた。駐留するドイツ軍の大半はまだ眠りについていて、街角に人影はほとんどなかった。ジョゼフらは市《まち》のレジスタンスが使っている小さな倉庫のなかにトラックを入れ、積んでいた羊たちを裏庭に降ろした。そして次に控える、この任務で最も危険な部分の準備に取りかかった。テスは無線機を、ジョゼフは現金とふたり分の武器が入ったバッグをトラックから降ろした。

ジョゼフは作戦の説明を始めた。「ステファンたちは、陽が昇ったらすぐにここを出て駅の周囲の建物の屋上に移動して、接触時間までそこで待機してくれ。どれぐらい待機することになるのかはわからないが、配置につく時間が早ければ、そのぶん移動するときに人目につかない。ぼくの読みでは、ゲシュタポが監視を開始するのは列車が到着する直前だろう」

ジョゼフは市《まち》の地図を取り出し、倉庫の床に広げた。「見てのとおり、ここから駅まではそんなに遠くない。隠れ家があるのは市《まち》の反対側だ。テスとぼくは十六時に隠れ家を出て、通りをはさんで駅の向かい側にある広場に行く。広場からは、駅から出てくる人間全員に眼を配ることができる。テスが交代要員を確認したら、ぼくらはただちに接触を開始する。罠だと感じたら、ためらわずに銃火を開いてくれ。ぼくらも攻撃する。接触の成功いかんにかかわらず、二十時にここで合流する。列車が到着してから一時間半から二時間後だ。みんなわかったか？」

全員がうなずきで答え、続いてテスが口を開いた。「この任務の最終段階の移動は徒歩になります。各自頑張って、合流時間までにここに戻ってこられるようにしてください。ちょうど夕方の混み合う時間帯なので、通りの往来は今よりもずっと多いはずですから」

「彼女の言うとおりだ。銃撃戦になったら、最善を尽くしてここに戻ってきてくれ。きみらが戻るまで待っている」

ステファンと部下たちはうなずいた。「わかった、相棒」

七時少し過ぎ、ジョゼフとテスは倉庫を出て隠れ家に向かった。ふたりは脇道にさしかかるたびに眼を走らせ、ゲシュタポやSSのように見える人間がいれば避けて進み、駅から三ブロック離れたところにあるハイロヴィッチの隠れ家にたどり着いた。その家の玄関ドアをノックすると、なかから年配の女性の声が聞こえてきた。

「はい、どなたかしら？」

ジョゼフはセルボ・クロアチア語で告げた。「市長の使いの者です。肉とチーズを持ってきました」

「日曜日までにもっと必要になりそうよ」

双方の合い言葉が合致し、女性は開錠してドアを開け、ふたりに入るよう手招きした。「こうした仕事をやる人間にしてはまだまだ若いし、おまけにもったいないぐらいの美人じゃないの」年配女性はテスにそう言った。

「若くたって問題ありません。あまり長くはお邪魔しませんから」

女性はパンと玉子、そして燻製《くんせい》の豚肉というボリューム満点の朝食を用意してくれた。ジョゼフとテスが食べ終えると、二階の寝室で体を休めるようにと言った。ジョゼフは尋ねた。「ここを出るまでのあいだに、ご面倒でなければピクニック用の食事を用意していただけないでしょうか？」

「それぐらいなら大丈夫だけど、今は生活必需品が不足していてね。煙草とか砂糖とか小麦粉とか肉とか」

ジョゼフはバッグを開け、茶色い紙で包んだ数百マルク分の紙幣を取り出した。

「これはミハイロヴィッチ将軍とアメリカ合衆国政府からの謝礼です。とんでもない危険を顧みずに協力していただけることに、心から感謝します」

寝室に上がると、ジョゼフはブーツを脱いだ。テスは服を脱ぎ、仮眠を取る支度をした。彼女は小さな鏡台のまえに坐り、髪を梳《と》かした。

「そう言えば、結構長いあいだ戦地で寝泊まりしてきたから、きれいなマットレスの感触を忘れたわ。もう麦藁や干し草のベッドに慣れちゃったみたい」

ジョゼフはテスの背後にまわり、さらけ出された両肩に手をかけた。「最後に〝愛してる〟って言ってからどれぐらい経ったっけ？」

テスは身をよじって振り返り、ジョゼフの腰に手をまわした。「そんな言葉、もう長いこと聞いてないけど」

「今日何かが起こって、ぼくに万が一のことがあったら、ぼくがどれほどきみのことを愛しているのか憶えていてほしい」

テスは平静そのものだった。彼女はジョゼフのシャツのボタンをはずし、両手を腰から胸に移した。「心配ないわ、全部うまくいく。駅から出てくる乗客のなかにちびでずんぐりした男がいなかったら、広場から出ていけばいい。それだけのことよ」

「楽天家のきみがうらやましいよ」

テスは鏡に向き直った。と、鏡に映った寝室の片隅にある、どことなく違和感のある妙なものが眼に留まった。また振り返って確認すると、それは脱ぎっぱなしのジョゼフのブーツだった。

「あなたは万事抜かりなく準備したけど、ひとつだけ大切なことを忘れている。そのアメリカ軍のブーツよ！　これがゲシュタポの罠だとすれば、ブーツを見ただけで向こうはあなただと感づくわ。ここの家主さんに頼んで、もっと目立たない靴を用意してもらいましょ」

＊＊＊＊

「まさかと思うでしょうが、例の列車は本当に定刻どおりの十八時三十分に到着します」ゲルヘルトは言った。「まだ遅らせることは可能です。そうすれば、そのぶん敵の工作員が姿を見せるかどうか周辺を調べる時間が増えます」

フロスベルクは答えた。「あまり騒ぎにはしたくないのだが。むしろなるべく目立たないように動いたほうが、連中を全員捕獲できる見込みはさらに高くなる。私ときみは、いつもどおり平服で現場に向かい、同行するSSの制服隊員も三名に留める。その三名にしても、私が呼子笛を吹くまでは身を隠しておく。私ときみは駅の向かい側のカフェで列車の到着を待つ。駅構内には検問所を設け、全乗客の身分証と移動許可書を調べさせる。調べにあたるゲシュタポにはイギリス軍工作員の写真を渡し、来たらそのまま通すように命じておく」

十六時になり、ジョゼフとテスは無線機を含めたすべての荷物を持って隠れ家をあとにした。ピクニック用のバスケットと二丁の短機関銃を収めたバッグはジョゼフが受け持った。足元はアメリカ軍のブーツからセルビア製の靴に履き替えていた。交代要員との接触に成功したあとは、隠れ家には一切寄らずにそのまま倉庫に戻ることになる。ふたりが別行動を取るような事態になっても、無線機を取りに隠れ家に戻る必要はない。今のところ、すべて計画どおりに進んでいるように思えた。駅に着くと、何ふたりは通りを渡って広場に入った。もう陽が暮れつつあり薄暗くなっていたが、何の問題もなかった。むしろ好都合だった。ふたりは芝地の適当な場所に小さなブランケットを広げ、ピクニック形式の夕食の準備をした。何者かが近づいてきてもすぐにわかるように、どちらかが前後両方を見渡せる感じに腰を下ろした。

ジョゼフは周囲の建物にさっと眼を走らせ、ステファンたちが配置についていることを祈った。「じゃあ、夕食の中身を見てみよう」ジョゼフはそう言い、バスケットの蓋を開けた。そしてつながったソーセージとパンをテスに渡した。「ゲシュタポが駅構内のお決まりの位置に検問所を設けている。ちゃんとした身分証や移動許可書を持っていない乗客は駅から出ることはできない。平服姿の男と、短機関銃を持った制服姿のゲシュタポがふたりずつ見える。銃撃戦になった場合、あの四人は厄介だな」

「敵の車両は見える？」

「自動車が一両とオートバイが二台停まっている。標準的な護送体制だ」

テスはソーセージとパンを少しだけ食べ、周囲を見渡した。「駅の向かい側のカフェこのご時勢にタイヤは新品っぽく見える。十中八九ゲシュタポの車だわ」

「支援班か、最悪の場合は第二班かもしれない。つまりこの時点で包囲されているということだな」


駅の向かい側の小さなカフェで、フロスベルクとゲルヘルトは代用コーヒーを飲んでいた。ふたりともスーツを着てフェルト帽をかぶり、英語で話をしていた。駅はザグレブからの長距離列車の到着を今か今かと待っている人々で混みあっていた。ゲルヘルトはコーヒーカップをテーブルに置き、煙草に火を点けた。煙草を深々と吸い、煙を吐き出したのちに彼は言った。「列車は三十分遅れで到着するように指示しておきましたが、運転指令所には定刻どおり運行中だと告知するように言っておきました」

フロスベルクは煙草を灰皿でもみ消し、新たな煙草に火を点けた。「周囲におかしな動きは見られない。普段どおりだ」その眼には、通りの向かい側の芝地の広場で夕方のピクニックを愉しんでいる若い男女は入っていなかった。

ジョゼフとテスは夕食を食べ終えると立ち上がり、脚の屈伸を始めた。テスは周囲を気にするそぶりも見せず何度かスクワットし、脚の血のめぐりをよくした。「もう十八時半だけど、まだ列車は来ないわね。隠れ家から出る前に電話で駅に確認したときには、定刻どおりだって言われたのに。それからどこかで遅延が発生したにちがいないわ」テスはそう言うと両腕をジョゼフにまわした。「でも、そんなに遅れないはずよ。ほら、遠くから何か聞こえてきた」

列車は定刻より遅れていたが、遅れを取り戻すべく速度を上げていた。あと数分で到着しそうな感じだった。ジョゼフは芝生の上に腰を戻し、バスケットに荷物を入れ、バッグを開けて二丁のトンプソン短機関銃を確認した。そのまま広場の芝生で時間を潰し、水筒を開けてコップに水を注いだ。そして最後に一度だけ周囲を見まわした。

十八時五十分、列車はようやく駅に入ってきた。もうすっかり暗くなっていて、プラットホームの明かりが停車した列車を照らし出していた。乗客が次々と降車し、ゲシュタポの検問所に向かった。その大半の足はやけに重く、なかなか進まなかった。

コクランとモントゴメリーは早めに出口を目指した。ふたりは乗客の第一波と一緒に検問所を目指し、駅の軽食堂に向かおうとしていた。テスは背伸びをしたり体を左右に振ったりして、何とかコクランを見つけようとした。

「コクランはいた？」ジョゼフは尋ねた。

「あれだと思う。検問所を無事通過して軽食堂に向かったら、もっとよく見えると思うけど」

イギリス軍工作員たちは検問所に達し、平服姿のゲシュタポに身分証と旅行許可書を提示した。ゲシュタポはふたりにちらりと眼をやり、それから手渡されたものに眼を通した。二種類の書類の内容に問題がないことを確認すると、ゲシュタポは先に進むよう手でうながした。ふたりは駅舎から出てきた。テスはコクランの姿をはっきりと認め、うなずいた。「コクランだわ」

ジョゼフとテスは立ち上がり、駅に向かって足を進めた。通りを渡ろうとしたそのとき、黒いドイツ製のセダンがタイヤを軋ませながら角を曲がり、突っ込んできた。ドイツ車はイギリス軍工作員たちの眼のまえで急停車した。ふたりに逃げる暇などなかった。男がふたり、拳銃を構えて車内から飛び出してきて怒鳴った。「両手を挙げろ！」検問所のゲシュタポが騒ぎを耳にし、銃を抜いて駅の外に駆け出してきて、ふたりの男に銃を捨てろと大声で命じた。複数の銃声が轟いた――そして制服ゲシュタポたちの短機関銃が火を噴いた。ジョゼフとテスは十字砲火に巻き込まれてしまった。周囲にいた全員が地面に伏せた。ジョゼフたちの背後の上方でも銃声が鳴り響いた。振り返らずとも、屋上に陣取っていたステファンたちも銃火を開いたことがわかった。ゲシュタポたちはその場にくずおれた。セダンから降りてきた男たちがさらに発砲し、あたりはわめき声で満ちた。ゲシュタポのひとりがステファンたちに向かって短機関銃で応射した。

銃撃戦の只中にいるジョゼフはトンプソン短機関銃を手に取って棹桿《コッキングレヴァー》を引き、ステファンたちを攻撃している制服ゲシュタポに銃口を向け、引き鉄《がね》を引いた。トンプソンから放たれた四五口径弾が、ジョゼフの視界にあるものすべてに風穴を開けた。テスもトンプソンを手にすると黒いセダンのラジエーターを撃ち、走行不能にした。通りの向かい側のカフェから銃を手にした男ふたりが飛び出してきて、片方が呼子笛を吹いた。それを見たジョゼフは二台のオートバイともう一台の車を撃ち、敵の移動の足をさらに排除した。カフェから出てきた男たちをステファンたちが狙い、店内に押し戻した。ジョゼフとテスは全力疾走で駅前から逃げつつ、途中でカフェに向かってトンプソンを撃ち、窓を粉々にした。ふたりは角を曲がり、さらに逃げていった。

屋上の銃声が止むことはなかった。恐ろしい銃撃戦だった。

フロスベルクが呼んだ、機関銃を搭載したサイドカーに乗った三人が、銃撃が止んだタイミングでようやくやって来た。フロスベルクとゲルヘルトはカフェからまた出てきて、通りを走って渡って駅に向かった。四人のゲシュタポが駅前に転がっていた。四人とも銃創から血を流し、事切れていた。黒いセダンの男たちはふたりのイギリス軍工作員に手錠をかけているところだった。SSのサイドカーと共に駅前にたどり着いたフロスベルクは怒鳴った。「動くな！　きさまらは何者で、一体何をしている？」

SSの制服を着た一団を見て、男たちは銃を下ろした。「われわれはアプヴェーアだ。イギリスのスパイ二名を逮捕するためにここに来た」

「この能なしの馬鹿者どもが！　私はSDのフロスベルク上級大隊指揮者だ。ユーゴスラヴィア全土の警察とゲシュタポを指揮している。われわれが何週間にもわたって準備してきた防諜作戦がたった今台無しになり、部下が四人殺された。それもこれも、きさまらの愚行のせいだ。この場で銃殺刑にしてもおかしくないところだぞ！」

ゲルヘルトは銃を手にしたまま駅前の広場を調べていた。彼は、若い男女が夕食を取っていた場所に眼を向けた。芝生にはブランケットが敷かれたままで、バスケットとスーツケースが置き去りにされていた。ゲルヘルトはしゃがんでスーツケースを取り上げた。十五キロ近くありそうで、普通の荷物が入っているとは思えなかった。掛け金をはずして蓋を開けると、なかにはイギリス軍のマルコーニMkⅡ無線機と暗号表が収まっていた。女のほうは〈ポスト・セレステ〉で、銃撃戦の最中に無線機を置いたまま逃げたのだ。ゲルヘルトはそう確信するとスーツケースの蓋を閉め、惨憺たる状態の駅前にいるフロスベルクのもとに戻った。アプヴェーアのひとりを殴ろうとフロスベルクが振り上げた腕を、ゲルヘルトは摑んだ。「こいつらにかまけている場合じゃありませんよ。見ていただきたいものがあります」

ジョゼフとテスは倉庫にたどり着いた。ふたりは木製の大きな扉をあたふたと閉じたところで力尽き、その場にへたり込んだ。ジョゼフはぜえぜえと息を切らしながら言った。「あの銃撃戦を切り抜けることができたただなんて信じられない。あれは一体何だったんだろう？」

テスは顔の汗を拭った。「ただの罠じゃなくて、二重の罠だったんじゃないかしら」

「というと？」

「もちろん詳しいことはわからないけど、でも見たかぎりドイツ軍は同士撃ちをしていた。幸い、ステファンたちがドイツ軍全員をその場に釘づけにしてくれたから脱出できたけど」

「敵は一時間もしないうちに市《まち》全体を封鎖すると思う。ステファンたちが無事戻ってくることを祈ろう」

と、そのとき、裏庭の羊たちが騒ぎ出し、ジョゼフもテスもはっとした。息を切らせて疲れ果てた様子のステファンたちが、倉庫の裏口から入ってきた。

「鉄道作業員のふりをして、車両基地を通って逃げてきた」ステファンが言った。

「そこらじゅうSSとゲシュタポだらけだ。連中は一時間もしないうちに市《まち》に出入りする道を全部封鎖するだろう。全員血眼になってあんたたちを捜してる。この騒ぎが収まるまで、少なくとも二日はかかる。それまでここに身を隠すのが一番だ」

ジョゼフは自分たちが置かれている状況をとくと考えた。「今回の任務はどう見ても失敗に終わった。何しろ交代要員と接触できなかったんだから。無線機はあの場に置いてくるよりほかになかった。これでSOEと連絡を取る手立てはなくなってしまった。目下のところ、最優先すべきはここから生きて脱出することだ」

ジョゼフはテスの肩に手をかけた。「海岸線までの脱出ルートをあれこれ考えるのはあとまわしだ。ステファン、ここから出てチェトニックの支配地域まで戻るには、どうすれば一番いい？」

「さしあたっては、おれたちだけで踏ん張るしかない。当初の計画どおりに空《から》の牛乳缶を積んだトラックで市《まち》から出てみよう。でもここを発つのは二日後だ。二日経ってもおれたちを見つけることができなかったら、さすがにゲシュタポたちも諦めるだろう。あいつらだって暇なわけじゃない。食いものなら羊を絞めれば何とかなる。水もたんまりとあるから、二日か三日はしのげるだろう」

フロスベルクはスレムスカ・ミトロヴィツァの警察署にふたりのイギリス軍工作員とアプヴェーアのふたりの無能を勾留《こうりゅう》した。どちらのふたりを先に尋問すればいいのか、フロスベルクは判じかねていた。彼とゲルヘルトは市《まち》のゲシュタポ支部にいた。ゲルヘルトは二個のスーツケースを机の上に置き、蓋を開けた。どちらにもイギリス軍の無線機が収まっていた。一方は駅前の広場に置き去りにされていたもの、もう一方は捕らえた工作員のひとりが持っていたものだった。ゲルヘルトはフロスベルクに言った。「この二基の無線機があれば、本格的な〈無線ゲーム《フンク・シュピール》〉を展開できます。連合軍の反攻作戦の情報すら入手できるかもしれません」

イギリス軍工作員たちを尋問した結果、彼らは誰と交代することになっていたのか知らないとフロスベルクは判断した。ふたりとも、スレムスカ・ミトロヴィツァの駅で誰かと会えとしか指示されていなかった。アプヴェーアのふたりには、二名の危険なイギリス軍工作員がザグレブからの列車に乗ったので、発見次第逮捕せよという命令が下されていた。ふたりは工作員たちの写真を渡され、詳細な人相風体を知らされていたので、対象が駅から出てきた途端に押さえることができた。さらにふたりは、離れた位置に停めた車のなかから駅前の動きをずっと監視していたので、フロスベルクの眼に留まることはなかった。アプヴェーア内の何者かが誤った報告を受けたか、もしくは工作員の捕獲を自分たちの手柄にすべく、こちらの作戦を意図に邪魔したかだ。フロスベルクはそう断じた。ふたつの尋問でわかったことはもうひとつあった──自分が戦っているのは連合軍だけではない。自国の敵対する情報機関も相手にしているのだ。

＊＊＊

二日後の二十二時、ジョゼフとテスとチェトニックの三人の護衛たちは空《から》の牛乳缶を積んだ小型トラックに乗り、夜間外出禁止令が敷かれたスレムスカ・ミトロヴィッァから抜け出した。ガソリンはチェトニック支配地域にぎりぎり戻れる分だけ残っていた。二日のあいだ、五人は倉庫内で羊を処理して食いつないだ。可能なかぎり音をたてないようにして過ごし、数人のハンガリー人で構成されたドイツ軍のパトロール隊が入り口の扉をノックしたときは、応じずに鳴りを潜めた。結局パトロール隊は無人だと判断し、別の建物に移動していった。ジョゼフとステファンは、市《まち》から南に出る唯一の道路をつたってグルシュチからボガティッチを経由し、そしてロズニツァ郊外のミハイロヴィッチの拠点に戻ることにした。このふたつの町の近くまで行けば、彼らの任務に何らかの事態が生じた場合にそなえて待機していたチェトニック戦闘員たちと遭遇する可能性が高くなり、拠点までのあいだにまだあるはずの検問所を切り抜ける手助けをしてくれるはずだった。彼らとしては、ドイツ軍に食料を配達する業者のふり一本槍《やり》で行くしかなかった。ドイツ軍が必死に探しているのは、市《まち》から出る若い男女だけなのはまちがいなかった。それでも、ジョゼフたちが無事逃げおおせそうな手はそれしかなかった。

夜間外出禁止の時間帯で灯火管制下にあるスレムスカ・ミトロヴィツァの街角は闇に包まれていた。小雪が降っていた。小型トラックはヘッドライトが片方しか点かず、絶対にマフラーを新品に取り換えたほうがいい代物で、四百メートル離れていても確実に聞こえそうな騒音をあげていた。テスが運転し、ジョゼフは助手席に坐っていた。弾《た》丸《ま》がまだ残っているトンプソン短機関銃は助手席の下に隠し、いつでも撃てるようにしておいた。ステファンとふたりの部下たちは空《から》の牛乳缶のなかに何とか頑張って体を押し込んでいた。三人とも、小銃は射撃位置に置き去りにして逃げてきた。手持ちの武器は、弾《た》丸《ま》が十五発だけ残っているテスのトンプソンだけだった。敵に遭遇した場合、銃を撃つのはこちらが有利な場合のみで、逆だったら降伏して一縷《いちる》の望みにかける。五人は話し合ってそう決めていた。

トラックは市《まち》のはずれに達し、サヴァ川を渡った。渡ったところで最初の検問所に行きあたった。バリケードと投光器が一基ずつ、そして兵士がふたりか三人配された簡素な検問所だった。近づいてくるトラックに向かって、兵士のひとりが停車するよう手で指図した。ジョゼフは座席の下のトンプソンにそっと手を伸ばした。テスはトラックを減速させ、停めた。運転席の窓が下りないので、ドアを開けるしかなかった。若い兵士が近寄ってきた。ブルガリア軍の制服を着て短機関銃を手にした兵士は、ひどいセルボ・クロアチア語で話しかけてきた。「書類、見せてもらえるか？」兵士は携行電灯でふたりの顔を照らした。そしてドイツ語に切り替えて言った。「ゆっくりと。馬鹿なまねはするな。両手を見せろ」

テスは得意のドイツ語を使い、猫なで声で言った。「もちろんですとも。書類はハンドバッグに入っているから、ちょっと待ってね」

テスの言ったことを完全に理解しているふうには見えなかったが、それでも兵士は早くしろと言わんばかりに短機関銃の銃口を上げた。ジョゼフは兵士の言葉にブルガリア訛りを聞き取り、それほど話せるわけではないが思い切ってブルガリア語で話しかけてみた。「今日はずっと大変だったんです。これからまだ帰らなきゃならないし。移動許可書は座席の下にしまってありますから、これからお見せしますね」そしてトンプソンを摑もうとしたそのとき、若い兵士が親しげな声で話しかけてきた。「おっ、あんたブルガリア語を話せるのか？」

「ほんのちょっとですけど。ドイツ軍が侵攻してくるまでは、ぼくはベオグラード大学の学生でした。ブルガリアから留学してきた友人が何人かいました。大学の休暇のとき、彼らの実家に招かれたことがあります。そのとき習ったんです」

若いブルガリア兵はさらに尋ねた。「夜間外出禁止の時間帯に、どうしてこんなところにいるんだ？」

「第三帝国が発行したしかるべき許可書なら全部持ってますよ。ぼくらは農家で、ドイツ国防軍《ヴェアマハト》に食料を提供しているんです。今朝はここに駐留している部隊の野外炊事場に羊と山羊と牛乳を届けました」

ブルガリア兵はトラックの荷台を携行電灯で照らし、牛乳缶を調べようとした。ジョゼフは話を続け、若い兵士が余計なことを考えないようにした。「なかは空《から》で、持って帰ってまた牛乳を入れて届けるんですよ」

「なるほどね。まあ、普通ならあんたたちにトラックから降りてもらって積み荷と書類を調べるところなんだけど、それをやってたらあんたらの帰りはもっと遅くなるから、やったことにしてこのまま通してやるよ」

「本当にありがとうございます。書類なら喜んでお見せしますよ」ジョゼフはトンプソンを握る手を緩めた。

「見せてくれなくていいよ。あんたの言葉を信じることにする。見てのとおり、おれはヴェアマハトじゃない。ドイツ人どものために動員されてるだけだ。ドイツの第一二軍は人手不足で大変なことになってるんだ。そのくせバルカン半島全体に眼を配らなきゃならないから、夜間の検問所にまわせる人手がいないんだよ。第一二軍は二十四個師団で構成されてるって連合軍に思わせようとしてるみたいだけど、実際には八個師団しかいない。さあ、もう行きなよ。この道の先にはまた検問所がある。そこにいるのはクロアチアのウスタシャの部隊だ。あいつらはナチと変わらない。いや、もっとひどいかも。ウスタシャには気をつけろ。この二日ぐらいのあいだ、あいつらはやたらと銃をぶっぱなしてる。市《まち》でレジスタンスどもが暴れたことと関係あるみたいだけど、詳しいことはわからない。とにかく用心しろよ」ブルガリア兵はそう言うと、トラックを出すよう手でうながした。

テスはギアを入れてトラックを発進させ、検問所を通過した。検問所からは見えない安全なところまで行くと、また停めた。ジョゼフは助手席から降り、牛乳缶のなかに隠れていたステファンたちに、次の検問所で何ごとかあった場合にそなえるように伝えた。そしてまたトラックを出し、道路の先に眼を凝らしながら進んだ。

「なかなかのブルガリア語だったじゃないの。何て言ってたの?」

ジョゼフは若いブルガリア兵とのやり取りをかいつまんで説明した。「すごいことを聞かされた。連合軍の情報部も知らない情報だ。あの兵士が言うには、バルカン半島に展開するドイツ軍の戦力は二十四個師団じゃなく、たったの八個師団なんだそうだ。おまけに極端な人員不足に陥ってるらしい。普通ならヴェアマハトが担う任務を枢軸国の部隊にやらせている。この先にウスタシャの検問所があることも教えてくれた。用心しないとまずいことになるって」

ボガティッチに入ると、道はふた手に分かれていた。南に向かう道の先にはロズニツァとミハイロヴィッチの拠点があり、西の道はシャバツに向かっている。夜間外出禁止の時間帯にある町は寝静まっていた。マフラーが壊れているのにもかかわらず、ジョゼフたちを乗せたトラックは誰に見とがめられることもなく町を通り抜けた。が、分かれ道に近づくと投光器が点灯し、検問所が照らし出された。短機関銃を手にした数名の兵士が、すぐさま物陰から出てきた。兵士たちのボロボロの制服から、ジョゼフはウスタシャだと察した。見たところかなりの人数で、口先だけで切り抜けるのは難しそうだった。ジョゼフは首だけ振り向き、運転室のリアウインドウを叩いた。ステファンが身を寄せてきた。

「どうした？」

「ウスタシャだ――三十人ぐらいいる。多勢に無勢すぎる。死にたくなければ降伏するしかない。ぼくとテスは連合軍の兵士だから、うまくいけばスレムスカ・ミトロヴィツァに連れ戻されてゲシュタポに尋問されることになる。ぼくらはそっちに賭《か》けることにする。でも、連中はきみたちをぼくらと同じように扱うことはないかもしれない。だからどうするのかはきみに任せる。検問所までまだ距離があるから、逃げるなら今だ」

「この場で殺されるかもしれないってことはわかってるが、おれは命をかけてあんたたちを護るって決めている。とことんつき合うよ」

「わかった、じゃあ検問所で止められて、書類を見せろって言われるまで待とう。言われた時点で、ぼくらは正体を明かして投降する。連中が好戦的かどうかは知らないけど、その場で射殺することはないんじゃないかな」

テスは検問所の手前でトラックを停めた。ジョゼフは言った。「エンジンを切って、こっちに来させよう」テスはわかったとうなずき、言われたとおりにした。ウスタシャの将校が、短機関銃をテスに向けながら近づいてきた。

「女、トラックから降りろ」

ジョゼフが応じた。「手荒なまねは控えてくれないかな。ぼくたちは、あんたたちが探している人間だ。ぼくはアメリカ軍の情報将校で、こちらの女性はイギリス軍工作員だ。投降する」

そう白状されても、ウスタシャの将校は何をどうすればいいのか皆目見当がつかなかった。あとずさりし、さっきと同じことを命じようとしたそのとき、ドイツ軍の識別マークが記された大型兵員輸送トラック二両が角を曲がって姿を見せ、猛スピードで突っ込んできた。二両は検問所に並行するかたちで停まった。ウスタシャの将校はそのまま通るよう手で合図したが、二両とも停まったままだった。と、片方のトラックの後部から誰かひとり降りてきて、キャンバス地の幌《ほろ》をめくった。もう片方のトラックの幌もめくられ、荷台に搭載されたアメリカ軍の五〇口径重機関銃があらわになった。そして二丁同時にウスタシャの検問所に向かって火を噴いた。ジョゼフとテスは運転室の床に伏せた。何も見えなかったが、アメリカ軍の大口径火器が木造の小屋と周囲にあるものをハチの巣にする爆音は聞こえた。五〇口径弾に体をずだずだにされ、男たちは断末魔の悲鳴をあげた。そうした音は数秒ですべて止んだ。

セルボ・クロアチア語で怒鳴る男の声がした。「そこのふたり、トラックから降りてこっちに乗り移れ。ここからずらかるぞ!」

ジョゼフが指示に従ってトラックから降りると、同時にステファンたちもトラックの荷台の横から跳び降りた。十三歳ぐらいのチェトニックの少年戦闘員が運転席側に駆け寄り、テスに言った。「手を貸しますから降りてください。ぼくらは二日も待ってたんですよ」

ジョゼフは何が何やらわからずに呆然とし、助手席から降りて両手を上げた。「あんたは何者だ?」

「アレクサンダー・ラディヴィッチっていうんだが、仲間たちからは〝説教師《プロポヴィエニク》〟って呼ばれている。戦争が始まる前は神父を志していたからなんだが、それが今では機関銃部隊の隊長だ。こいつは墜落したB・17から回収したもので、トラックはドイツ軍から盗んできた。もともとは物資投下の援護に使っていたんだが、それも最近はぱったりと途絶えたからね。さっさと乗ってくれ！　将軍がお待ちかねだ」

ジョゼフとテス、そしてステファンとふたりのチェトニックの護衛班は兵員輸送トラックの後部に跳び乗った。トラックの幌は元に戻された。二両は向きを変え、ロズニツァ近郊のミハイロヴィッチの拠点を目指した——検問所のなれの果てから這い出し、闇に消えた人影には誰も気づかなかった。皆殺しにしたはずのウスタシャたちのなかに、命拾いした男がひとりだけいた。仲間たちが重機関銃でなぎ倒されていくなか、男は死んだふりをしていた。その男はフロスベルクの内通者となったパルチザンのサヴァ・クルンツァで、その正体は誰にも知られていなかった。クルンツァはウスタシャ内に潜入していた。彼は、チェトニックが連合軍の機関銃を使ってウスタシャを攻撃し、その現場に自分もいたとパルチザンに報告するつもりだった。しかしクルンツァがつかんだ最も重要な情報は、ふたりの連合軍工作員がチェトニックの協力者たちに助けられて逃亡したということだった。この情報に誰よりも大喜びするのはソ連の内務人民委員部《NKVD》だろう。

ミハイロヴィッチの拠点に無事たどり着くなり、ジョゼフとテスは将軍のテントに入り、ここまでの経緯を詳しく説明した。チーム・ヒューロンにできることはもう何もなかった。

「将軍、またあなたのおかげで命拾いしました。将軍が差し向けた援軍が駆けつけてくれなかったら、テスもぼくもゲシュタポに捕まっていたところです」

「最初から罠ではないかと疑っていたんだよ、私は。だから万が一にそなえて重機関銃部隊を待機させておいた。きみらが二日経っても戻ってこなかったから、その万が一が起こったと思った。こうしてみると、ラディヴィッチたちはどんぴしゃりの場所にどんぴしゃりのタイミングで駆けつけたということになるな」

「ここから去る前に、最後にもうひとつだけお願いがあります。セルビア正教会の神父を呼んでいただけませんか？　テスとぼくは結婚式を挙げたいんです」

＊＊＊

二週間後の二十三時、ＢＢＣのフランス語放送はレジスタンス戦闘員に向けた暗号化されたメッセージを流した――ライサンダー機は予定どおりペネロピ・ウォルシュを回収してイギリスに向けて飛び立つ。

ピーター・ニューマンは残り、ペネロピと入れ替わりにやって来る工作員たちをベルギーまで連れていくことになっていた。人員回収用のライサンダーは二機飛来し、午前三時半にコンピエーニュに着陸する予定だった。一機目はペネロピを、二機目はフランスで撃墜された連合国機の三人の航空兵たちを乗せることになっていた。ペネロピとニューマン、そして三人の航空兵たちは、表向きは葬儀に向かうことになっている霊柩車《れいきゅうしゃ》の後部に乗って着陸地点まで移動した。五人は零時過ぎに到着し、付近の農家の家畜小屋に身を隠した。ペネロピは無線機を使って回収任務の調整にあたった。この夜の乗客のなかで回収を不安視している者はひとりもいなかった。着陸地点の周囲には五十人のレジスタンス戦闘員が配され、護りを固めていた。が、ゲシュタポがペネロピの暗号送信を解読し、ライサンダーによる回収作戦を監視する人員を配していることに気づいている者もひとりもいなかった。ゲシュタポたちは、フランスに潜入して各都市に向かう工作員を追跡するよう指示されていた。残念ながら、ニューマンはこの戦争を生き抜くことができなかった。その日、彼はゲシュタポに捕まってしまった。その後、五人のイギリス軍工作員と共にザクセンハウゼン強制収容所に送られ、処刑された。

二機のライサンダー機は高度五百フィートの低空でイギリス海峡を渡り、敵の護りが堅固なパ・ド・カレーの海岸からフランスに入った。暗い夜空は雲に覆い尽され、ドイツ軍の夜間戦闘機が哨戒できる状況ではなかった。二機はアラス上空で合流したのちに、一機ずつコンピエーニュに向かい、着陸地点の五百フィート上空で旋回した。作戦を指揮する工作員が小型の信号灯を使い、ライサンダーの飛行士にモールス符号を送った。あらかじめ決められたとおりの点滅を確認すると、飛行士は着陸地点への進入を開始した。

着陸の手順はシンプルなものだった。旋回飛行中に着陸地点の安全が確保されているという信号を確認したら、飛行士は機体を風下に向け、Lを逆にしたかたちに配置された発炎筒を目印にして最後にもう一度旋回する。AとBの発炎筒のあいだに着陸し、そしてCのところで機体を停止させる。そしてすぐさま百八十度回頭して地上走行《タキシング》でAに向かい、達したらまた百八十度回頭して機首を風上に向け、短距離で離陸できるようにする。作戦指揮の工作員は発炎筒Aの位置にいて、ライサンダーの左側から乗員の交代を補助する。脱出要員が乗機すると工作員は風防を閉じ、親指を立てて合図し、大声で「いいぞ！」と告げる。信号送信から三分も経たないうちに一機目が離陸すると、二機目が飛来して同じ手順を繰り返す。

一機目が着陸してAの発炎筒までタキシングしてくると、新たにやって来たふたりの工作員が降機した。ペネロピは時間を無駄にすることなくライサンダーに乗り込んだ。降機した工作員たちはペネロピの荷物の積み込みを手伝い、すぐに闇のなかに消えていった。

夜が明ける頃、ペネロピはタングミア飛行場への帰還を果たした。ペネロピを乗せたライサンダーを、SOEのN局局長とF局副局長のヴィヴィアン・テイトが出迎えた。何ごともなく着陸し、戻ってきた四人は基地の正門の向かい側にある家に入った。今度はたっぷりの英国式朝食に迎えられた。

ミス・テイトは朝食を堪能するペネロピの正面に坐り、煙草を吸っていた。「前線という神経をすり減らす状況にもかかわらず、N局での任務を見事に果たしたわね。あなたが寄越した無線連絡はどれも明快かつ簡潔で、完璧でした。F局の女性工作員が、全員あなた並みの仕事ができればいいんだけど。あなたの命を賭《と》した働きと献身のおかげで、ベルギーのレジスタンスは息を吹き返しました。活動を再開させ、反攻作戦の支援にあたることでしょう」

「お褒《ほ》めの言葉をありがとうございます、ミス・テイト。わたしも力になれて嬉しいかぎりです。約束したとおり、次の満月までに無事ここに戻ってきました」

「あなたにはしばらく休んでもらいます。ご家族や大切な人たちと一緒に過ごしなさい。オーチャード・コートへの出頭も無用です。希望どおり、ユーゴスラヴィア局への転属が決まりました。今は三九九部隊と呼ばれているけれど。同じナチ占領地でも、フランスよりもバルカン半島のほうがよっぽど安全よ。あなたの語学力と無線技術が活かされるのもそっちかもしれない。時が来れば出頭命令が下されると思います」

ミス・テイトは煙草を灰皿でもみ消し、朝食の最後のひと口を食べるペネロピを見つめた。それ以上は何も言わなかった。いつものことながら、ミス・テイトは感情をおもてに出さなかった。心の奥底では、自分の愛弟子を誇らしく思っていた。笑みを浮かべたいところだったが、浮かんでこなかった。彼女は六年前の自分をペネロピに見た。危険な任務から生還した工作員を。この戦争を終わらせるには、まだ長い道のりが待ち構えている。ミス・テイトはわかっていた。ユーゴスラヴィアは安全どころではない。実際は爆発しつつある火薬庫だ。彼女はペネロピの無事を心から祈った。

ミス・テイトはようやく口を開いた。「無事を祈ります《メルド》」そしてほんのわずかばかり微笑《ほほえ》んで見せた。

21 求婚

ハロルド・マティングリー伍長は正式にアイゼンハウアー将軍率いる連合国派遣軍《SHA》最高司令部《EF》のフランス語通訳になった。連合軍の将校たちに随行し、フランスについての会議に出席することになった。具体的な役割は、ド・ゴール将軍たちとの連絡要員だった。彼はＳＨＡＥＦが置かれたロンドン郊外のキャンプ・グリフィスとＲＦ局があるデューク・ストリートのあいだを毎日のように行き来していた。仕事柄、連合軍の西ヨーロッパにおける反攻作戦にかかわる機密情報にも通じていた。

一九四三年十二月初旬のことだった。戦争で疲弊したロンドンは、暗澹《あんたん》たるクリスマスシーズンを迎えようとしていた。商店の多くは閉まったままか、爆撃で瓦礫と化していた。マティングリーはトラファルガー広場の近くの通りを歩いていた。彼はペネロピへの特別な贈りものを探していた。十一月の満月の夜、ペネロピは忽然《こつぜん》と姿を消した。それから三週間のあいだ、マティングリーは茫然《ぼうぜん》自失の状態にあった。彼女の両親も、そして軍部もペネロピがどこにいるのか知らなかった。秋も深まったある寒い夜、マティングリーはいつものように彼女の家を訪れていた。夜間外出禁止の時間が始まる直前に呼び鈴が鳴った。ペネロピの死亡告知書を手にした戦争省の人間ではないかと不安になり、三人ともドアに出るのをためらった。結局マティングリーが腰を上げ、ドアを開けた。彼は驚いた――応急看護師部隊《FANY》の制服姿の、愛しのペネロピが立っていた。占領下フランスでの任務から無事に帰還したのだった。ミッチェル夫妻はふたりして弾かれたように立ち上がり、疲労困憊の様子の娘を迎え入れた。ペネロピはわが家に入り、これまで海外に行っていて、家族のみんなにお土産《みやげ》を買ってきたと言った。母親への土産は粉おしろいの小壜《びん》だった。父親にはパイプを、娘のサラには小さなスリッパを、そしてマティングリーにはウールセーターを買ってきていた。

今度はマティングリーが、もうすぐやって来るクリスマスにお返しをする番だった。彼はウィットコム・ストリートにある小さな宝石店に入った。一九四一年の爆撃で夫を失った年配女性の店員は、入ってきた男性客のことをすぐに思い出した。この二週間、彼女はマティングリーが給料日になったら戻ってくると期待して、特別な一品を店頭に並べずにおいた。

「またお越しいただきありがとうございます、マティングリー伍長。今日もまた粋な装いですこと」

マティングリーは帽子とオーヴァーコートを脱ぎ、壁のフックに掛けた。「あの指輪、まだありますか？」

年配の店員はカウンターの内側に戻り、鍵束を取り出した。若いアメリカ兵が気もそぞろに待つなか、彼女は数本の鍵をひとつずつ確かめながら目当てのものを探した。そして怪しい人間がいないか確認するかのように店内を見まわし、雰囲気を盛り上げた。店にいる客はマティングリーだけだった。それが終わると今度は陳列台の下に屈み込んで小さな抽斗の錠を開け、小箱を取り出した。

「お約束したとおり、お取り置きしてありますよ。あなたがあの愛らしいお嬢さんを連れてこの店にやって来た日のことは、絶対に忘れることはないでしょう。まるで太陽が、あの方の顔にめがけて光を射しているみたいでしたから。本当に美しい方ですね。それに正直申し上げて、あの方の表情を見るかぎり、あなたのことを心から愛してらっしゃるみたいでした」

「彼女はひと目見るなり、この指輪がいいって言った。ぼくだったら絶対に選ばなかっただろう。でもあなたに勧められて指にはめたときの彼女の顔を見て、これにしなきゃって思ったんだ」

「わたしも、あの方にこそふさわしい指輪だと考えております。だからこそ仕入れ値でお売りすることにしたんですのよ。さあ、どうぞ」店員はそう言い、小箱を差し出した。マティングリーは手に取るなり開け、中身を確認した。

「こんなに美しい指輪は、その美しさを本当に理解している方のみがはめるべきです」

「ああ、ぼくもそう思うよ。だからひと月分の給料をつぎ込むんだ。では代金です」

マティングリーはそう言い、いくばくかの札を渡した。

「大変お喜びになると思いますよ。あの方がクリスマスにこの箱を開けるところを、わたしも見たいところですわ」

「それではごきげんよう、そしてメリー・クリスマス」

マティングリーは宝石店を出ると、地下鉄のエンバンクメント駅に足を向けた。そしてベイカー・ストリート駅で降りた。その夜はペネロピと夕食を共にすることになっていた。彼は一番ふさわしい指輪の渡し方をあれこれ考えた。今夜渡して結婚を申し込むか、それともクリスマスまで待って、それからプロポーズしたほうがいいのか？ただでさえ戦略情報局《OSS》という新たな勤務先のことで頭が一杯なのに、こうした難問の数々でマティングリーは大変なことになっていた。往来の多い通りを南に歩いていると、ペネロピの姿が見えた。仕事を終えたばかりらしく、地下鉄の駅を目指して歩いていた。マティングリーを見つけるなり、ペネロピは足を早めた。マティングリーも早足で彼女に向かって急ぎ、ふたりは歩道で抱き合った。ペネロピはＦＡＮＹ

の制服ではなく上着とスカートといういでたちだった。

「会うのは一時間後だって思ってたけど。トラファルガー広場に行くって聞いてたから、そこで会えればって思ってた」

「ちょっと買い物をしていたから、広場に行ったら無駄足に終わるところだったよ。今夜はどこに食べに行きたい？」

「いつものところがいい——ここからそんなに遠くないし、まだ混み合う時間でもないから」

「じゃあ作法どおりにぼくにエスコートさせてよ」

愛し合うふたりは共にブロンプトン・ロードを歩いていった。通りの奥にある〈スタジオ・クラブ〉に行くことはできなかった。来たるべき反攻作戦にそなえて、アメリカ軍は全将兵にクラブへの入店を禁じていた。ペネロピたちは別の店を行きつけにすることにした。ふたりはサウス・ケンジントンにある、セルビア料理のレストランを選んだ。ペネロピはベオグラード大学への留学中にセルビア料理が好きになっていた。食料配給制が敷かれたこのご時勢でも、その店は食材には事欠かない様子だった。

レストランはまだ空《す》いていた。実際のところ、ふたりはその夜最初の客で、すぐに席に案内してもらえた。マティングリーは、誰にも邪魔されない二階の個室席を望んだ。ペネロピはグラスワインを頼み、マティングリーはいつものように地元の黒ビールを注文した。ハルがアメリカ軍将校たちの通訳になったこと、そのせいで頭が一杯一杯になっていることをペネロピはわかっていた。ふたりして席に腰を落ち着かせ、互いの一杯目を愉しんでいた。ハルが口を開いた。「ここのところ、いろんなことがテンポアップしている。ぼくなんか、日に何回もデューク・ストリートとのあいだを往復しているよ。正直言って、今日は仕事を抜け出せたこと自体がラッキーだ」

「わたしもご同様で、ずっと忙しいわ。大陸で本当にいろんなことが起こってるから。それでね、今夜はちょっとしたサプライズがあるの。わたしの大親友が今ロンドンに来てるの。実はね、その子に今夜はわたしたちと夕食を一緒にしましょって誘ったのよ。彼女も通信士で海外任務から戻ってきたばかり。本当のことを言うと、彼女のことを戦争省に推薦したのはわたしなの。彼女とは、戦争が始まる前にベオグラード大学で一緒に学んで、ルームメイトでもあった。その彼女が最近結婚したのよ」

ペネロピは友人のディック・ヴォイヴォダ、そしてジョゼフとセレステのコスティニチ夫妻のことを手早く説明した。そしてこう言い添えた。「セレステ自身も〝特別業務〟に就いていたのよ。それがどういうことなのかわかってるでしょ。だから詳しい話を是非とも聞きたいの」

数分後、セレステ・コスティニチがウェイターに案内されて二階に上がってきた。大切な友人の姿を見るなり、テスはペネロピに駆け寄って抱きしめた。「会えて本当に嬉しいわ、ペネロピ。あなたに話したいことがうんとあるのよ。ここで話しても大丈夫かな？」

「もちろんよ。ハルとわたしはここに何度も来てるし、それにここは個室席でわたしたちしかいない。さあ、とにかく坐りなさいよ」

ハルは席を立ち、テスの椅子を引いてやった。ペネロピはハルとテスに互いのことを紹介し、ハルはテスのためにグラスワインを注文した。

「まずは言わせてね、このたびはご結婚おめでとうございます」ペネロピはそう祝福した。

「大至急ユーゴスラヴィアから脱出しなきゃならなかったから、簡単な式をあたふたと挙げただけだけど。式場にしたってセルビアの片田舎の納屋だったし。牛と豚に見守られての式だった」テスは自分たちしかいない室内を見まわし、ユーゴスラヴィア人のウェイターたちに話の内容のすべてを悟られないようにフランス語に切り替えた。

「元々の計画では、わたしはパルチザン支配地域にいるイギリス軍潜入チームと合流して、ジョゼフはひとりでアドリア海から脱出することになっていた。でも結局、ジョゼフがふたりともアメリカ海軍に回収してもらうように段取りをつけた。わたしも一緒に海軍の哨戒魚雷艇《PTボート》に乗せないと帰還しないって、上層部に言い募ったの。前にあの国から脱出したときは離れればなれになっちゃったから、彼としてはあんな目はもうご免だって思ったみたい」

「言いそびれちゃったけど、ハルもフランス語が堪能なの。大丈夫だからそのまま続けて」

ハルは流暢なフランス語で尋ねた。「そうした脱出の一切を、一体どうやって手配したのかな？」

「全部Sフォンを介してやっていた。細かいところは話せないけど、ジョゼフはバーリのOSSと直接連絡を取ることができたということだけは言える」

当たり障りのない話を交えた夕食が終わると、テスはフランス語のまま重要な話題に切り替えた。「ジョゼフはバーリに戻った。OSSのバルカン局で昇進したのよ。これからはパルチザン支配地域でのアメリカ軍の活動の調整にあたることになる」

「あなたのほうはどうなの？」ペネロピは尋ねた。

「上官とわたしは、ユーゴスラヴィアでやったこととSOE上層部が定めた手順を破った廉《かど》で懲戒処分を受けた。その件について詳しいことは言えないけど、今のところはまだ空軍婦人補助部隊《WAAF》にいる。でもきっと除隊させられるでしょうけど。戦争が終わるまではおとなしくしてる。願わくはこのいまいましい戦争に勝って、ジョゼフは合衆国に復員して、わたしも戦争花嫁になって一緒についていければいいんだけど」

「ユーゴスラヴィアにはどれぐらい派遣されていたんだい？」ハルが訊いた。

「わたしは三カ月近くいた。そのあいだはテントで寝泊まりしてたわ。ノミとシラミとダニだらけの納屋も使った。たまに本物のベッドで寝ることもあったけど。馬に乗れるようになったし、オートバイどころかトラックとハーフトラックの運転も習った」

ペネロピはワイングラスを掲げた。「テス、あなたが無事に帰ってきて本当によかった。ものすごく会いたかったわ」

ハルはビールをごくりと飲んだ。連合軍の反攻作戦のことが脳裏に浮かんだ。さまざまな計画と作戦について知っている彼は、ペネロピのことを考えた。戦争が終わるまでのあいだに、また彼女が海外任務に派遣されるかもしれないし、その可能性は現実味を増している。テスのように本国に留まりつづけるという幸運には恵まれないかもしれない。結婚を申し込むのは今を置いてほかにない。それにペネロピはテスを花嫁介添え人にしたがるだろう。だったらこの場で求婚と介添え人の依頼を一緒にやればいいじゃないか。ハルはそう考えた。

「今夜はふたりとも一緒にいることだし、きみたちにお願いしたいことがあるんだけど、いいかな？」ハルはそう切り出すと、ポケットに手を伸ばして小さな箱を取り出した。「クリスマスまで待とうと思ったんだけど、それまで我慢できそうにない。それに今夜はきみの大切な友人が一緒にいるから、これからぼくが言うことをふたりで聞いてくれるし」ハルは椅子から立ち上がると、箱を開いて指輪を手に取り、そしてペネロピの左手の薬指にそっとはめた。「ペネロピ、ただひとり心から愛しているきみに、この指輪を捧《ささ》げます。結婚してくれますか？」

＊＊＊

一九四四年一月、イタリアのアドリア海沿岸の都市バーリに移ったＯＳＳ司令部で、ジョゼフ・コスティニチ中尉とハワード・オドネル中佐は通信班から届いた、電信印刷機《テレタイプ》が吐き出した通信文を読んでいた。啞然《あぜん》とする内容の通信文だった。〈ポスト・セレステ〉が、アメリカ軍工作員〈アラム〉が脳震盪を起こし、ベオグラードで入院したと報告してきたのだ。ノヴィサド郊外のアジトから送信していると通信士は伝えていた。

　オドネル中佐はジョゼフに眼を向けて言った。「こんなくそ話、信じられるか？　ドイツ軍《クラウト》のくそどもは、本当にあのくそったれな無線機を使って誤情報を流して、おまけにイギリス人どもはまんまと引っかかった」

「今になってこんな誤情報を流しているのは、反攻作戦の準備に余念がない連合軍の気をそらせるためなのかもしれません」

「もうそんなことはどうでもいい。ミハイロヴィッチとの関係を断つことがテヘラン会議で正式に決定された。つまり連合軍は、いかなる状況下であってもチェトニックもミハイロヴィッチも支援しないということだ。どうやらチャーチルは、チェトニックよりもパルチザンのほうがドイツ兵を多く殺しているとローズヴェルトに信じ込ませたみたいだな。われわれがその逆の情報を直々に伝えたにもかかわらずだ。会議中、大統領はどこかおかしかったという。心ここにあらずという感じで、おまけに言うこともしどろもどろだったらしい。スターリンは坐ったまま、そうなることを最初からわかっていたかのようにニタニタしていたという話だ」

「それで中佐、ぼくはどうすればいいでしょうか？」

「これからはパルチザンの支援に専念する。この戦争は勝たなければならない。OSSとSOEはチトーとの関係を強化させている。今後は満月のたびに潜入チームを降下させる。われわれには、可能なかぎり多くの敵戦力をユーゴスラヴィアに釘づけにして、西部戦線にまわせないようにする任務が課せられている。差し当たってきみにはバーリに留まってもらう。今やきみはユーゴスラヴィアでの秘密作戦の専門家だからな。きみほど現場の経験が豊かな人材はいない。潜入チームからの報告はよくわからないものだらけになりそうだから、読み解いてもらいたい。そこから始めよう」

＊＊＊＊

ゲルヘルトはゲシュタポ司令部が置かれたヤザク修道院の自分のオフィスにいた。連合軍工作員の〈アラム〉と〈ポスト・セレステ〉がユーゴスラヴィアから脱出したことにより、バルカン半島での〈無線ゲーム《フンク・シュピール》〉は終了した。さらに別の工作員たちを捕らえ、敵の無線機を手中に収めたが、その成果を親衛隊《S》保安局《D》は充分に活かすことができなかった。せいぜい投下された弾薬を押さえたとか、ドイツ兵に危害をくわえた不満分子を一網打尽にしたとか、その程度だった。それに何より、謎の女通信士〈ポスト・セレステ〉たちを捕らえることができなかった。それもこれもアプヴェーアと、スレムスカ・ミトロヴィツァでの防諜作戦を台無しにしたその情報部員たちの愚行のせいだった。親衛隊上級大隊指導者であるフロスベルクに拘束されたアプヴェーアの情報部員たちはベルリンに送還され、親衛隊全国指導者ハインリヒ・ヒムラー本人から処罰を受けた。

このフンク・シュピールからSDユーゴスラヴィア司令部が唯一得た貴重な情報は、バルカン半島に浸透しているソ連の細胞が共産主義者たちの活動、とくにソ連軍がこの地で最終的な勝利を得る計画を本国に伝えているという事実だった。さしあたってのあいだ、連合軍はチトー率いるパルチザンを支援すると判断したものと思われた。

逆に支援を絶たれたチェトニックは、今後はもう第一二軍の脅威とはならないだろう。事実、パルチザンは新たに入手した武器でドイツ軍ではなくチェトニックを攻撃していることが判明していた。SDの今後の行動目標もチトーの居場所の把握に移った。

フロスベルクは自分のことを軍人ではなく熟練の犯罪捜査官だと考えていた。一九四四年一月の底冷えのする朝、彼はベルリンのSD本部からの電信文を受け取った。電信文には、連合軍はさらに北上してイタリア全土を掌握し、西部戦線では反攻作戦の準備を進めていると記してあった。東部前線では、前年のスターリングラード攻防戦でドイツ軍は赤軍に敗れ、一万五千名以上の将兵が降伏した。SSは、愚かなアプヴェーアがソ連の戦力を見誤ったせいだと非難した。諜報と防諜両面の全活動をひとつの組織に集約させたいというヒムラーの意向を受け、各組織の最上層部で大がかりな整理が行われていた。とくにSSは、捕虜にした連合軍兵士を全員ドイツ本国に移送するよう各司令部に求めた。フロスベルク自身、自分が捕らえたイギリス軍とカナダ軍の捕虜十二名を全員移送せよという命令書に眼を通しているところだった。彼はゲルヘルトを呼びつけた。入室するなり、ゲルヘルトは狼狽《ろうばい》と悲痛の両方をフロスベルクの顔に見た。机の灰皿には吸い殻がごまんとあり、スコッチのボトルが置かれていた。

「かけたまえ」フロスベルクはそう言い、煙草を差し出した。「こいつも一緒にどうだ」そう言うとグラスにスコッチを注ぎ、それも勧めた。

「ヘル・フロスベルク、一体何があったんですか?」

フロスベルクは命令書を渡した。「自分で読んでみたらいい」

ゲルヘルトはフロスベルクの正面の椅子に坐って命令書を読んだ。読み終えると返した。「これは死刑執行令状ですよ。この手の移送で生きて戻ることはありません。本部が言わんとすることを、あなたも私もわかっているはずです。ここにいる捕虜を全員〝絶滅収容所〟に送るつもりです」

「こんなことには一切かかわりたくはない。捕虜とはいえ、彼らは軍人だ。移送するなら捕虜収容所にすべきだ。彼らは自分たちがなすべきことをしただけだ。私でも同じことをしただろう」

「こんな命令は無視すればいいじゃないですか」

「何を馬鹿なことを。そんなことをすれば、私たちはふたりとも今日のうちに銃殺隊のまえに立たされることになるぞ。きみには証人になってもらいたい――この命令書に、私が抗議の署名をするところを見ておいてくれ。この戦争でわれわれが敗北し、連合軍が戦争犯罪の容疑者への尋問を開始した場合、今回の措置に私はかかわりたくなかったことを正式に証明しておきたい」

「私も命令書に連署します。それで充分なはずです」

「それだけではきみも戦争犯罪の容疑をかけられてしまうぞ。私たち両方のしっかりとした宣誓供述書を作っておきたいんだ。それを捕虜たちの書類と一緒にベルリンに送って、控えは各自で保管しておく。赤軍が東部戦線で勝利してバルカン半島になだれ込んできたら、連中に控えを見せることにする。いいかゲルヘルト、私が不安視しているのはイギリス人でもアメリカ人でもない。一番怖いのはソ連のアカどもだ」

第四部

最後のひと押し

22 ブロークンアロー作戦

一九四四年六月六日、連合軍はフランスのノルマンディーに上陸し、西ヨーロッパでの反攻作戦を開始した。OSSバルカン局は年明けからイタリアのバーリに拠点を移し、ユーゴスラヴィア内での定常任務を指揮していた。

SOEのN局に移ったペネロピ・ウォルシュが北フランスで尽力した結果、ベルギーとオランダのレジスタンスネットワークは再構築された。息を吹き返したレジスタンスたちは破壊工作と防諜活動に従事し、ノルマンディーの海岸線の支援に向かうドイツ軍の精鋭師団を足止めにした。F局による工作員のフランス潜入任務はほぼなくなり、多国籍特殊部隊〈ジェドバラ部隊〉と特殊空挺《SAS》部隊に取って代わられた。ペネロピの語学力と通信士および工作員としての技術はF局以外の部署で必要とされていた。ヴィヴィアン・テイト副局長の求めにより、ペネロピはブリンディジの空軍基地に移転したユーゴスラヴィア局に正式に転属した。イタリアに発つ前に、彼女はハルの求婚を受け容れた。しかし戦局が連合軍に有利に傾きつつある状況に鑑みて、結婚式は戦争が終わってから挙げることにした。式を先延ばしにしたのは、テスだけでなく戦地にいるジョゼフにも参列してほしかったからでもあった。コスティニチ夫妻がそろって参列してこそ、本当の祝祭だと言えた。

ペネロピの幼い娘のサラは、もうすっかりハルになついていた。サラは、これまで不在だった父親をようやく得たのだった。ハルもまた、SOE内の自由フランス政府が管轄するRF局との仕事で忙殺されていた。アメリカ軍がパリへの進軍を回避し、ド・ゴール将軍率いる自由フランス軍の手で首都は解放されることが明らかになったからだった。一九四四年八月のある夜、ハルはフォードの緑色の大型セダンをペネロピの家のまえで一旦停め、彼女を降ろし、フォードを近くに駐車しに行った。ペネロピがイタリアに発つ日の前夜だった。日が明けたらハドソン機に搭乗し、アルジェを経由してブリンディジに向かうことになっていた。

「車を停めたら家に来て。母さんが夕食を用意してるの」ペネロピはハルに言った。

素晴らしい夕食だった。ミセス・ミッチェルが大鍋で作ったシチューは、娘の特別配給券のおかげで肉がたっぷりと入っていた。ミスター・ミッチェルは、ロンドンを発つ娘のためにとっておきのポートワインの栓を開けた。みんなで食卓を囲み、夕食を愉しんだ。

「この時期のイタリアはかなり暑いって話だけど」アレクス・ミッチェルが言った。

「そうよ。でもわたしとしては海辺の基地に行くのが愉しみ。快適なビーチもあるから、陰気くさいイギリスとはちがっていい気分転換になるし」

続いてハルが口を開き、家族全員に向かって言った。「それに独りぼっちじゃないしね。向こうにはジョゼフ・コスティニチがいる」

「もうひとりを忘れちゃいけないわ。ベオグラード大学時代の親友のディック・ヴォイヴォダもいるのよ。テスから聞いたんだけど、ジョゼフとディックは同じオフィスにいるんですって」

「ディック・ヴォイヴォダ？　ああ、何となく思い出したよ。一度だけその名前を口にしたことがあるよね」

「ディックはあなたに結構よく似てるのよ。背が高くてハンサムで、すごく堂々としてるの。ちょっと女好きなところが玉に瑕《きず》だけど。あなたはそんなことないけど、それでもディックとあなたは本当によく似てる」

アレクス・ミッチェルはポートワインを少し飲んだ。「それって、あなたを車に乗せてベオグラードから逃がしてくれた方のことでしょ？」

「そう、その彼よ。考えてみれば、かなり目端の利く人だったわよね。そのディックとジョゼフがいるんだから大丈夫、絶対ふたりがわたしを護ってくれる」

夕食が終わると、ハルとペネロピはそのまま食卓で語り合った。ミッチェル夫妻は幼いサラを連れて寝室に上がり、娘たちをふたりきりにした。零時までに車を返さなければならないので、ハルは少ししかいられなかった。短い時間のあいだに、ふたりはさまざまなことを話し合った。結婚式のこと、新婚旅行のこと、そして戦争が終わってから暮らす場所のことを。ペネロピはロンドンに留まりたいと言い、ハルは自分の故郷のパロアルトに移るべきだと言い張った。それでもある一点では、ふたりの意見は一致した。それはペネロピがフランスでの任務に発つ前に交わした約束と同じ内容だった――ペネロピの身に万が一のことがあったら、ハルがサラを引き取ってわが子同然に育てる。

「たしかにナチ占領下のフランスと比べたらイタリアはずっと安全だ。でも前回のように、今度はユーゴスラヴィアでの任務が課されるということもあるんじゃないかな」ハルはそう言った。

「ええ、それはあり得るでしょうね。でも今のところは、前回のフランス行きのときのような緊急を要する事態になってるわけじゃないから」

「くれぐれも慎重にね。このままいけば、来年の初めには戦争は終わる。それまでは無茶は控えるように」

＊＊＊＊

一九四四年十一月初旬、ジョゼフは正直言って無聊《ぶりょう》をかこっていた。OSSの分析官の仕事は同じことの繰り返しだった。パーティションで仕切られた狭いオフィスのデスクにいるよりも、前線で作戦任務に奔走していたかった。さまざまな上陸候補地の地図と航空写真を一枚ずつ調べていると、オドネル中佐がオフィスに勢い込んで入ってきて、パーティションの上から覗き込んできた。「ヴォイヴォダがどこにいるのか知らないか？」

「自分のオフィスにいるはずですけど」

「いないから訊いてるんだ！　あの野郎を見つけて、一緒にわたしのオフィスに来い。大至急《ブロント》にだ！」

十五分後、ジョゼフとディックは中佐のオフィスに出頭した。ふたりはドアを閉じると、OSS内では滅多にやらない気をつけの姿勢を取った。

「諸君、いつもどおりに単刀直入に話す。気になる報告がふたつ上がってきた。ひとつ目は、プロイエシュチの製油所への爆撃からの帰投中にユーゴスラヴィア上空で撃墜された爆撃機から、航空兵たちが脱出したという報告が続々と入っていることだ。その総数は四百名ほどにもなると確認されている。彼らはおもにチェトニックの支配地域で保護されている。ヴォイヴォダ、空輸担当官であるきみは、彼ら全員を脱出させる段取りをつけてくれ。いいか、全員だぞ」

「中佐、ちょっといいですか……」ジョゼフが口を開いた。「われわれはミハイロヴィッチへの支援は一切しないということになったはずでは？」

「数週間前まではそうだった。しかし今回の最新情報を送ってきたのは、大統領の命を受けてチェトニックの支配地域に潜入している工作員だ。そのおもな任務は、まさしくこうした事態が生じた場合にそなえた、ミハイロヴィッチとの対話チャンネルの維持だ。私はこの報告をドノヴァン長官に上げ、長官は大統領に伝えた。そのときの大統領の言葉をそっくりそのまま言う――〝イギリスのことなど知ったことか。私は合衆国軍の最高司令官だ。その部下たちを全員無事に帰国させろ〟。この言葉だけで作戦は承認されたと見ていい」

「で、もうひとつの報告は何ですか？」ディックが尋ねた。

オドネル中佐は煙草に火を点け、話を続けた。「こっちのほうはもっともっと厄介だ。パルチザン支配地に潜入しているチームのひとつが、どえらい情報を寄越してきた。パルチザンに寝返ったナチ党員からもたらされた情報だ。バルカン半島に飛行爆弾が運び込まれ、その標的は連合軍の輸送船団もしくは東部戦線のロシア軍の可能性があるとのことだ」

「大変だ、それってV‐1ロケットのことですよね」ジョゼフは声をあげた。

中佐は立ち上がり、壁に画鋲《がびょう》で留めてあるユーゴスラヴィアの地図のまえに向かった。「V‐1は輸送中の状態にある。現在、連合軍がスロヴェニア北部の鉄道と補給路に対する大規模攻撃を敢行中だ。この攻撃はバルカンの敵通信網を一気に破壊する作戦の一環として行われている。その目的は、西部と東部の両戦線からのドイツ軍の撤退および再配備の遅延もしくは阻止だ」

中佐は新たな煙草に火を点けると深々と吸い、考えをまとめた。そしてさらに話を続けた。「ナチ党員を使った、情報攪乱を目的とした巧妙な工作だという可能性は大いにある。われわれとしてはその真偽を確認する必要がある。そこできみらふたりには現場に戻ってもらう。鉄路でV‐1をユーゴスラヴィアに輸送するのであれば、おそらくドイツ軍《クラウト》はアルプス山脈とディルナ・アルプス山脈をつなぐリュブリャナ山峡を走る路線を使うだろう。あのいまいましいロケットを発見して破壊してくれ。作戦はあっさりと承認された。今朝、盗聴防止回線を使ってドノヴァン長官と話をしたところだ。長官は、スロヴェニアでの米英合同作戦はSOEの三九九部隊主導でやりたいと言っていた。コスティニチ、きみにはV‐1および鉄道の破壊を任せる。マリボルとリュブリャナのあいだにある隘路《あいろ》のいくつかに、パルチザンたちが攻撃を仕掛けているみたいだ。現地に行って破壊工作の状況を確認してくれ」

オドネル中佐が次々と口にする場所の位置を、ジョゼフは壁の地図を見つめながら確認していった。そこで中佐の言わんとする重大な事実に気づいた。「つまり、第三帝国に隣接するスロヴェニアに潜入しろということですか?」

「そこが肝心なところだ。これで今回の任務の重要性がわかっただろう」

ジョゼフは木製の硬い椅子に腰を下ろし、ベオグラード大学で学んだスロヴェニアの地理を可能なかぎり思い出してみた。

オドネル中佐の話はさらに続いた。「スロヴェニアでパルチザンが支配する安全な地域は、ドレンスカ地方とシュタイエルスカ地方にひとつずつある。ドレンスカ地方のほうはV-1の輸送に使われる路線から南に離れすぎている。したがってきみのチームには、シュタイエルスカ地方のポホリエ山地に直接降りてもらう。パルチザンがローグラ近辺に降着地点を確保していて、OSSの工作員も人員の安全な降着が可能だと判断している。何キロも続く山の尾根に位置する、高い松林に囲まれたかなり広い草地だ。闇夜でも上空から簡単に識別できる。これほどまでの任務だ、きみの責務はかなり大きなものになる。したがって、ただちに少佐に特進することになる」

オドネル中佐は机の上のフォルダーを手に取り、ジョゼフにポンと投げた。「この中身に眼を通しておいてくれ。とくに〈ポパイ〉からの報告はしっかりと読んでおくように。彼は現在スロヴェニアに潜入しているOSS工作員だ。〈ポパイ〉が三九九部隊に送った無線通信文が全部入っている。もう四カ月もパルチザンに帯同しているかわいそうな奴だ。連中の体臭はひどいものだからな。きみがやっていたように、連中もドイツ軍に位置を特定されないように頻繁に移動している。さらにつけ加えると、これまでのところ〈ポパイ〉はうまくやっている。これから四十八時間以内に作戦計画を策定してほしい。三日後の夜にイギリス側のマクリーン准将を交えた会議を開き、作戦を確定させる。三九九部隊は今回の任務を〈ブロークンアロー作戦〉と名づけた」

「ただちに取りかかります、中佐」ジョゼフはそう応じた。

続いて中佐はディックを見据えて言った。「ドノヴァン長官が米英の共同作戦を望んだのには理由がある。われわれがミハイロヴィッチと協力しているあいだに、イギリスをなだめておきたいのだ。ヴォイヴォダ、チェトニックの支配地域に潜入する手段を見つけてくれ。私がミハイロヴィッチと接触する。前回われわれは彼を手ひどく裏切ってしまったが、わが軍の航空兵の帰還に手を貸してくれるのであれば、今回はそんなことはしない。向こうが報告どおりの人数を保護しているのであれば、ミハイロヴィッチの全面的な協力が必要だ」

その日の夜、ジョゼフとディックはOSS司令部の〝地下金庫室〟にいた。実際のところは掃除道具置き場に毛が生えたような地下室だが、OSSがバルカン半島で展開してきた作戦に関する機密書類が全部保管されていた。ジョゼフは〈ポパイ〉の報告書すべてに眼を通した。彼はドラヴォグラードとツェリェを結ぶ単線にある橋を一基破壊していた。が、〈ポパイ〉が指揮するパルチザン部隊はズベロヴォに架かる橋とリポグラウのトンネルを完全に叩き潰すことができず、複線を一時的に運行停止に追い込んだだけで終わった。ツェリェの南のトレミヤにある橋にいたっては、開けた場所にあるうえに少なくとも百名はいるドイツ軍部隊が配されていて護りが固く、近づくことすらできなかった。ジョゼフは航空写真をディックに見せ、マリボルからの複線にある橋とトンネルを指し示した。

「ズベロヴォに架かっている橋は下の川から接近できそうな感じだな。川岸には柳と丈の高い草が茂っていて、身を隠せる場所はたくさんありそうだ。何より見逃せないのは橋の南側にある高台だ。ここからの攻撃も可能で、おまけに森に隠れて監視もできる」

「話だけ聞くと簡単そうだが、でもおまえにできるのか？」

「爆破の専門家と通信士、それとこの土地に明るい優秀なパルチザン戦闘員が何人か必要だ」

「おれの部隊に先週配属されたばかりの中尉がいる。マイロ・コヴィッチっていう、まだ十九歳の奴なんだが[*1]、語学力がずば抜けていてがっしりとした体つきだ。それに何より、戦争が始まるまではペンシルヴェニアの炭鉱で働いていたから、坑道で爆薬を扱ったことがある」

「なるほど、その彼が今回の任務に適任だってきみが言うなら、ぼくも異論はない。通信士のほうは心当たりはあるかい？」

「ＯＳＳの通信士は全員現場に出払っている。合衆国から呼び寄せるにしても何週間もかかる。オドネル中佐は、ひとりでもいいから今すぐに寄越せってせっついてるが」ディックは煙草に火を点け、自分たちの頭上に煙を吐き、次の一手をつくづく考えた。

「イギリスに頼んでみたらどうかな？　そもそも、潜入任務には必ず自分たちの通信士を連れて行けって言い張っているのは向こうなんだから」ジョゼフは言った。

ディックは煙草を口からはずした。

「明日の朝一番で一緒にブリンディジに行こう。あそこにいるおれたちの昔馴染みなら、きっと力になってくれるはずだ」

　特殊作戦執行部《SOE》の司令部は、特殊作戦飛行中隊が置かれているブリンディジ空軍基地にあった。空輸任務の調整で頻繁に訪れていることもあり、ディックはこのあたりに明るかった。彼とジョゼフは陽が昇る前に軍のジープでバーリを発った。普通に行、けば二時間の道のりだが、ふたりは途中でコーヒーと朝食を取り、それからブリンディジに向けてジープを走らせつづけた。SOE司令部は、軍用機がひっきりなしに発着する空軍基地のフライトラインの近くにあった。アメリカ陸軍の制服に身を包んだふたりは歩哨に身分証を提示し、司令部内に案内してもらった。

ジョゼフはアドリア海を見渡した。「マクアダムズ少佐と出くわすかな？」

「そうならないほうがあいつの身のためだな。見かけたらぶん殴るかもしれない」

「少佐は何もかももみ消してしまった。何の証拠もつかめないよ。関連書類が全部機密解除されるまでは何年もかかるし」

ふたりが到着したのは十時過ぎで、さまざまな打ち合わせも報告会議もあらかた終わっていた。ふたりがユーゴスラヴィア局に入室すると、昔馴染みのペネロピ・ウォルシュが出迎えてくれた。以前にも増して美しさに磨きがかかり、溌溂《はつらつ》としていた。ビーチで過ごしたおかげでほんのりと日焼けした肌は艶《つや》やかな輝きを放っていた。

「あなたたちに会えるだなんて、嬉しい奇襲攻撃を受けたって感じよ」ペネロピはそう言い、ふたりをそれぞれ抱きしめた。「空輸について話し合うためにOSSから誰かがふたりやって来るって、今朝聞かされたの」

「おれたちが話し合いたい人間は、まさしくきみだよ。どこか落ち着いて話せる場所はないかな？」ディックが尋ねた。

ペネロピは、建物の反対側にある会議室にふたりを案内した。本人にとっては幸いなことに、マクアダムズの姿はどこにも見当たらなかった。三人とも会議室に入ると、ペネロピはドアを閉めた。室内にはオーク材の大きなテーブルと数脚の椅子が置かれ、どこの会議室でもつきものの煙草と刻み煙草のむっとするにおいが染みついていた。

「ここなら誰にも話を聞かれることはないわ。邪魔されることもない。今日の会議は全部終わっちゃったから」

ディックとジョゼフは壁に貼られたユーゴスラヴィアの地図に歩み寄った。「ジョゼフ、今回の任務の責任者はおまえだ。おまえが説明したらどうだ?」

ジョゼフは口を開いた。「きみの助けが必要なんだ。OSSは、パルチザン支配地域で米英共同の作戦を計画している。ぼくたちのほうは通信士が全員現場に出払っている。だからすでに通信士としての訓練を受けていて、すぐに任務に就ける人間をSOEから借りることができないかって考えたんだ。そんな人、いないかな?」

ペネロピは椅子に腰を下ろした。「一服してもいいかしら? イタリアに来てから吸う本数が増えちゃったみたい。ここらへんの女の子たちは、まるで煙突みたいにひっきりなしに吹かしてるから」そう言うと彼女は煙草に火を点け、深々と吸った。

「それって秘密作戦なの? それとも潜入任務?」

「潜入任務だ。でもきみに言えるのは、東部戦線の戦況を一転させるかもしれない、極めて重要かつ危険な任務のための通信士が必要だってことだけだ」

「そっちにもひとりもいないの？　こっちが最後に送り込んだ通信士は、潜入から一週間半後にゲシュタポに殺されちゃったけど。その通信士の通信文は、これまでお目にかかったなかでも最悪だった。残念だけど、そんな任務に就ける優秀な通信士は今のところはひとりも知らない。ロンドンに人員増強を要請してるけど、でも目下のところは西部戦線での作戦が急速に進んでいるから、通信士は以前のようには必要ないって返事が返ってきた。しかも腕の立つ通信士は、今はなかなか見つからないとも言ってる[*2]。ごめんなさいね、あなたたちの力になりたいところだけど、こっちも通信士がちょうどひとりもいなくなったところなの」

「まあ、もともと望み薄だと思ってたけどな。それでも当たって砕けろで頼んでみようと、きみに会いがてら来たんだ」ディックはそう言った。「相も変わらずべっぴんさんだな。婚約したって聞いたけど、本当なのか？」

「ええ、わたしのフィアンセは愉快で素敵な人よ、何だかあなたにとってもよく似てるの。式の日取りはまだ決めてないけど、戦争が終わったらいずれ挙げるつもり」

「ラッキーな男だな。きみたちふたりの幸せを祈ってるよ」

「ありがとう、ディック。ところであなたはどうなの？　いい人はいるの？」

「おれが心惹かれた女はたったひとりしかいないし、そのたったひとりをみすみす逃しちまった」ディックはそう答えると、肘でペネロピの肩を小突いた。

「シャバツ駅のプラットホームでわたしを置いてどこかに行ったことを言ってるわけ？」

「ふたりともいい加減にしろよ」ジョゼフは口をはさんだ。「ペネロピ、勤務中に時間を割いてくれてありがとう。でも明日か明後日のうちにこれはっていう通信士が見つかったら、ぼくらに連絡してくれ。もうバーリに戻らなきゃ。マクリーン准将を交えた会議までにやっておくことがまだまだあるから」

ペネロピの顔色がいきなり変わった。「あなたたちが言ってる任務って、その会議に関係あることなの？」

ジョゼフとディックは、おまえが話せよと言わんばかりに互いの顔を見合わせた。結局ジョゼフが答えた。「ああ、そうだよ。潜入メンバーの人選も含めて、准将に最終報告することになってる」

ペネロピは煙草を口からはずした。「思い切って訊くわね。あなたたちのどちらかが潜入することになるの？」

ジョゼフは淡々と答えた。「ああ、ぼくが行くことになる。ぼくがブロークンアロー作戦の立案者でチームリーダーでもある」

「どうしてそれを先に言わないのよ？　だったらあなたが必要としてる男はわたしよ。

女って言うべきかしらね」

ジョゼフはペネロピの話をさえぎった。「それは問題外だよ。危険すぎる。きみはすでに通信士として潜入任務を経験済みだから、どんなものかわかっているはずだ。もう一度やってくれだなんて誰も言わないよ」

「真面目な話、やれって言われたらやるわよ。ねえ、あなた自分で言ってたじゃない。訓練を積んだ通信士が足らないって。わたしなら、必要とあらば明日にでも行ける」

今度はディックが口をはさんだ。「ペネロピ、それはできない。まじで危険すぎる任務なんだぞ。ブロークンアロー作戦がどんなものなのか知ってるなら、その目的もわかってるだろ」

「第三帝国の隣のスロヴェニアに潜入してV-1ロケットを爆破するんでしょ？　わたしはドイツ軍の爆撃で夫を、娘は父親を失ったのよ。あいつらがどんなことをするのか、嫌って言うほど知ってる。わたしは通信士としてあなたたちに協力する。それで決まりよ！」

ジョゼフはペネロピの肩にそっと手をかけた。「本気なのか、ペネロピ？　時間をあげるからじっくり考えてくれ」

「ええ、本気よ。わたしが行くってユーゴスラヴィア局に伝えてくる。そこから三九九部隊のマクリーン准将に話が上がるわ。で、いつ発つの？」

「七十二時間後だ。すでにディックがイギリス空軍《RAF》特殊作戦飛行中隊との調整を済ませている。今回の任務では落下傘降下の必要はない。全員C‐47輸送機に乗って秘密滑走路に着陸する」

****

OSSの無線報告で、現場の状況は予想以上に深刻なことが判明した。ドイツ軍はシュタイエルスカ地方に展開するパルチザン第四方面軍に対して攻勢をかけ、サヴァ川の南側に押しやっていた。シュタイエルスカでの活動は、当初の計画よりも困難なものになると思われた。バーリにあるOSS司令部の会議室の空気は張りつめていた。そのなかでジョゼフ・コスティニチ少佐とハワード・オドネル中佐は現地からの報告を熟読し、作戦計画をまとめ上げた。二日前にペネロピが通信士兼工作員としてブロークンアロー作戦に加わってくれると言ってくれて以来、ジョゼフは一睡もしていなかった。誰も信用できない、もしくは信用してはならない状況下にあって、彼女が志願してくれたことは正直ありがたかった。ペネロピの言うとおりだった——たしかに彼女しかいない。

テーブルに広げた大判の地図に、オドネル中佐は黒いマーキングペンで丸を書き込んだ。「パルチザンは作戦に人員を割いてくれると約束してくれた。が、それは戦術的というよりも政治的な判断であり、私としては気に入らない。むしろレインジャー部隊の支援を受けたOSSの作戦部隊全体で当たるべきだ。しかし軍上層部は、西部戦線が最優先だから特殊部隊をまわす余裕はないと言っている」

「通信士と工作員なら大丈夫です。彼女はピカ一です。イギリス軍にもわが軍にも、彼女以上に秘密交信の経験を積んでいる人員はひとりもいません。おまけにドイツ語もセルボ・クロアチア語も堪能なので、ぼくにとっては一番頼りになる工作員です」

ジョゼフは言った。

「そうだな、それに私の記憶が正しければ、たしかきみの友人ではなかったかな?」

「ええ、戦争が始まる前、ぼくらはベオグラードの同じ大学で学んでいました。それに彼女はぼくの妻の親友でもあります」

「では、これで決まりだな。きみらには次のチームとして潜入してもらうことになる。秘密滑走路への着陸は、すでにヴォイヴォダ大尉と〈ポパイ〉のチームが連携して準備にあたっている。向こうが受け容れ班を用意することになっている」

「確実に何の支障もなく着陸できるようにするために、大尉も同行したいと言っています。彼もウォルシュの友人で、彼女の経歴をわかっています。そしてこの作戦計画に賛成していません。彼女を必要以上に危険な目に遭わせたくはありませんし、そこには着陸も含まれます。ぼくとしては大尉の同行は問題ありません。ですが決めるのは中佐です」

「きみの言いたいことはわかった。ではヴォイヴォダに言っておいてくれ、きさまは自分から願い出る勇気のない弱虫野郎だと」

「そっくりそのまま伝えておきますよ」

「よろしい。では彼を同行させ、着陸をたしかなものにしろ。が、着陸後はそのまま輸送機に乗せて帰還させるように。わかったか！」

＊1　第二次世界大戦中、十九歳という若さでの将校への昇進は珍しいことではなかった。とくにOSSに配属された語学堪能な兵士の場合はそうだった。
＊2　熟練の通信士を要するモールス符号による無線交信は急速に廃《すた》れつつあり、より近代的で秘匿《ひとく》性の高い音声交信が主流になりつつあった。

23　スロヴェニアへの潜入

ツェリェの真北に位置するポホリエには、鬱蒼とした森林に覆われた丘陵や山々がつらなっている。ユーゴスラヴィア全土に展開しているドイツ第一二軍の戦力は水増しされていて、多くの部隊は実戦経験がほとんどあるいはまったくない、訓練すら満足に受けていない徴集兵や、ブルガリアとルーマニアを中心とした枢軸国の兵士たちで構成されていた。が、ポホリエの護りを固める部隊はちがった。第一二軍のなかでもスターリングラードの戦いを経験した精鋭で、兵士たちは全員パルチザンの待ち伏せ攻撃に警戒を強めていて、とくに米英の情報機関が送り込んでくる特殊部隊に眼を光らせていた。

深い森のなかを、パルチザンの偵察班が黙々と移動していた。零時過ぎで、駐屯地のドイツ兵たちはあらかた寝入っていた。偵察班のリーダーで、薄茶色の髪でひげをきれいに剃った三十代前半の若い男がふたりの部下に手で合図した。サヴァ・クルンツァは年下のパルチザンと一緒に進み出て、前方にあるものに眼を凝らした。クルンツァは少佐だったが、ドイツ軍の内通者として都合がいいように兵卒になりすまして潜入していた。命令に従って任務を遂行しているかぎり、誰もがクルンツァのことをパルチザンの大義に身を捧げる兵士だと信じて疑わなかった。駐屯地の外をドイツ兵が哨戒していた場合にそなえて、クルンツァたちは四つん這いになってできるだけ音をたてないようにして進んだ。クルンツァはプラゲルスコの町を見渡す高台で止まると、双眼鏡を取り出した。満ちつつある月が浮かぶ夜空には雲ひとつなく、視界は極めて良好だった。クルンツァは双眼鏡を調節し、傾斜のある盛り土の上に敷かれて斜め上を向いている線路に焦点を合わせた。線路の端には、翼のある爆弾のような奇妙なものを載せた台車があった。その奇妙なものの尾部から、蒸気もしくは何らかのガスのようなものが噴き出していた。確信はなかったが、噴き出しているものは燃料が放つ蒸気だとクルンツァは察した。彼は仲間のほうを向いて言った。「念のために眼を覆ったほうがいいぞ」

数秒後、奇妙な物体の尾部が白く発光したかと思うとすぐに薄青色の光と化し、同時に大きな音が鳴り響いた。雷鳴のような音が響き、続いて突風が吹きつけてきたような音になった。台車は電光石火のスピードで線路を走り、載せられた物体は空に向かって飛び立っていった。小さな飛行爆弾は排気音を轟かせながら加速し、闇空に消えていった。つかのまの発射はいつのまにか終わっていた。

「あれは何だったんだ?」若いパルチザンはクルンツァに尋ねた。

「おれにもわからんが、飛行爆弾のようなものなんじゃないかな」

セルビアにいるゲシュタポと絶えず連絡を取っているクルンツァは、飛んでいった物体の正体を知っていた。飛行爆弾についても、フロスベルク親衛隊上級大隊指導者から詳しく説明されていた。この試作兵器は、今のところはわが軍にとって戦術的にも戦略的にも大きな意味はない。そう判断したフロスベルクとその指揮下にある親衛隊保安局《SD》の防諜部隊は、飛行爆弾がスロヴェニアにあるという情報を連合軍に意図的に流した。敵は新たな潜入チームを送り込んで飛行爆弾を破壊しようとするだろう。つまり、この兵器を囮《おとり》にするのだ。これもまた連合軍の工作員を捕らえるための罠だった。アメリカ軍は飛行爆弾の重要性をすでに理解しているので、選《え》りすぐりの工作員を派遣するだろう――ユーゴスラヴィアでの作戦に従事した経験のある人員を。あの謎の〈アラム〉とその通信士の〈セレステ〉を送り込んでくれたらいいんだが。

フロスベルクはそんなことを考えていた。

＊＊＊

イギリス空軍《RAF》第一四八特殊作戦飛行中隊所属のC-47輸送機《ダコタ》(ダコタはC-47のRAFでの愛称)は一

時にバーリから飛び立った。ダコタは単独でアドリア海を横断し、計画どおりにミスリニャの北東十五キロの地点に着陸した。着陸地点には、OSSの潜入工作員〈ポパイ〉こと、オハイオ州コロンバス出身の三十七歳のジョージ・ハムリン少佐が発炎筒Aの位置で待っていた。ハムリン少佐はSフォンを介してダコタの航法士と直接交信していて、したがって身元確認も信号灯も必要なかった。機内ではジョゼフ・コスティニチとマイロ・コヴィッチとペネロピ・ウォルシュが着陸にそなえていた。月明かりのなか、あらかじめ整えられた即席飛行場へこれから着陸することになる。パラシュートもジャンプスーツも必要なかった。三人とも軍服を着ていて、ジョゼフとマイロはカーキ色のズボンと軽量レザージャケット、ペネロピは緑色のショートコートとズボンという格好だった。今や彼女は応急看護師部隊《FANY》ではなくイギリス陸軍の中尉だった。

ダコタは草地の滑走路に着陸するとすぐに百八十度回頭し、発炎筒Aの位置に戻った。アイドリング中のエンジンが回しつづけるプロペラに注意しつつ、ハムリン少佐は機体の左舷《さげん》に歩み寄った。飛行士が窓を開け、親指を上げて合図した。ハムリンは大声で告げた。「こっちの準備は整っている。周辺の安全は確保済みだ！」

ダコタの左舷後方の扉が開き、三人の工作員と彼らの荷物が飛び出してきた。三人とも中腰の姿勢で機体とプロペラの後流《ウォッシュ》から離れ、ハムリン少佐に近づいた。少佐はまた大声で告げた。「いいぞ」そして親指を上げるハンドサインを送った。着陸から三分後、輸送機はふたたび空に飛び立ち、ディック・ヴォイヴォダを乗せたままバーリへと戻っていった。

さらにふたりのパルチザン戦闘員が陰から出てきてハムリン中佐のもとに集まり、高い松とポプラに囲まれた安全な場所を確保した。またさらにふたり現れ、荷物と物資、そして二基のマルコーニMkⅡ無線機と一基のSSTR-1無線機を回収した。そのとき、接近しつつある別の航空機の音が遠くから聞こえてきた。その航空機は旋回し、その下の投下地点の安全がまだ確保されているかどうか確認すると物資を投下した。数枚のパラシュートが開いた。物資の中身はリポグラウのトンネルとズベロヴォの鉄道橋を爆破するための爆薬だった。木立のなかからパルチザンがさらに姿を見せ、爆薬を収めた容器を回収した。すべてが計画どおりに終わった。ジョゼフはほっとひと息ついて気を落ち着かせ、そしてきちんと自己紹介した。「ぼくはコスティニチ少佐、こちらは通信士兼工作員のウォルシュ中尉、そして爆破担当のコヴィッチ中尉です」

ハムリン少佐は手を差し出した。「ジョージ・ハムリン少佐だ。三人ともよろしく。ここではポパイと呼ばれている。その名に値するような活躍をしてきたかどうかは怪しいものだが、なぜかそう呼ばれるようになって、そのまま定着してしまった。さっそく任務に入らせてもらう。最初に、OSS地中海戦域司令官からきみ宛《あて》の緊急電の内容を伝える。きみは正式にOSSバルカン局の副局長に任命された。これはドノヴァン長官直々の要請によるものだ」

「すごい報せを伝えていただいて、ありがとうございます。今回の作戦の励みになります」

「まあ、私は言われたことをただ伝えただけだが。とりあえず野営地に戻ろう。きみらがどう聞かされているかは知らないが、ここには車両はない。移動の足はだいたい徒歩で、運がよければ馬か農家の荷車が使える」

「心配ご無用です。ぼくはセルビアの現場で、三カ月間馬に乗って活動していましたから」

「ああ、たしかそうだったな」

朝の七時、ジョゼフら〈チーム・ブロークンアロー〉は森林に覆われた高地にあるOSS現地支局にたどり着いた。山腹の深い谷にある現地支局からは、ジダニ・モストとリュブリャナをつなぐ線路が見渡せた。チームの面々は運び込んだ物資の荷解きをし、糧食《レーション》を食べた。その場にいたパルチザンの将校たちにもレーションを分け与えた。レーションの中身はコンビーフハッシュとランチョンミート《スパム》と乾燥卵と本物のコーヒーだったが、ペネロピは乾燥卵だけは気持ち悪くて食べられなかった。朝食を終えると、ジョゼフはバーリからの最新情報をハムリンに伝え、ズベロヴォの鉄道橋の爆破作戦について説明した。

ハムリンは情報を追加した。「第三帝国からの軍需物資はこの路線を使って運ばれている。パルチザンも攻撃しているんだが、今のところはミスリニャの鉄道橋の爆破しか成功していない。連中の第四方面軍は、連合軍の指図は一切受けたくないと言い張っている。われわれを信用してないからなのか、それとも自分たちの手柄にして戦後の政治で有利に立ちまわろうという魂胆《こんたん》からなのかはわからない」

「少佐の報告書には眼を通しました。ズベロヴォの橋は爆破可能だと思います。警備が一番手薄ですし、身を隠せるものがたくさんありますから、接近も容易です」

「で、私たちにやってほしいこととは？」

「秘密ルートを使ってズベロヴォまで案内してください」

「それは可能だ。というか、移動しつづけるほうが一番いい」

「V‐1は目視で確認していますか？」

「目下のところ、うちの一番の腕っこきたちがさらなる発射地を探しているところだ。実は、昨夜も一発発射されたみたいだ。ここから遠くないところに着弾したが、どうやら弾頭は積んでなくて、しかも普通の飛行機のように着地したらしい。現時点ではまだ試験段階だと思われる。有人もしくは遠隔操縦なのかもしれない。正直なところ、今はまだよくわかっていない」

「発射地点の目星は？」

「おそらくプラゲルスコの近くだ。偵察に出ているチームが午後に戻ってくる。今回の任務で出会ったパルチザンのなかで一番信頼のおける奴らだ。ドイツ軍はこっちの動きを年がら年中監視している。連中は無線を傍受しているし、内通者をあちこちに送り込んでいる。連合軍が山中に潜伏しているという情報が入ってきたら山岳部隊を投入する。絶えず動きつづけることで、連中の一歩先を行くことができる。大事を取るなら、略帽と階級章ははずしておいたほうがいい。裏切り者に居場所を密告される危険がある」

コーヒーを飲んでいたペネロピはカップを置き、ジョゼフのそばに寄ってきた。彼女は襟の階級章と歩兵章をはずし、ハムリン少佐に渡した。「わたしたちは三人ともセルボ・クロアチア語が堪能です。どこかで裏切り者に出くわしても、わたしたちがどこの国の人間か特定するのは難しいでしょう」

「マイロ、きみも階級章をはずせ」ジョゼフは言った。そしてアメリカ軍のブーツをゲシュタポに見つけられたことを思い出し、ハムリンに尋ねた。「ドイツ軍の長靴は手に入りませんか？　物々交換できたら嬉しいかぎりなんですが」

「何か手を考えてみる。このあたりのパルチザンたちは持ち物がいい。きみらのサイズを教えてくれ」

ジョゼフは地図を丸め、説明が終わったことを示した。「最後にひとつだけ。ぼくたちにつけてくれる護衛と秘密ルートについて教えてください」

「護衛は五十人つける。無線機と爆薬を運ぶにはそれぐらいは必要だ。リーダーはクルンツァという男で、このあたりに一番明るいみたいだ。先に言っておくが、ここのパルチザンたちの気分はころころと変わる。協力的かと思ったら冷淡になったりと、そんなことの繰り返しだ。第四方面軍司令部からの指示は毎日飛んでくる。チトーはそこで指揮を執っている。それでも安全な場所から場所へと移動するには彼らを信用するしかない」

「出だしから、あまり幸先《さいさき》のいい話じゃありませんね」ペネロピが口をはさんだ。

「任務の成功を祈る。申し訳ないが、われわれにも任務がある。私は同行できないし、支援できるのもこれぐらいが関の山だ。先にクルンツァを送って秘密ルートを確保させる」

「支援ならもう充分していただきました」ジョゼフは手を差し出した。「バーリでお会いしましょう」

「もうひとつだけ言っておきたいことがある。忠告、いや、むしろ警告と言うべきかな。パルチザン内では、さまざまな情報はあっというまに広がる。彼らの秘密ルートは人員や物資だけでなく情報も運んでいる。したがってパルチザン支配地域での情報の拡散速度はかなり速い。機密保持は厳重にしたまえ」

その日の午後、チーム・ブロークンアローはOSS現地支局を発った。イギリス製のブレン軽機関銃二丁とステン短機関銃《ガン》、そしてドイツ軍から鹵獲した短機関銃で武装した五十人の護衛チームも一緒だった。ジョゼフらはポホリエ山地の秘密ルートに沿って移動した。こうしたルートを管理しているのは十代半ばぐらいの農家の少年たちで、なかには少女もいた。ペネロピは、そうした少女のひとりが用意してくれた地元製の野良着を着て、ハムリン少佐がパルチザンから手に入れてくれたドイツ軍の長靴を履いた。零時過ぎ、チームは幹線道路の交差点に行きあたった。ジョゼフはパルチザンの偵察班を交差点に差し向けた。偵察班は一時間もしないうちに戻ってきて、交差点付近はドイツ軍だらけだと報告した。その夜のうちに突破するのは難しそうだった。ドイツ軍が移動するまで待つしかなかった。チームは山の奥に移動し、農家の納屋に身を隠した。ペネロピは無線機の準備をし、三九九部隊への最初の送信を開始した。敵の護りが堅固なスロヴェニアに潜入して四十八時間以内に送信できたのは上出来だった。

24 マリボル＝ジダニ・モスト線

翌日の未明、チーム・ブロークンアローの三人はパルチザンの斥候《せっこう》に起こされ、ドイツ軍が移動して交差点を通過できるようになったと告げられた。別の部隊がやって来るまでのあいだに一気に抜けるしかなかった。九時頃、ジョゼフたちはマリボルとツェリエを結ぶ幹線道路を渡り、ズベロヴァの北にある高台の森を目指した。そこでジョゼフはクルンツァと初めて会った。チームはパルチザンの小ぢんまりとした農場に拠点を設けた。ここでもまた、三人と五十名の護衛部隊は納屋を宿舎にした。その日の夕食後、ジョゼフとマイロは少人数のパルチザンを連れてズベロヴァ周辺を偵察することにした。ズベロヴァの町は高台に囲まれていて、パルチザンが身を隠すには絶好の地形だった。したがってドイツ軍は、車両基地を囲む丘全体を確保するために相当数の戦力を投入する必要があった。ジョゼフはクルンツァと呼ばれるパルチザンの案内で偵察に出た。クルンツァはジョゼフと同じぐらいの年齢で、英語が話せた。ズベロヴァの郊外に着くと、ジョゼフは飛行爆弾の話を聞いたことがないかとクルンツァに尋ねた。クルンツァがうなずいたことにジョゼフは驚いた。

「きみが知っていることを教えてくれ」

「実際にこの眼で見たわけじゃないから、その話が本当かどうかわからない。魚雷のような形状の奇妙な物体がリポグラウとズベロヴォのあいだにあるトンネルに搬入されたという話を、この路線で勤務している鉄道職員たちから聞いたことがあるだけだ。たぶん昼間に連合軍の航空機の眼を避けるためなんだろう」

「つまりきみは、ドイツ軍はトンネルをその兵器の格納庫として使っていると見ているわけだね？」

「その可能性はあるが、おれ自身はそのロケットをじかに見たことはない」

「もっと近づいて、何があるのか確認してみよう」ジョゼフは言った。

複線鉄道には、普段どおりにドイツ軍の物資を運ぶ列車がひっきりなしに行き来していた。ドラーヴァ川に架かる鉄道橋は思っていたより小さかった。この程度なら手持ちの爆薬で充分爆破できるとジョゼフは判断した。おまけに橋の付近の川岸には草木が生い茂っていて、そこに身を隠しながら橋脚に近づいて爆薬を取りつけることができそうだった。が、少人数のドイツ兵が橋の護りを固めていた。

「言ったとおりだろ」クルンツァは言った。「この地域に長く暮らしているパルチザンたちは、橋にはドイツ軍が常駐していると言ってる。とりわけ、おれたちがこの橋の爆破に三回失敗してからは。見てみるか？」クルンツァは双眼鏡をジョゼフに手渡した。

ジョゼフは双眼鏡の視界のなかに何とかして橋を収めた。複線鉄道と橋を哨戒する数人のドイツ兵が確認できた。「でも、これはいいぞ。あそこには監視塔がない。つまり橋の高さからしか見渡せないということだ。きみも見てみろ、マイロ」

マイロは双眼鏡を受け取り、焦点を合わせた。そして橋の端から端まで見渡して、そしてまた端から端に双眼鏡を戻した。そして横に移動して数メートル近づき、何度かひとり言をつぶやいた。双眼鏡による観察を数分ほど続けたのちにマイロは言った。「闇夜なら、簡単に川伝いに橋脚に接近して爆薬を設置することができそうです」彼は双眼鏡をジョゼフに返した。

ジョゼフはマイロに身を寄せ、言った。「一緒に来てくれ。見せたいものがある」そしてクルンツァと呼ばれるパルチザンに向かって言った。「きみはここで見張っててくれ」クルンツァはうなずいた。

斜面を数メートルほど下ったところで、ジョゼフは木の枝で地面に何かを書きながらマイロに言った。「あのクルンツァという男は信用できない。気づいたか？　ぼくたちが話をするたびに近づいてきて話を聞こうとしていた」

「考え過ぎじゃないですか、少佐」

「いや、そうじゃない。ぼくは合流してからずっとあの男を観察してきた。あの男は上手な英語を話すが、むしろ上手すぎる。それにオックスフォード訛りがある。〝鉄道職員〟とか〝魚雷のような形状〟とか〝ロケット〟という言葉を使った。パルチザンの農夫が、どうして魚雷がどんなかたちなのか知っている？」

「Ｖ‐１についての彼の話は本当だと思いますか？」

「飛行爆弾ではなくロケットだとはっきり言ったから本当だと思う。それにロケットは日中はトンネルに隠しているという話も、たしかに筋が通っている。ところできみはロシア語は大丈夫？」

「そこそこ話せますが。日常会話程度なら大丈夫です」

「わかった、じゃあ確かめてみよう。これからはロシア語で話してくれ。クルンツァがまた近づいてくれれば、あの男が何か企んでいるということになる。でもぼくらの話の内容を完全に理解することはできないだろう」

ジョゼフとマイロは斜面を登ってクルンツァの近くに戻り、まずまずのロシア語に切り替えて話を続けた。

「見たところ、橋脚は少なくとも四基あります。そのすべてに爆薬を取りつけて吹っ飛ばすのは無理です。一番手前の橋脚だけを狙いましょう」マイロはそう言うと、指を使って地面に簡単な橋の図を描き、二基の橋脚を示しながら言った。「こことここ

「ドイツ軍がV‐1をトンネルに隠しているかもしれない件はどうする？　トンネル内での爆破は可能かな？」

マイロはまた双眼鏡で周囲を見まわした。「手持ちのプラスティック爆弾の使い途《みち》についてはふたつ選択肢があります」そう言うと双眼鏡を下げ、地面に簡単な地図を描いた。「ひとつ目は、橋を爆破して、トンネルの手前の斜面を吹き飛ばす手です」マイロは線路上のふたつの地点を指で示した。「トンネルそのものではなく斜面だけに爆薬を仕掛けて、崩れた土砂で線路を覆って使えなくするんです。前回のパルチザンの攻撃は、トンネルを叩こうとしたところがまちがいだったのだと思います。しかるべきタイミングで橋と斜面を同時に爆破すれば、ロケットを載せた車両は立ち往生してしまいます。夜が明けたら航空攻撃をくわえます」

「なるほど！」

「大がかりな航空攻撃は必要ありません。数機のP‐38ライトニングかP‐47サンダーボルトで事足ります。この手を敢行するには、夜明け直前に起爆させなければなりません。ドイツ軍は消火作業と線路の復旧に必死で、ロケットをトンネルに隠す余裕なんかないでしょう。そこをこちらの攻撃機で叩くというわけです。全部破壊するうえにトンネルも使い物にならないようにできるから、一石二鳥です」

いつのまにかクルンツァが近づいてきていて、何とかしてやり取りを聞き取ろうとしていることにふたりは気づいたが、そのままごく当たり前といったふうにロシア語で話を続けた。

「航空攻撃以外の手はないかな?」ジョゼフは尋ねた。

「もうひとつの選択肢ですが、完全に破壊できる保証はありません。できればマリボルあたりまで北上して、ドイツから輸送されてくる途中でロケットを叩くんです。地形上、第三帝国から鉄路を使ってバルカン各地に輸送する場合、必ずあの路線を通ります。これもひとつの手ですが、もっと近くまで行ってしっかりと見極めなければなりません」

「ここである程度のことはわかった。キャンプに戻って、ペネロピに送信してもらおう。ぼくは最初の手に賛成だ。ぼくらの報告に司令部は大喜びするはずだ」

偵察を終えたジョゼフとマイロは農園に戻っていった。クルンツァは、妻が待っているからと言ってふたりと別れた。ドイツ占領下であっても人々は生活を、そして仕事を続けなければならず、そしてこの地域の住民たちは移動手段を鉄道に頼っていた。サヴァ・クルンツァも表向きはそうしていた。OSSの工作員たちとその護衛部隊と別れると、クルンツァは馬に乗って山を下り、ツェリュ郊外のヴォイニクという小さな町に向かった。朝の七時、町の人々がその日の仕事支度に追われているなか、馬上のクルンツァは農家の家畜小屋にたどり着いた。小屋に入って扉を閉じると、若い男が待っていた。二十代半ばの金髪碧眼《へきがん》の男で、その正体は親衛隊保安局《SD》の防諜部員だった。クルンツァがここに来たのは、周辺で活動するパルチザンの最新情報をこの男に報告するためだった。クルンツァは馬から降り、馬房につないだ。

「おはよう、ヘル・クルンツァ。昨夜はどうだった?」若い男はドイツ語で訊いてきた。男の本当の名前をクルンツァは知らなかったし、知りたくもなかった。知っているのは〈イワン〉というコードネームだけだった。

クルンツァもドイツ語で答えた。「相変わらず、むさくるしい農夫どもと一緒だった。連中のにおいには閉口するよ。たまには風呂に入ればいいものを」クルンツァはハンカチを取り出して顔を拭った。「今日はなかなかの情報を持ってきたが、ちょっと値が張るぞ」

「そんなものを要求できる立場じゃないと思うがね、ヘル・クルンツァ。きみの奥さんと娘さんたちの身柄は、まだわれわれが預かっているんだぞ」そう言うと男は上着から拳銃を取り出し、クルンツァに銃口を向けた。

クルンツァは男の顔をひっぱたいてやりたい衝動にかられたが、眉間を弾丸《たま》で撃ち抜かれたくないので怒りを抑えた。

「おれの話をちゃんと聞いたほうがいいぞ、くそガキ。おまえが聞きたくなるような最新情報が手に入った」

若いドイツ人は搾乳用の椅子に腰を下ろし、話を聞く態度を見せた。「で、その第三帝国に重要な情報とやらは何だ？」

「先に言っておくことがある。戦争が終わるまでのあいだに、おれの女房と娘たちの身の安全を保証してほしい。どんなかたちであっても危害を与えないようにしてくれ」

「そして？」

「そして、おれをあのみじめったらしい場所からもっと快適なところに移してくれ」

「どうやら頭がおかしくなったみたいだな」

「まあ好きに言ってろ。スロヴェニアにあるＯＳＳ現地支局に新たにやって来た男を探せってフロスベルクに言えばいい」

その言葉を聞いた途端、若いドイツ人は明るい碧眼を輝かせた。「それはなかなかの情報だな。わかった、きみの要望はフロスベルク上級大隊指導者に伝えておこう。でもぼくはただの伝令だ。きみの家族が釈放される確証はない。では詳しく聞かせてくれ」

「一回しか言わないから、耳の穴をかっぽじってよく聞けよ。パルチザンに知られたら、ばらしたのはおれだって気づくだろうからメモは取るな。じゃあ言うぞ。このあたりに新たなチームが入ってきた。これまで見たことのない連中だ。実際のところ、全員英語もセルボ・クロアチア語もロシア語も話すから、そいつらがイギリス人なのかもアメリカ人なのかもソ連人なのかもわからない」

「それがどうした、またぞろ敵が潜入してきただけの話じゃないか。きみは気づいていないかもしれないが、われわれの敗北は決定的になりつつある。連合軍はヨーロッパ全土の制空権を掌握している。工作員なら、どこにでも好きな場所に降下させることができる」

「いや、こいつらはちがうんだ。こいつらはロケットの発射基地を探してる。第三帝国が赤軍に立ち向かうにはあの兵器が必要だってことは、おれにだってわかる」

「もっと詳しく話すんだ。フロスベルクはざっくりとした話は好きじゃない」

「連中はチーム・ポパイとは別の男ふたり組だ。ひとりはおれと同じぐらいの歳で、もうひとりはそれより年下だ。年上のほうが指示を出していたから、そっちがリーダーなのはまちがいない。そいつは背が低くてずんぐりとした黒髪の男だ。年下のほうはおまえみたいにブロンドの髪で青い眼だが、がっしりとしていて体力がありそうだ。奴らの拠点にはもうひとりいると思う。そこから離れたところでふたりと合流したから、残りのひとりはまだ見てない。イタリアに急いで無線連絡しなきゃならないと言ってたから、そのもうひとりは通信士なんじゃないかな」

「そいつらが秘密兵器を探していることがどうしてわかった？」

「年上のほうがロケットを見たことがあるかって訊いてきたからだ。あまりよく知らないって答えておいたが」

「ほかには？」

「路線のことを深く話し込んでいた。ズベロヴォの鉄道橋とトンネルに案内してやったら、攻撃は難しそうだという顔をしてた。それからロシア語で話しだした。何を話し合ってるのか全部わかったわけじゃないが、作戦を詰めている感じだった」

「ロシア語を話していると、どうしてわかった？」

「あのな、おれはそこまで馬鹿じゃない。おれにちがいがわからないとでも？」

「すまん、ロシア語とセルボ・クロアチア語はちょっとぐらいしかちがいはないだろうと思っていたんだが」

「全然ちがうぞ。似てるのは音の響きと話すときの口調だけだ。それ以外はお互いに日本語を話してるのかって思うぐらいちがう」

「きみの情報は、盗聴防止回線を使ってヘル・フロスベルクに伝えておく。明日の同じ時間にまたここで会おう。きみの頼みごとへの……要求への返事も、そのときに伝えることができるはずだ」

ジョゼフとマイロが偵察から戻ってきたあとで、雨が激しく降りだした。チーム・ブロークンアローは、その日は農家の母屋で過ごした。母屋を使えたのは家の主人と息子がパルチザンに加わっていて、妻と幼い娘しかいなかったからだった。ペネロピはMkⅡ無線機で新たな通信文を送信した。その農家の母屋は無線交信には実に好都合だった。電源ならハムリン少佐が餞別として渡してくれたペダル式発電機があったが、この家には自動車用の十二ボルトバッテリーがあった。おまけにアンテナ線を全部伸ばすことができ、感度がさらに上がった。ペネロピはジョゼフが偵察で得た情報を暗号化してOSSとSOEに送信し、さらなる指示を待つと伝えた。送信するなり、OSSからの定時連絡が入ってきた。ペネロピは受信した通信文を解読した。その内容は信じられないものだった。彼女は念のために読み返したうえでジョゼフに声をかけた。

「ジョゼフ、ちょっと見てよこれ」

ジョゼフとマイロは無線機についているペネロピに近寄った。ジョゼフは彼女か書き記した解読文を読み始めた。簡潔な内容だった――

アラムはバルカン局局長代理となった

オドネル中佐は大統領の命により任を解かれ、指揮権はアラムに移譲された

〈クレディブル・ダガー〉との一切の接触を断つという連合国派遣軍最高司令部《SHAEF》の決定に反し、オドネル中佐がミハイロヴィッチとの連絡を再開させたことを連合軍がこころよく思っていないことも、OSSからの通信文には記されていた。

「どうやらあなたはバルカン半島の諜報活動を統括する上級将校になっちゃったみたいね」ペネロピは言った。「ここはおめでとうって言うべきところかしら、それともご愁傷さま？」

「オドネル中佐はミハイロヴィッチには深入りするなと警告していた。撃墜されたアメリカ軍機の搭乗員たちをチェトニックが保護しているっていう情報を、中佐は今回の作戦が始まる前につかんでいた。だから中佐は、搭乗員たちを救出する〈ハリヤード作戦〉を指揮するためにチェトニックの支配地域に潜入したんだ。それをイギリス側が問題視して、アメリカ側に何らかの処分を求めたんだろう。中佐が誰かの恨みを買ったとか、そういうわけじゃない。チャーチルが支援をチトーだけに絞ってミハイロヴィッチを見捨てただけだ。合衆国はチトーとミハイロヴィッチの両方を支援する方針をずっと保っていたんだけどね。どうやらスターリンの力を見くびっていたみたいだ。チャーチルだけじゃなくローズヴェルトまでも説き伏せてしまったんだから」

　ペネロピが応じた。「SOEの潜入部隊、とくにパルチザン支配地に展開しているチームのための欺瞞工作のように思えるけど。SOEのF局のやり手の情報部員たちは、ユーゴスラヴィア局には本当に共産主義者の手の者が入り込んでいて、現場からの報告をチトーに有利な内容に改竄してるって考えてたわ」

「その黒幕は副局長のマクアダムズ少佐だよ。でも今回の任務に私情をはさむわけにはいかない。引きつづき三九九部隊からの返信を待つ。数日は待たされるんじゃないかな。オドネル中佐とドノヴァン長官の結びつきはかなり強い。その中佐がはずされたのなら、OSSはぼくからの現場報告を求めてくるかもしれない。次の定時連絡は設定してあるのか？」

「今夜の二十一時よ。電波方向探知機を積んだドイツ軍機の眼から逃れるために、日没後にしておいたの」

「さすがだな。じゃあふたりとも、少し休もう。バーリを発ってからこのかた、もう二日も働きづめた」

25 キロ・シックス

チーム・ブロークンアローはより安全な場所に移動した。三人は〝隠れ家〟と呼んでいたが、実際のところは山腹にある掘っ立て小屋のような納屋だった。それでも意外と住み心地はよく、ふたりのパルチザンに入り口を護ってもらいながら、全員ぐっすりと眠ることができた。朝の七時頃、納屋の入り口の警備についていたパルチザンたちは、かすかな足音で眼をさました。食料を届けてくれる三人の女たちが斜面を登ってきた。食料の内容は味気ない黒パンとソーセージ、ドライフルーツ、茹《ゆ》で卵、そしていつでもどこでもたんまりとあるスリヴォヴィッツだった。チーム・ブロークンアローで最初に眼をさましたのはペネロピだった。彼女は麦藁のベッドという、納屋で一番いい場所をあてがわれていた。ジョゼフとマイロは土間に寝袋を敷いて寝ていた。ペネロピは水筒の水を使って顔を洗うと、パルチザンの女たちを手伝って食料の入ったバスケットを降ろした。荒くれ者たちと一緒に身を隠している若くて美しいペネロピを見て、女たちは一様に驚いた。

ペネロピはセルボ・クロアチア語で話しかけた。「みなさんがどう考えているのかわかりますが、でもそんなんじゃありません。彼らはわたしと一緒に戦っている兵士です。お願いですから、わたしを見たことを誰にも言わないでください。そのほうがお互いの身のためです」

一番年嵩の女がうなずいた。「あたしたちは何も見なかった。バスケットを納屋の入り口まで運んできただけ」

「そう、それでいいです。さあ、戻ってください。わたしが言ったことは忘れないで。あなたたちはここで何も見なかった」

女たちは来たときと同じように忍び足で帰っていった。ペネロピは納屋に戻り、全員の朝食作りに取りかかった。小さなコンロに火を点け、やかんを置いた。やかんから湯気が立ち昇ってきた頃合いでジョゼフが起きてきた。

「おはようペネロピ。やけに早起きだな」

「パルチザンの女たちが食べものを届けてくれたの。でも、このやり方はいただけない。眼がさめてバスケットを開けたら、起爆寸前の手榴弾が詰まってたってことにもなりかねない」

「不規則な時間に人の出入りがあったり、たしかにこのあたりの警備体制はちょっと緩いかもね。そういうことにきみは目ざといね。占領下のフランスでは、警戒の眼を緩めていたら生きて帰ることはできなかったからかな」

「ここに近づいてくる女たちに気づいたから言ったまでよ。警備のパルチザンたちは誰も誰何《すいか》しなかったし、バスケットの中身を調べなかった。ハムリン少佐の警告を忘れたの？」

実はジョゼフにも気になることがあった。この山腹に陣取って以来、護衛のパルチザンたちがかなり冷たい態度を取るようになっていたのだ。将校たちは距離を置き、下士官たちは笑みを向けてこなくなった。毎日親しげな笑みで迎えられ、親身になってくれる将校たちがいつもまわりにいたチェトニックとは大ちがいだった。朝食を終えると、ジョゼフはペネロピに尋ねた。「パルチザンたちの態度がスロヴェニア潜入初日よりもよそよそしくなっている。なぜなのかそれとなく調べてくれないか」

パルチザンたちが態度を急変させた理由はその日の午前のうちにわかった。雨の止み間に外でひげを剃っていたジョゼフを見つけ、ペネロピは言った。「言われたとおり、ちょっと探りを入れてみた。そしたらあなたが気にしそうなことがわかったの」

ジョゼフは顔に残った泡を拭い、ひげをきれいさっぱりと剃った顔をあらわにした。チェトニックと行動を共にしていたときは、ひげなどまったく剃らなかったというのに。「何がわかった？」

「ハムリン少佐があらかじめ注意してくれたように、たしかにパルチザンのなかでは噂はあっというまに広まるみたい。彼らがいきなり冷たくなったのは、あなたが何カ月もミハイロヴィッチと一緒にいたことを知ったからよ」

＊＊＊＊

同日、ハンス・フロスベルクは各現場からの報告の確認に追われていた。パルチザンの支配地域に放った潜入工作員たちは、チトーが抵抗活動を指揮している場所についての新たな情報をまだ入手していなかった。現時点でわかっているのは、パルチザンは日増しに戦力も装備も充実させているということだけだった。今では占領下のユーゴスラヴィア全土で公然かつ自由にドイツ軍に攻撃をくわえていた。そうした攻撃を許しているのは、ひとえに制空権を完全に掌握した連合軍がパルチザンに近接航空支援をしているからだった。バルカン半島、とくにユーゴスラヴィアでの見通しは、第三帝国にとってはいいものではなかった。すべてが瀬戸際に追い込まれていた。

ドイツの敗戦についてのフロスベルクの考察は電話で断ち切られた。かかってきたのは、重要な情報のやり取りのために使う機密性の高い回線からだった。この電話機が鳴ったのは数週間ぶりのことだった。フロスベルクは受話器を取り上げた。「フロスベルク上級大隊指導者だ」電話線の向こう側の相手が話す内容に、フロスベルクは一心に耳を傾けた。そして話が終わると言った。「すこぶるつきの情報だぞ、これは！ クルンツァに言ってやれ、妻と娘たちはヤザク修道院の留置房に移してやると。ここはベオグラードよりずっとましだ。家族は丁重に扱うと約束するが、それにはこちらの計画どおりにやってもらう必要があると伝えろ。正午までに位置と詳細な情報をわたしのもとに届けろ」そして電話を切った。

〝いい警官〟を演じたことがようやく結果を出しつつある。クルンツァをシュタイエルスカのパルチザンに潜入させたのは、われながら妙案だった。フロスベルクはひとりほくそ笑んだ。V‐1飛行爆弾を爆破するために新たに送り込まれた潜入チームを、あの男は見事見つけ出した。すべての状況を勘案すると、アメリカ軍は最も優秀かつ経験豊かな工作員たちを送り込んだと思われる。クルンツァの話から、その工作員は正体不明の〈アラム〉の可能性が極めて高い。フロスベルクはただちにゲルヘルトを呼びつけた。

＊＊＊＊

二十一時、ペネロピはマルコーニMkⅡ無線機で交信を開始した。確認割符を打ち、返事が返ってくると、ジョゼフの現地報告を送信した。発電機はマイロ・コヴィッチが回した。警備は厳重なものにしていた。ペネロピはアンテナ線を自分で伸ばし、迅速かつ正確にモールス符号を打ちつづけた。無線送信技術で彼女の右に並ぶ者は、SOE以外ではセレステ・コスティニチしかいなかった。ランプが灯る仄暗《ほのぐら》い納屋のなかを、ジョゼフは行きつ戻りつしながら返信を待った。

「返ってきた」ペネロピは片手をヘッドフォンに当て、もう片方の手で鉛筆を取り、暗号化されたモールス符号を書き取っていった。すべて書き取ると、暗号帳を開いて解読した。「SOE司令部は、航空攻撃はできないし物資の投下すらできないって言ってきている。それに天候もよくないって。ヨーロッパから地中海東岸にかけて、かなり大型の前線が発生するみたい。カラヴァンケン山脈（オーストリアとスロヴェニアの境にある山脈）の標高の高いところは雨か雪になりそう。V-1爆破作戦は独力で敢行して、パルチザンではなくあくまでわたしたちの手でやれって念を押している。何て返信する？」

「ぼくのコードネームで了解したと伝えてくれ」

続いてバーリのOSS司令部からジョゼフ宛ての暗号通信が入ってきた。ペネロピは解読し、内容を記したメモをジョゼフに渡した。

OSSスイス支局長アレン・ダレスが〈キロ・シックス〉なるドイツ軍諜報員を介してヴィルヘルム・グロア少将と接触した。以下は〈キロ・シックス〉から得た情報。グロアおよびザグレブに駐留するドイツ軍上層部は連合軍に協力する用意があるとのこと。グロアに、四個師団をチトーでもソ連でもなく連合軍に投降させる意図あり。グロアとの交渉のため米軍将校をザグレブに送るべし。グロアとの会談に先立ち、翌週に通信士を伴った将校と会う用意あり。交渉を円滑に進めるべく、事前会議に相当額のクーナとマルクとリラとディナールを持参せよ。会議はザグレブの〈ヴィーナー・バン・ビル〉に入っている〈ドゥブラヴァ繊維〉事務所で行う。日中ならいつ訪れてもかまわない。合い言葉は〝いとこのウトがよろしくと言っていました〟。グロアは米軍としか交渉しない。会談のことは英軍にもパルチザンにもソ連にも知られてはならない。

「ぼくひとりで両方の作戦はできないと伝えてくれ」

ペネロピはジョゼフの返事を暗号化して送信した。打ち終えた途端に返事が返ってきた――ドイツ軍高官との会談は極めて重要であり、鉄道施設の爆破はどのみち悪天候により不可能。この天候不良に乗じて、OSSはザグレブでの会談に加わるよう、ジョゼフに遠まわしに求めてきたということだ。

ジョゼフは地図を小屋の土間に広げた。「現実的に見てバルカン半島での敗北はほぼ確実だから、ドイツ軍は必死になって首をつなごうとしている。ぼくにつけるパルチザンの護衛は三人でいいけど、ここからザグレブまでは馬を使っても一週間はかかる」ジョゼフは腰を上げるとペネロピとマイロに歩み寄った。「つまり、爆破はきみたちに実行してもらわなければならないということだ。ふたりの意見が聞きたい」

ペネロピが先に口を開いた。「あなたはバルカン半島でのアメリカ軍の諜報活動を統括する立場にある。そんなあなたに遠路はるばるザグレブまで行けって命じたのは、そのドイツ軍の将軍との会談が重要だからよ。戦争の終結が何カ月か早まるかもしれないほどにね。線路とV‐1の爆破なら、わたしとマイロでやれる。それにパルチザンの力も結構借りられるし。だってもう百五十人近くもいるのよ」

「マイロ、きみはどう思う?」

「おれもウォルシュ中尉と同じ意見です——何だかんだ言っても、二カ所同時に起爆するのに必要な人数はふたりだけですから。おれと中尉だけで受け持てばいいだけです。援護ならパルチザンを頼ればいい」

ジョゼフは頭を掻いた。「あと何分送信可能だ?」

「五分よ。それを越えたら方向を探知されて、ドイツ軍が押し寄せてくる」

「送信を終える前に少し考えさせてくれ」ジョゼフはコートを摑んで小屋から出た。スロヴェニアのふたりのパルチザンはしっかりと入り口を警備していた。ジョゼフはほんのちょっとだけ出てくると、ふたりに小声で告げた。彼は農場を見渡せるところまで上がった。一九四四年十一月の美しい夜が広がっていた。空は少し雲がかかっていて、星を見えなくしていた。戦争はもうじき終わる。ジョゼフは思いをはせた。ディックとテスとペネロピと一緒に気ままに過ごしていたベオグラード大学での日々のこと。自分たちの人生を突如として揺さぶり、変えてしまった一九四一年四月のナチによるベオグラード空襲のこと。もう何年も前のことのように思えるが、実際は三年半しか経っていない。それなのに今の自分はアメリカ軍情報機関の上級将校としてユーゴスラヴィアにいて、重大な決断を求められている。ザグレブに向かえという命令を無視して、大切な仲間たちと一緒に留まればいいのか？　それともふたりをここに残して、戦争を通じて最も重要な作戦のひとつといえる破壊工作任務を任せるべきか？　ジョゼフは両手で眼をこすった。この会談は重要だ。台無しにするわけにはいかない。そのナチの将軍は、東部戦線の詳細な作戦計画を知っているかもしれない。ジョゼフはミハイロヴィッチとチェトニックのことを考えた。連合軍に見捨てられてしまった将軍たちは、今この瞬間にどんな目に遭わされているのだろうか。もしかしたらドイツ軍はユーゴスラヴィアをふたつに分割して、東部をチェトニックに、西部をパルチザンに統治させようとしていたのかもしれない。いや、ザグレブでの会談にはユーゴスラヴィアの行く末だけにはとどまらない、もっともっと大きな意味がある。やはり行かなければ。かけがえのない仲間たちをここに残してでも。ジョゼフは柔らかな地面にひざまずき、声に出さずに祈った――この決断が正しいものでありますように。祈り終えると立ち上がり、確かな足取りで納屋に戻っていった。腹は決まった。ザグレブには行くが、ＯＳＳには別の通信士を用意してもらう。ここは譲れない。ペネロピはマイロと一緒にいてもらう。

翌日の払暁、ジョゼフは荷造りをしてザグレブに向かう準備を整えた。前夜はかなりの時間をかけ、パルチザンに本当の理由をさとられることなくザグレブに入る策を練った。最終的に、ジョゼフはバーリのＯＳＳ司令部から懲戒処分を受けて召還されることになり、代替要員と交代するためにクロアチアに向かうことになったと、パルチザンの将校に説明するという手に決まった。ジョゼフがミハイロヴィッチとチェトニックたちと共に活動をしていたことがわかり、そんな人間に指揮されることをころよく思っていないパルチザンが歓迎しそうな嘘だった。彼らは喜び勇んで旅の準備を手伝ってくれた。

ザグレブまでの護衛班は三人のスロヴェニアのパルチザンと四頭の馬、装備搬送用のラバ一頭という構成だった。移動中に密告されないよう、ジョゼフは質素な野良着に着替え、軍服と装備一式は背嚢に隠した。ペネロピとマイロは見送るために待っていた。ザグレブまでは一般的な秘密ルートを使うことにした。パルチザンのさまざまな管区を通過するたびに、護衛たちが地元のパルチザンと連絡を取り、次の管区までのルートを教えてもらう。バーリのＯＳＳ司令部の指示には、クロアチアに入ったらトプスコに行けとあった。そこで通信士と合流し、アメリカ軍の案内でザグレブに向かい、できれば会談の場所にたどり着く。

「ＯＳＳの予報どおりに超大型低気圧が襲ってきたら、作戦の実行は少なくとも一週間後になるだろう。そのあいだに最終準備をしておくんだ。ザグレブに着いたら無線で連絡する。ぼくから連絡があったら、いつでも作戦を敢行してくれ。何らかの理由でぼくが戻ってこなかったら、ふたりともセミチのパルチザン第四方面軍司令部に行って回収を待て。全部計画どおりに進んで爆破に成功した場合はクロアチアのリエカに行くんだ。そこに簡素な滑走路があって、パルチザンが脱出用の航空機を手配してくれる。ぼくも可能なら合流する」

ペネロピは湯気が立ち昇る紅茶入りのカップを手にしながら言った。「無事を祈ってるわ、ジョゼフ。わたしたちにできないことなんかない。何しろ電撃戦の最中にユーゴスラヴィアから脱出できたんだから。わたしの結婚式を一緒に祝いましょ」

ジョゼフは両腕をペネロピにまわし、セルビア式に両頬に口づけした。「ぼくがいないあいだ、工作員兼通信士のきみがブロークンアロー作戦の指揮官だ。最終決定権はきみにある。何をするにしても安全第一でやってくれ。ゲシュタポはきみを追っている。警備体制は厳重にしろ。そこらじゅうに裏切り者がいるというハムリン少佐の警告を忘れるな。ここは同じドイツ占領下でもフランスとはちがって山と荒野ばかりだ。人の出入りは多いし、その気分もころころと変わる。きみのことを心から愛している男がイギリスで待っていることを忘れるな」

ペネロピは一通の封筒をジョゼフに差し出した。「その文句のつけようのない男のことだけど、アメリカ軍と合流したら、これがその人のところに確実に届くようにしてほしいの」

「ああ、必ずその人に届くように手配する」ジョゼフは封筒を受け取ると馬にまたがり、三人の護衛と共に森のなかに消えていった。

第五部

完全勝利

26 リポグラウのトンネル

ジョゼフがザグレブに向けて発った頃、サヴァ・クルンツァはヴォイニクの農家でSD防諜部員のイワンと会っていた。イワンは、粗末な農家には不釣り合いなスーツとネクタイという姿だった。ふたりはフロスベルクから下されたばかりの命令を話し合っていた——OSSの潜入チームを全員捕らえてヤザク修道院に連行せよ。フロスベルク本人が尋問にあたるつもりだ。が、潜入チームの拠点はズベロヴォの高台にあり、そこが唯一の難点だった。敵は護りを固め、高台に通じるルートに見張りを配しているものと思われた。急斜面を登って接近しようものなら集中射撃されてしまうだろう。敵がパルチザンに護られた安全な場所から離れたタイミングを狙うしかない。ふたりはそう判断した。

イワンが尋ねた。「奴らがいつ線路を爆破するのかわかるか?」

「それはわからない。荒れた天気が続いてるし、ドイツ軍の警備も厳重だからな。奴らは伝令を送ってきて、おれに手を貸してくれって頼んできた。それにこの二日のあいだ、山腹の隠れ家から一歩も出ていない」

「この地域の警備体制はかなり手薄になっている。枢軸国の兵士頼みだと言っていい。四十キロの路線全体の護りを固めるのは無理だ」イワンはクルンツァに身を寄せ、眼を見据えて言った。「奴らがきみを頼りにしているのは、大義に燃えるパルチザンだという触れ込みだからだ。捕獲はきみ自身がやってくれ」

「正気か？　多勢に無勢もいいところなんだぞ」

「だったら奴らの虚を突けばいいだけの話だ」

クルンツァは腰を上げ、窓辺に向かった。窓からはスロヴェニアの田園と、それを取り囲む山々が見渡せた。遠くで蒸気機関車が汽笛を鳴らしている。と、そこでクルンツァは思いついた。「ひとつ手がある。おれの見立てどおりに奴らが行動するとすれば、攻撃の前かあとに護衛から離れる隙《すき》が生じる。そこを突けば捕まえられるかもしれない」

イワンは破顔一笑した。「ほら、やっぱり手はあったじゃないか」そう言うとコートのポケットから電話番号を記した紙切れを取り出した。「持っておけ。奴らを捕獲したら、ツェリエのゲシュタポ司令部に連絡しろ。どこで捕獲しようが、可能な人員を総動員して連行させる」

この秋、ドイツ軍はスロヴェニアで攻勢に出て、パルチザンに奪われた占領地の多くを奪還していた。ペネロピとジョゼフが活動しているのはそうした土地ばかりだった。さらにはその年最強クラスの低気圧が襲ってきて、雨や雪が何日も降りつづいた。ザグレブに向かっているジョゼフは悪天候のせいで苦難つづきだった。ガイドのなかには雪が降る山中で道に迷った者もいれば合流地点に姿を見せない者もいて、ジョゼフたちは斥候を先行させるか、別のガイドが現れるまで待機を余儀なくされた。一方、ペネロピとマイロのほうは逆に運に恵まれた。降りしきる雨が、結果的にはドイツ軍を駐屯地に足止めにしていた。地面についた足跡を消してくれる激しい雨を利用すれば、敵に察知されることなく鉄道橋の橋脚に爆薬を仕掛けることも可能だった。ふたりはツェリエ‐マリボル線の偵察をさらに進めた。ある夜、リポグラウにあるトンネルの南口を監視していると、まさしく魚雷のようなかたちの物体を載せた数台の貨車を曳く貨物列車がトンネルから出てくるところを目撃した。ペネロピが言った。「もっと近づいて、あれがV‐1かどうか確認する」

「馬鹿なことを言うな。線路から百メートル以内に近づいたら敵に発見されるぞ」マイロが制した。

それでもペネロピは片手を上げて護衛のパルチザンを呼び寄せ、自分たちと持ち場を替わるように指示するとステンガンを肩に吊るし、急斜面を下っていった。マイロも仕方なくあとに続いた。ふたりは激しく降りしきる雨で動きを隠し、鬱蒼とする針葉樹林に身を隠しつつ、山の斜面を滑り降りていった。線路まで数メートルのところまで接近すると、ペネロピは大きな岩の陰に身を置いた。機関車が眼のまえを通過しつつあり、貨車がほんの一瞬だけ見えた。機関車と炭水車のうしろには武装した兵士たちを載せた客車が連結されていた。山腹に眼を配っている兵士はひとりもいなかった。兵士たちは眼下の線路とその脇に注意を向けている様子だった。

　背後に寄ってきたマイロにペネロピは小声で言った。「まちがいない、V-1よ。ほら、両側に小さな翼がついてるでしょ。それに見まちがいでなければ、エンジンの手前に小さな操縦席[*1]もあるみたい。それに警備が甘いことがわかった。警備兵はみんな線路ばかり見ている」ふたりが注視するなか、七両編成の貨物列車はカーヴの先に消えていった。トンネルの警備も手薄なこともわかった。

「ロケットをトンネルの南側に移動させたのは賢明な手ね。トンネルから出たら開けた場所があるみたいだし」ペネロピはそう言うと尋ねた。「トンネルの内側を爆破して、V-1を閉じ込められないかしら？」

「原則的に、トンネルは破壊工作の格好の標的とは言えない。爆破しても崩壊するわけじゃなく広くなるだけだ。一時的に使用不能になるかもしれないが、崩れた土砂や岩を片付けたら使えるように――」別の機関車が近づいてくる音が聞こえ、マイロは口をつぐんだ。低い音をたてて通過する、大型クレーンを搭載した線路修理車を、ふたりは驚愕《きょうがく》の眼で見つめた。

「参ったな、あんな修理用車両があとからついて来るだなんて。あれなら線路を破壊されても、数十分とまではいわないまでも何時間かのうちに復旧できる」マイロは言った。

ペネロピは顔に降りかかる雨を拭った。「こんなこと思ってもみなかった。上のパルチザンたちのところに戻りましょう。あのトンネルのなかの様子を知っている人がいるかもしれない。とにかく、あそこのなかにあるものを含めて全部爆破する手段を見つけなきゃ」

斜面を登ったところにあるパルチザンの野営地で、ペネロピたちは部隊長と副官に会った。「別の手段を探さなければならなくなりました。あなたがたとわたしたちだけで話ができる場所はありませんが？」

将校のひとりがうなずいた。「山の反対側に小さな集落がある。そこのはずれの家なら、少しぐらいのあいだだけ使うことができる」

五十人超のパルチザン部隊は山の上に移動し、線路から見えない西側の斜面に陣取っていた。チーム・ブロークンアローとパルチザンの将校たちは小さな農家に入った。ペネロピらは部屋の中央にしつらえられたレンガ造りのかまどのまわりに集まり、みぞれ混じりの雨でびしょ濡れになった体を温め、服を乾かした。ペネロピはテーブルに地図を広げ、将校たちに言った。

「リポグラウのトンネルはそんなに長くなくて、せいぜい八百メートルといったところです。でも複線トンネルなので幅は結構あります。飛行爆弾を載せた貨物列車がトンネル内にいるあいだに爆破したいのですが、うちの爆破担当のコヴィッチ中尉は難しいと言っています。トンネルの構造はわかりますか?」

部隊長が先に口を開いた。「部隊に坑夫が何人かいる。そのなかには爆薬を扱った経験がある者がいて、あのトンネルの建造にかかわった者もいる。彼らを呼び寄せることはできる。そのほうが全体的な検討ができる」

「そんな人材がいることを、どうして先に教えてくれなかったんですか?」ペネロピは尋ねた。

「第四方面軍司令部からは、これは連合軍の作戦だと言われていたものでね。われわれは連合軍から意図的に疎外されている」

「だったら呼び寄せてください。誰でもいいから、今すぐここに連れてきてくださいよ!」

ペネロピが本気で、侮りがたい実力があることを察した部隊長は、副官に行動に移るよう指示した。副官は農家を出ると、すぐさま伝令を使って指示を飛ばした。ペネロピはマイロと共に地図を精査し、実行可能な別の作戦を練り始めた。とにかく、線路とV‐1を同時に破壊しなければならない。

ペネロピはマイロに顔を向けた。「で、今のあなたの意見は？」

「トンネルの警備は手薄だ。攻撃する場合は、こっちのほうが手勢は多い。内部への進入は可能だ。最大の成果を得るには、全長八百メートルのトンネル全体に沿って爆薬を仕掛ける必要がある。が、それをやるとなると手持ちの二トンじゃ足らない。掘削機も必要になるかもしれない」

「足らないって、どれぐらい？」

「ちゃんと計算する必要があるけど、ざっと見積もって、少なくともあと一トンは要る」

「フランスのレジスタンスと活動を共にして学んだことがあるの。物資が不足しているときにレジスタンスのリーダーに自分で何とかしてみてって投げかけると、本当に自分たちで何とかしちゃうのよ。彼らが何とかしてかき集めた爆薬を使って鉄道橋を破壊したこともある。ここでも同じことが言えるんじゃないかしら。パルチザンたちにできるだけのことをやってって言えば、爆薬をどうにかしてくれるんじゃないかな」

ちょうどそのとき農家の扉が開き、下級将校と六十代後半の男が入ってきた。下級将校が言った。「この男は、あのトンネルの建造に携わっていました。力になってくれるそうです」

ペネロピが言った。「わたしはイギリス軍のウォルシュ中尉です。トンネルを内側から破壊することは可能ですか?」

年配の男の話に、ペネロピもマイロも驚いた――リポグラウのトンネルは硬い岩盤ではなく砂質地盤をくり抜いたものだという。しかも、スロヴェニアがまだオーストリア＝ハンガリー帝国の領土だった当時に掘られたとき、天井に爆薬を仕掛ける穴が効果的な間隔であけられた。戦争が勃発した場合に鉄道線を遮断するための設計だった。しかしドイツ軍はこの設計の危険性を軽視し、ふさがなかった。つまり掘削機で掘らなくとも、あらかじめ穴はあいているということだ。

「ドイツ軍がここまで間抜けだとはびっくりね」ペネロピは呆《あき》れたようにそう言い、パルチザンの部隊長に顔を向けて尋ねた。「ズベロヴァの鉄道橋の爆破をあなたの部隊に任せたら、トンネル爆破用の追加の爆薬を入手していただけますか?」

部隊長はほぼ即座にうなずいた。「難しいことだが、できないことはない。爆薬のあてはあるが、手に入れるまで二、三日かかる」

ペネロピは自分にしかできないとろけそうな顔を作ると、背伸びをして部隊長の頰にキスをした。「わたしのために一トンのプラスティック爆弾を手に入れて。あなたが頼りなの」

「すぐに取りかかるよ、中尉。二日後に司令部で会おう」そう言うと部隊長は振り返って下級将校に何ごとか言うと、三人の男たちは農家から出ていった。残されたマイロとペネロピは、オイルランプの明かりの下で地図を眺めた。

ペネロピは訊いた。「これで爆薬はどうにかなったけど、それでどうする？」

「鉄道橋の爆破はパルチザンにやらせるというきみの手はうまくいったな。実際、ズベロヴォの橋への攻撃を囮にして、おれたちはトンネルの爆破に集中することができる。ドイツ軍の守備隊はトンネルそっちのけで橋の防御に急行するだろう。まさかこっちがトンネルに潜入するとは思わないだろう。パルチザンの戦力のうち百五十人をトンネルに、残りを橋に当たらせよう」

マイロとペネロピは夕方まで農家にいて、作戦を練り上げていった。陽が落ちると、ようやくふたりは無線機のある隠れ家に戻っていった。ペネロピは自分たちが立てた作戦を三九九部隊に報告したが、鉄道橋の爆破をパルチザンに全面的に任せるというところは伝えずにおいた。またペネロピは、爆薬が届くまでのあいだはパルチザンの護衛をできるかぎり使わないことにした。たとえ悪天候下であっても、こちらが大人数で活動していることに気づいたら、野営地でぬくぬくと引きこもっているドイツ軍もさすがに警戒するだろう。クルンツァもまだ待機していた。嵐が去り、爆薬が届いてからがこの男の出番だった。

＊1　V‐1ののちの試作型では、有人飛行または遠隔操縦ができるようになっていた。通常の航空機のように滑走路で離発着することもできた。

27 降伏交渉

ジョゼフと護衛たちは、パルチザン第四方面軍司令部のあるセミチの近くまでやって来た。が、ドイツ軍は山間部に展開するパルチザンへの反撃を開始していた。敵の眼を避けるために、ジョゼフたちはセミチを迂回《うかい》して山のさらに奥に向かわざるを得なかった。そうした山中では地元の農民たちが護りを固めてくれて、道の先々にあるカトリック教会の礼拝堂に小さなランタンを灯してくれた。ランタンは、そのあたりにドイツ軍の哨戒部隊はいないというサインだった。こうしてジョゼフたちはセミチには寄らずにクロアチアに入り、パルチザンに解放されたグリナの町に入った。ポホリエ山地にいるペネロピたちと別れてから六日が経っていた。天候は良好だったが、そのうち大きく崩れるという予報だった。町に入るなり、ジョゼフはトプスコにあるパルチザンの拠点につながる電話のある場所に案内された。護衛たちはグリナに到着したことを報告し、そこで別命あるまで待機せよという指示を受けた。二時間後、アメリカ軍のジープが野営地にやって来た。ジョゼフはそれに乗り、ザグレブから五十キロ離れたトプスコに向かうことになった。ジョゼフは護衛たちに別れを告げ、意気揚々とジープに乗り込んだ。トプスコには夕方に着いた。パルチザンの拠点には、すでにOSSの現地支局が立ち上げられていた。

ジョゼフが現地支局のテントに入ると、通信士のエド・ハリスが待っていた。そしてなかにいたもうひとりを見て、ジョゼフは仰天した。元上官でOSSバルカン局の前局長ハワード・オドネル中佐がいたのだ。「まさかここでお会いするとは思ってもみませんでしたよ、中佐。それにクロアチアの奥深くに現地支局がもうあるだなんて驚きです」

「パルチザンは、われわれのあずかり知らぬところでかなり動きまわっている。私がワシントンに送還されることになったのもそのためだ。私の命運は尽きかけている。私が何者で、これまでどこにいたのかを知られたら、たぶんここのパルチザンたちに縛り首にされるだろうな。あまり時間はない。先にこれを渡しておく」

オドネル中佐は錠のかかったアタッシェケースをジョゼフに放った。「〈キロ・シックス〉が求めてきた現金も含めて、必要なものが全部入っている。錠の番号は6722だ。あとでじっくり確認してくれ」

ジョゼフは受け取ったケースを小さなテーブルの上に置いた。中佐は話を続けた。

「私は、表向きは明日の朝一番にC-47輸送機でイタリアに向けて発つことになっているが、ここに私がいることを知っている人間はいないから、数日はこのテントに身を隠しておくことにする。きみもわかっているはずだが、私はワシントンに召還される。だからOSSバルカン局の前局長として現局長のきみに引き継ぎをしておく。そもそもOSSが私をここに送り込んだのはそのためだ」

オドネル中佐はオリーヴドラブの背嚢からスリヴォヴィッツの瓶を取り出した。

「残念ながらウィスキーはない。何しろ着の身着のままであたふたとミハイロヴィッチの野営地からこっちにやって来たからな。ここではこの酒に事欠くことはないみたいだが」中佐は二個のショットグラスにプラムブランデーを注ぎ、ひとつをジョゼフに渡した。「私の話を聞いたら、きみも飲みたくなるぞ」

ジョゼフはうなずき、スリヴォヴィッツを一気にあおった。中佐も飲み干した。

「話はちょっと長くなるから、まあ坐りたまえ」オドネル中佐は地面に置かれた小さなスツールを摑むと、ジョゼフのほうに押しやった。中佐は立ったままでいた。「最初に言っておくが、〈キロ・シックス〉と接触し、ドイツ軍《クラウト》の動向を探ったのは私だ。が、私がミハイロヴィッチとわたりをつけたと、イギリス人どもがチャーチルにご注進したものだから、チャーチル自らがローズヴェルトに電話をかけて私の召還を求めた。だからここにいるというわけだ」

「中佐は連合軍の航空兵たちをチェトニックの支配地域から脱出させるハリヤード作

戦の指揮を執っているものとばかり思っていましたが」

「ああ、建て前としてはそんな話になっていたが、ドノヴァン長官は戦争が終わる前にミハイロヴィッチとのチャンネルを回復させる必要があると感じていた。長官の命を受け、私はミハイロヴィッチの拠点があるロズニツァに潜入していた。ところがある日、C-47《ダコタ》輸送機が着陸して、なかから出てきたふたりのイギリス軍憲兵《MP》に銃を突きつけられ、機内に押し込まれた。ハリヤード作戦はニック・ラジッチ大尉に任せた。きみが正式に任務を引き継ぐまで大尉が指揮にあたる」

「ぼくをスーパーマンだとでも思っているんですか？　ぼくひとりでユーゴスラヴィア全土の作戦を指揮するなんて無理です」

「まあ落ち着け。あとで説明するから。次は〈キロ・シックス〉、望むらくはグロア少将との会談についてだ」

「わかりました、話を続けてください」

「ザグレブで〈ドゥブラヴァ繊維〉という会社を見つけろ。きみはその繊維会社との大口の商談をまとめるために重役たちに会いに来た、れっきとしたビジネスマンを装うことになる。したがって護衛はつかない。通信士を同行させることも危険が大きすぎるからできない。今回の会談は、ドイツ軍にとってはきみよりもさらに大きな意味を持つ通信士を捕らえるための罠である可能性も捨てきれない。だから安全を期して、ハリスにはきみが戻るまでここにいてもらう」

「指示どおりに通信士を連れてこなかった理由を訊かれたら、どう答えればいいんです？」

「今言ったとおりのことを答えてやれ——通信士を捕らえられる危険は冒せないとな。そう言っておけば向こうも納得するだろう。ザグレブにはパルチザンの眼を盗んで向かうことになるから、彼らが寝入っている未明にここを発て。ザグレブの郊外まではジープを使い、隠れ家に停めておけ」中佐は隠れ家の住所を記した紙を手渡した。

「そこは車庫らしい。そこからは、まだ稼働しているのであれば公共交通機関を使って〈ホテル・ザグレブ〉に行く。チェックインしたらくつろいでくれ。聞いたところでは、ザグレブはパルチザンが解放して、ドイツ軍は市《まち》から撤退したらしい。残念ながら、安全かどうかはきみ自身の眼で確かめてもらうしかない。私の読みでは、解放されているのは市《まち》のほんの一部だけだと思う」

「〈ホテル・ザグレブ〉に無事たどり着けたとして、それからどうすれば？」

「通常の営業時間になったら〈ドゥブラヴァ繊維〉に行け。住所はあとで渡す。会社に着いたら〈キロ・シックス〉を呼び出して合い言葉を言え」

「前線まで来たら〈キロ・シックス〉の正体を教えてもらえるという話だったんですが」

「正体を突き止めたとまでは言えないが、コードネーム〈キロ・シックス〉は第三帝国のザグレブ全権公使のカーラ・サドヴィッチだと思われる。そのアタッシェケースのなかにサドヴィッチの写真が入っている」

ジョゼフは自分のグラスにまたスリヴォヴィッツを注ぎ、咽喉に流し込んだ。「そして、サドヴィッチを介してグロア少将との会談の段取りをつけたら、それからは?」

「おいおい、それぐらいは頭を働かせてくれよ。グロアの話を聞いて、その内容を報告する。きみにできるのはそこまでだ」

「〈キロ・シックス〉に会ったあと、ぼくはどうすればいいんですか?」

「ここに戻ってきて報告して、その内容をハリスが無線で送る。ハリスは私と一緒にここにいて、何かあった場合にOSS司令部と連絡が取れるようにしておく。幸い、ここのパルチザンは無線交信を許可していて、自分たちの各拠点との連絡も頼まれている。だから私はイギリス人たちに一歩先んじることができて、ここから出ることもできる。とにかく、〈キロ・シックス〉との面会について私に報告したらチェトニック支配地域に戻って、私に代わってハリヤード作戦の指揮を執り、アメリカ軍航空兵の救出にあたってくれ」

「巧妙な罠の可能性があるのなら、〈キロ・シックス〉との面会には武装して臨むべきでしょうか？」

「ああ、たしかに待ち伏せは大いにあり得る。私なら万が一にそなえてトンプソンと拳銃を持っていく」

「わかりました。罠だったら、とにかく撃って撃って撃ちまくりますよ」

「その意気だ！」オドネル中佐はそう言い、ジョゼフの背中を平手で叩いた。「新兵訓練基地にいたきみをスカウトしたのには理由がある。きみには気骨があるし、歳のわりにはとんでもない修羅場をいくつもくぐり抜けてきたことは言わずもがなだ。今気づいたが、すごい身なりだな。最後に風呂に入ったのはいつだ？　いや、言わなくてもいい。知りたくもない。とにかく、明日の出発時にはビジネスマンに見えるようにしておけ。隣のテントに主計将校がいる。何か適切な服をみつくろってくれるはずだ。さあ、今は体を休めておけ。起床は午前三時だ。さっきも言ったが、きみが戻ってくるまで、私はここで身を低くしておく」

ジョゼフはアタッシェケースを抱え、スリヴォヴィッツをまた一杯飲んだ。テントを出て自分にあてがわれたベッドに行こうとしたそのとき、オドネル中佐が声をかけた。「V-1はあったのか？」

ジョゼフはうなずいた。「リポグラウのトンネルに隠してありました」

中佐はフッと笑みを漏らした。「姑息《こそく》なクソ野郎どもには呆れるばかりだな」

＊＊＊＊

ポホリエ山地にいるチーム・ブロークンアローのふたりは、ペネロピが送信する電波をドイツ軍に探知されないよう居場所を頻繁に変えていた。野営地を何度か替え、そのたびに農家や小屋に身を隠した。パルチザンの護衛たちは野原で野営したが、ペネロピたちは比較的快適な屋内で寝た。ペネロピは、作戦の準備が整ったことを三九九部隊に報告した。MkⅡ無線機で送信を終えると、SSTR‐1無線機がバーリのOSS司令部からの通信文を受信し始めた。送り主は〈ジャイアント・キラー〉だった。それが長年の友人であるディック・ヴォイヴォダのコードネームだということをペネロピはわかっていた。通信文には、アラムがザグレブに無事到着し、〈キロ・シックス〉との面会を進めているとあった。さらにディックは、土壇場で何らかの情報を送る必要が生じた場合にそなえて、作戦開始までSSTR‐1の電源を入れておくように指示していた。そして〝無事を祈る〟という言葉で通信文を締めくくっていた。

ペネロピはヘッドフォンのプラグを抜き、アンテナ線を巻き取ると腕時計に眼を落とし、マイロに声をかけた。「今夜出発するから準備をしておくようにってパルチザンたちに伝えて。出せる人間は全員出してって。一時にここに集合よ」

「クルンツァはどうする？　あの男も呼ぶのか？」

「呼ぶしかないと思う。ここの土地を一番よく知ってるのは彼だし」

「コスティニチ少佐はあの男を信用していなかった。怪しいところがありすぎるからって。たしかにあの男にはおかしなところがたくさんある」

ペネロピはしばらく考え込み、そして言った。「わかった、じゃあトンネルの爆破は計画どおりにあなたとわたしでやりましょう。クルンツァにはズベロヴォの鉄道橋の攻撃にまわってもらう。距離があるから、何か企んでいても手出しはできないわ」


　クルンツァは今ではもうヴォイニクの農家を拠点にしていた。パルチザンの指揮官からの呼び出しもなく、おまけにひどい嵐が続いていたので、ＳＤのイワンと一緒に農家に居座りつづけた。イワンは無線機と暗号機〈エニグマ〉[*1]を持ちこんでいて、セルビアのＳＤ司令部と連絡を取っていた。このあたりのドイツ軍が攻勢に出たことで、線路の警備に正規軍をまわす余裕はなくなってしまった。したがってハンガリーを中心とした枢軸国の経験の浅い兵士たちに頼らざるを得なかった。二十二時過ぎ、ふたりはランタンの明かりのなかで作戦を話し合った。「どうやらこの悪天候もようやく収まるみたいだ。このタイミングでパルチザンどもは野営地を出て線路への攻撃を開始すると、おれは見ている」クルンツァが言った。

「リポグラウのトンネルの両端の警備は可能なかぎり強化したが、熟練兵たちはパルチザンへの攻勢にあらかた取られている。少なくとも進入路の護りは固めているが。トンネルの入り口に近づこうものなら、機関銃でハチの巣にしてやる」

「ズベロヴォの橋はどうなんだ？」クルンツァは尋ねた。

「そっちも同じ手を打ってある。守備隊を百名増員して、四門の対空機関砲と二門の山砲を配備した」

「だったらおれとしては、上からの指示を待つ以外にできることはない」

「今夜はここまでにしよう。零時までに戻らなきゃならない。このあたりのパルチザンの活動が一番活発になる時間だ。結局、こいつの出番もないままか」イワンはエニグマ暗号機を抱え、腰を上げた。そして車に乗ってツェリエに戻っていった。


ペネロピは黒いセーターに着替え、ドイツ軍特殊部隊兵士の死体から取ってきた黒っぽい迷彩柄のズボンに穿き替えた。ズボンはパルチザンの女性たちがサイズを手直ししたもので、ペネロピのかたちのいい腰と両脚がくっきりと浮き上がっていた。ブロンドの髪はうしろで結わえ、黒いベレー帽をかぶった。戦地の山間部でぎりぎりの日々を過ごしていても、ペネロピの美しさは相変わらずだった。彼女は、自分に割り当てられたプラスティック爆弾と信管と起爆装置を詰め込んだ背嚢を肩に担いだ。作戦行動のなかで、実際に爆破をする工程はパルチザンには一切任せないことにしていた。起爆装置を持っているのはマイロとペネロピだけだった。ふたりは荷造りを終えるとパルチザンたちと合流し、森のなかに消えていった。

＊1　秘密通信文の暗号化と復号化に使われていた電気機械式ローター暗号機。

28 攻撃開始

夜明け前の三時、パルチザン第一一旅団の百四十三人がリポグラウのトンネルの両側で攻撃態勢を取った。ペネロピは七十五人を率いて北口を、マイロは残りを使って南口を攻撃することになっていた。十二月初旬の未明は凍《こご》える寒さだった。夜のうちに降っていた小雪がうっすらと地面を覆っていた。足音を消せるほど積もってはいないが、それでも奇襲攻撃であるうえに数的にも有利だった。ズベロヴォでの陽動作戦を任された第一三旅団が橋を攻撃する音が聞こえてきたと同時に、ペネロピもマイロも攻撃を開始した。南口と北口の両方からトンネル内を急襲し、爆薬を仕掛けつつ進み、真ん中あたりで合流する手はずになっていた。

最初の爆発音が遠くから聞こえてくると、トンネルの守備隊は案の定ズベロヴォの橋に向かって走っていき、トンネルの護りはがら空きになった。ペネロピが攻撃開始の合図を送ると、パルチザンの第一陣が斜面から立ち上がった。トンネルの入り口に歩哨はいなかったが、パルチザンたちは念には念を重ねて手榴弾をトンネル内に放り込み、ステンガンで一斉射撃した。トンネル内からわずかばかりのうめき声が聞こえてきて、さらに弾丸《たま》を浴びせるとそれも途絶えた。

ペネロピは大声で命じた。「さあ、突入するわよ」

七十五人全員がトンネル内に突っ込んでいった。なかには、蒸気を上げて発車準備を整えている線路修理車があった。線路修理車は蒸気機関車と炭水車、そしてクレーンなどの修理用機材を積んだ四両の貨車で構成されていた。ペネロピがステンガンで機関車の運転室を撃つと、ふたりの男が両手を上げて出てきた。

ペネロピは機関士に銃口を向け、質問した。「何人乗ってるの？」

機関士はかなり拙《つたな》いスロヴェニア語しか話せず、ペネロピはすべてを理解することはできなかった。それでもこの線路修理車にいるのは機関士と機関助手、そしてクレーン操縦士の三人だけで、ドイツ兵はひとりも乗っていないことだけは聞き取れた。守備隊の兵士たちは全員ズベロヴォの橋の防衛に出払ったと機関士の男は言った。ペネロピは攻撃部隊を指揮する中尉をつかまえると、線路修理車を掌握するよう指示した。「いいことを思いついた。部下たちを列車に乗せて、梯子《はしご》じゃなくてこれを使って爆薬を仕掛ける」

照明に煌々《こうこう》と照らされたトンネル内で、天井にあけられた穴は簡単に見つかった。こんなに丸見えなのに、呆れたことにドイツ軍は気にしていなかった。ペネロピの指示のもと、線路修理車の上に乗ったパルチザンたちは穴に次々と爆薬を詰めていった。ペネロピは詰め終わった爆薬にどんどん信管を差し込んでいった。そしてあっというまにトンネルの真ん中に達した。複線の片方に、迷彩ネットで覆われたV・1を積んだ車両が並んでいた。「爆薬はあとどれぐらい残ってる？」ペネロピは大声でパルチザンの中尉に尋ねた。

ドイツ軍はV・1ロケットを六両の貨車に積み、連合軍の爆撃機やパルチザンの攻撃から隠していた。南口から進んできたマイロたちも、トンネルの中央部でペネロピたちと合流した。マイロたちも貨車の上に乗ったり梯子を使ったりして爆薬を詰めていた。遠くから聞こえてくる機関銃の銃声と手榴弾の爆発音が、残された時間はあまりないことを告げていた。マイロは最後の爆薬を仕掛け終えるとトンプソンを肩から吊るし、ペネロピたちに向かって駆け寄ってきた。「首尾はどうだ？」

「簡単だった。ちょろいものよ。爆薬は仕掛け終えたからもうここから出てもいいけど、そのまえにこのロケット爆弾《バズ・ボム》を何とかしたい。こっちの爆薬は何キロか残ってる。こいつを始末するにはどれぐらい必要？」

マイロは自分のほうの部隊のふたりの中尉を呼び寄せ、残っているプラスティック爆弾を集めさせた。二十キロあった。

「充分じゃないが、的確な位置に仕掛けたらうまくいくはずだ。十分でやるから、きみは出口で待っててくれ。手はずどおり、ふたり同時に起爆させよう」ペネロピはうなずくと、パルチザン全員にトンネルから出るよう大声で指示した。作戦の仕上げはマイロの手にゆだねられた。

二十分後、トンネル攻撃部隊は南口を出たところの斜面の木立のなかに再集結した。マイロは二本の導線を自分の起爆装置に接続した。ペネロピはもう起爆の準備を終えていた。あとはふたり同時にレヴァーを押すだけだった。「準備はいいか？」マイロは尋ねた。

「わたしにやらせて。これはわたしがやらなきゃならない」

「わかった、きみに任せる」マイロは全員に伏せるよう手で合図した。ペネロピはふたつの起爆装置のレヴァーを同時に押した。二秒か三秒後、爆発音が次々と轟き、地面が揺れ、トンネルは内側から崩壊していった。最後の最後に、V‐1が爆発したことを示す炎と熱風がトンネルから噴き出した。*1

作戦は成功した模様だった。パルチザンの将校たちは部下たちに斜面を上がるよう命じた。マイロとペネロピは意気揚々とあとに続いた。安全な場所まで登ると、銃声と手榴弾と迫撃砲による小さな爆発音が聞こえてきた。ズベロヴォでは激しい戦闘がまだ続いていた。パルチザンたちは加勢に行かなければと口々に言った。将校たちが支援部隊を編成していたそのとき、伝令がやって来た。サヴァ・クルンツァだった。

この地に最も精通しているクルンツァが伝令に選ばれ、第一一旅団の助けが大至急必要だという報せを持ってきたのだった。第一三旅団からの支援要請を将校たちに伝えると、クルンツァはマイロとペネロピに近寄ってきた。「ズベロヴォじゃ激戦が続いている。こっちは大勢やられた。ドイツ軍はこっちが攻めてくるのを予知していたんだ。向こうは、おれたちを上まわる重機関銃と迫撃砲を配備していた。おまけにあんたたちの野営地を包囲していて、のこのこ戻ってくるのを待っている。戻らないほうがいい」

「無線機とかの装備はどうするの？　暗号帳がドイツ軍の手に渡ったら、逆に利用されてしまうかもしれない」

マイロはふたりにあいだに割って入った。「生死の境目では苦渋の判断を始終迫られる。ブロークンアロー作戦は成功したと見ていい。ここはもうセミチのパルチザン第四方面軍司令部に行くのがベストだ」

ペネロピは溜め息を吐いた。無線機と暗号帳の回収はあきらめるしかない。「わかった、じゃあ今すぐセミチに向かいましょう」

クルンツァが待ち望んでいた言葉だった。「パルチザンの秘密ルートを使って、おれがあんたらを案内してやる。あのあたりもよく知っているし。ここでおれたちが抜けてもほとんど文句を言われることはない」

ペネロピはステンガンを肩に吊るし、覚悟を決めてここから去る準備ができたことを示した。そしてシャツのなかに手を差し入れ、シルク地の地図を取り出した。「じゃあ案内して」

クルンツァはうなずくと両膝をつき、地図を地面に広げた。「地図を見ればわかるとおり、ここからセミチまではかなり距離がある。そのあいだはずっとパルチザンの支援が必要だ。まずはツェリエに行く。線路づたいに行くほうが一番簡単で早い」

「馬鹿なことを言うな。トンネルを吹き飛ばしたばかりなんだぞ。線路沿いはドイツ軍だらけだ！」マイロは声を荒らげた。

「おれもそう考えたが、実際はあんたらの野営地の包囲に大きく人員を割いている。だから線路沿いの警備はかなり手薄になってるんだ。線路を破壊するほどの戦力のあるパルチザンを追撃するには、リティアからの援軍が必要だ。朝のこの時間に呼び寄せるには、少なくとも三時間から六時間はかかる」

「じゃあ、さっさと出発しましょ。わたしはイギリスに戻って結婚式を挙げなきゃならないのよ」

二十分後、三人は斜面を下り、ジダニ・モストとリュブリャナをつなぐ複線の線路に戻った。第三帝国に戻る軍用貨物列車が待機線に数本停まっていた。線路が破壊されて運行に混乱が生じ、本線上で立ち往生している列車も二本あった。ペネロピたち三人が森の切れ目に達したとき、マイロは機関車から蒸気をもうもうと上げている状態で停まっている南行きの列車に眼を留めた。こいつを待ってたんだ。彼は胸につぶやいた。ＯＳＳでの訓練で、ジョゼフと同様にマイロも蒸気機関車の動かし方を学んでいた。機関車には炭水車と三両の空《から》の平台貨物車が連結されていた。「チャンスだ！」マイロはふたりに呼びかけた。「こいつを奪おう。おれが運転してツェリェまで行く」

ペネロピはステンガンのコッキングハンドルを引き、機関車の運転室に近寄っていった。跳び乗ってなかをのぞくと機関士の姿はなく、機関助手は持ち場で寝入っていた。ペネロピはセルボ・クロアチア語で怒鳴った。「機関車から降りろ、今すぐに！」ぱっと起きるなり、自分の顔に突きつけられている銃口が眼に入ってきた機関助手は胆を潰し、運転室から跳び降りて逃げだした。念のため、ペネロピは機関助手の足元を狙って数発撃った。そしてマイロとクルンツァに向かって手を振った。ふたりが運転室に入ってくるなり、ペネロピは跳び降りて炭水車の後部に走っていった。彼女は連結器を解除して平台貨物車を切り離し、線路上に放置した。十五分後、マイロは運転席に坐り、スロヴェニアの田園地帯を抜ける線路で蒸気機関車を走らせていた。

クルンツァはマイロの即座の判断と手並みに舌を巻いた。そして彼の耳元で大声で言った。「ツェリェの町はずれに車両基地がある。その手前で停めろ。そこで降りてヴォイニクに向かう。そこから秘密ルートに入ろう」

それからマイロは機関車を三十キロほど走らせつづけた。沿線にドイツ軍の哨戒部隊の姿はなかった。ツェリエまであと十キロ少々のところで、機関助手を務めていたクルンツァは持ち場からはずれ、マイロに機関車を止めるよう指示した。

「鉄道を使えるのはここまでだ。もうじき夜明けだ。陽が昇ればドイツ軍は兵を展開させる」

マイロは蒸気を放出させ、機関車を止めた。ペネロピはクルンツァと同時に運転室から跳び降りた。続いてマイロも地面に降りた。クルンツァは顔についた煤《すす》をハンカチで拭った。「この道の先に小さな町がある。休息と食事が取れる家を知っている。体を休めたら、裏道から秘密ルートに案内してやる。このあたりのパルチザンたちはもっぱら夜に活動している」クルンツァは線路脇の転轍《てんてつ》小屋を指差した。「あそこで陽が落ちるまで身を隠せばいい。おれもそうだが、あんたたちだってもうへとへとだろ」

マイロもペネロピも大きくうなずくしかなかった。ふたりとも、かれこれもう三十六時間以上も不眠不休で動きつづけていた。休息と食事はもちろん、頭のなかを整理する必要もあった。クルンツァはペネロピに向かって言った。「先に進む前に、着替えと食い物が必要だ。とくにあんたは黒ずくめだから、ドイツ軍に出くわしたらやば

「たしかにそうだけど、じゃあどうすればいい？　近くに百貨店なんかなさそうだし」

「そんなものあるわけがない。このあたりに女物の服を手に入れる伝手《つて》がある。その黒装束よりももっと化けるにふさわしい服を借りてきてやるが、そうなるとあんたたちはここで二時間ばかし待つことになる」

精根尽き果てていたマイロとペネロピはクルンツァの言うとおりにし、転轍小屋で休憩を取ることにした。小屋に床はなかったが、それでも数時間は安全に、しっかり身を隠すことができそうだった。ふたりは何枚かあった防水帆布を地面に敷き、クルンツァは出かける準備を整えた。「おれが日暮れまでに戻らなかったら、何かまずいことになったと思ってくれ。そうなったらあんたたちだけで移動しろ。ツェリエの南のジダニ・モストを目指せ。標高の高いところを進みつづければ、どこかで秘密ルートに行きあたる可能性が高い。ふたりとも頑張ってくれ」そう言い終えるとクルンツァは転轍小屋から出て、スロヴェニアの田園のなかに消えていった。

マイロは言った。「あの男はまだどうも気に入らない。妙にこそこそとしたところがある」

「でも今のところは彼の言うとおりにするしかないと思う。夜になっても戻ってこなかったら、ふたりだけでここを出ましょ」

防水帆布を使い、マイロとペネロピはできるかぎり快適に身を休めようとした。そしてあっさりと眠りに落ちた。数時間ほどぐっすりと寝たところで、ふたりは起こされた。眼のまえには、短機関銃を構えたスーツ姿の若い男がいた。男のうしろには、やはり短機関銃を手にしたふたりのドイツ兵が控えていた。マイロにはトンプソンに手を伸ばす暇すらなかった。スーツの男はたどたどしい英語で告げた。「起きろ！おまえたちを逮捕する！」

ふたりとも、身元を偽ることも口先だけでこの場を切り抜けることもできなかった。トンプソンとステンガンを持ち、黒っぽい服を着ているとなればなおさらに。マイロは悪罵《あくば》の言葉を吐き、裏切ったクルンツァをののしった。ペネロピは両手を上げた。

「無駄よ、マイロ」

＊1　リポグラウトンネルの上の地表には、トンネル内部全体の崩壊で生じた広範な損傷部分が今でもそのまま残っていることが衛星画像で確認できる。

29　戦略的欺瞞

一九四四年十二月六日の十二時過ぎ、ジョゼフは〈ホテル・ザグレブ〉にチェックインした。オドネル中佐の読みどおり、市《まち》はほんの一部しか解放されていなかった。ドイツ軍があちこちに検問所を設けていて、そのいくつかを迂回するしかなかったが、それでも何とかホテルにたどり着くことができた。ジョゼフは眼下に街並みが広がる最上階のシングルルームを取った。ジョゼフはまた風呂に入り、主計将校から受け取った服に着替えた。しかしそれは、これから大口の取引をまとめようとするひとかどのビジネスマンの装いとは言い難い代物だった。ジョゼフは街に出て、紳士服店でビジネススーツとオーヴァーコートと帽子を買い、ホテルに戻った。またトンプソン短機関銃の銃床をはずしてオーヴァーコートの下に収まるようにし、四五口径の拳銃をベルトの背中側に差した。OSSの工作員というよりもシカゴのギャングさながらの姿になった。

夕方近く、ジョゼフは〈ドゥブラヴァ繊維〉があるビジネスビルを探し当てた。この繊維企業の本社事務所は最上階にあった。事務所には五十代の女性秘書がいた。痩せているわりには服はぶかぶかなところが、ドイツ占領下のザグレブ市民の窮境をしのばせた。ジョゼフが事務所に入ってきたとき、秘書はファイルキャビネットの書類をせわしなく整理していた。ジョゼフはアタッシェケースのなかにあった指示書どおりに声をかけた。

「こんにちは。サドヴィッチ氏に会いに来ました。いとこのウトがよろしくと言っていました」

ジョゼフの言葉に、秘書は書類を整理する手を止めた。秘書はジョゼフに背を向けたまま、返すべき言葉をじっくり考えた。満足のいく返事を思いつくと振り返ってジョゼフを見た。「もっとずっと年上の方がお見えになると思っていたけど。そんなに若いのなら、パルチザンと一緒に戦っているほうがいいんじゃないかしら?」

「ぼくがどこの人間かご存じなら、そんなことはどうでもいいはずです。サドヴィッチ氏にはいつ会えますか?」

秘書は自分の机に行き、内線電話の受話器を取り上げた。相手が出ると、ささやくような声で告げた。「いとこのウトのお知り合いがお見えになられました。ご案内してもよろしいですか?」秘書は受話器を置いた。「今からオフィスでお会いになるそうです。サドヴィッチ氏の今日の予定はすべてキャンセルしておきました。必要なだけ時間をかけても結構です」

ジョゼフはサドヴィッチ氏のオフィスに足を踏み入れた。ドアの横のフックに帽子を掛けようとしたそのとき、背後からふたりの男に両腕を掴まれ、トンプソンと四五口径を取り上げられた。ボディチェックをされ、現金を詰めたマネーベルトも見つけられてしまった。こいつらはプロだ。ジョゼフは胸につぶやいた。男がジョゼフに背を向けて立ち、窓の外を眺めつつ象牙《ぞうげ》のパイプを吸っていた。男は中背の中年で、着古した茶色のスーツを身にまとっていた。ジョゼフは何も言わず、〈キロ・シックス〉と呼ばれる諜報部員がこっちを見るのを待った。男はおもむろに振り返り、自分に会いに来たアメリカ軍の情報将校と向き合った。男はたちまち驚いた表情を浮かべた。おおかた秘書と同じことを考えたのだろう。ジョゼフはそう思った。ジョゼフのほうは、アタッシェケースのなかにあった写真で男が〈キロ・シックス〉だとわかった。

「来るのはふたりで、しかももっと年嵩の人間かと思っていたのだが。で、いとこのウトは元気でやっているかね?」

正しい合い言葉が交わされたことを確認し、ジョゼフは安堵して名乗った。「合衆国戦略情報局のジョゼフ・コスティニチ少佐です。さらに言えば、クロアチアを含めたユーゴスラヴィア全土の諜報活動を統括する立場にあります。サドヴィッチ氏ですね？」

男はオックスフォード訛りの英語に切り替えた。「今この場では、私が何者なのかは大した問題ではない。実際、私の正体は知らないほうがいいし、知らないほうが身のためだ。とりあえずかけたまえ」

ジョゼフは木製の椅子に歩み寄った。〈キロ・シックス〉はそのまま話しつづけた。

「むさくるしいオフィスで申し訳ない。ふたりの護衛のこともすまない。が、充分おわかりかと思うが、暗殺者かどうか確かめる必要があった。持ち物から察するに、きみに殺される可能性は大いにあったということだな」

「ぼくもあなたに対して同じことを考えていました。この部屋に入った途端に眉間を撃ち抜かれる可能性もあったわけですし」

「現金は持ってきたみたいだが、もうひとり連れてくるものと思っていた。通信士と一緒に行けという指示を受けたはずだ。どこにいる？」

「ゲシュタポに待ち伏せされて、通信士と暗号帳を奪われる危険を冒すわけにはいきませんから」

〈キロ・シックス〉とふたりの護衛はいきなり声をあげて笑った。

「笑われるようなことを言ったつもりはありませんが。誰だって命は惜しいでしょう」

「まあ安心したまえ。われわれはゲシュタポの手の者ではない。本題に入る前に、きみに確認しておきたいことがある。この面会のことを、パルチザンは察知しているのか？」

〈キロ・シックス〉の机の正面に置かれた、かなり硬くて坐り心地が悪そうな椅子にジョゼフは腰を下ろした。「ぼくの知るかぎり、それはありません。パルチザンの誰にも絶対に知られないよう慎重に行動しました」

「イギリス軍はどうなんだ？」

「パルチザン以上に注意を払って気づかれないようにしました」

「ソヴィエトは？」

「ソ連軍に感づかれていたらここにはいません。ザグレブに入る前に内務人民委員部《NKVD》に殺されていたでしょう」

〈キロ・シックス〉も机の椅子に坐り、パイプを灰皿に置いた。そして顔を絶望の色に染めた。「第三帝国の戦いは終わったも同然だ。あとは時間の問題だ。ドイツは狂人どもに支配されている。奴らの大義とやらのためにラインラントは焼け野原《ウエストランド》と化し、何百万もの無辜《むこ》の民が失われる運命《さだめ》にある。が、それなりの謙虚さと誇りでもってして、この狂気に終止符を打たんとする人間も少なからずいる。そのことについてきみと話し合うために、私はここにいる。この計画にかかわっている人々もまた大きな危険にさらされている。時間はあまり残されていない。われわれの動向は、パルチザンだけではなく親衛隊保安局《SD》も追っている。われわれに与えられた機会はほんのわずかだ。それを逃せば扉は閉じられ、ドイツもそれ以外の国々も狂気の後始末に追われることになる」

「ゲシュタポとかかわりがないのなら、つまり国防軍情報部《アプヴェーア》とはかかわりがあるということですね?」ジョゼフは尋ねた。

「きみは勘がいいな。たしかに私は、その組織の残党の指示で動いている」

ジョゼフは続けた。「最初に言っておきますが、ぼくはグロア少将が望むありとあらゆることについて話し合える、全面的な権限を与えられています。さらに言えば、この件にかかわる人間と話し合うためなら、ぼくはどこにでも行きます。話を先に進める前にお尋ねします。あなたはこの件と、どういったかたちでつながっているのですか? 見返りは何ですか?」

「私はバルカン諸国の産業とつながりのある一介の実業家だ。ドイツ軍上層部の一部から、バルカン半島に展開する全軍をアメリカ軍のみに降伏させたいという相談を受けた。知ってのとおり、彼らは戦争終結後にソヴィエトがやることを不安視している——それは私もだが」

「わかりました。では、どのようなかたちで協力していただけるのですか?」

「グロア少将には、第一二軍内の自分の師団と第一六機甲師団を全面降伏させる用意がある。加えて、バルカン半島に展開する第一二軍内の別の師団を指揮するふたりの将軍も、グロア少将とまったく同じ意図を持っている。その総戦力はかなりのものだ。むろん降伏には条件がある。将軍が出したひとつ目の条件は、降伏するのはアメリカ軍にだけでイギリス軍ではない。ソ連軍になどもってのほかだ。ふたつ目は、アメリカ軍に降伏する枢軸国全軍に対する、ジュネーヴ条約で規定されている最大限の支援の確約だ。最後に、連合軍、とくにアメリカ軍によるイストラ半島（バルカン半島の西のつけ根にある半島）への南側からの侵攻の中止だ」

「大きく出ましたね。ほかにはありませんか？」

「その三つだけだ」

「連合軍もあれこれ条件をつけてくることは、あらかじめ考えているのでしょうか？」

「その点についてはわからない。私が聞かされたのはこの三つだけで、それをきみに伝えたまでだ」

「ミスター・サドヴィッチ――やはりこれがあなたの本名ですよね――ドイツ側は取り引きできる立場にありません。ぼくにもさまざまな指示が下されていることを忘れないでください。その指示書の一行目にあるのが無条件降伏です。グロア少将との講和条件のひとつ目として、この地域の占領軍の無条件降伏を求めます。クロアチアとセルビアではパルチザンに降伏していただくことになります」

〈キロ・シックス〉は話をはぐらかそうとした。「なるほど、きみはなかなかの才量を持ち合わせているみたいだな。おまけに若く見えるわりには分別がある。実際は何歳なんだね、ミスター・コスティニチ？」

「正直に言いますけど二十六歳です。本題に戻りましょう。ぼくにはふたつの任務が課せられています。ひとつ目はあなたの正体をつかむことですが、いまのところあなたはまだ明かしていません。ふたつ目はグロア少将本人との会談の段取りづけです。少将以外の人間ではだめです。ふたつ目の任務に移る前に、あなたご自身について教えていただけませんか？　どうやってOSSスイス支局に接触したんですか？」

〈キロ・シックス〉は、チューリッヒのアレン・ダレスと接触した経緯を説明した――まずは身分証と各種書類を偽造し、司祭平服《カソック》を着てカトリック教会の司祭になりすまし、クロアチアからスロヴェニア、そしてイストラに向かった。

「まだあるぞ、コスティニチ少佐。一九四三年の初め頃、グロア少将は秘密裏にパルチザン上層部と停戦交渉を行った」ジョゼフは椅子の上で身じろぎした。つまりチトー本人もしくはその側近たちと話し合ったということだ。〈キロ・シックス〉は椅子をくるりと回して窓のほうを向き、話を続けた。「交渉の場では、ドイツ軍にとって頼みの綱である鉄道と鉱山への攻撃をパルチザンは止め、ドイツ軍もパルチザンへの攻撃を停止するという案がパルチザン側から出された。パルチザンの幹部たちは、自分たちの一番の敵はチェトニックであり、そこに何者にも邪魔されずに全戦力を投入したいと言った。これは将軍自身が私に教えてくれた情報だ」

「いわゆる〝協定〟ですね。つまりそれによってドイツ軍は鉄道と鉱山の安全を確保し、その見返りとしてパルチザンはドラジャ・ミハイロヴィッチとチェトニックの打倒という大願にひたすら全力を注ぐことができる、ということですね？」

「私はそう理解している。おわかりかと思うが、これは超の上に超がつく極秘情報だ。だからこそグロア将軍は、パルチザンではなくアメリカ側と直接対話がしたいと言ってきたのだ」

「この情報が外に漏れたら、ミハイロヴィッチがドイツ軍に協力していると疑われるずっと以前から、そのドイツ軍はパルチザンとがっちり手を握っていたという事実が世界中に知れ渡ります」

「そういう見方もできる。だからこの会合のことをパルチザンに感づかれていないか、きみに確認したのだ。連中に知られたら、計画全体が危ういことになりかねない」

〈キロ・シックス〉はパイプを手に取るとマッチを擦《す》り、残っていた煙草にじわじわと火を点けた。「通信士はどこにいる？　ザグレブには、こちらの要求どおりに通信士に無線機を持たせてきたんだろ？」

「先ほど言ったとおり、通信士は直近の現地支局に残してきました」

〈キロ・シックス〉は上着のポケットから二枚のカードを取り出し、まず一枚をジョゼフに渡した。「ではこのメッセージを送信してもらいたい。降伏する意思のある部隊名と、この計画にかかわっている指揮官の名前が記してある」そして二枚目を渡して続けた。「こちらにはスレムスカ・ミトロヴィツァへの行き方が書かれている。そこにグロア少将は臨時の師団司令部を置いている。知ってのとおり、ソ連軍はベオグラードの砲撃射程内まで進軍していて、ドイツ国防軍《ヴェアマハト》は安全な地域での再配置を余儀なくされている」

「スレムスカ・ミトロヴィツァはチェトニックの支配地域の奥深いところにあります。そこまで行くのは難しいでしょう」

「簡単なことなどひとつもない。難しい立場を強いられているのは私とて同じだ。きみがここにいるあいだに、パルチザンの部隊が私を捕らえようと手ぐすね引いて待っているともかぎらないだろ？」

「正直に言いますけど、そんなことはありません。とにかく、ぼくの言ったことは額面どおり信じてもらうしかありません。接触してきたのはあなたがたのほうで、われわれではないということを忘れないでください。でもあなたの言うとおり、たしかにこのビルをパルチザンかアメリカ軍の部隊に包囲させることもできました。実際のところ、あなたはナチの協力者なので、戦時下においてはナチと同罪とみなされますから」

「では首を洗って待つとしよう」

〈キロ・シックス〉は椅子から腰を上げ、会合が終わったことを示した。「馬鹿なまねをしないよう、きみの持ち物は預かったままにしておく。イタリアにいるお仲間たちに私のメッセージを送信してほしい。何かあったら私のオフィスに連絡してくれ。まずはそこからだ。それから、このことが絶対に外に漏れないように最大限の注意を払いたまえ。ゲシュタポの手が及んでいるのはパルチザンの情報部だけではない。連合軍にもソ連軍にも浸透している。彼らのスパイはそこらじゅうにいる。われわれの命運は尽きかけている」

ジョゼフは頭が混乱したまま〈ドゥブラヴァ繊維〉をあとにした。彼に与えられた任務は〈キロ・シックス〉と接触してその正体をつかみ、グロア少将との会談の段取りをつけ、日時と条件について話し合うことだった。が、どちらも果たせなかった。代わりに得たものといえば、連合軍の戦略的欺瞞作戦が奏功したということだった。ドイツ軍は、連合軍がイストラ半島に侵攻するものと思い込んでいる。そして前々からそうではないかと疑っていたが、ドイツ軍と協力しているのはチェトニックではなくパルチザンのほうだ。ジョゼフはスレムスカ・ミトロヴィツァに単身乗り込む手立てをいくつか考えてみたが、どの手もパルチザンに知られてしまうことは必至だった。バーリに報告して、さらなる指示を仰ぐよりほかになかった。ジョゼフは、トプスコのOSS現地支局に戻る前にザグレブの街をふらつくことにした。ある意味、文明社会に半分だけ戻ってきたような気がした。もう何週間も敵地に潜入し、山中で寝泊まりしてきた。都市部ではまだ食料不足が続いていたが、食事を出す居酒屋がいくつか営業していた。ジョゼフは温かい食事と冷たいビールを味わうことにした。

30 ゲシュタポの捕虜たち

ペネロピとマイロはツェリェのゲシュタポ司令部に連行され、自分たちを拘束したスーツ姿の男から何度も尋問を受けた。ふたりの逮捕はシュタイエルスカ地方のドイツ系新聞で大々的に報道された。ふたりの写真が掲載され、〝破壊工作員〟を捕らえたゲシュタポは鼻高々といった感じだった。こうした行為を働いた者たちの末路を記したポスターもあちこちに貼り出された。ポスターはこう警告していた――この二名の破壊工作員は極刑に処される。

ペネロピとマイロは軍用列車でセルビアのゲシュタポ司令部に移送されることになった。ふたりは隔離され、マイロはやはり捕虜になった戦闘員や政治犯たちと一緒に最高警備体制の貨車に乗せられた。男たちは互いに鎖でつながれ、脱走は不可能だった。ペネロピはそれよりましな一般の客車に収容され、別の女の捕虜と手錠でつながれて横並びに坐らされた。テロ行為の廉で捕まったパルチザンの工作員だとされている女だった。女は簡素なワンピースと長靴、そしてイタリアの青いチュニックという格好だった。ペネロピは両膝に穴があいてしまった黒っぽい迷彩柄のズボンとオーヴァーコートという服装のままだったが、長靴は脱走を防ぐためにツェリェで取り上げられていて、履いているのは毛糸の靴下だけだった。

連合軍機とパルチザンからの攻撃を避けるため、軍用列車は陽がすっかり落ちた十八時少し過ぎにツェリェ駅から発車した。列車には東部戦線の残存戦力が咽喉から手が出るほど欲している軍需物資も積まれていて、クロアチア東部を横断してセルビアへと至る複線鉄道を使うことになっていた。ペネロピとパルチザンの女の向かい側には、イワンというコードネームの若いゲシュタポと、彼女たちの看守役の平服姿の親衛隊《SS》隊員が坐っていた。ペネロピたちは煙草を吸うことは許されていたが、話すことは許可が下りるまでできなかった。列車が無事にパルチザン支配地域から抜け出てザグレブからしっかり離れるまで、少なくとも二時間はかかるはずだった。複線路線が走っているクロアチアの各都市の南側は、まだドイツ軍が線路周辺を支配していた。

二時間後、イワンとSSの看守は腰を上げて伸びをした。イワンは、小声でなら話をしてもいいとペネロピとパルチザンの女に告げた。そして通路で煙草を吸ってくると言い残し、ふたりの男は個室席《コンパートメント》から出ていった。

ドイツ側に捕らえられてから、ペネロピはずっと英語だけを使って話し、自分がイギリス軍の将校だということを強調してきた。パルチザンの女が先に口を開いた。

「わたしはセモナっていうの。あなたは？」女はセルボ・クロアチア語で訊いてきたが、かすかなドイツ訛りを聞き取るなり、ペネロピはすぐさま警戒した。

ペネロピは、何を言っているのかわからないという感じに無視を決め込みつつ、セモナと名乗る女を横眼で捉えつづけた。セモナは顔も髪も汚れておらず、かすかな香りすら漂わせていた。捕らえられたばかりか、移送される直前に風呂に入ることを許されたみたいだった。肘と膝を擦りむいていないことにもペネロピは気づいた。捕らえられたばかりなら、自分とはちがってゲシュタポたちから手荒な扱いを受けていないにちがいない。ペネロピはそう考え、まだ打ち解けて話をするべきではないと判断した。彼女はＳＯＥで受けた訓練を思い出した。ミス・テイトに言われた言葉も――

「捕虜になった場合、ゲシュタポは情け容赦ない手法を使うから、とくに注意するように。情報を得るためなら、彼らはどんな手でも好き放題に使う。同じ捕虜を装って親しげに接触してきて、情報を聞き出すという手に出ることもあります」

ペネロピはフッと笑みをこぼし、話しつづけるセモナから顔をそむけた。「怖がっちゃだめ。捕虜が怖がってるとわかれば、ゲシュタポは恐怖を使って情報を得ようとするから」

セモナは、看守から渡された煙草をコートのポケットから取り出し、口に一本くわえた。「ライターは持ってないでしょ？」セモナは尋ねた。ペネロピは口を閉ざしつづけたが、セモナはあきらめなかった。「わかってると思うけど、先はまだ長いわよ。話し相手がいたら、長旅も楽になるんじゃないかしら。そのうち看守が戻ってきて、また話せなくなる」

この女が敵の手の者だと確信したペネロピは英語で言った。「この先のことを心配すれば？」どう見ても英語がわかっていそうにないセモナは、何も引き出せないと察したのかペネロピからさっと身を離した。

＊＊＊＊

ジョゼフはザグレブで一夜を過ごし、翌朝の夜明けと共に市《まち》を出た。午前中にOSSの現地支局に戻ると、オドネル中佐のテントに直行した。中佐は一睡もしていないような様子だった。髪は乱れ、数日分の無精ひげを生やしていた。テントに入ってきたジョゼフを見て、中佐は驚きの表情を浮かべた。

「まだ生きていたとはな。これは罠で、きみを死なせてしまったと思い込んでいた。それだけの覚悟をした甲斐があればいいんだが。何がわかった？」

「ありがたいことにゲシュタポの罠じゃありませんでした。〈キロ・シックス〉と会うことはできましたが、サドヴィッチ氏の正体まではつかめませんでした。彼のオフィスに入った途端に、ふたりの護衛からボディチェックを受けました。もちろん銃と金は取り上げられました。ぼくが感じたかぎりでは、〈キロ・シックス〉はゲシュタポではなくアプヴェーアだと思われます。グロア少将もゲシュタポではなくアプヴェーアの息がかかっていると考えざるを得ません。事実、〈キロ・シックス〉はアプヴェーアの残党から直接指示を受けていると言っていました。〝残党〟とはどういう意味なのかはわかりませんが。ぼくを殺さなかったことから、彼らは本気で降伏を申し出てきたものと思われます。指示どおり、こちらは無条件降伏しか受け容れられないと伝えておきました。その点については意見の相違があります。パルチザンもしくはイギリス軍がこの話し合いに絡んでいるのかどうか、やたらと知りたがりました。これもまた指示どおりにどちらも絡んでなくて、このことを知っているのはわれわれアメリカ軍のＯＳＳだけだと伝えました。さらに彼は、ソ連は知っているのかと訊いてきました。ソ連とも一切話し合っていないと言ってやりました。最後に彼は、ゲシュタポには何もかも筒抜けだと警告してきました。ゲシュタポは連合国だけでなくパルチザンにも、そしてソ連にも内通者を潜入させているという驚愕の事実を教えてくれました。ゲシュタポのスパイはどこにでもいるとのことです」

　オドネル中佐はうつむいたままテントのなかを行きつ戻りつしていた。「ゲシュタポとアプヴェーアの対立はかなり以前からわかっていたが、今年の二月頃、ＳＤのアプヴェーア吸収というかたちで決着がついたそうだ。だが、政治的火種はまだ残っていたようだ。それに、ゲシュタポが内通者を送り込んでいるとは初耳だな。でも、それでこれから話すことの説明がつく」中佐はようやく足を止め、話を続けた。

「パルチザンはかんかんに怒っている！　まったく、このあたりでは噂は本当にあっというまに広まるんだな。きみがザグレブでドイツ側の人間と降伏について話し合ったことも、ミハイロヴィッチと行動を共にしていたことも知られてしまった。つまりきみの言うとおり、情報がどこかから漏れたんだ。ゲシュタポの内通者が彼らに情報を流した可能性がある。その結果、私ときみにとっとと出ていけと言ってきた。われわれに残された時間は少ない」

「できるだけ早いうちに帰ってきたつもりなんですが。裏切り者たちにジープを奪われる恐れがあったから、夜間の移動はやりたくなかったんです」

「きみがいないあいだにとんでもない報せが入ってきた。まあ坐りたまえ。それから話してやる」

ジョゼフはテント内に置かれた椅子のひとつに腰を下ろし、テーブルの上のスリヴォヴィッツに手を伸ばした。

「きみがザグレブに行っているあいだに、緊急電がいくつか入ってきた。ひとつ目の緊急電は、親衛隊保安局が大逆罪の容疑でグロア少将を逮捕し、ベルリンに送還したというものだ。ＯＳＳ司令部はグロアとその代理人との関係を一切断つよう命じてきた。降伏交渉についても同様だ。ふたつ目は、シュタイエルスカの〈チーム・ポパイ〉ハムリン少佐が発信したものがバーリを経由して入ってきた。きみがスロヴェニアに残してきたチーム・ブロークンアローのふたりが、ジダニ・モストの線路爆破に絡んでゲシュタポに捕まった。鉄道の運行が完全に止まったところをみると、どうやら爆破には成功したみたいだ。三つ目はパルチザン第四方面軍司令部からのものだ。アメリカ軍とイギリス軍の工作員が捕虜になり、軍用列車でセルビアの親衛隊本部に移送され、そこで尋問を受けるという」

ジョセフはショックで茫然自失となった。最悪の悪夢が現実になってしまった。スリヴォヴィッツをグラスに注いで一気にあおると、また注いだ。そして頭をぶんぶんと振り、オドネル中佐に向かって言った。「ふたりだけでやらせるべきじゃなかった。実戦経験が浅すぎたんです」そしてまたスリヴォヴィッツを咽喉に流し込んだ。「〈キロ・シックス〉に会いに行かなきゃだめだって判断したんです。これは戦争を終わらせる絶好の機会だって。でも今は、三九九部隊の要請なんか断っておけばよかったって後悔しています」ジョゼフはいきなりグラスを小さなテーブルに叩きつけた。「ほかに情報はないんですか？」

「きみがザグレブに行ってから、ハリスはずっと無線機につきっきりだ。報告はほぼ毎時間入ってきている。今のところ、状況は何も変わっていない」

「ヴォイヴォダ大尉には伝えたんですか？」

「あいつにはすぐに無線で知らせた。むろん、きみと同じようにうろたえていた。大尉は私ときみのために輸送機を手配してくれた。明朝、二機のC‐47が秘密滑走路に降り立つ。一機は私を乗せてブリンディジへ、もう一機はきみを乗せてサレルノに向かうことになっている。二機ともイギリス空軍第一四八特殊作戦飛行中隊が担当することになっていたのだが、ヴォイヴォダはきみの乗る機をこちらの第一五航空軍に飛ばせることにした。C‐47は二機編隊で飛来し、十五分の間を置いて別々に着陸する。私はイギリス空軍の一機目に、きみはアメリカ側の二機目に乗ることになる。ただし、きみの機はサレルノには行かない。ミハイロヴィッチの拠点に向かい、私に代わってハリヤード作戦の指揮を執ってもらう。ヴォイヴォダはきみのためにあえて危険を冒した。イタリアに戻って報告するよりもこっちに残ったほうが、きみは力を発揮すると考えたんだ。きみは正式にはチェトニック支配地域で〈チーム・ハリヤード〉を率いて航空兵の救出にあたることになるが、向こうに行っているあいだにコヴィッチとウォルシュにために手を尽くしてほしい」

　ジョゼフはオーヴァーコートのポケットから二枚のカードを取り出した。「〈キロ・シックス〉からのメッセージなんですが、これはどうしましょう？」

「ゲシュタポの内通者がＯＳＳにもＳＯＥにもいるのだとしたら、そのメッセージは司令部に送信しろ。ドイツ軍《クラウト》どもの頭を悩ませてやれ」

ジョゼフはさらに言った。「ふたりを奪い返すまで、ぼくはこの国を離れません」

オドネル中佐はもの問いたげな顔で言った。「そもそも、どうしてウォルシュ中尉は今回の任務に志願したんだ？　占領下のフランスに通信士として潜入したことがあるんだろ？　どんなに危険なことなのかわかっていたはずだ」

「そうなんですが、ぼくがブロークンアロー作戦の指揮官だと知るなり、チームに加わりたいと強く希望したんです。ぼくとヴォイヴォダがブリンディジのＳＯＥ司令部に行ったのは、あのときこっちには通信士がひとりもいなかったからです。ハリスはまだ本国にいましたから、選択の余地はありませんでした。彼女は通信士の訓練を充分積んでいて、しかも秘密任務を一回経験済みです」

「それでもやはり、中尉をチームに加えるべきではなかった」

「中佐は彼女のことを知らないからそう言えるんですよ。ウォルシュを止めるには鎖でつながなきゃだめです。ぼくらの任務内容を聞いて、Ｖ‐１ロケットを爆破することになるかもしれないとわかると、自分も現場に戻ると言い出しました。彼女はロンドン空襲で夫を亡くしているんです」

「不幸中の幸いと言うべきかもしれんが、どうやら中尉はトンネルとＶ‐１の両方の破壊に成功したらしい。それで、彼女がゲシュタポに捕らえられているとすれば、きみに何ができる？」

「救出作戦を立案します」

「たしかにやってみる価値はある。腹案はあるのか？」オドネル中佐は尋ねた。

「ドイツ軍の敗北が決定的になった今、ユーゴスラヴィアは全面的な内戦の瀬戸際に立たされています。この国がひとつにまとまっているのは、ドイツに占領されているからにほかなりません。〈キロ・シックス〉の話から、パルチザンはすでに一九四三年の段階でドイツ軍と手を結んでいたことがわかりました。この〝協定〟で、パルチザンはドイツ軍の補給線への攻撃を止める見返りとして、好きに活動する自由を得ました。つまりドイツ軍は物資の確保を、パルチザンはミハイロヴィッチとチェトニックの完全打破に全力を注ぐことができるようになりました。〝敵の敵は味方〟ということです」

オドネル中佐は声をひそめて訊いた。「つまり、ミハイロヴィッチとチェトニックを頼りにすることができるということか？」

「ゲシュタポの司令部はチェトニック支配地の眼と鼻の先にありますから」

31　救出作戦

　翌日の午前十一時ちょうど、オドネル中佐は予定どおり一機目のダコタに乗り込み、ブリンディジ空軍基地に向かって飛び去っていった。二機目のC‐47がグリナの秘密滑走路に着陸した。こちらの輸送機は旋回飛行を一時間続けたのちに、セルビアの最終目的地に向かって飛ぶことになっていた。後部扉が開き、搭乗員がOSS現地支局のための物資をいくつか落とすと、陸軍の制服を着たディック・ヴォイヴォダ大尉が降りてきた。ジョゼフはディックに手を貸して荷物を降ろしてやり、ふたりでジープに乗って現地支局に戻り、少しだけ体を休めた。ディックの顔は青白かった。やはり彼も寝ていないみたいだった。OSSの現地支局に戻るなり、ジョゼフは〈キロ・シックス〉と会ったこと、共産主義者もナチもOSSに内通者を送り込んでいると警告されたことをジョゼフに話した。ディックのほうは、捕らわれた工作員についてOSSがつかんでいる最新情報を伝えた。

　ディックはポケットからシルク地の地図を取り出し、話を続けた。「おそらくゲシユタポは、ふたりをここのヤザク修道院に連行したんだろう」彼はフルシュカ・ゴーラの山間部を指で示した。「SSとゲシュタポは、ベオグラードの〈ホテル・パレス〉からより安全な場所に司令部を移転させた。ソ連軍のベオグラード解放作戦が間近に迫っているらしい。赤軍は本格的な冬になる前に市《まち》を占領したいと考えている。ヤザク修道院は造りこそ要塞並みだが守備は手薄で、しかもその大半は枢軸国の兵士だ」

＊＊＊

ペネロピたちを乗せた軍用列車は、通常よりかなり長い時間をかけてクロアチア東部にたどり着いた。その途中で連合軍機に数回攻撃された。攻撃されるたびに列車は停止し、ペネロピとセモナは手錠でつながれたまま客車から降ろされ、線路沿いの側溝や窪みといった安全な場所に身を隠した。そこでペネロピは思いついた——空から攻撃される直前か直後が脱走の絶好のチャンスだ。ドイツ兵だって自分の命が惜しいから、攻撃を受けているあいだはほんの一瞬だけ監視の眼を緩めて、わたしたちは自分で身を隠す場所を探す。ゲシュタポの男も看守もまずは自分たちが安全な場所に逃げて、それからわたしたちを連れていく。そのあいだ、わたしとセモナは数分だけふたりきりにされる。この手に問題があるとすれば、セモナがゲシュタポかアプヴェーアで、わたしが脱走しようとしていることを看守に密告されるかもしれないというところだけ。そこは事前に確かめておかなければ。ペネロピはそう考えた。この女は英語がわからないし、ちゃんとしたセルボ・クロアチア語を話すけど、ドイツ語もわかっているユーゴスラヴィア人のゲシュタポの協力者なのかもしれない。ペネロピは煙草を使ってセモナの正体を暴いてみることにした。ゲシュタポと看守が煙草を吸いにコンパートメントから出ていくと、ペネロピはセモナからもらった煙草をポケットから取り出し、口にくわえた。そしてセモナに眼を向けることもなく、ドイツ語で声をひそめて言った。「さっき言ってたライター、貸してもらえるかな」

セモナはポケットに手を入れ、ライターを取り出した。ゲシュタポの捕虜がライターを持っているはずがなかった。ＳＯＥでの接近戦の訓練で教官から教わったとおり、ペネロピは手錠を掛けられていないほうの手でセモナの顔の横を殴り、一発で気絶させた。セモナの服のポケットを漁《あさ》ると、煙草がもうひと箱あった。ためらうことなく引き破ると、なかにはアプヴェーアの身分証があった。セモナはゲシュタポの手の者だとばかり思っていたペネロピは驚いた。ゲシュタポの男も看守も、この女が自分たちと対立関係にあったドイツの情報機関の人間だということに気づいていないのかもしれない。プランを変更しなければ。ペネロピは胸に毒づいた。

　さらに調べると、セモナは下着の下に小さな鍵を隠していた。どんな手錠にでも共通に使える鍵だった。ペネロピは急いで手錠をはずした。列車はあと十五分で定期停車する。今はクロアチア東部を走っているところだろう。ペネロピはコンパートメントのドアを開けた。イワンと看守は通路の端にいて、煙草と談笑に没頭しているように見えた。ペネロピはネコのようにこっそりとコンパートメントから抜け出て、男たちの反対側の端のドアを開けた——そこが列車の最後尾だった。列車は最大速度で走っていて、跳び降りたらまちがいなく怪我するだろう。それでもやるしかない。ペネロピは覚悟を決めた。線路沿いには畑ばかりが広がっているので、線路は盛り土の上を通っていた。列車は耕されたばかりの畑にさしかかった。今がチャンスだ。ペネロピは跳び降り、落下傘降下で使う五点接地で衝撃を分散させ、両腕と両脚をこすりながら盛り土の法面《のりめん》を転がり落ちた。畑の端で止まったが、跳び降りたところを警備兵のひとりに見られてしまった。警備兵は笛を鳴らして列車の急停止を求めると、小銃でペネロピを狙って撃った。弾丸《たま》は足元の石くれと土に当たった。ペネロピは立ち上がろうとしたが、体じゅうの骨が折れているかのような激痛が走り、立てなかった。腕か脚か手首が折れているのかもしれないが、確かめている余裕などなかった。列車は四百メートルほど進んだところで停まった。ＳＳの兵士がぞろぞろと降りてきて、ペネロピに向かって走ってきた。彼女は柔らかい土の上を這い進もうとしたが、どうにもならなかった。逃げる間もなく、ドイツ兵たちに取り押さえられてしまった。

＊＊＊

ジョゼフとディックはミハイロヴィッチの野営地でハリヤード作戦のメンバーたちと会った。ジョゼフは現地指揮官のニック・ラジッチ大尉に、このまま航空兵の救出任務に当たるよう言った。「与えられた任務をそのまま続けてくれ。ぼくとヴォイヴォダ大尉は特殊情報《SI》活動にあたり、ドイツ軍の動向についての情報を収集する。活動地域は敵中深くにあるフルシュカ・ゴーラだ。無線交信では、ぼくらの任務のことには言及しないでくれ。その理由はふたつある。ひとつ目は、ゲシュタポはすでにＯＳＳの暗号交信を解読しているからだ。奴らは鹵獲した無線機と電鍵を使って、かなり手際よく戦果を挙げている。ふたつ目は、ぼくとヴォイヴォダ大尉がチェトニック支配地域にいることを三九九部隊に知られたくないからだ。またＯＳＳの工作員がここに潜入したとわかったら、ＳＯＥは強く抗議してくるだろう。そうなるとハリヤード作戦に支障が出るかもしれないし、航空兵たちの命を危険にさらすことにもなる。だから無線ではぼくらのことには触れないでくれ」

「了解しました。指示のとおりにやります」ラジッチ大尉はそう答えた。

続いてディックが言った。「おれたちの任務については、すでにコスティニチ少佐がミハイロヴィッチに説明している。将軍は数名の戦闘員をおれたちに同行させてもいいと言っているから、きみのチームから人手を借りることはない。これ以上詳しいことは話さないほうがいいだろう。OSSはオドネル中佐に代わって少佐をここに送り込み、指揮を執らせた。そしてきみは、おれと会ったことはないし話もしたことはない。そういうことにしておいてくれ。おれたちの任務は三日もかからないはずだ。三日経って戻ってこなくても探すんじゃないぞ。いざというときにはおれたちで移動手段を確保する」ディックは手を差し出し、ラジッチと握手した。「ハリヤード作戦の成功を祈る。バーリでまた会おう」

ラジッチ大尉らチーム・ハリヤードのメンバーたちとの打ち合わせを終えると、ジョゼフはディックを連れ、任務に発つ前にもう一度ミハイロヴィッチに会いに行った。将軍はロズニツァの町はずれを流れるドリナ川沿いに拠点を置いていた。この地で初めて会ってから三年と八カ月が経った今、ジョゼフの眼にミハイロヴィッチはまったくの別人に見えた。内戦と枢軸国との戦いは将軍から活気を奪っていた。瘦せてやつれ、骨と皮が服を着ているといった感じだった。トレードマークの金縁の丸眼鏡は片側が曲がっていた。そして何日も寝ていないようにも見えた。ジョゼフはディックを紹介した。

「こちらはリチャード・ヴォイヴォダ大尉です。以前お話しした、四一年にぼくがこの国から脱出して合衆国に戻ったときに力になってくれた男です。ブルガリアとトルコの国境沿いの無人地帯を何とか抜けようとしていたときに、彼はトルコ側で待っていました」

ミハイロヴィッチは、テントのなかに置かれた小さなランタンで煙草に火を点けた。

「こんな困難極まる任務を自ら買って出たところをみると、きみにとって彼女はよっぽどの存在みたいだな、ヴォイヴォダ大尉」

ディックも煙草を口にくわえて身を屈め、ランプで火を点けた。「彼女は尊敬に値する、大切な女性です。おれが出会ってきたなかで一番優秀な人物であることは言わずもがなです。おれがやっていることは軍法会議ものですが、それでも彼女を取り戻すまでこの国を離れるつもりはありません」

ミハイロヴィッチは直上に紫煙を吹き上げ、話を続けた。「私がつかんでいる情報によれば、きみらのところのふたりの工作員は、おそらくフルシュカ・ゴーラのヤザク修道院に置かれたゲシュタポ司令部に連行されたものと思われる。あの修道院は要塞さながらの造りだ。これを見たまえ」ミハイロヴィッチは修道院の写真を取り出し、それが建っている山間部の大まかな位置を地図で示した。「修道院から二キロか三キロぐらいのところまでは案内してやることはできる。そこから先は自力で何とかしてくれ。幸い、修道院は造りこそ要塞並みだが護りは手薄で、おまけにドイツ軍は人手不足だ。守備についているのはもっぱらＳＳかゲシュタポの小部隊だ。わたしがつけてやる手勢なら、敵の防御を排除できるだろう。重機関銃を搭載したトラックもまわしてあげよう」

ジョゼフは尋ねた。「ふたりがすでに修道院に拘束されているのか、それともまだ移送の途中なのかわかりませんか？」

「役立つ情報をいつも提供してくれる、信頼できる男がひとりいる。パルチザンから寝返ってわれわれに合流した男だ。知っている人間がいるとすれば彼だな。ゲシュタポの関係者にも伝手《つて》があるらしいからな」

「どの程度の関係者なんでしょうか？」ディックが訊いた。

「食料や物資をドイツ軍に供給している人々がほとんどだ。現在その男はサヴァ川の北側を受け持っているから、そこに部下を送れば連絡を取ることは可能だ」

「ここをいつ発つことができますか？」

「準備はもう整っていて、あとは私が命令を下せばいいだけだ。残念ながらわれわれには車両はないから馬に乗ってもらうことになるし、フルシュカ・ゴーラには道路からはずれて山中を行くことになる。幹線道路は撤退するドイツ軍だらけで、しかも連合軍の哨戒機が攻撃をくわえている。ああいう簡単な標的への攻撃を、連合軍は七面鳥撃ちと呼ぶらしいな。おまけに連合軍機の攻撃を切り抜けても、今度はパルチザンの狙撃兵《そげきへい》たちの餌食《えじき》になる。奴らは路上にいる者ならドイツ軍だろうがチェトニックだろうがお構いなしだ。言うまでもないことだが、サヴァ川までの道のりはかなり危険だ」

「何から何までありがとうございます、将軍。ふたりの工作員を修道院から脱出させたら、何とかしてここに戻ってきます。万が一それが叶《かな》わなかった場合にそなえて、先にお伝えしておきたいことがあります。ぼくはザグレブに行って、ドイツ軍の将軍の代理人と会いました。その将軍は降伏の条件を話し合いたいと言って接触してきたのですが、降伏する相手はパルチザンでもソ連軍でもなくアメリカ軍とチェトニックにしたいと求めてきました。代理人からは、チトーは一九四三年初めの段階でドイツ軍上層部と協定を結ぶべく、密かに協議を進めていたと聞かされました。その協定とは、パルチザン側は鉄道への破壊活動を止め、ドイツ軍もパルチザンへの攻撃を停止するというものでした。その結果、パルチザンはチェトニック討伐に全力を注ぐことが可能になりました。つまりチトーにとっての一番の敵は、ドイツ軍ではなくあなただったということです。これは聞き伝えの情報ではありますが、将軍が知っておくべき内容です」

「その話は事実だ。私自身、その協定なるものの存在はしばらく前から知っていた。

が、連合軍に背を向けられてしまった私に、一体何ができるというんだ?」

ジョゼフは答えた。「将軍、あなたはユーゴスラヴィアでの戦いにおいて真に信頼できる、一番の功績を挙げた人間として歴史に名を遺すでしょう。チャーチルとスターリンが同じ評価を下さなかったことが残念でなりません。将軍がこの国をナチの手から解放するためにしてきたことを、必ずやぼくが世界に知らしめてみせます」

32 ヤザク修道院

軍用列車はスレムスカ・ミトロヴィツァ駅に到着した。車内に連れ戻されたペネロピは打ち身と擦り傷だらけで、腕が骨折しているかもしれなかった。セモナの姿はどこにもなかった。列車が停止すると、ゲシュタポの男と看守に引っ張り上げられるかたちでペネロピは立ち上がった。

スレムスカ・ミトロヴィツァはドイツ軍の補給線の東端にあった。フロスベルク親衛隊上級大隊指導者とゲルヘルトは、十二名の親衛隊兵士を連れてプラットホームにやって来た。捕らえた敵工作員の女のほうが脱走を試みたという報せを聞いたフロスベルクは、女がまた同じまねをしないようにしたかった。そこで修道院の守備兵を連れてこられるだけ連れてきた。

ペネロピはゲシュタポの男と看守に両脇を抱えられて降りてきて、そのまま担架台に乗せられた。男の捕虜たちを乗せた貨車からマイロが降りてきた。マイロもまた自力で歩くことができず、体を支えられてプラットホームに降りた。担架台に寝かされているペネロピには見えないが、マイロは手荒い尋問を受けていて体じゅう打ち身と切り傷、そして鞭打《むちう》ちの痕《あと》だらけだった。顔は腫《は》れ上がり鼻が折れ、両眼のまわりに痣《あざ》ができていた。ふたりの捕虜の姿を見て、フロスベルクは愕然とした。彼はイワンというコードネームの部下と看守に詰め寄った。「きさまら、ふざけるんじゃないぞ！ このふたりを捕らえろと指示したが、尋問も拷問も許可したおぼえはない」

イワンは応じた。「お言葉ですが、こいつらは破壊工作員で、したがって〈コマンド指令（連合軍特殊部隊の兵士は捕らえたら即刻処刑せよという指令）〉の対象です」

「コマンド指令など知ったことか。ユーゴスラヴィアでの保安任務の全権は私にある。したがってきさまらが従うべきはコマンド指令ではなくこの私の命令だ！」

フロスベルクはゲルヘルトに手で合図した。ゲルヘルトはただちにSSの兵士たちに命じ、ふたりの捕虜の身柄を引き取った。「このふたりは、第三帝国の安全保障にかかわる重要な情報を持っている、極めて大きな価値のある捕虜だ。われわれは過去数カ月をかけて捜査網を展開させ、こいつらのことを調べてきた。すでに一回、アプヴェーアに捜査の邪魔をされたことがあり、ここでゲシュタポに台無しにされるのを黙って見過ごすわけにはいかない。ただちに司令部に連行しろ！」フロスベルクはゲルヘルトを含めたプラットホームにいる面々にそう大声で命じた。

マイロとペネロピはすぐさまヤザク修道院に移送され、医務室に運ばれた。ふたりとも傷と怪我の治療を受け、そして別々の留置房に入れられた。マイロが負っていたのはもっぱら打ち身と切り傷だった。ペネロピの右腕は骨折こそしていなかったが、ひどい捻挫《ねんざ》を負っていた。翌朝の五時、ゲルヘルトはマイロを起こし、尋問を開始した。外がまだ暗いなか、マイロはSSのふたりの兵士に連れられて、修道院の北西棟にあるゲルヘルトのオフィスに向かった。オフィスに入ってきたマイロを、えもいわれぬ香りが出迎えた。ゲルヘルトは濃いコーヒーを飲んでいた。

「ドアを閉めてふたりきりにしてくれ。終わったら呼ぶ」ゲルヘルトはふたりの兵士にそう告げた。「坐ってくれ、中尉」彼はかなり上手な英語で言った。

マイロはまだ腫れが引かない腕を伸ばして椅子の背を摑み、腰を下ろした。そして何も言わなかった。ゲルヘルトは別のカップにポットのコーヒーを注ぎ、マイロに差し出した。「クリームと砂糖はどうする？」彼は尋ねた。マイロは口を閉ざし、答えなかった。「飲めばいいじゃないか、マイロ。こいつは本物のコーヒーだぞ。実際のところ、きみたちが投下した物資のなかにあったアメリカのコーヒーだ。なあマイロ、マイロでいいんだよな？」ゲルヘルトはカップを差し出したまま訊いた。

「われわれは、かなり以前からきみたちを追跡してきた。事実、きみたちについてはほぼすべての情報をつかんでいる」ゲルヘルトは自分の背後の壁に貼られたユーゴスラヴィアの地図を指し示した。地図には、OSSとSOEが工作員を潜入させたすべての地域に印がつけられ、そのコードネームが書き込まれていた。〈ヘイワード〉や〈レインジャー〉や〈アラム〉といった、よく知っているコードネームがあったが、その驚きをマイロは顔に出さなかった。「言っているように、こっちはほぼすべてを知っているんだ。わかっていないのは〈アラム〉という工作員とその通信士のことだけだ。〈アラム〉と通信士のことを教えてくれないかな。〈セレステ〉っていうんだろ？」

マイロは椅子の上で身じろぎひとつしていなかった。

「教えてくれたほうが身のためだぞ、コヴィッチ中尉。きみを丁重に扱っているのは、われわれ親衛隊保安局《SD》が善良な組織だからだ。しかしその気になればきみを軍人ではなく反乱分子の破壊工作員ということにして、即刻処刑することも可能だ。だからここでひとつ、〈アラム〉とその通信士について知っていることを教えてくれないかな？」

それでもマイロは体と心の両方の動きを一切見せず、ただ坐っていた。ややあってゲルヘルトはまた口を開いた。「では好きにしろ。こちらに協力してくれないのなら、ただちに強制収容所に送ることになる。きみをヤセノヴァッツ強制収容所に移送する車ならもう用意してあるんだが」

ゲルヘルトはコーヒーカップを机に置き、オフィスから出ていった。入れ替わりにふたりの兵士が入ってきてマイロの両手に手錠をかけ、オフィスから連れ出した。

＊＊＊

ジョゼフとディックは払暁にミハイロヴィッチの野営地をあとにした。十二月初旬の早朝の空は分厚い雲に覆われ、寒かった。それでも雲のおかげで、ドリナ川沿いの幹線道路を移動するドイツ軍を探す連合軍の哨戒機の眼から逃れることができた。スレムスカ・ミトロヴィツァまでは馬で行くことにした。そこからはチェトニックが地元の農家とわたりをつけ、ヤザク修道院で飼われている家畜の飼料を運ぶ小型トラックを使うことになっていた。ジョゼフは馬の乗り方をディックに教えた。馬上のジョゼフたち一行は、途中でパルチザンの待ち伏せ攻撃を三回受け、そのうち二回は激しい銃撃戦を繰り広げた。どちらもパルチザンが弾丸《たま》切れになるまで数分間続いた。スレムスカ・ミトロヴィツァにたどり着いたときには陽はすっかり落ちていた。ドイツ軍はチェトニックの寄せ集め部隊など気にもかけず、そのままサヴァ川を渡らせて市《まち》に入ることを許した[*1]。無事に市内にたどり着くと、隠れ家に向かってそこで待った。待っているあいだに、ジョゼフとディックはそれからの作戦を練った。

ジョゼフは周辺の地図を広げた。

「山の中腹にある修道院に通じる道は一本しかな

くて、途中に検問所が二カ所、もしかしたら三カ所あるらしい。突破なんか一カ所だって無理だ。だから山腹を馬で登ることにする。ドイツ軍の守備隊には修道院を全方向から護ることができるだけの戦力はない。修道院まで二キロか三キロのところまで近づいて、最後の検問所をやり過ごしたら、そこでふた手に分かれて、それぞれ接近しよう」

「で、それからどうする？　なかに突入してペネロピとマイロを探すってか？」

「修道士に変装する。それが一番いい手だ。ベオグラード大学にいたとき、テスと一緒にフルシュカ・ゴーラでハイキングをしたことがある。山中の修道院をいくつか訪れて、ヤザクにも行ったことがある。あそこの本棟からそんなに離れていないところに、たしか家畜小屋があった。家畜小屋には、家畜の世話をする修道士が作業着に着替える部屋があった。ぼくの見立てが正しければ、家畜小屋はまだあって、着替えの部屋もまだあると思う」

「で、それでどうするんだ？」

「そこに置いてある僧服《カソック》に着替えればいいんだよ。必要なのはぼくときみのぶんだけだ。夜になって修道士たちが寝静まるのを待って忍び込もう。修道院の厨房の横に勝手口がある。そこで襲撃班の残りのメンバーと合流して、なかに入れる。なかに入ったら警備兵たちを制圧して、ペネロピとマイロを探そう。ミハイロヴィッチの情報どおりに警備が手薄なことを祈るばかりだ」

「時すでに遅しで、ふたりが別の場所に移されていたり、最悪の場合、もう殺されていたりしたらどうする？」

「少なくともふたりの行く末はつかめることになる。いざとなったら、どんな難関でも乗り越えてやる心づもりでいる。きみはどうなんだ？」

ディックはしばらく考え込み、そして答えた。「ここまで来て、むざむざ諦めるわけにはいかない。ペネロピのためだったら何だってやるよ。おれも覚悟を決めた」

＊＊＊＊

ゲルヘルトは自分のオフィスから出ると、廊下にいたフロスベルクに歩み寄った。

「あの男は何も吐きませんでした」

「そんなことだろうと思っていたよ。女のほうは医務室で治療を受けている。ゲシュタポの尋問でわかったことといえば、〈ペネロピ〉というコードネームのイギリス軍工作員だということだけだ。連中の報告によると走行中の列車から跳び降りて脱走を試みたとのことだ。それほど胆の据わった女だ、一筋縄ではいかないだろうから別の手で攻めてみよう。口を割ることができるかもしれない、ちょっとした情報が入ってきたばかりだ。男のほうについてはヤセノヴァッツに送るしかなさそうだな。ベルリンのSD国外諜報局のクルプケ局長から、何も吐かない捕虜は全員強制収容所に移送しろという指示が下されている」

フロスベルクとゲルヘルトは修道院内の医務室に入った。ふたりは、自分たちが長きにわたって追いつづけてきた通信士と思しき女と初めて対面した。女は病衣を着せられ、右腕には包帯が巻かれていた。

朝の七時、オートミールと紅茶、そしてバター無しのトーストという簡素な朝食に、ペネロピは一切手をつけていなかった。医務室に入ってきた親衛隊保安局《SD》のふたりを、彼女は険悪なことこの上ない眼でにらみつけた。が、ふたりともSOEの教官たちが説明していたような禍々《まがまが》しい雰囲気はなかった。上官と思しき方はSSの制服ではなく茶色のビジネススーツを着ていた。スーツ姿の男は完璧な英語で話しかけてきた。

「ミス・セレステ、私はSDユーゴスラヴィア支局長のハンス・フロスベルクだ。こちらは技術補佐官兼通訳のエルンスト・ゲルヘルトだ」

〝ミス・セレステ〟と呼ばれ、ペネロピは驚いた。ゲシュタポの尋問ではペネロピという名前しか吐いていなかったのに。テスとジョゼフが前年に行ったセルビアでの任務のことがすぐさま脳裏に浮かんだ。まずはこっちから話して、尋問の方向をずらそう。ペネロピはそう判断した。「彼を殺したの？　今朝早くに悲鳴が聞こえたけど」

フロスベルクは怪訝《けげん》な顔をゲルヘルトに向け、そして言った。「ここにはさまざまな組織が同居していて、そのなかには地元のゲシュタポ司令部もある。きみが聞いた悲鳴は、連中の尋問中にパルチザンがあげたものだ。保安局は連合軍工作員の捕虜しか扱わない。きみのお仲間には一切危害をくわえていないから安心したまえ。彼は留置房で移送を待っているところだ。が、ここから強制収容所に身柄を移されたら、彼の身の安全も命も私には保証しかねる。何も話してくれなかったから別の保安組織の手に渡すことになった」

「嘘よ。そんな話をどう信じろってわけ?」

フロスベルクは椅子をベッド脇に引き寄せて坐った。「具合もかなりよくなったみたいだな。それでは、お互い腹を割って話そうじゃないか。きみは第三帝国を脅かす破壊工作活動を実行中に捕まった。そして数名のドイツ軍将兵に直接的に死をもたらした。したがってきみの処分は、総統閣下自らが発せられたコマンド指令に準拠するものとなる」

フロスベルクは腰を上げると窓辺に歩み寄り、外を見た。「とはいえ、きみが協力的な姿勢を見せ、あることを話してくれたら、この先に待ち構えている事態を先延ばしにしてやることも、場合によっては回避させてやることも可能だ。すべてはきみ次第だ。きみのお仲間は、われわれの保護から離れるという選択をした」

ペネロピは痛みをこらえ、何とか口を開いて鋭い言葉を返した。「馬鹿じゃないの。わたしがナチに協力すると思っているわけ？」

フロスベルクがあごをしゃくると、ゲルヘルトは医務室から出ていった。そしてしばらくすると車椅子を押しながら戻ってきて、ベッドの脇に止めた。「なかなか度胸のあるお嬢さんだ。それでは、もっとふさわしい場所に移って尋問を続けよう」ゲルヘルトはペネロピを抱え上げ、車椅子に坐らせた。

三人は医務室を出て、北西棟にあるフロスベルクのオフィスに向かった。ペネロピを乗せた車椅子をゲルヘルトが押し、その前をフロスベルクは歩いた。三人は狭い前室に入った。ペネロピは逃げたくても逃げられなかった。前室を抜け、さらに広い部屋に入るとドアが閉じられた。その部屋はSDの展示室の様相を見せていた。壁にはヨーロッパ全土の地図が貼られ、SOEとOSSのすべての活動地点が記されていた。そのいくつかには赤い×印がつけられていた。何もつけられていない箇所もあり、そのひとつがユーゴスラヴィアの〈アラム〉だった。それぞれに男の写真が添えられたマルコーニMkⅡ無線機も何台か置かれていた。その横には衣類と制服が積み重なって置かれていた。SDの底力を目の当たりにし、ペネロピは愕然とした。

フロスベルクが口を開いた。「ミス・セレステ、ここにあるのは捕虜にした工作員から取り上げたものばかりだ。ベイカー・ストリートのSOE本部に保管されている、各工作員の公式写真すらそろえてある。われわれは敵同士ではないんだよ、お嬢さん。きみが眼にしているものの大半は、ロンドンのとある裏切り者が提供してくれたものだ。本当の敵はその男もしくは女であって、われわれではないということだ」

フロスベルクはテーブルに置かれたＭｋⅡ無線機に歩み寄った。その無線機には写真が添えられておらず、暗号帳と電鍵、そして数個の水晶発振器が一緒に置かれていた。フロスベルクは続けた。「かなり以前から、われわれはこの無線機を使ってＳＯＥの内通者と連絡を取っていた。その裏切り者はかなり高い地位にあり、各国担当の部局はまったく感づいていない。とくにユーゴスラヴィア局に関しては、われわれが求めた情報のほぼすべてを、この無線機を通じて得ることができた」

フロスベルクの話を、ペネロピは信じることができなかった。それでも信じるよりほかになかった――ＳＯＥの暗号化技術について、ＳＤの男は微に入り細を穿《うが》つように語った。「ざっくばらんに言おう。この戦争はもうじき終わる。何しろイギリス軍とアメリカ軍は、ベルリンまであと数週間というところまで迫っているのだからな！　東からは何百万ものソ連軍が押し寄せている！　われわれが集めた情報をソ連側が入手したら、戦後の対英米戦略に利用するだろう。われわれに残された任務は、きみたちの諜報活動を可能なかぎり把握し、ソ連に渡さないようにすることだ」

ゲルヘルトは車椅子をくるりと回し、ペネロピの顔をフロスベルクに向けた。「この部屋を見てわかるとおり、われわれがまだ捕らえていない工作員はひとりだけだ。〈アラム〉というコードネームのOSS工作員とその通信士について、知っていることを話してくれ。きみが〈セレステ〉なんだろ？」

「わたしのことを間抜けで頭の悪い女だと思っているのね。フランスやベルギーの女たちにならうまくいったのかもしれないけど、悪いけどわたしにはその手は効かない。わたしの頭に弾丸《たま》をぶち込むしかないわよ」

「残念ながら、そんなに簡単に済む話ではない。もうきみは、われわれの活動を充分すぎるほど見た。望みどおりにしてやりたいのはやまやまだが、連合軍の諜報活動についての情報を収集せよという命令が直々に下されているものでね。きみからその情報を得ることができない場合、強制収容所に行ってもらうことになる。ソ連軍の手に落ちるのではなく、そこでゆっくりと苦しみながら死を迎えることになる」

「わたしは何ひとつ話すつもりはない！」

「ミス・セレステ、〈アラム〉と通信士について話してくれないのならゲシュタポどもを連れてきて、連中の慰みものにしてやることも可能だ。でもそんなことをするつもりはない。もっと効く手を用意してある」フロスベルクは無線機が置かれたテーブルから一通のファイルを取り上げた。

「スレムスカ・ミトロヴィツァにいる、パルチザンの内通者から入ってきたばかりの情報だ。きみたちを奪還すべく、二名のアメリカ軍工作員がこの修道院の襲撃の準備を進めているとのことだ。彼らは、ここの警備がかなり手薄だという情報を聞かされている。その情報は一昨日ぐらいまでは正しかったが、ここが襲撃されると聞いて援軍を呼び寄せておいた。第一二親衛隊山岳師団が総力を挙げて防御陣を敷いている。ここを攻撃しようとする愚か者どもは、要所要所に配された圧倒的な火力の餌食になり、ものの見事に細切れにされてしまうだろう。人間だとは思えない無残な姿をさらすことになる」

「そんなことできるはずがない！」

ゲルヘルトが応じた。「それができるんだよ。内通者からの情報にあったアメリカ軍工作員のひとりの特徴は、きみらのチームの指揮官である〈アラム〉と一致する。どうしてそう言えるかといえば、わたしはあの男が放った手榴弾で危うく死にそうになったことがあるからだ。爆発する前に、わたしはあいつの顔をしっかりと見た。もうひとりの工作員は背が高く筋肉質で、髪は若白髪だ。この特徴は、ユーゴスラヴィア大学時代のきみの学友のひとりと合致するんだが」

フロスベルクは煙草を手に取り、口にくわえた。「〈アラム〉とその任務について教えてくれるだけでいい。話してくれたら山岳師団に攻撃を中止させる。ふたりの工作員にも、そしてきみにも危害をくわえないと約束する。きみの身柄は、戦争が終結するまで私があずかる」

ペネロピは保安局の男が言った情報量に驚くほかなかった。こいつらはわたしとディックたちのことを知っている。「あんたたちのような卑劣漢とは絶対に取り引きしない」

「では好きにしたまえ。医務室に戻って、きみのお仲間たちがここを襲撃する様子を、窓から高みの見物をすればいい。山岳師団にずたずたにされる彼らが上げる悲鳴だって聞こえるはずだ」


チェトニックの部隊は、陽が暮れるのを待って修道院に向かった。ジョゼフとディックはそれぞれ七名ずつ率い、山腹を馬で登っていった。馬で登れる限界に達すると、馬から降りて徒歩でさらに進んでいった。彼らは修道士たちの着替え部屋がある家畜小屋で合流した。にらんだとおり、着替え部屋の壁のフックには数着のきれいなカソックが掛けられていた。ジョゼフは二着を手に取り、サイズを確かめてみた。一着は巨漢のディックでも充分着ることができそうだった。大きなカソックをディックに投げて渡し、ジョゼフは言った。「これならきみでも着られるはずだ。丈はちょっと短いかもしれないが、それでも修道士になりすますことはできると思う。じゃあここから先の動きを説明する」ジョゼフは、ミハイロヴィッチが集めてくれた最新の情報を元に描いた修道院近辺の簡単な地図を取り出し、土間に広げた。戦闘員のひとりがロウソクを灯した。

「ここからぼくときみが先行する。ミハイロヴィッチの話では、ペネロピたちは二階の部屋に入れられているらしい。ゲシュタポはレジスタンス戦闘員たちの尋問には地下室を使うけど、ここはちがう。親衛隊保安局《ＳＤ》は、ぼくたちの進入路の正面にある北西棟に司令部を置いている。ＳＤが使う尋問テクニックはゲシュタポのそれとはちがう。部屋の窓には鉄格子ははめられていないし、看守はいるかもしれないけど、警備はそんなに厳重じゃない。ドアだって開いているか、錠がかかっていないかもしれない。問題は、二階まで上がって部屋をひとつずつ調べて、ふたりを見つけ出すところだな。でもＳＤが留置房代わりにつかっている部屋はふたつか三つかもしれない」

「でも、どうやって二階に上がるんだ？」

「前に説明したとおり、ぼくたちふたりはカソックを着て修道士になりすまして、建物の端にある厨房の横の勝手口からなかに入る。なかの安全を確認したら、合図を送って残りのメンバーを呼ぶ。二階には、厨房にある階段からそのまま上がることができる。食事を届けるためにそこにあるんだ。この階段を使えば、戦闘員たちが姿をさらすことを最小限にとどめることができる。ペネロピとマイロを見つけたら、部屋の窓からロープを使って下に降りて、そこから木陰に逃げ込めばいい。ふたりを脱出させたら馬をつないである場所まで戻って、そのままフルシュカ・ゴーラの山のなかを駆け下りて、そのままスレムスカ・ミトロヴィツァまで逃げる」

「そんなにうまくいくわけがない。警備兵に気づかれて援軍を呼ばれるのが落ちだぞ。ふた手に分かれて、二方向から攻撃を仕掛けるべきじゃないかな。一方が厨房から、もう一方が北西棟から攻撃する。そうすればなかにいる警備兵たちが反撃してきても、側面から援護できる」

　ジョゼフは思案顔になり、しばらくして言った。「わかった、じゃあぼくのほうが修道院の内部のことがしっかりと頭に入っているから、ぼくが七人を連れて厨房から侵入する」

「だめだ、そこがおれのプランの肝心要のところだ。万が一おまえが殺されたり捕まったりした場合、残されたおれたちには別の作戦を考えつくだけの頭も経験もない。おまえたちは北西棟の近くの木陰に身を隠して、二階の窓のどこかから送る合図を待て」

　たしかに、そっちのほうがまったく理にかなっている。ジョゼフはそう判断し、うなずいた。「わかった、きみの言うとおりにしよう。でも、途中で警備兵を何人か殺さざるを得なくなるかもしれない。きみには実戦経験がない。戦場は訓練所《ザ・ファーム》とはちがうんだぞ。その覚悟はあるのか？」

「じゃあ手持ちの武器弾薬と装備の最終確認をしよう。襲撃は二時に開始したい」

「もちろんだ」

襲撃班は各自六発ずつの手榴弾と消音器《サイレンサー》つきの四五口径の拳銃、ステンもしくはマーリンの短機関銃、そして充分な銃弾を携行した。そして各チームとも長さ十五メートルのロープを用意した。戦闘員たちは濃い灰色か黒の服に身を包んでいた。残念ながらジョゼフとディックは黒っぽい服装ではなくアメリカ陸軍のオリーヴドラブの制服を着ていたが、その上からカソックを着るので問題なかった。目端の利く戦闘員が持ってきていた木炭を使い、全員が顔を黒く塗った。最終確認を終えると、襲撃班はふたつのチームに分かれた。それぞれのチームが配置につく直前に、ディックはジョゼフに手を差し出した。

「本当のことを話す。一九四一年の四月に、ドイツ軍がベオグラードを爆撃しそうだって電話で教えてくれたのはペネロピなんだ。イギリス大使館内の情報機関にいた彼女の知り合いが、ゲーリングの空軍が市《まち》を空襲するっていう暗号通信文を傍受した。つまりペネロピはおれの命の恩人だってことだ。彼女が知らせてくれなきゃ、おれはベッドに寝たまま空襲に巻き込まれていただろう。おれがいたアパートメントハウスは、あの朝に真っ先に爆弾を落とされたからな。ベオグラードから脱出しなきゃって言い出したのも彼女で、おれじゃない。だから車でテスのアパートメントに駆けつけたとき、おれの車に乗ってたんだ。じゃあ、バーリでまた会おう」
ディックはジョゼフの手を握ると、暗闇のなかに消えていった。ジョゼフは七人の戦闘員を率いて修道院の西側に向かって進んだ。時計は二時ちょうどを示していた。

朝のまだ暗いうちに、ペネロピはドアが開錠される音で眼をさました。警備兵が、部屋の外の壁にある電灯のスウィッチを入れた。部屋には薄いマットレスを敷いた鉄枠のベッドと椅子が一脚あるだけで、小さな窓からはフルシュカ・ゴーラの森が見えた。ゲルヘルトが部屋に入ってきた。彼もまたベッドから起きたばかりの様子だった。髪はくしゃくしゃでひげを剃るどころか顔も洗っておらず、寝間着のままだった。まだ三時か四時ぐらいのはずだとペネロピは察した。娘のサラとハル・マティングリーのことばかり考えていて、あまり眠れていなかった。ふたりのアメリカ軍工作員がこの建物への攻撃を企んでいるというSDの男の言葉が彼女を苦しめていた。そんな大それたことを、賢明なジョゼフとディックが果たしてやるだろうか。

そう自問するペネロピを、ゲルヘルトの言葉が邪魔をした。「時間だよ、お嬢さん。もうじきヘル・フロスベルクがやってきて、これから始まるちょっとした見世物を一緒に見物する」彼は椅子を窓際に運んだ。「ベッドから起きて、ここに坐れ。これから窓の外で繰り広げられるものを見るんだ」

ゲルヘルトはベッドからペネロピを抱え上げ、窓際の椅子に坐らせ、窓を開けた。しばらくすると、フロスベルクが制服姿のSS隊員をふたり連れて入ってきた。フロスベルクもきっちりと制服を着ていた。ペネロピは、フロスベルクがSSで中佐に相当する階級だということに気づいた。

フロスベルクが口を開いた。「心配しなくていい。拷問をするために来たわけではない。こんな早くに来たのは、今からあるものを見せて、きみに口を開いてもらうためだ。ずっと言ってきているとおり、私が心底知りたいのは〈アラム〉とそのネットワークについての情報だ。連合軍はバルカン半島のどこか別の地域での侵攻作戦を画策しているものと、われわれは見ている。おそらくイストラ半島からこちらの側面を攻撃し、マリボルから第三帝国に至る撤退路を遮断し、われわれを赤軍と対峙《たいじ》せざるを得ない状況に追い込むつもりなんだろう。バルカンに駐屯する何万もの将兵の命を護るために必要不可欠な、その情報がほしい。われわれとしても、これ以上無駄に血を流すことは望んでいない。そのためにはきみの協力が必要だ。われわれに手を貸して、無線機を使って連合軍の侵攻作戦に関する情報を収集してくれると言ってくれたら、きみはもちろんふたりのお仲間の身の安全を保証しよう。そのお仲間たちは、これからこの修道院に捨て身の攻撃を敢行しようとしている」

「そんなことのために、こんな朝っぱらからわたしを起こしたってわけ？　なめられたものね。この戦争を始めたのはあんたたちで、わたしたちじゃない。わたしは祖国を裏切ったりはしない。あんたたちの命を救うことなんかどうでもいい。むしろひとり残らず赤軍に殺されたらいいって思ってる」

「減らず口を叩くものじゃないぞ、お嬢さん。いいものを見せてやろう」フロスベルクはペネロピを窓に押しつけた。「暗いが、道路の脇を見てみたまえ。あれが見えるか？」

ペネロピは月明かりを頼りに闇に眼を凝らした。フロスベルクが言った位置に機関銃陣地がいくつか設けられていることがわかり、山腹に身を隠して待機しているドイツ兵たちの姿も見えた。

「ふたりのアメリカ軍工作員は、これからどんな目に遭わされるのか想像もつかないだろうな。数分前、二十名弱のゲリラ戦闘員たちがこちらに向かって動き始めたという報告が入ってきた。彼らは、何が起こったのかわからないうちにずたずたにされるだろう。われわれに協力すると言ってくれたら、山岳師団に攻撃中止を指示する」

ペネロピはかぶりを振った。「そんな話をどう信じろっていうの？　あんたが本当に約束を守るかどうかなんてわからないでしょ？　一切合財がわたしをだますための作り話かもしれないし」

「ディック・ヴォイヴォダという名前に心当たりはあるかな？　ジョゼフ・コスティ

ニチとヴィヴィアン・テイトはどうだ？　言っただろ、われわれには内通者がいるんだよ。正直な話、あの男たちはきみを救い出したいがために愚かな過ちを犯そうとしている」

フロスベルクが口にした名前にペネロピは驚いた。とくにヴィヴィアン・テイトの名前には愕然とした。「信用できない。あんたがそんな約束を守るはずがない。罠に決まってる」

フロスベルクはSS隊員のひとりに向かってあごをしゃくった。その隊員は部屋から出ると、電話機を持って戻ってきた。「私が指揮官に中止を命じなければ、敵が射程に入ってきた時点で攻撃を開始することになっている」

ペネロピはフロスベルクの顔に唾《つば》を吐きかけることで返事をした。

ディックたちのチームは斜面の木々に身を隠しつつ、修道院に続く一本道にできるだけ近いところを進んだ。その道は修道院の厨房の近くにある裏口にそのままつながっているので、最終的に道に下りなければならない。道から離れた斜面を進んでも、やはり最後には道に出なければならない。結局ディックは、時間はかかるが斜面を進みつづけ、極力姿をさらさないようにした。図らずもその決断が、やはり決断を迫られているペネロピに考える時間をさらに与えることになった。ディックはチームの面々にセルボ・クロアチア語で命じた。「できるかぎり最後まで森のなかを進むぞ」

ジョゼフたちのチームはじっくり時間をかけて攻撃目標に接近し、北西棟から三十メートルもないところの、敵に見つかる心配のない木立に身を隠したまま待機していた。SDが留置房代わりに使っている二階の部屋の位置と窓を、ジョゼフは初めて目視した。あそこの部屋のどこかにペネロピはいるのかもしれない。じきにディックが合図を送ってくるはずだ。「少し気を落ち着けよう。今は待つよりほかにない」

チェトニックの将校のひとりがジョゼフに身を寄せてきた。「修道院に出入りする道は一本しかない。援護が必要なら、飼料を運ぶトラックにB-17の残骸から回収した五〇口径の重機関銃を積んで、射撃手も配して隠してある。道の上で動くものを掃射する準備は整ってる」

その機関銃とトラックはここからの脱出手段にしよう。ジョゼフが胸につぶやいたそのとき、機関銃の銃声と爆発音が、ディックたちが進んでいる方向から聞こえてきた。たった八人の攻撃チームのものとは思えない激しい銃声だった。痛みに悶絶《もんぜつ》する悲鳴も聞こえてきた。チェトニックの将校はジョゼフを見た。

「助けに行くんだ。向こうのチームはかなりヤバいことになってるぞ！」ジョゼフは大声で命じた。チェトニックの将校は返事をすることもなく、残りの六人を率いて銃声の方向に駆けていった。ジョゼフはその場にとどまった。ディックがいるあたりに迫撃砲弾が落ちていく音が聞こえ、銃声と爆発音がさらに轟いた。ハンガリー人やブルガリア人からなる寄せ集めの守備隊にこんな攻撃はできない。これは歴戦の特殊部隊の仕業だ。ぼくらがここを襲撃することを何者かが敵に漏らしたにちがいない。ジョゼフには待つよりほかになす術《すべ》はなかった。

銃声と爆発音が聞こえてきた。ペネロピの両の頰を涙が伝い落ちていった。フロスベルクの話が本当なら、あれは罠にかかったディックとジョゼフが命がけで戦っている音だ。

「まだ何とかできる時間はある。私がこの電話で連絡すれば、この理不尽な狂気の沙汰を終わらせて、きみの友人たちの命を救うことができる」

「まだ信じるわけにはいかない。もしかしたら空砲を撃ってるだけなのかもしれない」

「とにかく協力すると言ってくれ。言ってくれたら攻撃を止めさせる。そして私たち三人で外に出て、おとなしく降伏するよう友人たちを説得してくれ。そうすれば、きみたち三人とも命を落とすことはない」

ペネロピはなおも抗《あらが》った。「いやよ、あんたたちに協力なんかしない！　絶対に！」

フロスベルクは憤懣《ふんまん》やるかたないという空気を全身から放ち、ペネロピを椅子から立たせて窓に押しつけた。「あれを見ろ！　そして聞け！　きみの友人たちが集中砲火の餌食になっているんだぞ。それがきみの望む結末か？」

ジョゼフは修道院に眼を向けた。二階の窓のひとつに、SSの制服姿の男たちに囲まれている、ペネロピと思しき女の姿がはっきりと見えた。これ以上はもう無理だ。救出作戦は失敗に終わった。これからは生還することだけを考えろ。ジョゼフはマーリン短機関銃を手に取り、ディックたちがいる位置に向かって斜面を駆け下りていった。木立や藪のなかを突き進んでいるうちに銃声は止んだ。銃声と爆発音は延々と鳴り響いていたように感じられたが、実際の戦闘はほんの数分で終わった。万事休すだった。チェトニックの少人数の攻撃チームとSSの精鋭部隊とではまったく勝負にならなかった。ジョゼフは、できるだけ戦闘現場に接近して、生存者がいるかどうか確認することのみに専念した。現場に近づくと、ジョゼフは膝を落とした。そこらじゅう死体だらけで、ほぼすべてがチェトニックだった。しかしディックの姿は見えなかった。と、想像を絶する光景が眼に飛び込んできた。数人のSSの兵士が、溝にあった死体の足を掴んで引きずりあげ、地面に落とした。兵士たちは、ジョゼフたちが用意していた脱出用のロープで死体の足を縛り、もう一方の端をサイドカーの後部に結びつけた。そのとき、黒いカソックが一瞬だけ見えた。ディックは死んだ。ジョゼフは怒りと憎しみに支配された。そして身を隠していた場所から立ち上がり、ディックの亡骸《なきがら》を曳きずっていこうとするSSの兵士たちに向かってマーリンを撃った。悪罵の言葉を吐きながら、弾倉《マガジン》が空《から》になるまで引き鉄を絞りつづけ、撃ち尽くすとマガジンを抜いてひっくり返してもう一方のマガジンを挿し、さらに撃ちつづけた。敵の生き残りがいることに気づいた兵士たちはジョゼフに眼を向けた。四方八方から弾丸《たま》が飛んできた。弾丸《たま》はジョゼフの頭や胴体をかすめ、すぐそばの木に命中し、砕け散った木片が顔に当たった。さらに多くの弾丸《たま》が周囲の地面に降り注いだ。迫撃砲弾も落ちてきて、三十メートル離れたところに着弾した。爆発で地面に倒されたが、その衝撃でジョゼフは我に返った。彼は弾丸《たま》切れになったマーリンから手を放すと立ち上がり、修道院に通じる一本道を目指して斜面を駆け下りていった。本能と訓練で学んだことがジョゼフを衝《つ》き動かしていた。チェトニックの将校が言ったとおりなら、あの道を下った先に隠してあるトラックで機関銃手が待っているはずだ。ジョゼフは背後から飛んでくる弾丸《たま》もかまわず山腹を下りつづけた。ドイツ兵たちは追いかけてきた。

電話が鳴り、フロスベルクは受話器を取り上げた。外はもう静かになっていて、銃声が散発的に聞こえるだけだった。フロスベルクは受話器に向かって低い声で何ごとかつぶやくと電話を切った。「終わったよ。山賊どもは全員死んだ。きみのふたりの友人もだ。きみを説得しようとしたが、結局こうせざるを得なかった。さらに言えば、今後はもうきみの身の安全も命も保証することはできない。きみを破壊工作員としてコマンド指令の対象とする。午後半ばまでには強制収容所に移送されることになる。さようなら、お嬢さん。きみに会えてよかったよ」フロスベルクは制帽をかぶるとペネロピに背を向け、そして部屋から出ていった。

ジョゼフは山腹を下り、馬をつないだ場所にたどり着いた。銃声と爆発音に驚いたのか、馬は一頭を残してどこかに逃げていた。ジョゼフはその一頭にすぐさま跳び乗り、一本道に戻ると安全な場所まで下っていった。これで追手との距離がいくらか稼げた。どこかのカーヴを曲がった先の道の脇にトラックが停まっていた。ジョゼフはトラックに向かってセルボ・クロアチア語で大声で叫んだ。「機関銃を出せ！」運転席から若い男が跳び降りて、トラックの後部に駆けていった。トラックの近くまで来ると、ジョゼフはその若い男が誰なのかわかった。何カ月も前にテスと一緒にスレムスカ・ミトロヴィツァから脱出したときに、検問所にいたウスタシャの兵士たちを重機関銃でなぎ倒してくれた、〝説教師《プロポヴィエニク》〟ことアレクサンダー・ラディヴィッチだった。

「プロポヴィエニク、重機関銃の射撃準備をして、ぼくが合図したら撃ってくれ！」

ジョゼフはそう命じ、馬から降りた。

プロポヴィエニクは命令の意味を理解し、そして命令してきた男が誰なのか気づいた。「誰が来るのかと思えば、あんただったのか。また会えて嬉しいよ」

「SSに待ち伏せされた。ぼく以外は全員やられた。運転はぼくがするから、きみは銃座についてくれ。あのカーヴから何かが出てきたら撃て！」

ジョゼフは運転席に坐り、トラックの後部をカーヴに向けた。同時にプロポヴィエニクは幌をはずして重機関銃をさらけ出した。ふたりのSSの兵士を乗せたサイドカーがカーヴを曲がってきた。プロポヴィエニクは撃った。サイドカーは吹っ飛び、兵士たちの体はばらばらになって四方八方に飛び散った。プロポヴィエニクが重機関銃の引き鉄をなおも引きつづけるなか、ジョゼフはスレムスカ・ミトロヴィツァに向かってトラックをかっ飛ばした。

＊＊＊

三週間後、ボスニア・ヘルツェゴヴィナの仮設滑走路で、ヤザク修道院で戦死したチェトニック戦闘員たちとディック・ヴォイヴォダ大尉の追悼式《ついとうしき》が執り行われた。ディックの遺体は見つからなかった。ハリヤード作戦の指揮官ジョゼフ・コスティニチ少佐とチェトニックのステファン、ルドコ、アレクサンダー・〝プロポヴィエニク〟・ラディヴィッチ、そして数千人の戦闘員たちが気をつけの姿勢で立つなか、ドラジャ・ミハイロヴィッチ将軍は哀悼《あいとう》の言葉を述べた。これから最後のC-47輸送機が着陸し、ジョゼフはそれに乗ってイタリアに戻ることになっていた。

ユーゴスラヴィアに連合軍の信頼に足る同盟者を見つけるというジョゼフの任務は終わった。三日前、ミハイロヴィッチ将軍はニック・ラジッチ大尉と、ナチの占領地域から救い出した五百名のアメリカ陸軍航空兵たちに別れを告げた。セルビアの多くの人々の命と苦難という多大な犠牲を払いながらも、ミハイロヴィッチは五百人全員に安全な場所を提供した。その五百人の航空兵のひとりたりとも命を落とすことがなかったのは、ひとえに将軍の支援のおかげだった。そのミハイロヴィッチに、ジョゼフは一緒にイタリアに行くよう最後にもう一度だけ懇願した。将軍は拒んだ。

アメリカ陸軍航空軍のC-47は、朝の九時少し過ぎに仮設滑走路に降り立った。C-47は百八十度回頭すると停止した。プロペラが回りつづけるなか後部扉が開き、搭乗員がジョゼフに手招きした。ジョゼフはミハイロヴィッチに別れの敬礼をし、そして抱きしめた。「合衆国市民のために尽力してくださったことに感謝します。五百人の航空兵の親たちと家族たちは、自分たちの大切な人々を無事連れ戻してくれたあなたに、いつまでも感謝しつづけるでしょう。これはぼくにはもう必要のないものです。

受け取っていただけませんか?」ジョゼフは肩に吊るしたマーリン短機関銃を手に取り、将軍に差し出した。

ミハイロヴィッチは銃を受け取り、そして言った。「礼には及ばない。きみの名前は、友人としてセルビアの人々の心に刻み込まれるだろう。お返しに渡したいものがある」ミハイロヴィッチは腰に手を伸ばし、ベルトから短剣をはずした。「これは信義の短剣《クレディブル・ダガー》だ。これを持っていってくれ。自由のために戦う次の世代の戦士たちに、これを渡してほしい」

ミハイロヴィッチは馬にまたがり、サーベルを抜いて高く掲げた。何千人ものチェトニック戦闘員が全員気をつけの姿勢を取った。ジョゼフはC-47に乗り込み、最後にもう一度友人を見て、そして敬礼した。馬上の将軍は誇らしげに、そして軍人の威厳を示しつつ山を下っていった。あの人は、ヒトラーの帝国を苦しめてきた大軍勢の残党を率いて、自分が最後のひとりになるまで戦うつもりだ。この素晴らしい眺めは一生忘れない。ジョゼフはそう胸につぶやいた。

＊1　この時点で、ドイツ軍はチェトニックを敵ではなく同盟軍と見なしていた。

エピローグ

ジョゼフ・コスティニチは冷めてしまった茶をひと口飲み、ティーカップを小さなコーヒーテーブルに置いた。「ぼくの親友でチェトニックを率いていたドラジャ・ミハイロヴィッチは、今年の七月にユーゴスラヴィアの軍事法廷で国家反逆罪とナチへの協力行為で有罪判決を受け、それから二日も経たない十七日に銃殺刑に処された。敵中に降下してしまった五百人を超えるアメリカ軍航空兵の救出に貢献したにもかかわらず。ぼくは証人として出廷しようとしたけど、当然ながらチトーの政府に拒まれた」

陽が傾きかけた頃、ジョゼフとテスはようやくマティングリーにすべてを話し終えた。「ここまでがクレディブル・ダガーとぼくの任務の一切合財だ。ここからはペネロピについて、今のところわかっていることをすべて話す」

マティングリーはジョゼフとテスの両方に向かって言った。「戦争が終わってから一年間、ぼくはペネロピの両親と一緒にロンドンで暮らして、彼女が帰ってくるのを待っていた。ペネロピは正式に作戦行動中行方不明《MIA》とされた。ぼくたちは、彼女はどうにかしてソ連かどこかに逃れたんじゃないかと考えていた。戦争中にいつもそうしていたように、そのうち家の玄関ドアをノックするはずだと、みんな思っていた。結局ぼくは待つのをやめて、こっちに戻ってきた」

ジョゼフは話の続きをした。「戦争が終わると、ぼくは連合国管理委員会《ACC》の一員としてブルガリアに派遣された。派遣先での任務のひとつが、ナチの戦争犯罪人を追跡して裁判にかけることだった。捜査と尋問を続けているうちに、ソ連側がユーゴスラヴィアでゲシュタポのために働いていた公務員を見つけた。エルンスト・ゲルヘルトだった。彼は自分が知っているすべてを話してくれた」

テスが補足した。「戦時中、親衛隊保安局《SD》はペネロピ・ウォルシュの正体をつかめなかった。わたしと彼女のフィストはよく似ていたし、歳も同じぐらいだから、彼らはペネロピを〈ポスト・セレステ〉だと思い込んでいたみたい。だから結局、彼女の正体は完全にはわからなかった。それが戦後にイギリス政府がペネロピの行方を追うことができなかった大きな原因なの。でもわたしたちは彼女を見つけた」

「ゲルヘルトを尋問してわかったんだけど、ペネロピはＳＯＥとＯＳＳのネットワークについても自分の確認割符のことも一切吐かなかった。実際、ゲルヘルトは、彼女は自分の仕事を見事に果たしたと感服していた。結局ＳＤはペネロピからは何の情報も得ることはできなかった。したがって、彼女が捕虜になったことで英米の工作員が危険にさらされるような事態にはならなかった。それまで捕まえてきた工作員はひとり残らず情報を吐いたり協力したりしたから、ゲルヘルトはすっかり動揺してしまった」

「彼女はイギリス軍の将校だった。なのに、どうして捕虜収容所じゃなくヤセノヴァツ強制収容所に入れられたんだ？」

「救出作戦が失敗に終わって、ペネロピが協力することを拒んだから、フロスベルクは彼女をヤセノヴァツに送ることを余儀なくされた。ゲルヘルトの話では、フロスベルクはそんなことをしたくなかったが、ベルリンのSD国外諜報局のオットー・クルプケ局長が直接命じてきたらしい。命令どおりにペネロピを強制収容所送りにしなかったら、逆にフロスベルクとゲルヘルトをその日のうちに銃殺刑に処すと脅されたという。だからペネロピはその日の午後に移送された。ちょうどぼくとプロポヴィエニクがサヴァ川を渡って逃げている最中のことだ。実際のところ、ぼくらが何とか逃げおおせたのは、SDがペネロピ・ウォルシュという名前の凶悪な捕虜の移送に全人員を割いていたからだ」

「ほかに何かないのか？」

次はテスの番だった。「ペネロピは親友だったから、わたしが言ったほうがいいわね。彼女がヤセノヴァッツに移送されてから四カ月後、連合軍はライン川を渡って第三帝国の心臓部に突入した。ＳＳは、自分たちの防諜活動と捕虜にした連合軍工作員に対する処遇の情報を敵の手に渡したくなかった。そしてペネロピとＯＳＳのコヴィッチ中尉の処刑を命じた。ゲルヘルトはそう証言した。こんなことを言うのは辛《つら》いんだけど、あなたの愛するペネロピはウスタシャとそのご主人さまのナチの手で殺され（ヤセノヴァッツ強制収容所はドイツの傀儡国家クロアチア独立国が管理していた）、火葬にされた。証拠は何も残っていない。リポグラウのトンネルでの勇敢な活動で、ペネロピにはほぼまちがいなくジョージ十字勲章が授与されることになる」

いつかは知ることになるとわかっていた、愛する女性の行く末を聞かされ、マティングリーは深く打ちひしがれた。片方の頰を雫《しずく》が伝い落ちていった。テスはティッシュペーパーを差し出し、そして話を続けた。「一九四六年、オーチャード・コートにあったＳＯＥのＦ局で不審火があって、保管されていた書類の大半が焼失した。それでも、ペネロピのかつての上司だったヴィヴィアン・テイトは、自分の部下だった女性工作員の記録の控えを取っていた。ある夜、わたしは戦争省にいたミス・テイトに会って、そのことを知った。わたしは、自分はペネロピの親友でＳＯＥの元工作員だと名乗った。彼女はペネロピの記録をそっくりそのまま渡してくれた。これはあなたが持っておくべきだと考えたの」テスはハンドバッグを手に取り、なかから大判の封筒を取り出し、マティングリーに渡した。封筒には〈REGDOD〉という文字がステンシルで刷られていた。

「〈REGDOD〉って?」

「わたしもわからない。たぶん、行方不明になったり捕虜になったりした工作員の行方を追うために、ミス・テイトが使っていた暗号のようなものだと思う。なかには書類が何通か入ってる。あなたひとりで読んだ方がいいわ。ペネロピは唯一無二の存在で、本当に素晴らしい女性だった」

「慰めになるかどうかわからないけど、調べてわかったことを伝えておく。フロスベルクは敬意を持ってペネロピに接していた。彼に捕らわれていたあいだは危害をくわえられることも虐待を受けることもなかった。SDは彼女の美しさに見とれ、勇気に感服していた。一方のフロスベルクの末路は哀れなものだった。彼は一九四五年の五月にドイツが降伏した直後に赤軍に捕まった。ナチとその傀儡のウスタシャの残虐行為を知るなり、ソ連はフロスベルクを裁判にかけることなく処刑した。それでも簡単には死なせなかった——全裸にしたうえで殴る蹴《け》るの暴行をくわえ、食肉用のフックに数日吊るして、そこまでしてようやく後頭部を散弾銃で撃ってとどめを刺した。フロスベルクはそんな目に遭わされるようなひどいことはしていないが、それでもユーゴスラヴィアの防諜と警察活動の責任者だったから、ソ連はすべてを彼に背負わせたということだ」

「きみたちの話はそれでおわりなのか？」

「まだある」ジョゼフは続けた。「ソ連軍に捕まったとき、ゲルヘルトはきみにまつわるものを隠し持っていた」ジョゼフはポケットからダイヤモンドの指輪を取り出した——マティングリーが求婚した夜、ペネロピに渡した婚約指輪だった。

「スロヴェニアで作戦を共にしていたとき、彼女がこれを持っていたことにすら気づかなかった。不測の事態に陥ったとき、ダイヤモンドがあれば何かに使えると考えていたのかもしれない。これは投獄されていたゲルヘルトからあずかったものだから、きみに返す」ジョゼフは指輪をマティングリーの手の上に置いた。「最後にひとつだけ。これもきみに渡しておく」ジョゼフはまたコートのポケットに手を伸ばし、一通の手紙を取り出した。「ペネロピから、きみ宛に送ってほしいとあずかっていた」

一九四四年にチーム・ブロークンアローと別れて〈キロ・シックス〉に会うためにザグレブに向かったときに、ペネロピから託された手紙だった。投函《とうかん》する機会がないまま、この日を迎えてしまった。マティングリーは受け取るとすぐさま封筒を開け、手紙を読み始めた。読み終えると、指輪と一緒に封筒に戻した。

「これでわたしたちの話は終わり。ほかに何かできることはない、ハル？」テスは尋ねた。

マティングリーは少し考え込むと、家政婦にフランス語で呼びかけた。「ソニア、あの子を連れてきてくれないか」

ソニアが戻ってくるまでのあいだに、マティングリーはテスに言った。「きみたちに会ってもらいたい人がいる。テスはもう会ったことがあると思うが」

数分後、ソニアは子どもを連れて居間に入ってきた。子どもの顔を見て、テスはすぐに気づいた。青い眼に黒髪の女の子といえば……六歳になったその女児は、かわいらしい少女に成長しつつあった。

「パパ、パパ！」女児は大声でそう言った。マティングリーは両腕で女児を抱え上げ、腿の上に坐らせた。「この子はサラ・ウォルシュだ。ペネロピに言われたんだ。自分の身に何かあったら、ぼくにこの子の面倒を見てほしいって」

二〇〇五年五月九日

ハリヤード作戦で救出された航空兵とＯＳＳ工作員の存命者がホワイトハウスに集った。彼らは、ジョージ・Ｗ・ブッシュ大統領がドラジャ・ミハイロヴィッチの娘のゴルダナ・ミハイロヴィッチに勲功章《レジオン・オブ・メリット》を授与するところを見守るために来ていた。
一九四八年四月、ハリー・トルーマン大統領は敵中に降下してしまった五百人を超えるアメリカ軍および連合軍の航空兵を救出した功績を称え、ドラジャ・ミハイロヴィッチにこの勲章を死後授与した。が、その事実は鉄のカーテンが崩壊し、ＯＳＳの多くの記録が機密解除されるまで秘密にされていた――

合衆国軍最高司令官によるレジオン・オブ・メリットの授与状
ドラゴリューブ・ミハイロヴィッチ将軍は、ユーゴスラヴィア陸軍の最高司令官として、またのちに陸軍大臣として、一九四一年十二月から一九四四年十二月まで、ユーゴスラヴィアを占領していた敵国に対抗する重要な抵抗戦力を組織及び統率し、傑出した功績を挙げた。

ミハイロヴィッチ将軍麾下《きか》の部隊による不屈の努力の結果、多数の合衆国軍航空兵が救出され、友軍の支配地域への生還を果たした。ミハイロヴィッチ将軍とその軍団は、充分な補給がなく、極めて困難な状況下で戦いながらも、連合国の大義と最終的な勝利に大きく貢献した。

一九四八年三月二十九日　ハリー・S・トルーマン

謝辞

私が真っ先に感謝の言葉を捧げるべきは、本書の調査に協力していただいた、メリーランド州カレッジパークにある国立公文書記録管理局の方々だろう。とくに第二次世界大戦中に戦略情報局《OSS》が実行した作戦に関する資料は（その大半は二〇〇二年になってようやく機密解除された）大いに役に立ち、戦略的欺瞞作戦のアイディアも彼らから得た。彼らのおかげで地図と航空写真、そして現地に潜入した工作員によるスケッチと通信文を眼にすることができた。そうした関係文書に残っていた血痕《けっこん》から、勇敢な工作員たちが過酷な状況下に置かれていたことがわかった。

次に感謝したいのは、マルコーニMkⅡ無線機と暗号法、そして特殊作戦執行部《SOE》についてのご教示を賜ったロンドンの帝国戦争博物館の方々だ。さらに彼らは、ウェストランド・ライサンダーで構成された特殊任務飛行隊《ムーン・スコードロン》と秘密滑走路への着陸手順に関する貴重な情報も提供してくれた。パイロットである私から見れば、〝リジー〟という愛称だったライサンダー機は、高翼固定脚の単発機にしては時代を先取りしていた機体だ。

カリフォルニア州パロアルトのスタンフォード大学内にあるフーヴァー研究所の図書館にも感謝したい。この図書館には、旧ユーゴスラヴィアにおけるパルチザンの活動にかかわったOSSについての広範な資料が保管されている。おかげで西海岸とワシントンDCを行ったり来たりする時間が大いに省けた。

西海岸といえば、カリフォルニア大学ロスアンジェルス校《UCLA》時代の私の地理学の恩師でOSSの一員でもあった故H・L・コスタニク名誉教授も忘れるわけにはいかない。大戦中はユーゴスラヴィアで作戦行動に従事していたコスタニク教授は、冷戦期のユーゴスラヴィアを舞台にした私の小説 *The Balkan Network* のアイディアを授けてくれた人物で、本作の主人公のひとりジョゼフ・コスティニチのモデルでもある。大戦中に米英軍が敵占領地で秘密裏に画策した大規模な反乱作戦のことを初めて教えてくれたのも教授だった。

最後に、私の家族に感謝したい。とくに妻のメアリーは、小説家になりたいという夢を追うことを許してくれた。コンピューターで執筆に没頭する私を、メアリーはまたもうひとり〝居候〟が増えたと言って受け容れてくれた。彼女の助力と献身、そして何作もの原稿読みの作業がなければ、私の本は一冊たりとも世に出ることはなかっただろう。

解説

関口苑生

本書『クレディブル・ダガー 信義の短剣』は、アリステア・マクリーンの名作『ナヴァロンの要塞』や『ナヴァロンの嵐』を彷彿《ほうふつ》とさせる、第二次大戦下のユーゴスラヴィアを舞台とした、ほぼ史実に基づいた軍事諜報スリラーである。

第二次世界大戦は一九三九年九月、ナチス・ドイツがポーランドに侵攻したことで始まった。ドイツはポーランドを分割すると、戦線を西に転じ一気にフランスを制圧。ついで今度は戦場を東へと展開し、バルカン半島への進出を狙っていた。

物語はこれとほぼ同じ時期、ユーゴスラヴィアのベオグラード大学に留学していたアメリカとイギリス、四人の男女が束の間の青春を謳歌していたところから始まる。セルビア系移民の息子で、アメリカ人留学生のジョゼフ・コスティニチと、親友のリチャード（ディック）・ヴォイヴォダ。それにイギリスからの女子留学生セレステ（テス）・ボーマンとペネロピ・ミッチェルの四人である。

その頃ドイツは、一九四〇年十一月にはルーマニアとハンガリー、四一年三月にはブルガリアを相次いで三国同盟に加入させて、周囲の東欧諸国はほとんど枢軸一色になっていた。だが、それでも気ままな大学生活を送る四人にとっては、戦争はまだまだ対岸の火事であった。ジョゼフとテスは恋に落ち、将来を見つめるようにもなっていたのだ。

それが一変するのは四一年の四月になってからだ。ドイツから事実上の最後通牒《つうちょう》を突きつけられ、一旦は三国同盟に加入する署名をしたユーゴ政権だったが、市民などによる反対デモが全国に及び、軍の将校たちがクーデターを起こし、親ドイツ政権を追放したのである。これに激怒したヒトラーはユーゴスラヴィアを攻撃する懲罰作戦を発令、「軍事的にも国家としても破壊しつくす」ことを命じたのだった。

かくして一九四一年四月六日早朝、ドイツ空軍はベオグラードを空爆し、同時に機甲部隊を進撃させ、イタリア、ハンガリー、ブルガリア軍も一斉に国境を越えて侵入を開始した。ユーゴスラヴィア王国軍は反撃する暇もなく、国王と政府は直ちに亡命し、国土は枢軸軍に占領されてしまう。

ジョゼフら四人は、突然の空襲に驚きパニック状態になるが、大使館で働いていたペネロピから、イギリス海軍がアドリア海沿岸に救出用の艦船を派遣すると知らされ、鉄路で沿岸部に向かうことに。ところが、ベオグラード郊外の駅に辿《たど》り着いたところで、ディックはユダヤ系の学生たちを助けるといって街に戻ってしまうのだった。残った三人がやがて海岸線に出ると、そこに待ち受けていたのは、ドイツ軍とクロアチア人のファシスト組織ウスタシャによる厳重な警備だった。しかしここでもペネロピは、現地の連絡員を通じて本国と連絡をとり、潜水艦を派遣してもらうことになる。ただし、乗船を許可されたのはペネロピとセレステだけで、ジョゼフは単身で陸路ユーゴ脱出を図ることになったのだった。

本書の主たる舞台となるユーゴスラヴィアを含むバルカン半島という地域は、古代ギリシア・ローマ帝国の時代以来、ヨーロッパやアジア、中近東の諸文明、諸帝国が交流し、衝突する天然の通路であった。征服と混合を繰り返す中で、きわめて多様な民族がそれぞれ孤立分散し、しかも入り乱れた形で、この地域に定住することになったのだ。一五世紀以降この地方を占領したオスマン＝トルコ帝国が、一七世紀から次第にヨーロッパ諸列強に侵食され始めるにつれて、この半島は〝バルカン問題〟もしくは〝東方問題〟と呼ばれるヨーロッパ外交史上の主要な対立・抗争の舞台となり、さらに二〇世紀に入っては第一次世界大戦の発祥地となり、また第二次世界大戦後もこの地方を巡って〝冷戦〟が最初に争われることになったのだった。さらには一九九〇年代初頭からの、民族分離独立の動きと内戦の悲惨な状況はまだ記憶に新しい。

ヨーロッパに伝わる諺《ことわざ》に「民族とは、自分たちの先祖に対して抱く共通の誤解と、自分たちの隣人に対して抱く共通の嫌悪感とによって結びつけられた人々の集団である」というものがあるそうだが、バルカン半島の歴史ほど、この諺を忠実に立証してきた地はないと言われる。これらバルカン半島の歴史が悲劇的なものになったのは、前述したような諸列強の侵入・争奪の波に呼応する形で、現地の諸民族が錯綜した民族対立を繰り返した結果である。中でもユーゴの複雑さは際立っている。第二次世界大戦後に成立したユーゴスラヴィア社会主義連邦共和国は、七つの国境と接し、六つの共和国からなり、五つの民族が存在し、四つの言語、三つの宗教、二つの文字、そして一つの国家と言われる複合国家であった。

バルカンという言葉を「コンサイス＝オクスフォード辞典」の〈バルカン化〉の項目を引いてみると、「(一つの地域を) 小さな敵対する諸国家に分割すること」という説明がある。この地域が〝ヨーロッパの火薬庫〟だとか〝マッチ箱〟などと名付けられ、諸列強の対立と葛藤の戦場となってきたのは、まさに諸民族が独立の過程で、また国家建設の途上で「先祖に対して抱く共通の誤解」から生まれる〝大……主義〟と呼ばれるような過去の栄光を再び目指し、一方で「隣人に対して抱く共通の嫌悪感」に突き動かされながら、相互に偏狭な敵対を続けてきたからにほかならない。

こうした歴史背景があったことを頭に入れておくと、単独行となって脱出を図るジヨゼフに手を貸して助けた対独抵抗組織チェトニックの存在や、ウスタシャの行動などもより理解が深まっていくことだろう。純粋なクロアチア人国家を目指していた狂信的なファシスト集団のウスタシャは、ムッソリーニに支援され、ヒトラーと同様の人種政策を進めてセルビア人狩りを行い、セルビア人を差別するだけでなく、大量虐殺行為を繰り返した。かたやユーゴ王国軍のうちセルビアの将兵が組織したチェトニックは、次第に大セルビア主義的色彩を強めていき、ウスタシャに対抗してクロアチア人やムスリムへの攻撃を繰り返すようになっていく。やがてチェトニックは偏狭なセルビア民族主義を掲げて、ドイツ軍とは正面から戦おうとはしなくなったので民衆からの支持は薄かったという。

しかしながら、本書におけるチェトニックの趣は少し異なる。それが書名にも謳《うた》われる〈クレディブル・ダガー　信義の短剣〉の意味にも繋《つな》がっていく。紆余曲折《うよきょくせつ》はありながらも、無事帰国を果たした四人は、その後、全員がそれぞれの母国の情報機関――ジョゼフとディックはOSS（戦略情報局）の、ペネロピとテスはSOE（英国特殊作戦執行部）の工作員となり、やがて引き寄せられるようにユーゴでの極秘作戦に従事することになる。

そのひとつは、ドイツ占領下におけるユーゴの抵抗組織――チトー率いる汎民族主義で共産主義の人民解放軍パルチザンと、ドラジャ・ミハイロヴィッチ将軍率いるチェトニックのどちらが信頼でき、今後連合国の支援を受けるに相応《ふさわ》しいかを調査し、見極める作業であった。そのために双方の組織に工作員を潜入させ、情報を得ようというのである。ジョゼフはコードネーム〈クレディブル・ダガー〉こと、ミハイロヴィッチ将軍とはユーゴからの脱出時に会っており、彼は信頼に足る人物だと確信していた。もう一方のチトーのコードネームは〈クレディブル・ソード〉。ジョゼフはチエトニックへの潜入を果たし、将軍の人となりや信頼できる理由などを暗号通信で報告するが、この潜入作戦の模様が前半部最大の山場となる。特に彼らの通信を傍受し、何とか居場所を突き止めようとするドイツ側のSD（親衛隊保安局）との息詰まる暗闘、攻防戦は手に汗握る面白さがある。

そしてもうひとつ——最後の極秘任務となるV‐1ロケット爆破破壊作戦が後半部に描かれる。戦争の行方が次第に見え始めるようになった頃、ドイツ軍がバルカン半島とイタリアに展開する連合国軍を爆撃すべく、V‐1ロケットをスロヴェニアに配備したという情報がもたらされたのだ。連合国軍は直ちに反応し、このロケットを破壊する〈ブロークンアロー作戦〉を敢行する。そのチームのリーダーをジョゼフが担うことになったのだった。同じく通信士としてペネロピ、それに爆破担当の兵士がスロヴェニアのパルチザンと合流し、ここに秘密作戦が開始されるのだったが……。

冒険小説とスパイ小説は似ているところがあるとよく言われるが、両者の違いは主人公がアマチュアであるか、プロフェッショナルであるかによってかなり左右されると思っている。同じことをしても趣味と仕事では自ずと違いがあるように、細部では相当な差が出てくるのは当然だ。それだけに――スパイ小説には敵を倒すための権謀術数が渦巻き、主人公スパイが生き抜くための慎重な布石や狙いやらを、いたるところで読み取ることができる。その奥底には、人間性への不信感があると言っていいだろう。逆に冒険小説の底には、人間性への信頼感が流れている。

その意味では、本書は冒険小説とスパイ小説の両方を同時に愉しめる稀有《けう》な作品と言えるだろう。開巻後すぐに始まるジョゼフの脱出行は、まだ学生だった彼にとっては真に恐怖を伴う冒険であった。プロでない彼は数々の苦難を前にして失敗を繰り返し、アマチュアらしい発想で急場をしのぐこともある。そこに読者の興味は繋がるし、やがて危機を切り抜け、見事に目的を達成すると、立場を同じくする読者も安堵の息をつくことになる。と同時に、そこにはまた彼を助けるチェトニックたちに対しての信頼感も溢れている。

これが中盤になって――ジョゼフたちがプロの工作員となってからではがらりと様相が変わってくる。彼らがプロなら、対峙する敵もまたプロなのだ。しかもその敵はドイツだけとは限らず、わずかな油断もできないのである。そのことは敵側も同じで、一体誰を、そして何を信用していいのか、双方の陣営ともにまったくわからなくなっていく。まさに人間性への不信感が全編に漂う雰囲気に包まれるのだ。これが面白い。面白くて、読んでいる間は頭がひりひりするような感覚が襲ってくる。また途中にはジョゼフら四人の日常やロマンスも描かれ、悲劇的な結末に向けての絶好の味付けとなっている。

著者のグレゴリー・M・アクーニャは、サンディエゴ出身で、現在は北カリフォルニアのオーバーンに在住。UCLAを卒業後、アメリカ空軍でパイロットとして勤務し、その後は民間航空会社の機長となり、現在もボーイング777や787に搭乗、そのかたわら創作活動にいそしんでいる。

本書は自費出版だがアマゾンでの評価は4・0と高く、今後も注目したい作家である。本書以外にも冷戦期の諜報戦を描いた『*The Balkan Network*』『*Nimble Dodger*』『*Knight to King 6*』のバルカン・ネットワーク三部作など五作品を上梓している。

本書は、これまでほとんど語られることのなかった、ユーゴスラヴィアにおける第二次大戦の裏側を描いたものだが、ユーゴに限らずバルカン半島の現代史というのは、一次史料が少なく、あまり知られてこなかったそうだ。たとえばチェトニックに対する評価にしても、近年になってからパルチザンの抵抗運動と同等の評価が与えられるようになり、名誉回復が急速に進んでいるという。本書の末尾に紹介されている、ミハイロヴィッチ将軍への勲功章なども長い間封印され、近年になって機密解除されたものである。

◉訳者紹介　黒木章人（くろき　ふみひと）
英米翻訳家。訳書にベントレー『シリア・サンクション』『イラク・コネクション』、ブランズ&オルソン『極東動乱』、ギルマン『イングリッシュマン　復讐のロシア』（以上、早川書房）、エールハーフェン&テイト『わたしはナチスに盗まれた子ども』（原書房）などがある。

クレディブル・ダガー 信義の短剣

発行日　2023年11月10日　初版第1刷発行

著　者　グレゴリー・M・アクーニャ
訳　者　黒木章人

発行者　小池英彦
発行所　株式会社 扶桑社
〒105-8070
東京都港区芝浦1-1-1　浜松町ビルディング
電話　03-6368-8870(編集)
　　　03-6368-8891(郵便室)
www.fusosha.co.jp

印刷・製本　図書印刷株式会社

ISBN 978-4-594-08701-2　C0197